Abhorsen

Abhorsen

tradução
CHICO LOPES

Título original
ABHORSEN

Copyright © Garth Nix, 2003

Todos os direitos reservados.
Nenhuma parte desta obra pode ser reproduzida ou transmitida por qualquer forma ou meio eletrônico ou mecânico, inclusive fotocópia, gravação ou sistema de armazenagem e recuperação de informação, sem a permissão escrita do editor.

Copyright da edição brasileira © 2011 *by* Editora Rocco Ltda.

Direitos para a língua portuguesa reservados
com exclusividade para o Brasil à
EDITORA ROCCO LTDA.
Av. Presidente Wilson, 231 – 8° andar
20030-021 – Rio de Janeiro – RJ
Tel.: (21) 3525-2000 – Fax: (21) 3525-2001
rocco@rocco.com.br
www.rocco.com.br

Printed in Brazil/Impresso no Brasil

preparação de originais
AUGUSTO CARAZZA

CIP-Brasil. Catalogação na fonte.
Sindicato Nacional dos Editores de Livros, RJ.

N656a
Nix, Garth, 1963-
Abhorsen: a última esperança para os vivos / Garth Nix; [tradução Chico Lopes]. – Rio de Janeiro: Rocco Jovens Leitores, 2012.
440p. (O reino antigo; 3)
Tradução de: Abhorsen: the last hope for the living
Sequência de: Lirael
ISBN 978-85-7980-122-8
1. Literatura infantojuvenil australiana. I. Lopes, Chico, 1952-. II. Título. III. Série.
12-2386   CDD: 028.5   CDU: 087.5

O texto deste livro obedece às normas do
Acordo Ortográfico da Língua Portuguesa.

Para Anna e Thomas Henry Nix

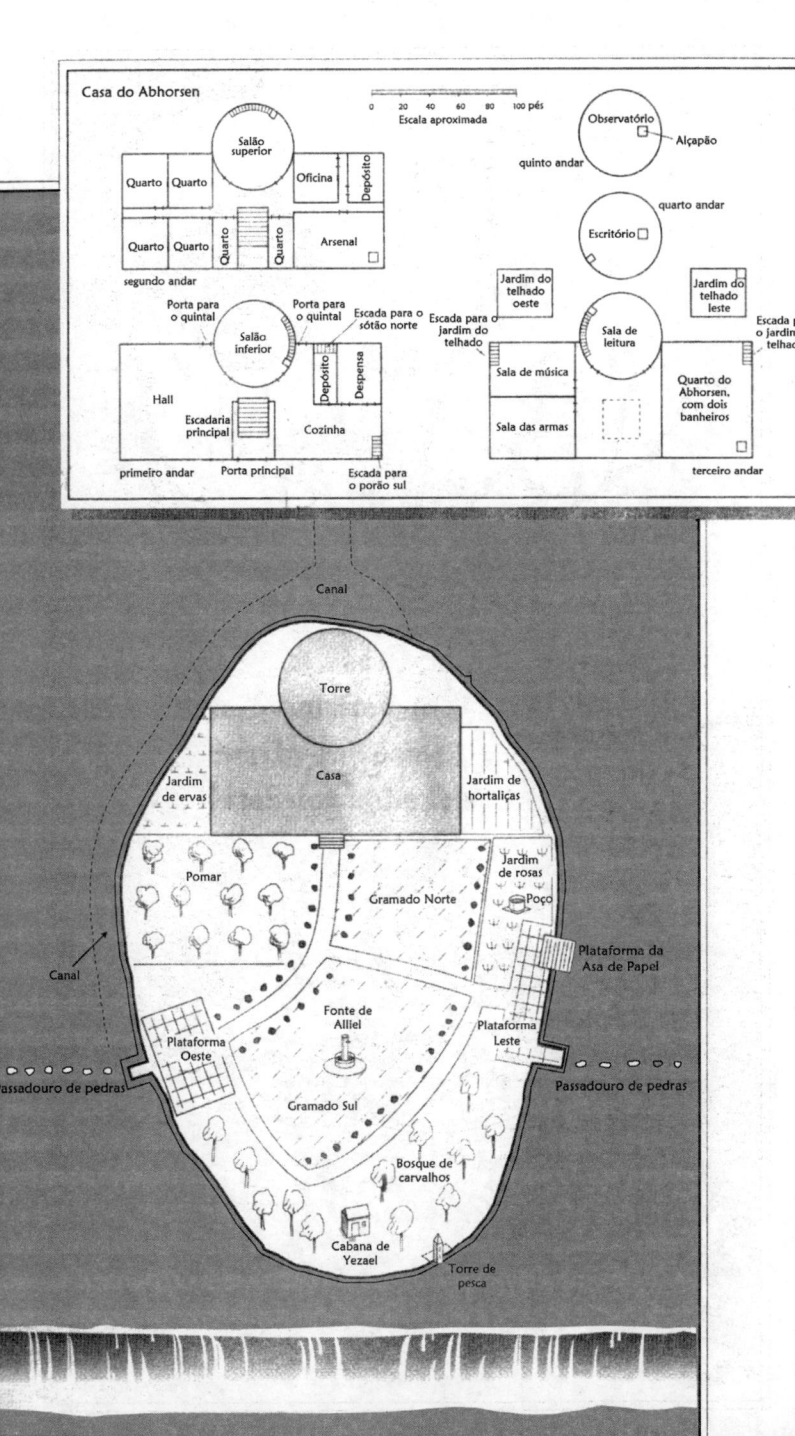

prólogo

O nevoeiro se erguia do rio, grandes vagalhões de branco serpeando para dentro da fuligem e da fumaça da cidade de Corvere para se tornar o híbrido que os jornais mais populares chamavam de ar poluído, e o *Times*, de "nevoeiro putrefato". Frio, úmido e fedorento, era perigoso, fosse lá o que fosse. Em seu interior mais denso era tão sufocante que podia transformar o mais débil esboço de tosse em pneumonia.

Mas a insalubridade do nevoeiro não era seu perigo principal. Ele provinha de outro de seus aspectos primários. O nevoeiro de Corvere era dissimulador, um véu que amortalhava as ostentatórias lâmpadas a gás e confundia tanto os olhos quanto os ouvidos. Quando se estendeu sobre a cidade, todas as ruas ficaram às escuras, todos os ecos, estranhos, e, por toda parte, desencadearam-se o crime e as lesões corporais.

– O nevoeiro não dá sinais de recuar – relatou Damed, principal guarda-costas do rei Pedra de Toque. Sua voz mostrava aversão ao nevoeiro, muito embora ele soubesse que era apenas um fenômeno natural, uma mistura da poluição industrial e da névoa do rio. Lá em sua terra, no Reino Antigo, tais coisas eram com frequência criadas por feiticeiros da Magia Livre. – Também o... telefone... não está funcionando, e a escolta é jovem e fraca. Não há um só dos oficiais que geralmente temos entre eles. Eu não acho que deva ir, Majestade.

Pedra de Toque estava junto à janela, examinando a paisagem lá fora através dos postigos. Teve de fechar todas as janelas alguns dias antes, quando parte da multidão havia começado a usar atiradeiras. Antes disso, os agitadores não haviam sido capazes de atirar meios tijolos longe o bastante, já que a mansão que abrigava a Embaixada do Reino Antigo ficava num parque fortificado, afastada uns bons cinquenta metros da rua.

Não pela primeira vez, Pedra de Toque desejou poder entrar na Ordem e recorrer a ela para obter força e assistência mágica. Mas eles estavam a quinhentas milhas ao sul do Muro, e o ar estava parado e frio. Só quando o vento soprava com muita força do norte é que ele podia realmente sentir um ligeiríssimo toque de sua herança mágica.

Sabriel sentia mais ainda a falta da Ordem, Pedra de Toque sabia. Ele deu uma olhada para a sua esposa, que estava em sua escrivaninha, como sempre escrevendo uma carta para uma antiga colega de escola, para um destacado homem de negócios ou para um membro da Assembleia da Terra dos Ancestrais. Prometendo ouro, ou apoio, ou apresentações, ou talvez fazendo ameaças delicadamente veladas sobre o que aconteceria se eles fossem estúpidos o bastante para apoiar as tentativas de Corolini de assentar centenas de milhares de refugiados Sulinos do outro lado do Muro, no Reino Antigo.

Pedra de Toque ainda achava estranho ver Sabriel vestida com as roupas da Terra dos Ancestrais, particularmente as roupas de sua corte, como ela estava usando hoje. Ela deveria estar em seu tabardo prateado e azul, com os sinos do Abhorsen cruzados em seu peito, com a espada ao lado. Não com um vestido prateado com uma peliça de hussardo sobre um ombro e um chapéu minúsculo enfiado em seu cabelo negro. E a pequena pistola automática em sua bolsa de malha prateada não era substituta para uma espada.

Não que Pedra de Toque se sentisse à vontade em suas roupas. Uma camisa da Terra dos Ancestrais com seu colarinho e gravata duros era apertada demais, e o traje não oferecia proteção alguma. Uma espada afiada entraria pelo casaco duplamente revestido de lã fina demais com tanta facilidade quanto se aquilo fosse manteiga, e quanto a uma bala...

— Ela transmitirá suas desculpas, Majestade? — perguntou Damed.

Pedra de Toque franziu o cenho e olhou para Sabriel. Ela frequentou a escola na Terra dos Ancestrais, e entendia o povo e suas classes dominantes bem melhor do que ele. Ela liderava os esforços diplomáticos dos dois ao sul do Muro, como sempre fizera.

— Não — disse Sabriel. Ela se levantou e lacrou a última carta com uma pancadinha pronunciada. — A assembleia abrirá hoje à noite, e é possível que Corolini apresente seu projeto de lei de Emigração Forçada. O bloco de Dawforth poderá nos dar votos suficientes para derrotar a moção. Devemos comparecer à sua festa ao ar livre.

— Nesse nevoeiro? — perguntou Pedra de Toque. — Como podemos ter uma festa ao ar livre?

— Eles vão ignorar as condições climáticas — disse Sabriel. — Nós todos ficaremos andando por ali, bebendo absinto e comendo cenouras recortadas em formatos elegantes, e fingiremos que estamos nos divertindo a valer.

— Cenouras?

— Uma novidade do Dawforth, introduzida por seu guru — respondeu Sabriel. — Segundo disse Sulyn.

— Ela deve saber — disse Pedra de Toque, fazendo uma carranca, mas com relação a comer cenouras cruas, e não à menção de Sulyn. Ela era uma das velhas amigas de escola que muito os ajudou. Sulyn, como as outras no colégio Wyverley, há vinte anos viu o que acontece quando a Magia Livre era despertada e crescia com força suficiente para cruzar o Muro e agir furiosamente na Terra dos Ancestrais.

— Nós iremos, Damed — disse Sabriel. — Mas seria sensato pôr em prática o plano que discutimos.

— Peço realmente perdão, senhora Abhorsen — respondeu Damed —, mas não estou certo de que isso aumentará nossa segurança. Na verdade, ela pode piorar, em vários aspectos.

— Mas será mais divertido — pronunciou Sabriel. — Os carros estão prontos? Só vou pôr meu casaco e umas botas.

Damed fez um sinal de assentimento, relutante, e deixou o aposento. Pedra de Toque pegou um sobretudo escuro dentre muitos que estavam dobrados sobre uma espreguiçadeira, e o colocou sacudindo os ombros. Sabriel pegou outro — um casaco masculino — e se sentou para trocar seus sapatos por botas.

— Damed não está preocupado sem razão — disse Pedra de Toque ao estender a mão para Sabriel. — E o nevoeiro é muito espesso. Se estivéssemos em casa, eu não duvidaria de que fora feito com maldade premeditada.

— O nevoeiro é bastante natural — respondeu Sabriel. Eles se aproximaram e deram um nó nos lenços mutuamente, concluindo com um beijo suave. — Mas concordo que pode muito bem ser usado contra nós. No entanto, estou tão perto de formar uma aliança contra Corolini! Se Dawforth aderir, e os Sayre ficarem fora do caminho...

— Há pouca chance disso, a menos que possamos convencê-los de que não sumimos com seu precioso filho e sobrinho — rosnou Pedra de Toque, mas sua atenção estava voltada para as suas pistolas. Ele examinou se as duas estavam carregadas e se havia uma bala engatilhada e pronta. — Eu gostaria que soubéssemos mais sobre esse guia que Nicholas contratou. Estou certo que já ouvi o nome de Hedge, e não sob uma luz positiva. Se conseguíssemos encontrá-los na Grande Rodovia Sul!

— Estou certa que logo teremos notícias de Ellimere — disse Sabriel ao examinar sua própria pistola. — Ou talvez até de Sam. Devemos deixar pelo menos essa questão para o bom-senso de nossos filhos e lidar com o que está diante de nós.

Pedra de Toque fez uma careta à ideia do bom-senso de seus filhos, entregou a Sabriel um chapéu de feltro cinza com uma faixa preta, igual ao seu, e a ajudou a tirar o chapeuzinho minúsculo e prender seu cabelo sob o substituto.

— Pronta? — perguntou ele quando ela passou um cinto pelo casaco. Com os chapéus postos, os colarinhos erguidos e os lenços enrolados no alto, pareciam indiscerníveis de Damed e de seus outros guardas. O que era precisamente o que pretendiam.

Havia dez guarda-costas esperando do lado de fora, sem incluir os motoristas e dois automóveis Hedden-Hare blindados. Sabriel e Pedra de Toque se juntaram a eles, e os doze se misturaram por um momento. Se quaisquer inimigos estivessem observando por trás dos muros, dificilmente seriam capazes de distinguir quem era quem em meio ao nevoeiro.

Duas pessoas seguiam na parte traseira de cada carro, com as oito restantes erguidas nos estribos. Os condutores haviam mantido o motor parado por algum tempo, os escapamentos lançando um vapor constante de emissões quentes e mais brilhantes no interior do nevoeiro.

A um sinal de Damed, os carros partiram pelo passeio, fazendo soar suas buzinas estridentes. Era o sinal para que os guardas do portão o abrissem, e para que a polícia da Terra dos Ancestrais, do lado de fora, abrisse caminho em meio ao povo. Havia sempre uma multidão nesses dias, na maioria constituída por partidários de Corolini: bandidos e agitadores pagos, usando as faixas de braço vermelhas do Nosso Partido do Povo de Corolini.

A despeito das preocupações de Damed, a polícia fez bem o seu trabalho, dispersando a aglomeração de modo que os carros pudessem passar velozmente. Uns poucos tijolos e pedras foram lançados à sua passagem, mas não acertaram os guardas montados ou quicaram longe do vidro endurecido e do revestimento blindado. Dentro de um minuto, a multidão foi deixada para trás, apenas uma massa escura e estridente no nevoeiro.

— A escolta não está seguindo — disse Damed, que estava montado no estribo próximo ao motorista do carro dianteiro. Um destacamento de polícia foi montado para acompanhar o rei Pedra de Toque e sua rainha Abhorsen para onde quer que eles fossem na cidade, e até agora havia desempenhado seu dever dentro dos padrões esperados da Corporação de Polícia de Corvere. Dessa vez as tropas ainda estavam a postos em seus cavalos.

— Talvez eles tenham confundido as ordens recebidas — disse o motorista através de seu quebra-vento aberto. Mas não havia convicção em sua voz.

— Seria melhor mudarmos de rota — ordenou Damed. — Pegue a rua Harald. À esquerda lá na frente.

Os carros passaram com rapidez por dois automóveis mais lentos, um caminhão carregado e uma carroça coberta, freados bruscamente e curvados para a esquerda para a ampla extensão da rua Harald. Era um dos melhores e mais bem-iluminados passeios públicos, com lâmpadas a gás nos dois lados da rua a intervalos regulares. Mesmo assim, o nevoeiro o tornara inseguro para se dirigir a uma velocidade maior que vinte quilômetros por hora.

— Há alguma coisa lá na frente! — relatou o motorista. Damed ergueu os olhos e praguejou. Quando seus faróis penetraram no nevoeiro, ele viu uma grande massa de pessoas bloqueando a rua. Ele não conseguia distinguir o que havia nas bandeiras que carregavam, mas era fácil reconhecer a manifestação como uma demonstração do Nosso Partido do Povo. Para piorar, não havia polícia para mantê-los sob observação. Nenhum oficial de capacete azul à vista.

— Parem! Para trás! — disse Damed. Ele fez um sinal para o carro que vinha atrás, um sinal duplo que significava "Problemas!" e "Recuar!".

Os dois carros começaram a retroceder. Ao fazê-lo, a multidão à frente avançou ondulando. Ficaram em silêncio até então. Depois, começaram a gritar "Fora, estrangeiros!" e "Nosso Povo!". Os gritos foram acompanhados por tijolos e pedras, o que era escasso no momento.

— Para trás! — gritou Damed novamente. Ele sacou sua pistola, segurando-a junto à perna. — Mais rápido!

O carro da retaguarda havia recuado quase até a esquina quando o caminhão e a carroça coberta, pelos quais tinham passado, se interpuseram, bloqueando seu caminho. Homens mascarados, portando armas, saíram da traseira dos dois veículos, fazendo com que o nevoeiro tremulasse ao correrem.

Damed percebeu, antes de ver as armas, que aquilo era o que ele vinha temendo o tempo todo.

Uma emboscada.

— Lá! Lá! — gritou ele, apontando para os homens armados. — Atirem!

Em torno dele, os outros guardas estavam abrindo as portas dos carros para dar cobertura. Um segundo depois, abriram fogo, o estampido mais profundo de suas pistolas acompanhado pelas agudas batidas dos novos e compactos rifles automáticos que eram muito mais fáceis de manejar do que os velhos Lewins do Exército. Nenhum dos guardas gostava de armas, mas eles praticavam constantemente desde que vieram para o sul.

— Não sobre a multidão! Só sobre os alvos armados!

Seus atacantes não foram tão cautelosos. Eles se enfiaram sob seus veículos, por trás de uma caixa de coleta do correio, e se estenderam junto a uma baixa muralha de jardineiras, e abriram fogo furiosamente.

Balas ricochetearam pela rua afora, sobre os carros blindados, em guinchos enlouquecidos. O barulho se espalhou por toda parte, um som áspero e confuso, uma mistura de alaridos e gritos combinados com o estouro e a trepidação do tiroteio. A multidão, tão ansiosa por avançar em ondas havia poucos segundos, transformou-se num terrível e trôpego aglomerado de pessoas que tentavam fugir.

Damed correu para um agrupamento de guardas agachados atrás do motor do carro da retaguarda.

— O rio! — gritou. — Atravessem a praça e desçam pela Escada do Warden. Temos dois barcos lá. Vocês perderão todos os alvos no nevoeiro.

— Podemos lutar para abrir caminho de volta à embaixada! — retrucou Pedra de Toque.

— Isso foi planejado bem demais! A polícia aderiu, ou uma boa parte dela! Vocês devem sair de Corvere. Fora da Terra dos Ancestrais!

— Não! — gritou Sabriel. — Nós não terminamos...

Ela foi interrompida quando Damed a empurrou junto com Pedra de Toque com violência e saltou sobre os dois. Com sua lendária rapidez, ele interceptou um grande cilindro negro que estava caindo pelo ar, deixando um rastro de fumaça atrás de si.

Uma bomba.

Damed apanhou-a e a jogou de volta num único movimento veloz, mas mesmo ele não foi rápido o suficiente.

A bomba explodiu quando estava ainda no ar. Dotada com explosivo de alto teor e pedaços de metal, matou Damed instantaneamente. A explosão quebrou todas as janelas por uma extensão de oitocentos metros e, momentaneamente, ensurdeceu e cegou todos que estavam num raio de cem metros. Mas foram os milhares de fragmentos de metal que fizeram o dano real, movendo-se destruidores e ruidosos pelo ar, para ricochetearem em pedra ou metal, ou com muito mais frequência para retalhar carne humana.

Um silêncio se seguiu à explosão, ficando apenas o ruído do gás ardente das lâmpadas despedaçadas. Até o nevoeiro recuara sob a força da explosão, que clareou um grande círculo a céu aberto. Débeis raios de sol eram filtrados por ele e iluminavam um cenário de terrível destruição.

Havia corpos espalhados por toda a volta e debaixo dos carros, nenhum só guarda ainda em pé. Até as janelas blindadas dos carros estavam quebradas e os ocupantes jaziam mortos.

Os assassinos sobreviventes esperaram alguns minutos antes de saírem rastejando por detrás da baixa muralha e se moverem para a frente, rindo e se congratulando, suas armas displicentemente sob os braços ou ombros, com o que eles imaginavam que fosse um estilo jovial. As conversas e risadas foram muito ruidosas, mas eles não notaram. Seus sentidos estavam danificados, suas mentes, em choque. Não apenas devido à explosão e às terríveis visões que se aproximavam mais e mais a cada passo, nem devido ao alívio de estarem vivos em meio a tanta morte e destruição.

O verdadeiro choque vinha da percepção de que trezentos anos antes um rei e uma rainha haviam sido mortos nas ruas de Corvere. Agora, isso aconteceu de novo – e eram eles os autores da façanha.

parte um

capítulo um
uma casa sitiada

Via-se outro nevoeiro, muito distante do ar poluído de Corvere. A seiscentas milhas ao norte, além do Muro que separava a Terra dos Ancestrais do Reino Antigo. O Muro onde a magia do Reino realmente começava e a moderna tecnologia da Terra dos Ancestrais falhava.

O nevoeiro era diferente de seu primo ao sul distante. Não era branco, mas tinha o cinza-escuro de uma nuvem de tempestade e era completamente antinatural. Esse nevoeiro havia sido fiado com ar e Magia Livre e nascera no topo de um monte distante de qualquer água. Ele sobreviveu e se espalhou a despeito do calor de uma tarde avançada de primavera, que deveria tê-lo queimado até reduzi-lo a nada.

Ignorando o sol e os ventos ligeiros, o nevoeiro se espalhou do monte e rolou para o sul e o leste, finas gavinhas rastejando à frente do corpo principal. Depois de meia légua de distância da colina, uma dessas gavinhas se separou numa nuvem que se elevou no ar e cruzou o poderoso rio Ratterlin. Assim que chegou ao outro lado, ela desceu como um sapo na margem oriental e um novo nevoeiro começou a se formar a partir dela.

Em breve os dois braços de nevoeiro cobriram tanto as margens ocidentais quanto orientais do Ratterlin, embora o sol ainda brilhasse sobre o rio entre eles.

Tanto o rio quanto o nevoeiro correram em suas marchas muito diferentes entre si em direção aos Rochedos Longos. O rio se arremeteu, ficando cada vez mais rápido ao rumar para a grande cachoeira, onde despencaria de mais de mil pés. O nevoeiro era lento e ameaçador. Ficava mais denso e se elevava mais conforme se desenrolava.

A poucos metros antes de chegar aos Rochedos Longos, o nevoeiro parou, embora ficasse ainda mais espesso e alto, ameaçando a ilha que ficava no meio do rio e na borda da cachoeira. Uma ilha com altas muralhas brancas que cercavam uma casa e seus jardins.

O nevoeiro não se espalhou até o outro lado do rio, nem se aproximou muito ao se elevar. Havia, ali, defesas invisíveis que o repeliam, que mantinham o sol brilhando nas muralhas brancas, nos jardins e na casa de telhados vermelhos. O nevoeiro era uma arma, mas era apenas o primeiro movimento numa batalha, só o início de um cerco. As linhas de batalha foram traçadas e a casa, envolvida.

Pois aquela ilha inteiramente cercada pelo rio era a Casa do Abhorsen. Era o lar dele, cujo direito de herança e responsabilidade era o de conservar as fronteiras da Vida e da Morte. Abhorsen, que usava sinos necromânticos e Magia Livre, porém não era nem necromante nem feiticeiro de tal Magia. Abhorsen, que lançava todos os Mortos que invadiam a Vida de volta a qualquer que fosse o lugar de onde procediam.

O criador do nevoeiro sabia que o Abhorsen não estava realmente na casa. Ela e o marido, o rei, foram atraídos do outro lado do Muro e deviam ter sido liquidados por lá. Isso era parte do plano do mestre, há muito tempo traçado, mas só recentemente iniciado a sério.

O plano tinha muitas partes, em muitos países, embora seu âmago e razão de ser estivesse no Reino Antigo. Guerra, assassinato e os refugiados eram elementos do plano, tudo manipulado por uma mente maquinadora e sutil que havia esperado por gerações para que tudo pudesse ser desfrutado.

Mas, como qualquer plano, já havia se deparado com complicações e problemas. Dois deles estavam na casa. Um era uma jovem, que havia sido mandada pelas bruxas que viviam nas montanhas das geleiras, na nascente do Ratterlin. Pelo Clayr, que Via muitos futuros no gelo e que certamente tentaria desviar o presente para suas próprias finalidades. A mulher era uma de suas magas de elite, facilmente identificada pelo colete colorido que usava. Um colete vermelho, assinalando-a como uma segunda bibliotecária assistente.

A fazedora do nevoeiro a tinha visto, dotada de cabelos escuros e pele pálida, na certa com não mais que vinte anos, uma mera lasca de unha em termos de idade. Ela ouvira o nome da jovem, invocado numa batalha desesperada:

Lirael.

A outra complicação era mais conhecida, e possivelmente mais problemática, embora a prova fosse contraditória. Um jovem, pouco mais que um garoto, com os cabelos crespos do pai, os olhos negros da mãe e tudo de ambos. Seu nome era Sameth, o filho real do rei Pedra de Toque e da Abhorsen Sabriel.

O príncipe Sameth estava destinado a ser o Abhorsen-em-Espera, herdeiro dos poderes do *Livro dos Mortos* e dos sete sinos. Mas a fazedora do nevoeiro duvidava disso agora. Ela era muito velha, e uma vez ficara sabendo muitas coisas sobre a estranha família e de sua casa no rio. Ela lutou um pouco com Sameth havia menos que uma noite e ele não lutara como um Abhorsen; até o modo com que ele lançava sua Magia da Ordem era estranho, não evocando nem a linhagem real nem os Abhorsens.

Sameth e Lirael não estavam sozinhos. Eram ajudados por duas criaturas que pareciam não ser mais que um pequeno gato branco temperamental e um grande cão castanho de disposição amigável. No entanto, ambos eram muito mais do que pareciam, embora o que eles fossem exatamente constituísse outra peça escorregadia de informação. Era provável que fossem espíritos da Magia Livre de alguma espécie, presos a serviço do Abhorsen e do Clayr. O gato era conhecido até certo ponto. Seu nome era Mogget, e havia especulação sobre ele em certos livros relacionados ao assunto. O Cão era uma questão diferente. Ele era novo, ou tão velho que qualquer livro que a ele se referisse havia se tornado pó há muito tempo. A criatura no nevoeiro achava que se tratava da última hipótese. Tanto a jovem quanto seu sabujo provinham da Grande Biblioteca do Clayr. Era provável que ambos, tal qual a biblioteca, tivessem profundezas ocultas e contivessem poderes desconhecidos.

Juntos, esses quatro poderiam ser formidáveis adversários e representavam uma séria ameaça. Mas a fazedora do nevoeiro não tinha de lutar contra eles diretamente, nem poderia, pois a casa era guardada bem demais, tanto por feitiço quanto por água corrente. Sua missão era garantir que eles ficassem presos na casa. Ela devia ficar sitiada enquanto o caso seguiria em andamento em outra parte

— até que fosse tarde demais para que Lirael, Sam e seus companheiros pudessem fazer qualquer coisa.

Chlorr da Máscara assobiou ao pensar nas ordens que recebera e o nevoeiro se ergueu em ondas em torno daquilo que passava por sua cabeça. Ela uma vez fora uma necromante viva e não recebia ordens de ninguém. Cometera um erro, um erro que a levara à servidão e morte. Mas seu mestre não a deixou ir para o Nono Portal e mais além. Ela fora devolvida à Vida, embora sob nenhuma forma viva. Era uma criatura Morta agora, capturada pelo poder dos sinos, presa por seu nome secreto. Ela não gostava das ordens e, contudo, não tinha escolha senão obedecê-las.

Chlorr baixou os braços. Algumas gavinhas emplumadas de nevoeiro brotaram de seus dedos. Eram Ajudantes Mortos que ficaram por toda a sua volta, centenas e centenas de cadáveres oscilantes e cheios de pus. Chlorr não extraíra da Morte os espíritos que habitavam esses corpos apodrecidos e semiesqueléticos, mas recebeu a incumbência de comandá-los por aquele que extraíra. Ela ergueu um braço de sombra longo e fino e apontou. Com suspiros, gemidos, gorgolejos e estalidos de juntas congeladas e ossos quebrados, os Ajudantes Mortos marcharam em frente, fazendo o nevoeiro rodopiar em torno deles.

— Há pelo menos duzentos Ajudantes Mortos na margem ocidental, e oitenta ou mais na oriental — relatou Sameth. Ele se endireitou por trás do telescópio de bronze e o afastou do caminho. — Eu não consegui ver Chlorr, mas ela deve estar lá no meio, suponho.

Estremeceu ao pensar na última vez em que vira Chlorr, uma coisa de escuridão, maligna, avançando sobre ele, sua espada flamejante prestes a ser desferida. Isso acontecera somente na noite passada, mas parecia ter transcorrido havia mais tempo.

— É possível que algum outro feiticeiro da Magia Livre tenha erguido essa névoa — disse Lirael. Mas ela não acreditava nisso. Sentia lá fora a mesma força criadora que sentira na noite passada.

— Nevoeiro — disse o Cão Indecente, que estava equilibrado delicadamente sobre o tamborete do observador. Exceto pelo fato de que podia falar, e pela coleira brilhante feita de sinais da Ordem em torno de seu pescoço, ele se parecia exatamente com qualquer outro grande cão vira-lata preto e castanho. Do tipo que sorria e abanava a cauda mais do que latia e uivava. — Eu acho que ele engrossou o suficiente para ser chamado de nevoeiro.

O Cão, Lirael, o príncipe Sameth e o serviçal do Abhorsen em forma de gato, Mogget, estavam todos no observatório que ocupava o topo da torre no extremo norte da Casa do Abhorsen.

As paredes do observatório eram totalmente transparentes e Lirael se flagrou lançando olhadinhas nervosas para o teto, porque era difícil ver se alguma coisa o estava sustentando lá no alto. As paredes tampouco eram de vidro, ou de qualquer material que ela conhecesse, o que de certo modo piorava as coisas.

Mas ela não queria que seu nervosismo transparecesse, de modo que transformou sua última careta num sinal de assentimento à medida que o cão falava. Só sua mão traía suas impressões, pois ela a mantinha pousada no pescoço do cão, por causa do conforto da pele quente dele e pela Magia da Ordem em sua coleira.

Embora fosse apenas de tarde, e o sol ainda brilhasse diretamente sobre a casa, a ilha e o rio, havia uma sólida massa de nevoeiro nas duas margens, avolumando-se em autênticas muralhas que continuavam a subir e subir, embora estivessem já a várias centenas de pés de altura.

O nevoeiro era claramente de origem mágica. Ele não se erguia do rio como um nevoeiro normal faria, nem viera com uma nuvem baixa. Esse nevoeiro brotava do leste e do oeste ao mesmo tempo, movendo-se velozmente a despeito do vento. Delgado a princípio, ele ficava mais espesso a cada minuto.

Um indício mais pronunciado da estranheza do nevoeiro ficava diretamente ao sul, onde ele parava abruptamente antes que pudesse se misturar com a névoa natural, lançada pela grande cachoeira onde o rio se projetava sobre os Rochedos Longos.

Os Mortos vinham logo após o nevoeiro. Cadáveres movendo-se com dificuldade, que subiam, desajeitados, ao longo das margens do rio, embora temessem a água de forte correnteza. Algo os estava impulsionando para a frente, alguma coisa escondida bem lá por trás da névoa. Quase com certeza essa coisa era Chlorr da Máscara, que fora uma vez uma necromante, e, agora, era um dos Mortos Maiores. Uma mistura muito perigosa, Lirael sabia, pois Chlorr havia provavelmente preservado muitos de seus conhecimentos de feiticeira da Magia Livre, combinados com quaisquer que fossem os poderes que obteve na Morte. Poderes que eram provavelmente obscuros e estranhos. Lirael e o Cão tinham-na repelido brevemente na batalha da noite anterior na margem do rio, mas não havia sido uma vitória.

Lirael podia sentir a presença dos Mortos e a natureza mágica do nevoeiro. Embora a Casa do Abhorsen fosse defendida por água corrente profunda, muitas defesas e guardas, ela ainda estremeceu, como se dedos gelados houvessem percorrido sua pele.

Ninguém comentou o tremor, embora Lirael tenha ficado embaraçada por quão obviamente ele se manifestou. Ninguém disse nada, mas todos estavam olhando para ela. Sam, o Cão e Mogget, todos à espera, como se ela fosse pronunciar algum grande saber ou iluminação. Por um momento, ela sentiu uma onda de pânico. Não estava acostumada a liderar conversas ou qualquer outra coisa. Mas ela agora era o Abhorsen-em-Espera. Enquanto Sabriel estava do outro lado do Muro, na Terra dos Ancestrais, Lirael era o único Abhorsen. Os Mortos, o nevoeiro e Chlorr eram problemas dela. E eram apenas problemas menores, comparados à ameaça real — o que quer que fosse aquilo que Hedge e Nicholas estivessem desencavando perto do Lago Vermelho.

— Sam?

Ele balançou a cabeça.

— Mogget?

O pequeno gato estava enroscado na almofada azul e dourada que ficou por pouco tempo sobre o tamborete do observador, antes que fosse derrubada por uma pata e destinada a melhor uso sobre o piso. Mogget não era realmente um gato, embora tivesse a forma de um. A coleira dos sinais da Ordem com seu sino em miniatura — Ranna, o Indutor do Sono — mostrava que ele era muito mais do que um simples gato falante.

Mogget abriu um olho verde brilhante e bocejou largamente. Ranna tilintou em sua coleira, e Lirael e Sam flagraram-se bocejando também.

— Sabriel levou a Asa de Papel, por isso não podemos fugir voando — disse ele. — Mesmo que pudéssemos voar, teríamos de passar pelos Corvos Sanguinários. Suponho que possamos invocar um barco, mas os Mortos nos seguiriam pelas margens.

Lirael lançou um olhar para longe, para as muralhas do nevoeiro. Era Abhorsen-em-Espera havia apenas duas horas e já não sabia o que fazer. Exceto que tinha a convicção absoluta de que eles tinham de deixar a casa e correr para o Lago Vermelho. Precisavam encontrar Nicholas, o amigo de Sam, e impedi-lo de desencavar o que quer que fosse aquilo que estava aprisionado nas profundezas da terra.

— Deve haver outro meio — disse o Cão. Ele desceu do tamborete com um pulo e começou a caminhar formando um círculo em torno de Mogget à medida que falava, pisando forte como se estivesse pressionando grama em vez de pedra fria debaixo de suas patas. No meio do caminho, ele subitamente caiu no chão perto do gato e bateu com uma pata pesada junto à cabeça deste. — Embora Mogget não vá gostar dele.

— Qual meio? — Mogget assobiou, arqueando o traseiro. — Eu não conheço nenhuma outra saída, a não ser as pedras para passar, ou o ar lá no alto, ou o rio, e eu estou aqui desde que a casa foi construída.

— Mas não quando o rio foi dividido e a ilha, construída — disse o Cão calmamente. — Antes que os Construtores erguessem o Muro, quando a primeira tenda do Abhorsen foi armada, onde as grandes figueiras crescem agora.

— É verdade — admitiu Mogget. — Mas nem você estava.

Havia uma insinuação de pergunta, ou dúvida, nas últimas palavras de Mogget, pensou Lirael. Ela olhou para o Cão Indecente, mas tudo que ele fez foi coçar o nariz com ambas as patas, antes de continuar:

— De qualquer modo, já houve um caminho no passado. Se ele ainda existe, é profundo e poderia ser perigoso de muitas maneiras. Alguns poderiam dizer que seria mais seguro cruzarmos as pedras e abrirmos nosso caminho lutando entre os Mortos.

— Mas você não? — perguntou Lirael. — Você acha que há uma alternativa?

Lirael tinha medo dos Mortos, mas não tanto que não pudesse enfrentá-los caso precisasse. Apenas não estava totalmente confiante em sua identidade recém-descoberta. Talvez um Abhorsen como Sabriel, no apogeu de seus anos e forças, pudesse simplesmente saltar as pedras do passadouro e colocar Chlorr, os Operários Mortos e todos os outros Mortos em debandada. Lirael pensou que, se ela própria tentasse alguma coisa assim, acabaria recuando pelas pedras e muito provavelmente cairia dentro do rio e seria despedaçada na cachoeira.

— Acho que devemos investigar isso — pronunciou o Cão. Ele se esticou, quase batendo em Mogget novamente com as patas, e depois lentamente se ergueu e bocejou, revelando vários dentes grandes e branquíssimos. Tudo isso, Lirael tinha certeza, era para chatear Mogget.

O gato olhou para o Cão, semicerrando os olhos.

— Profundo? — miou o gato. — Isso significa o que estou pensando? Não podemos ir lá!

— Ela se foi há muito tempo — respondeu o Cão. — Embora eu suponha que algo possa ter sobrevivido...

— *Ela?* — perguntaram Lirael e Sameth ao mesmo tempo.

— Você conhece o poço no jardim de rosas? — perguntou o Cão. Sam fez que sim, enquanto Lirael tentou lembrar se tinha visto um poço quando atravessaram a ilha no caminho da casa. Ela realmente se lembrava vagamente de haver captado um vislumbre de rosas, muitas rosas se alastrando entre treliças que se erguiam depois do lado oriental do gramado mais próximo da casa.

— É possível descer por aquele poço — continuou o Cão. — Embora seja uma descida longa e estreita. Ele vai nos levar a cavernas ainda mais profundas. Há um caminho entre elas que leva à base da cachoeira. Ali, teremos de escalar os rochedos novamente, mas espero que sejamos capazes de fazê-lo bem mais a oeste, nos desviando de Chlorr e seus lacaios.

— O poço está cheio de água — disse Sam. — Nós nos afogaremos!

— Tem certeza? — perguntou o Cão. — Você já deu uma olhada nele?

— Bem, não — disse Sam. — Está coberto, eu acho...

— Quem é a "ela" que você mencionou? — perguntou Lirael firmemente. Ela sabia muito bem, por experiências passadas, quando o Cão evitava um comentário.

— Alguém já morou lá no passado — respondeu o Cão. — Alguém que possuía poderes consideráveis e perigosos. Deve haver algum remanescente dela por lá.

— O que você quer dizer com "alguém"? — perguntou Lirael severamente. — Como poderia alguém viver debaixo da Casa do Abhorsen?

— Eu me recuso a ir a qualquer lugar próximo àquele poço — aparteou Mogget. — Suponho que foi Kalliel quem pensou em escavá-lo em chão proibido. Que sentido faz acrescentar nossos ossos aos dele em algum canto escuro das profundezas?

O olhar de Lirael se moveu rapidamente em direção ao de Sam por um instante, depois retornou a Mogget. Ela se arrependeu disso imediatamente, pois o olhar revelava suas próprias dúvidas e medos. Agora que ela era Abhorsen-em-Espera, tinha de dar o exemplo. Sam havia sido franco sobre seu medo da Morte e dos Mortos e seu desejo de se esconder ali na casa pesadamente protegida. Mas ele havia superado seu medo, ao menos por enquanto. Como Sam poderia continuar a ser corajoso se ela não desse o exemplo?

Lirael era também a sua tia. Não se sentia como tal, mas supunha que isso acarretava certas responsabilidades em relação ao sobrinho, mesmo que ele fosse apenas poucos anos mais jovem do que ela.

— Cão! — ordenou Lirael. — Responda-me diretamente ao menos uma vez. Quem... ou o quê... mora lá embaixo?

— Bem, é difícil de pôr em palavras — disse o Cão. Ele esticou as patas dianteiras de novo. — Em especial desde que não há mais ninguém por lá provavelmente. Se houver, suponho que você o chamaria de um resto da criação da Ordem, como eu e muitos outros de variadas categorias. Mas se ela, ou alguma parte dela, estiver lá, então é possível que ela seja como era, o que é perigoso de uma maneira muito... básica, embora isso seja tão antigo que eu realmente estou apenas relatando o que outras pessoas disseram, ou escreveram, ou pensaram...

— Por que ela ficaria lá embaixo? — perguntou Sameth. — Por que debaixo da casa do Abhorsen?

— Ela não está exatamente em lugar algum — respondeu o Cão, que agora estava coçando o nariz com uma pata e evitando totalmente encarar os olhos de alguém. — Parte de seu poder está investido ali, de modo que, se ela tiver de estar em algum lugar, é provável que seja aqui. É onde ela deveria estar.

— Mogget? — perguntou Lirael. — Pode traduzir o que o Cão disse?

Mogget não respondeu. Seus olhos estavam fechados. Em alguma altura da resposta do Cão, ele havia se enroscado e se pusera a dormir.

— Mogget! — repetiu Lirael.

— Ele está dormindo — disse o Cão. — Ranna o induziu ao sono.

— Acho que ele só ouve Ranna quando lhe convém — disse Sam. — Espero que Kerrigor durma mais firmemente.

— Podemos verificar, se você quiser — disse o Cão. — Mas estou certo de que saberíamos se ele tivesse despertado. Ranna tem a mão mais leve que Saraneth, mas segura firmemente quando é seu dever. Ademais, o poder de Kerrigor jaz em seus seguidores. Sua arte conta com eles, e sua queda dependerá disso.

— O que você quer dizer? — perguntou Lirael. — Ele não era um feiticeiro da Magia Livre que se tornou um dos Mortos Maiores?

— Ele era mais do que isso — disse o Cão —, pois tinha o sangue real. O domínio de outros corria em suas veias. Em algum lugar da Morte, Kerrigor encontrou os meios para usar a força daqueles que lhe juraram lealdade, através da marca que ele queimou sobre suas peles. Se Sabriel não tivesse usado acidentalmente um feitiço mais antigo, que o privou de seu poder, acho que Kerrigor teria triunfado. Temporariamente, pelo menos.

— Por que temporariamente? — perguntou Sam. Ele desejou não ter sido o primeiro a pronunciar o nome de Kerrigor.

— Acho que ele faria, no fim, o que seu amigo Nicholas está fazendo agora — disse o Cão —, e escavaria alguma coisa que seria melhor deixar escondida.

Ninguém disse nada ao ouvir isso.

— Estamos perdendo tempo — disse Lirael finalmente.

Ela ergueu os olhos novamente para o nevoeiro sobre a margem ocidental. Podia sentir muitos Ajudantes Mortos ali, mais do que podiam ser vistos, embora eles já estivessem em número suficientemente grande. Sentinelas apodrecidas, envoltas em nevoeiro. Esperando que seus inimigos saíssem.

Lirael respirou profundamente e tomou sua decisão:

— Se você acha que devemos descer pelo poço, Cão, então é esse o caminho que tomaremos. Com sorte, não nos depararemos com qualquer resto de força que esteja à espreita lá embaixo. Ou talvez ela seja amigável e possamos conversar...

— Não! — latiu o Cão, surpreendendo a todos. Até Mogget abriu um olho, mas, vendo Sam olhar para ele, rapidamente o fechou.

— O quê? — perguntou Lirael.

— Se ela estiver lá, o que é muito improvável, você não deve lhe dirigir a palavra — disse o Cão. — Você não deve ouvi-la ou tocá-la de modo algum.

— Alguém já a ouviu ou tocou? — perguntou Sam.

— Nenhum mortal — disse Mogget, erguendo a cabeça. — Nem ninguém passou por seus vestíbulos, eu diria. É loucura tentar. Eu sempre fico pensando no que pode ter acontecido com Kalliel.

— Eu achei que você estava dormindo — disse Lirael. — Além do mais, ela poderá nos ignorar, do mesmo modo que nós a ignoramos.

— Não é sua má vontade que eu temo — disse Mogget. — Eu temo que ela nos preste qualquer tipo de atenção.

— Talvez nós devamos... — disse Sam.

— O quê? — perguntou Mogget maldosamente. — Ficar aqui, todos bonitinhos e em segurança?

— Não — respondeu Sam baixinho. — Se a voz dessa mulher é tão perigosa, então talvez devamos fazer tampões de ouvido antes de ir. Com cera, ou coisa semelhante.

— Não adiantaria — disse Mogget. — Se ela falar, você a ouvirá através de seus próprios ossos. Se ela cantar... Melhor seria a gente torcer para ela não cantar.

— Nós a evitaremos — disse o Cão. — Confiem no meu faro. Acharemos um caminho.

— Pode nos dizer quem foi Kalliel? — perguntou Sam.

— Kalliel foi o décimo segundo Abhorsen — respondeu Mogget.
— Um indivíduo pouquíssimo confiável. Ele me manteve preso por

anos. O poço deve ter sido escavado nessa época. Seu neto me libertou quando Kalliel desapareceu, e ele herdou os sinos e o título de seu antepassado. Eu não quero ter o mesmo destino que Kalliel teve. Particularmente no fundo de um poço.

Lirael sentiu um tremor quando subitamente houve alguma mudança lá longe, no nevoeiro. A presença latente que vinha se movendo furtivamente lá atrás estava se manifestando. Ela podia senti-la, um ser muitíssimo mais poderoso do que os Operários Sombrios, que estavam começando a aparecer aqui e ali na borda do nevoeiro.

Chlorr estava se aproximando, quase chegando à margem do rio. Ou, se não fosse Chlorr, alguém de poder idêntico ou maior. Talvez fosse até mesmo o necromante que ela enfrentara na Morte.

Hedge. O mesmo necromante que queimara Sam. Lirael ainda via as cicatrizes nos pulsos de Sam, por meio das fendas nas mangas de seu manto.

Aquele manto era outro mistério, pensou Lirael mais uma vez, cansada. Um manto que dividia as torres reais com um emblema heráldico que não se via havia milênios. A colher de pedreiro dos Construtores do Muro.

Sam captou seu olhar e pegou no fio intensamente dourado, cujo símbolo dos Construtores do Muro se entrelaçava ao linho. Só lentamente vinha penetrando em sua cabeça que os enviados não cometeram um engano com o manto. Para começar, fora feito recentemente, não era alguma coisa antiga que eles arrancaram de um armário mofado ou de um cesto velho de lavanderia, de muitos séculos. De modo que ele tinha o direito de usá-lo por algum motivo. Ele era um Construtor do Muro tanto quanto era um príncipe real. Mas o que isso significava? Os Construtores do Muro desapareceram havia milênios, pondo-se no interior da criação do Muro e das Grandes Pedras da Ordem. Muito literalmente, até onde Sam sabia.

Por um momento, ele pensou se esse não seria o seu destino também. Teria de fazer alguma coisa que acabaria com sua vida, ao menos como um homem vivo e capaz de respirar? Pois os Construtores do Muro não estavam exatamente mortos, pensou Sam, lembrando-se das Grandes Pedras da Ordem e do Muro. Estavam, mais apropriadamente, transformados ou transfigurados.

Não que isso o agradasse. Em todo caso, era muito mais provável que ele fosse simplesmente morto, pensou, ao olhar para o nevoeiro lá fora e sentir a fria presença dos Mortos dentro dele.

Sam tocou o fio de ouro em seu peito novamente, extraiu conforto dele, e seu temor da Morte foi diminuindo. Ele nunca quisera ser um Abhorsen. Um Construtor do Muro era muito mais interessante, mesmo que ele não soubesse o que significava ser um deles. Isso teria o benefício adicional de deixar sua irmã, Ellimere, louca da vida, já que ela nunca acreditaria que não era que ele não quisesse, mas que não soubesse nem pudesse explicar o que era ser um Construtor do Muro.

Presumindo que ele ainda voltasse a ver Ellimere...

— É melhor a gente ir logo — disse o Cão, sobressaltando tanto Lirael quanto Sam. Lirael também estava olhando fixamente para o nevoeiro outra vez, perdida em seus próprios pensamentos.

— Sim — disse Lirael, afastando o olhar de forma brusca. Não pela primeira vez, ela desejou estar de volta à Grande Biblioteca do Clayr. Mas isso, tal como seu eterno desejo de usar os mantos brancos e a coroa de prata e pedra da lua de uma filha do Clayr totalmente formada, tinha de ser posto a distância e enterrado. Ela era um Abhorsen agora, e havia uma grande e importante missão à sua frente.

— Sim — repetiu. — É melhor irmos andando. Iremos pelo caminho do poço.

capítulo dois
nas profundezas

Levou pouco mais de uma hora para que se preparassem para a partida, assim que a decisão foi tomada. Lirael flagrou-se usando armadura pela primeira vez desde suas aulas de artes marciais havia muitos anos — mas a capa que os enviados lhe trouxeram era muito mais leve que as cotas de malha que o Clayr mantinha no arsenal da escola. Era feita de pequeninas escamas ou placas sobrepostas de algum material que Lirael não reconheceu, e a despeito de seu comprimento até os joelhos e suas longas mangas de rabo de andorinha, era muito leve e confortável. Também não tinha o odor característico de aço bem-lubrificado, algo pelo que Lirael ficava agradecida.

O Cão Indecente lhe disse que as escamas eram uma cerâmica chamada "gethre", feita com Magia da Ordem, mas não mágica por si mesma, embora fosse mais forte e mais leve do que qualquer metal. O segredo de sua fabricação fora perdido havia muito tempo e nenhuma capa nova fora fabricada em mil anos. Lirael apalpou uma das escamas e ficou surpresa ao se descobrir pensando: "Sam poderia fazer isso", embora ela não tivesse razão real para supor tal coisa.

Sobre a capa blindada Lirael usava o manto de estrelas douradas e chaves prateadas. A correia dos sinos ficaria cruzada sobre ele, mas Lirael ainda tinha de colocá-lo. Sam havia pegado as flautas de Pã relutantemente, mas Lirael mantivera o Espelho Negro em sua bolsa. Ela sabia que era muito provável que tivesse a necessidade de olhar para dentro do passado novamente.

Sua espada, Nehima, seu arco e aljava do Clayr, e um pacote leve, preenchido pelos enviados com coisas variadas que ela não tivera a oportunidade de ver, completavam seu equipamento.

Antes que fosse se reunir a Sam e Mogget no andar inferior, Lirael parou por um momento para se olhar no alto espelho prateado que estava pendurado na parede de seu quarto. A imagem que a encarou tinha pouca semelhança com a segunda bibliotecária assistente do Clayr. Ela viu uma guerreira jovem e cruel, o cabelo escuro preso para trás com um cordão prateado, em vez de caído sobre o rosto. Ela não usava mais seu colete de bibliotecária, e, em vez de um punhal provindo da biblioteca, trazia a longa Nehima ao seu lado. Mas não conseguira deixar sua identidade inicial se perder completamente. Tomando a ponta de um fio solto de seu colete, ela traçou um cordão único de seda vermelha, enrolou o dedo mindinho por várias vezes com ele para fazer um anel, apertou-o e o enfiou na pequena bolsa que estava no cinto com o Espelho Negro. Poderia não usar mais o colete, mas parte dele sempre viajaria com ela.

Ela se tornara um Abhorsen, pensou Lirael. Ao menos exteriormente.

O sinal mais visível tanto de sua nova identidade quanto de seu poder como um Abhorsen-em-Espera era a correia de sinos. Aquela que Sabriel tinha dado para Sam depois que misteriosamente aparecera na casa no inverno anterior. Lirael afrouxou as bolsinhas de couro uma por uma, enfiando os dedos para sentir a fria prata e o mogno, e o delicado equilíbrio entre Magia Livre e sinais da Ordem tanto no metal quanto na madeira. Lirael teve cuidado para não deixar os sinos soarem, mas até mesmo o toque de seu dedo na borda de um sino era suficiente para convocar alguma coisa da voz e da natureza de cada um deles.

O menor dos sinos era Ranna. Indutor de Sono, alguns o chamavam. Sua doce voz induzia aqueles que a ouviam ao adormecimento.

O segundo sino era Mosrael, o Despertador. Lirael tocou-o muito levemente, pois Mosrael equilibrava a Vida com a Morte. Manipulado apropriadamente, traria a Morte de volta à Vida e lançaria o manipulador da Vida para a Morte.

Kibeth era o terceiro sino, o Caminhante. Garantia liberdade de movimento aos Mortos, ou poderia ser usado para fazê-los caminhar para onde o manipulador quisesse. Contudo, poderia se transformar num sineiro e fazê-la marchar, geralmente para algum lugar para o qual ela não gostaria de ir.

O quarto sino era chamado Dyrim, o Falador. Esse era o sino mais musical, de acordo com o *Livro dos Mortos*, e um dos mais difíceis de usar. Dyrim podia devolver o poder de fala aos Mortos. Podia, também, revelar segredos, ou até permitir a leitura da mente. Tinha outros poderes mais sombrios, favorecidos por necromantes, pois Dyrim podia imobilizar uma língua tagarela para todo o sempre.

Belgaer era o nome do quinto sino. O Pensador. Belgaer podia reparar a erosão da mente que frequentemente ocorria na Morte, restaurando os pensamentos e a memória dos Mortos. Podia também apagar esses pensamentos, tanto na Vida quanto na Morte, e nas mãos dos necromantes era usado para dividir a mente dos inimigos. Às vezes, dividia a mente do necromante, pois Belgaer gostava do som de sua própria voz e tentava aproveitar a oportunidade de cantar conforme bem entendesse.

O sexto sino era Saraneth, também conhecido como Prendedor. Saraneth era o favorito de todos os Abhorsens. Grande e digno de confiança, era poderoso e fiel. Saraneth era usado para dominar e prender os Mortos, para fazê-los obedecer aos desejos e ordens do seu manipulador.

Lirael relutou em tocar o sétimo sino, mas sentiu que não seria diplomático ignorar o mais poderoso de todos eles, embora fosse frio e aterrador ao seu toque.

Astarael, o Pesaroso. O sino que lançava todos os que o ouviam para dentro da Morte.

Lirael retirou o dedo e examinou metodicamente cada bolsinha, assegurando que as linguetas de couro ficassem no lugar e as tiras apertadas, mas também capazes de serem desfeitas com uma das mãos. Depois, vestiu a correia. Os sinos eram dela, e ela havia aceitado o armamento dos Abhorsens.

Sam estava esperando por ela lá fora, na porta da frente, sentado nos degraus. Ele estava igualmente armado e equipado, embora não portasse um arco ou uma correia de sinos.

– Eu achei isso no arsenal – disse ele, erguendo uma espada e inclinando a lâmina para que Lirael pudesse ver os sinais da Ordem gravados no aço. – É uma das espadas, mas é enfeitiçada para a destruição dos Mortos.

– Antes tarde do que nunca – observou Mogget, que estava sentado no degrau da frente com aparência mal-humorada.

Sam ignorou o gato, puxou uma folha de papel de dentro de sua manga e a estendeu para Lirael.

– Esta é a mensagem que eu enviei pelo falcão mensageiro para Barhedrin. O posto de guarda de lá vai mandá-la para o Muro e ela será repassada aos moradores da Terra dos Ancestrais, que irão... hum... enviá-la através de um aparelho chamado telégrafo para meus pais em Corvere. É por isso que está escrita em "telegrafês", que é bem estranho se você não está acostumada a ele. Havia quatro falcões no viveiro – sem contar o de Ellimere, que não voará novamente por uma ou duas semanas – de modo que enviei dois a Belisaere para Ellimere e dois para Barhedrin.

PARA REI PEDRA DE TOQUE E ABHORSEN
SABRIEL
EMBAIXADA DO REINO ANTIGO
CORVERE TERRA DOS ANCESTRAIS
CÓPIA ELLIMERE VIA FALCÃO MENSAGEIRO

A CASA ESTÁ CERCADA MORTOS MAIS CHLORR AGORA MORTO MAIOR PONTO HEDGE É NE-CROMANTE PONTO NICK ESTÁ COM HEDGE PONTO ELES DESENCAVAM O MAL PERTO DE BORDA PONTO VAMOS PARA BORDA MAIS TIA LIRAEL A PRINCÍPIO CLAYR AGORA ABHOR-SEN-EM-ESPERA PONTO MAIS MOGGET E MAIS CÃO DA ORDEM DE LIRAEL PONTO FAREMOS O QUE PUDERMOS PONTO MANDE AJUDA POR CORREIO PRÓPRIO URGENTE PONTO DUAS SEMANAS ANTES DO DIA DO SOLSTÍCIO DE VERÃO SAMETH FIM

A mensagem estava realmente escrita de modo estranho, mas fazia sentido, pensou Lirael. Dadas as limitações da mente dos falcões mensageiros, o "telegrafês" era provavelmente uma boa forma de comunicação, mesmo quando o telégrafo não estava envolvido.

— Espero que os falcões consigam fazê-lo — disse ela, quando Sam pegou o papel de volta. Em algum lugar lá no nevoeiro os Corvos Sanguinários se moviam furtivamente, um bando de pássaros cadavéricos animados por um único espírito Morto. Os falcões mensageiros teriam de passar por eles, e talvez por outros perigos também, antes que pudessem chegar com o despacho até Barhedrin e Belisaere.

— Não podemos contar com isso — disse o Cão. — Você está pronta para descer pelo poço?

Lirael desceu os degraus e deu alguns passos ao lado da trilha de tijolos vermelhos. Ajeitou sua mochila um pouco mais para o alto nas costas e apertou as correias. Depois, ergueu os olhos para o céu ensolarado, agora apenas uma pequena nesga de azul, as muralhas de nevoeiro cercando-o por três flancos e a névoa da cachoeira pelo quarto lado.

— Acho que estou pronta — disse ela.

Sam pegou sua mochila, mas, antes que a colocasse, Mogget saltou sobre ela e deslizou para baixo da aba do topo. Tudo que podia ser visto eram seus olhos verdes e uma orelha branca peluda.

— Lembrem-se que eu os adverti contra esse caminho — informou ele. — Acordem-me quando acontecer qualquer coisa terrível que esteja por acontecer, e se parecer que posso ficar encharcado.

Antes que qualquer um deles pudesse responder, Mogget se enrodilhou no interior da mochila, e até seus olhos e aquela orelha desapareceram.

— Por que eu tenho de transportá-lo? — perguntou Sam, ofendido. — Presume-se que ele é servidor do Abhorsen.

Uma pata surgiu de dentro da mochila e uma unha se fincou na nuca de Sam, embora sem rasgar a pele. Sam recuou e praguejou.

O Cão se ergueu sobre a mochila e a envolveu com suas patas dianteiras. Sam cambaleou e praguejou novamente quando o Cão disse:

— Ninguém vai carregar você se não se comportar, Mogget.

— E você também não vai ganhar nenhum peixe — resmungou Sam, esfregando o pescoço.

Uma dessas ameaças, ou talvez as duas, funcionou, ou Mogget afundara no sono. Em todo caso, nem a pata nem sua voz sarcástica voltaram a aparecer. O Cão se abaixou, Sam terminou de ajeitar as correias da mochila e eles partiram pela trilha de tijolos.

Quando a porta da frente se fechou atrás deles, Lirael se virou e viu que todas as janelas estavam repletas de enviados. Centenas deles, amontoados bem junto aos vidros, de modo que seus mantos com capuz pareciam a pele de alguma criatura gigantesca, suas mãos debilmente reluzentes se assemelhando a muitos olhos. Eles não acenaram nem se moveram de todo, mas Lirael teve a incômoda impressão de que estavam dizendo adeus. Como se eles não esperassem ver esse Abhorsen-em-Espera em particular retornar.

O poço estava a apenas trinta metros da porta da frente, escondido sob uma emaranhada cadeia de rosas silvestres que Lirael e Sam tiveram de cortar para poder passar, parando a cada momento para chupar os dedos feridos pelos espinhos. Esses eram anormalmente compridos e pontudos, Lirael achou, mas sua experiência com flores era limitada. O Clayr possuía jardins subterrâneos e vastas estufas iluminadas por sinais da Ordem, mas a maior parte era dedicada a verduras e frutas, e havia apenas um jardim de rosas.

Assim que as trepadeiras de rosas foram abertas, Lirael viu uma tampa circular feita com a madeira de grossas pranchas de carvalho, de quase três metros de diâmetro, disposta com segurança dentro de um círculo baixo de pedras brancas pálidas. A tampa era presa em quatro pontos por correntes de bronze, as argolas ligadas diretamente às pedras e à madeira, de modo que não havia necessidade de cadeados.

Sinais da Ordem para trancafiar e tapar vagavam tanto pela madeira quanto pelo bronze, sinais cintilantes apenas visíveis à luz do sol, até que Sam tocou a cobertura e eles se acenderam num clarão repentino.

Sam estendeu a mão sobre uma das correntes de bronze, sentindo os sinais dentro dela e analisando o feitiço. Lirael olhava sobre o seu ombro. Ela não conhecia metade dos sinais, mas ouviu Sam murmurando nomes para si mesmo como se fossem familiares para ele.

— Você consegue abri-lo? — perguntou Lirael. Ela conhecia vintenas de sinais para abrir portas e portões, e tinha experiência prática de abrir caminhos para muitos lugares nos quais se supunha que não devia ter entrado na Grande Biblioteca do Clayr. Mas instintivamente notou que nenhum deles funcionaria ali.

— Acho que sim — respondeu Sam com hesitação. — É um feitiço incomum, e há um monte de sinais que não conheço. Até onde posso decifrar, há dois modos pelos quais pode ser aberto. Um eu não entendo de modo algum. Mas o outro...

Ele silenciou quando ele tocou a corrente novamente e sinais da Ordem saíram do bronze para vagar sobre sua pele e depois fluir para dentro da madeira.

— Eu acho que devemos soprar junto às correntes... ou beijá-las... só que tem de ser a pessoa certa. O feitiço diz "o sopro de meus filhos". Mas não sei decifrar de quem são esses filhos ou o que isso significa. Quaisquer filhos do Abhorsen, suponho.

— Tente — sugeriu Lirael. — Um primeiro sopro, só para ver no que dá.

Sam pareceu incerto, mas curvou a cabeça, tomou fôlego e soprou sobre a corrente.

O bronze se embaçou com o sopro e perdeu o brilho. Os sinais da Ordem brilharam e se moveram. Lirael prendeu o fôlego. Sam se levantou e se pôs de lado, quando o Cão Indecente se aproximou e cheirou.

De repente, a corrente gemeu alto e todos saltaram para trás. Depois, uma nova argola saiu da pedra aparentemente sólida, seguida por outra e mais outra, enquanto a corrente chocalhava conforme ia se enrolando no chão. Em poucos segundos formou-se um empilhamento extra de correntes de seis ou sete pés, suficiente para aquele canto da tampa do poço ser levantado.

— Muito bom — disse o Cão Indecente. — Você dará o segundo sopro, patroa.

Lirael se curvou sobre a corrente seguinte e soprou levemente sobre ela. Nada aconteceu por um momento e ela sentiu uma ponta de incerteza. Sua identidade como Abhorsen era tão nova, e tão precária, que podia ser facilmente posta em dúvida.

Então, a corrente gelou, os sinais brilharam e as argolas começaram a jorrar da pedra com o chocalhar agudo do metal. O som ecoou imediatamente do outro lado, quando Sam soprou sobre a terceira corrente.

Lirael soprou sobre a última corrente, tocando-a por um momento ao tomar fôlego. Ela sentiu os sinais tremerem sob seus dedos, a vívida reação de um feitiço da Ordem que sabia que sua hora era chegada. Como uma pessoa esticando os músculos naquele momento imóvel antes do início de uma corrida.

Com a soltura das correntes, Lirael e Sam puderam erguer uma ponta da tampa e fazê-la deslizar. Era muito pesada, de modo que eles não a puxaram completamente para fora, fazendo apenas uma abertura grande o suficiente para que descessem com suas mochilas às costas.

Lirael esperou que um cheiro úmido e desagradável saísse do poço aberto, mesmo que o Cão houvesse dito que ele não estava cheio de água. Havia um cheiro forte o bastante para encobrir o aroma das rosas, mas não era de velha água estagnada. Era um agradável odor herbáceo que Lirael não conseguiu identificar.

— Que cheiro é este que estou sentindo? — perguntou ela ao Cão, cujo nariz havia sempre captado cheiros e odores que Lirael não podia nem sentir, pronunciar ou imaginar.

— Provavelmente de nada — respondeu o Cão. — A menos que você tenha melhorado recentemente.

— Não — disse Lirael com paciência. — Há um cheiro particular saindo do poço. Uma planta, ou uma erva. Mas eu não consigo saber de onde vem.

Sam cheirou o ar e sua testa se enrugou enquanto refletia.

— É alguma coisa usada em cozinha — disse ele. — Não que eu tenha muito de cozinheiro. Mas senti esse cheiro nas cozinhas do palácio, quando havia cordeiro assado, acho.

— É rosmaninho — disse o Cão laconicamente. — E há amaranto também, embora vocês provavelmente não consigam sentir o cheiro.

— Fidelidade no amor — disse uma voz baixa que saiu da mochila de Sam. — Com a flor que nunca morre. E você ainda me diz que ela não está ali?

O Cão não respondeu a Mogget, mas enfiou o focinho no poço. Farejou ao redor por pelo menos um minuto, empurrando o focinho mais e mais dentro do poço. Quando recuou, espirrou duas vezes e balançou a cabeça.

— Velha perfumaria, velha feitiçaria — disse ele. — O cheiro já está desaparecendo.

Lirael cheirou para testar, mas o Cão estava certo. Ela só conseguia sentir o cheiro das rosas agora.

— Há uma escada — disse Sam, que também estava olhando para dentro do poço, uma luz invocada pela Ordem oscilando sobre sua cabeça. — De bronze, igual às correntes. Fico pensando por que não consigo ver o fundo ou nenhuma água, apesar disso.

— Descerei primeiro — disse Lirael. Sam pareceu prestes a protestar, mas deu um passo para trás. Ele não soube se fizera isso porque tinha medo ou porque estava obedecendo à autoridade familial de Lirael como sua recém-descoberta tia ou porque ela era agora o Abhorsen-em-Espera.

Ela olhou para dentro do poço. A escada de bronze cintilava próxima ao topo, desaparecendo na escuridão. Lirael havia subido, descido e atravessado muitos túneis e passagens perigosos na Grande Biblioteca do Clayr. Mas isso fora em tempos mais inocentes, embora houvesse experimentado sua dose de perigo. Agora, tinha um senso de grandes e malignos poderes em funcionamento no mundo, de um terrível destino já posto em movimento. Os Mortos cercando a casa eram apenas uma pequena parte visível disso. Ela se lembrou da visão que o Clayr lhe exibira, do poço próximo ao Lago Vermelho, e do terrível fedor da Magia Livre que provinha de qualquer que fosse o ser que fora desenterrado ali.

"Descer por esse buraco escuro era apenas o início", pensou Lirael. Seu primeiro passo na escada de bronze seria o primeiro passo real de sua nova identidade, o primeiro passo de um Abhorsen.

Deu uma última olhadela para o sol, ignorando as muralhas íngremes do nevoeiro que se erguiam de ambos os lados. Depois ajoelhou-se e cautelosamente adentrou o fundo do poço, seus pés procurando apoios seguros na escada.

O Cão Indecente foi logo atrás dela, suas patas se alongando para formar dedos grossos que agarravam a escada melhor do que quaisquer dedos humanos. Sua cauda roçava no rosto de Lirael de vez em quando, balançando com entusiasmo maior do que Lirael poderia ter juntado se tivesse uma cauda ela mesma.

Sam foi por último, sua luz da Ordem ainda pairando sobre a cabeça, Mogget se agarrando com segurança em sua mochila.

Quando as botas de Sam ressoaram nas travessas da escada, houve um ruído em resposta lá em cima, quando as correntes subitamente se contraíram. Ele mal teve tempo para retirar as mãos antes que a tampa fosse puxada para fechar e batida no seu lugar de origem com um ribombo e um choque ensurdecedores.

— Bem, nós não vamos voltar por esse caminho — disse Sam, com um ânimo forçado.

— Se é que vamos voltar — sussurrou Mogget, sua voz tão baixa que talvez ninguém o ouvisse. Mas Sam hesitou por um momento e o Cão soltou um rosnado surdo, enquanto Lirael continuou a descer, guardando com carinho aquela última lembrança do sol à medida que eles descem cada vez mais para o fundo dos escuros recessos da terra.

capítulo três

amaranto, rosmaninho e lágrimas

A escada descia sem parar. A princípio Lirael contou os degraus, mas, quando chegou a 996, desistiu. E eles ainda estavam descendo. Lirael também havia invocado uma luz da Ordem. A luz flutuava acima de seus pés, para complementar aquela que Sam trazia dançando acima de sua cabeça. À luz desses dois globos reluzentes, com as sombras das travessas pairando na parede do poço, Lirael achou fácil imaginar que eles estavam de algum modo presos na escada, repetindo o mesmo trecho continuamente.

Um moinho do qual eles nunca poderiam sair. Essa fantasia cresceu e ela começou a achá-la real, quando subitamente seu pé topou com pedra, em vez de bronze, e sua luz da Ordem refletiu à altura do seu joelho.

Eles chegaram ao fundo do poço. Lirael pronunciou um sinal da Ordem e sua luz subiu para se juntar à palavra proferida, circulando perto de sua cabeça. Sob essa luz, viu que eles estavam em uma câmara retangular, grosseiramente desbastada da pedra muito vermelha. Uma passagem partia da câmara para dentro da escuridão. Havia um balde de ferro junto à passagem, cheio de algo que se parecia com tochas, simples pedaços de madeira encimados por farrapos embebidos em petróleo.

Lirael foi em frente enquanto o Cão Indecente pulava para trás dela, seguido de perto por Sam.

— Suponho que esse seja o caminho — sussurrou Lirael, indicando a passagem. De algum modo, ela sentia que seria mais seguro não erguer a sua voz.

O Cão cheirou o ar e fez que sim.

— Eu me pergunto se devo tomar... — disse Lirael, estendendo a mão para pegar uma das tochas. Mas antes mesmo que sua mão pudesse se fechar, a tocha se desfez em pó. Lirael recuou, quase caindo sobre o Cão, que por sua vez recuou sobre Sam.

— Cuidado! — gritou Sam. Sua voz ecoou no túnel do poço e reverberou para além de Lirael, pelo corredor afora.

Lirael estendeu a mão novamente, mais cautelosa, mas as outras tochas também se desfizeram. Quando tocou no balde, ele se desfez, deixando em seu lugar uma pilha de cacos enferrujados.

— O tempo realmente nunca falha — disse o Cão enigmaticamente.

— Suponho que temos de seguir em frente — disse Lirael, mas ela estava realmente falando consigo mesma. Eles não precisavam das tochas, mas ela teria se sentido melhor com uma.

— Quanto mais rápido, melhor — disse o Cão. Ele estava cheirando o ar novamente. — Não queremos nos demorar aqui embaixo.

Lirael fez que sim. Deu um passo para a frente, depois hesitou e sacou sua espada. Sinais da Ordem arderam na lâmina quando se soltou da bainha e o nome da espada ondulou sobre o aço, rapidamente se transformando na inscrição que Lirael vira anteriormente. Ou era diferente? Ela não conseguia se lembrar, e as palavras ondularam para longe rápido demais para que ela tivesse certeza.

O Clayr viu uma espada e então eu fui feita. Lembrem-se dos Construtores do Muro. Lembrem-se de mim.

O que quer que ela estivesse dizendo, a luz extra reconfortou Lirael, ou talvez fosse apenas a sensação da Nehima em suas mãos.

Ela ouviu Sam sacar sua espada atrás dela. Ele esperou por alguns segundos até ela recomeçar a andar. Obviamente não queria tropeçar e empalar o Cão ou Lirael por trás, uma precaução com que Lirael concordava totalmente.

Pelos primeiros cem passos, mais ou menos, a passagem era de pedra trabalhada. Depois, isso subitamente terminou e eles chegaram a um túnel que não era o trabalho de ferramenta alguma. A pedra vermelha cedeu caminho a uma pálida pedra de um branco esverdeado que refletia as luzes da Ordem, fazendo Lirael tapar os olhos. O túnel parecia ter sido erodido e não trabalhado, e havia sinais de muitos redemoinhos e turbilhões sobre o teto, o piso e as paredes. No entanto, até eles pareciam estranhos, contrários ao que deveriam ser, embora Lirael não soubesse por quê. Ela apenas sentia sua estranheza.

— Nenhuma água jamais passou por esse caminho — disse Sam. Ele estava sussurrando também agora: — A menos que tenha corrido para a frente e para trás ao mesmo tempo em diferentes níveis. E eu nunca vi esse tipo de pedra.

— Devemos nos apressar — disse o Cão. Havia alguma coisa em sua voz que fez Lirael se mover com mais rapidez. Uma ansiedade que ela nunca ouvira antes. Talvez até medo.

Eles se puseram a caminhar mais rapidamente, tão quanto podiam sem o risco de tropeçar ou cair dentro de algum buraco escondido. O estranho e reluzente túnel prosseguiu pelo que pareceram vários quilômetros, e depois se abriu para uma caverna, novamente esculpida por meios desconhecidos na mesma pedra refletida. Havia três túneis a partir dela, e Lirael e Sam pararam enquanto o Cão cheirava cuidadosamente cada uma das entradas.

Havia uma pilha do que Lirael achou serem pedras no canto da caverna, mas, quando olhou para ela mais de perto, percebeu que era na verdade um montículo de ossos velhos e pulverulentos misturados com pedaços de metal. Tocando o montículo com a ponta da bota, ela separou vários cacos de prata embaciada e o fragmento de uma mandíbula humana, ainda mostrando um dente não quebrado.

— Não toque nisso — advertiu Sam num sussurro precipitado, quando Lirael se curvou para examinar os fragmentos de metal.

Lirael se deteve, suas mãos ainda estendidas.

— Por que não?

— Não sei — respondeu Sam, com um tremor inconsciente ondulando por sua pele. — Mas isso é metal de sino, acho. Melhor deixá-lo de lado.

— Sim — concordou Lirael. Ela se levantou e não conseguiu deixar de tremer também. Ossos humanos e metal de sino. Eles haviam encontrado Kalliel. O que era este lugar? E por que o Cão estava demorando tanto para decidir qual caminho tomar?

Quando ela articulou a pergunta, o Cão Indecente interrompeu o farejar e apontou com a pata direita para o túnel central.

— Este — disse o Cão, mas Lirael percebeu certa falta de entusiasmo nele. O sabujo não havia falado com total confiança e até seu apontar havia vacilado. Se ele estivesse numa competição de apontar, teria perdido pontos.

O túnel era significativamente mais amplo que o anterior, e o teto, mais alto. Ele também pareceu diferente para Lirael, e não porque havia ali mais espaço para se movimentar. A princípio ela não conseguiu precisar o que era; depois, percebeu que o ar em torno dela estava ficando mais frio. E teve uma estranha sensação em torno de seus pés e tornozelos, como se houvesse ali uma coisa que estivesse correndo em volta de seus calcanhares. Uma correnteza que zunia de um lado e depois de outro, mas não havia água alguma ali.

Ou havia? Quando olhou diretamente para a frente e para baixo, Lirael só viu pedras. Mas quando olhou pelo canto dos olhos, conseguiu ver água correndo. Vindo por trás deles, passando e depois refluindo de volta, como uma onda batendo na praia. Uma onda que estava tentando derrubá-los e varrê-los de volta para o caminho pelo qual tinham vindo.

De um modo muito inquietante, ela a fazia se lembrar do rio da Morte. Mas não sentia que eles estivessem na Morte, e à parte do frio crescente e da visão periférica do rio, todos os seus sentidos diziam-lhe que ela estava firmemente na Vida, embora num túnel muito estranho, muito abaixo do chão.

Então, sentiu o cheiro de rosmaninho novamente, com alguma coisa mais doce, e naquele momento os sinos na correia cruzada em seu peito começaram a vibrar em suas bolsinhas. Com os badalos imobilizados pelas linguetas de couro, eles não podiam soar, mas ela conseguia senti-los se movendo e tremendo, como se estivessem tentando se libertar.

— Os sinos! — deu ela um grito sufocado. — Eles estão vibrando... eu não sei o que...

— As flautas! — gritou Sam, e Lirael ouviu uma breve cacofonia quando as flautas de Pã soaram junto com as vozes de todos os sete sinos, antes que fossem repentinamente interrompidas.

— Não! — gritou uma voz que demoraram a reconhecer como a de Mogget. — Não!

— Corram! — urrou o Cão.

Em meio aos gritos, alaridos e urros, a luz da Ordem acima da cabeça de Lirael de repente se reduziu a pouco mais que um brilho débil.

Depois sumiu.

Lirael parou. Havia alguma luz dos sinais na lâmina da Nehima, mas estavam desaparecendo também, e a espada estava se contorcendo estranhamente em sua mão. Ondulando-se de um modo que nenhuma coisa feita de aço poderia jamais se mover, ficou viva, nem tanto uma espada agora quanto uma criatura semelhante a uma enguia, contorcendo-se e crescendo em sua mão. A pedra verde no punho tornou-se um olho reluzente e sem pálpebra e o fio de prata no cabo havia se tornado uma fileira de dentes brilhantes.

Lirael fechou os olhos e embainhou a espada, cravando-a com força na bainha antes de relaxar de alívio. Depois, abriu os olhos e observou ao redor. Ou tentou observar. Toda a luz dourada da Ordem desapareceu e estava escuro. A escuridão total da terra profunda.

No vácuo negro Lirael ouviu panos se rasgando e rompendo, e Sam gritou.

— Sam! — gritou ela. — Por aqui! Cão!

Não houve resposta, mas ela ouviu o Cão grunhir, seguido por uma risada suave e surda. Um riso terrível e zombeteiro disfarçado que deixou os cabelos de sua nuca arrepiados. Tornou-se ainda pior porque havia alguma coisa familiar nele. A risada de Mogget, perversa e sinistra.

Desesperadamente, Lirael tentou recorrer à Ordem para convocar um novo feitiço de luz. Mas não havia nada ali. Em vez da Ordem, ela sentiu uma terrível, fria presença, que reconheceu imediatamente. A Morte. Era tudo que ela conseguia sentir.

A Ordem desaparecera, ou ela não podia penetrar nela.

O pânico começou a crescer quando o riso zombeteiro se aprofundou e a escuridão a pressionou. Então os olhos de Lirael registraram uma débil mudança. Ela ficou consciente de tons de cinza sutis na escuridão, e sentiu uma breve esperança de que haveria luz. Então, viu a mais débil migalha de iluminação faiscar e crescer firmemente até se tornar uma poça de luz feroz, luminosa e branca. Com a luz veio o fedor de metal quente da Magia Livre, um cheiro que rolou em ondas, cada uma delas causando um engasgo automático quando a bílis se ergueu na garganta de Lirael.

Sam se moveu com a luz, aparecendo ao lado de Lirael como se houvesse fluído para ali. Sua mochila estava aberta no topo, com as bordas esfarrapadas no lugar onde alguma coisa tinha cortado. Sua espada estava embainhada e ele segurava as flautas de Pã com as duas mãos, os dedos apertados sobre os buracos. As flautas estavam vibrando, lançando um zumbido surdo que Sam estava tentando desesperadamente abafar. Lirael apertou seu próprio braço junto à correia de sinos, para tentar imobilizá-los.

O Cão estava entre a poça de luz branca e Lirael, mas não era o Cão como Lirael o conhecia. Ainda tinha a forma de um cão, mas a coleira de sinais da Ordem desaparecera e ele era mais uma vez uma criatura de escuridão intensa, contornada por fogo branco. O Cão devolveu o olhar e abriu a boca.

— Ela está aqui! — bradou uma voz que era e não era a do Cão, pois penetrou nos ouvidos de Lirael e a fez contrair a mandíbula. — Mogget está livre! Corram!

Lirael e Sam ficaram imóveis quando os ecos da voz do Cão passaram por eles. A poça de luz branca estava faiscando e estalando, girando no sentido anti-horário à medida que se erguia para formar o vulto de um humanoide comprido e fino demais.

Mas, mais além da coisa que era Mogget libertado, uma luz ainda mais luminosa brilhava. Uma coisa tão brilhante que Lirael percebeu que fechara os olhos e a via através de suas pálpebras, chamuscadas com a imagem de uma mulher. Ela era absurdamente alta, sua cabeça inclinada, mesmo nesse túnel alto, estendendo os braços para abarcar a criatura Mogget, o Cão, Lirael e Sam.

Um rio fluía em volta da mulher brilhante. Um rio gelado que Lirael reconheceu imediatamente. Era o rio da Morte, e a criatura o estava trazendo até eles, que não o atravessariam, mas seriam engolfados e levados embora. Lançados para baixo e para cima, carregados numa torrente para o Primeiro Portal e além. Nunca mais poderiam tomar o caminho de volta.

Lirael teve tempo, apenas, para formar uns poucos pensamentos finais e medonhos.

Eles falharam tão depressa!
Tantos dependiam deles!
Tudo estava perdido.
Então, o Cão Indecente gritou:
— Fujam! — Depois latiu.

O latido estava impregnado de Magia Livre. Sem abrir os olhos, sem pensamento consciente, Lirael deu um giro e de repente flagrou-se correndo, correndo, correndo como nunca. Corria sem cuidado, penetrando no desconhecido, longe do poço e da casa, seus pés encontrando os desvios e curvas do túnel; muito embora tivessem deixado a luz branca para trás e na escuridão, ela não podia notar se seus olhos estavam abertos ou não.

Ela correu por cavernas, câmaras e caminhos estreitos, sem saber se Sam corria com ela ou se estava sendo perseguida.

Não era o medo que a impulsionava, pois ela não sentia medo. Ela era outra pessoa, trancada no interior de seu corpo, uma máquina que avançava sempre sem sensações, agindo sob instruções que não brotavam dela mesma.

Depois, tão repentinamente como começara, a compulsão de correr parou. Lirael caiu no chão, estremecendo, tentando extrair fôlego de seus pulmões extenuados. A dor percorreu todos os seus músculos e ela se contraiu numa bola de cãibras, massageando freneticamente os músculos da barriga da perna enquanto reprimia gritos de dor.

Alguém estava perto dela, fazendo a mesma coisa, e, quando a razão retornou, Lirael viu que era Sam. Havia uma luz baça caindo de algum lugar à frente, suficiente para revelá-lo. Uma luz natural, embora muito difusa.

Hesitando, Lirael tocou na correia dos sinos. Estava imóvel, os sinos em repouso. Sua mão caiu sobre o cabo da Nehima e ela ficou aliviada ao sentir a solidez da pedra verde no punho e o fio de prata não mais que fio de prata.

Sam gemeu e se levantou. Ele se encostou à parede com sua mão esquerda e escondeu as flautas de Pã com a direita. Lirael viu a mão agitar-se num movimento cuidadoso, e uma luz da Ordem floresceu em sua palma.

— Ela desapareceu, você sabe — disse ele, deslizando de volta da parede para se sentar encarando Lirael. Parecia calmo, mas estava obviamente em choque. Lirael percebeu que ela estava também quando tentou se levantar, e simplesmente não conseguiu.

— Sim — respondeu ela. — A Ordem.

— O que quer que fosse aquilo — continuou Sam —, da Ordem não era. E quem era ela?

Lirael balançou a cabeça, tanto para clareá-la quanto para indicar sua incapacidade de responder. Ela a balançou outra vez imediatamente, tentando forçar seus pensamentos à ação novamente.

— Seria melhor... nós voltarmos — disse ela, pensando no Cão enfrentando tanto Mogget quanto aquela mulher brilhante sozinho no escuro. — Não posso abandonar o Cão.

— E quanto a *ela*? — perguntou Sam, e Lirael sabia a quem ele se referia. — E Mogget?

— Vocês não precisam voltar — disse uma voz vinda dos profundos recessos da passagem. Lirael e Sam instantaneamente saltaram, descobrindo nova força e propósito. Suas espadas foram sacadas e Lirael descobriu que estava com uma das mãos sobre Saraneth, embora não tivesse ideia do que fosse fazer com o sino. Nenhuma sabedoria do *Livro dos Mortos* ou do *Livro da lembrança e do esquecimento* veio à sua mente.

— Sou eu — disse a voz num tom ofendido, e o Cão Indecente lentamente penetrou na luz, sua cauda entre as pernas e a cabeça abaixada. Exceto por sua pose incaracterística, parecia de volta ao normal, ou ao que era normal para ele, com o profundo e vívido brilho de muitos sinais da Ordem mais uma vez em torno do pescoço, e seu pelo curto marrom e dourado, exceto por suas costas, onde era preto.

Lirael não hesitou. Baixou Nehima e se lançou sobre o Cão, enterrando o rosto no pescoço de seu amigo. O Cão lambeu a orelha de Lirael sem seu entusiasmo habitual, e ela nem mesmo tentou uma beliscadinha afetuosa.

Sam ficou relutante, com sua espada ainda na mão.

– Onde está Mogget? – perguntou ele.

– Ela queria falar com ele – respondeu o Cão, lançando-se cheio de aflição sobre os pés de Lirael. – Eu errei. Coloquei você em terrível perigo, patroa.

– Eu não entendo – respondeu Lirael. Sentiu-se incrivelmente cansada de repente. – O que aconteceu? A Ordem... a Ordem pareceu de repente... não existir.

– Foi a chegada dela – disse o Cão. – É destino dela que seu eu consciente esteja sempre do lado de fora do que ela escolhe fazer, da Ordem de que seu eu desconhecido é parte. No entanto, ela controlou a mão quando poderia ter facilmente envolvido vocês em seu abraço. Eu não sei por quê, ou o que isso significa. Acreditei que ela estivesse além de qualquer interesse nas coisas deste mundo, e por isso julguei que passaríamos ilesos por aqui. Contudo, quando forças antigas se agitam, muitas coisas são despertadas. Eu deveria ter suposto que seria assim. Perdoe-me.

Lirael nunca vira o Cão tão humilhado, e isso a assustou mais do que qualquer coisa. Ela o coçou em torno das orelhas e ao longo da mandíbula, procurando dar tanto conforto quanto o que recebia. Mas suas mãos tremiam e ela sentia que a qualquer momento romperia em lágrimas. Para tentar detê-las, tomou fôlegos lentos, contando-os e excluindo-os.

– Mas... o que vai acontecer com Mogget? – perguntou Sam, sua voz vacilante. – Ele foi libertado! Ele tentará matar o Abhorsen... Mamãe... ou Lirael! Não temos o anel para prendê-lo novamente!

Lirael soltou o fôlego e não tomou outro. Como poderia Mogget não voltar?

– O quê? – perguntou Sam. – Mas ele é... bem, eu não sei o quê, mas é poderoso... um espírito da Magia Livre...

– Quem é ela? – perguntou Lirael. Ela falou muito seriamente ao pegar o Cão Indecente pela mandíbula e olhar fixo para seus olhos escuros e profundos. O Cão tentou desviá-los, mas Lirael segurou-o firmemente. O sabujo fechou os olhos com esperança, apenas para ser derrotado quando Lirael bateu em seu nariz e eles se abriram com um estalo outra vez.

— Você saber não a ajudará, já que não poderá entender — disse o Cão, sua voz repleta de grande cansaço. — Ela não existe mais realmente, exceto de quando em quando e numa parte ou noutra, em pequenos modos e pequenas coisas. Se não tivéssemos vindo por esse caminho, não teria existido, e agora que passamos, ela não mais existirá.

— Conte-me!

— Você sabe quem é ela, ao menos em certo nível — disse o Cão. Ele bateu o nariz de leve contra a correia de sinos de Lirael, deixando uma marca úmida no couro do sétimo sino, e uma única lágrima lenta rolou sobre seu focinho para molhar a mão de Lirael.

— Astarael? — sussurrou Sam incredulamente. O mais assustador de todos os sinos, o único em que ele nunca tocou em sua breve existência como guardião daquele conjunto. — O Pranteador?

Lirael soltou o Cão, e o sabujo prontamente enfiou a cabeça mais fundo no colo dela e soltou um longo suspiro.

Lirael coçou as orelhas do Cão outra vez, mas mesmo com a sensação da pele quente do cão sob sua mão não conseguiu deixar de fazer a pergunta que já havia feito.

— O que é você, então? Por que Astarael deixou você partir?

O Cão ergueu os olhos para ela e disse simplesmente:

— Eu sou o Cão Indecente. Um fiel servidor da Ordem e seu amigo. Sempre seu amigo.

Então Lirael chorou realmente, mas secou as lágrimas ao erguer o Cão pela coleira e afastá-lo para que ele pudesse se levantar. Sam pegou Nahima e silenciosamente estendeu a espada para ela. Os sinais da Ordem na lâmina ondularam quando Lirael tocou no cabo, mas nenhuma inscrição ficou visível.

— Se você tem certeza de que Mogget não virá, preso ou livre, então devemos seguir em frente — disse Lirael.

— Eu suponho que sim — disse Sam dubitativamente. — Embora eu me sinta... eu me sinta um pouco estranho. Eu fiquei meio acostumado a Mogget, e agora ele acabou... acabou sumindo? Quero dizer, será que ela... será que ela o matou?

— Não! — respondeu o Cão. Ele pareceu surpreso com a insinuação. — Não.

— O que aconteceu, então? — perguntou Sam.

— Não cabe a nós sabermos — disse o Cão Indecente. — Nossa missão está lá na frente, e Mogget está agora atrás de nós.

— Você está absolutamente certo de que ele não vai perseguir mamãe e Lirael? — perguntou Sam. Ele conhecia bem a história recente de Mogget e havia sido advertido desde bebê sobre o perigo que havia em se remover a coleira dele.

— Tenho certeza de que sua mãe está protegida contra Mogget do outro lado do Muro — disse o Cão, respondendo à pergunta de Sam apenas pela metade.

Sam não pareceu inteiramente convencido, mas fez um sinal de assentimento devagar, aceitando com relutância a afirmação do Cão.

— Não começamos bem — resmungou Sam. — Espero que melhore.

— Há luz do sol lá na frente, e uma saída — disse o Cão. — Você ficará mais feliz sob o sol.

— Deve estar escuro agora — disse Sam. — Quanto tempo nós ficamos debaixo da terra?

— Quatro ou cinco horas, no mínimo — respondeu Lirael com uma carranca. — Talvez mais, de modo que não deve haver sol.

Ela foi à frente do caminho pela caverna, mas, conforme foram se aproximando mais da entrada, ficou claro que havia sol. Logo, eles conseguiram ver uma fenda estreita à frente, e através dela um claro céu azul, enevoado pelo borrifo da grande cachoeira.

Assim que passaram a fenda, eles se acharam a várias centenas de metros a oeste da cachoeira, na base dos Rochedos Longos. O sol estava no meio do céu a oeste, a luz solar produzindo um arco-íris na enorme nuvem de que flutuava acima do borrifo das quedas de água.

— É de tarde — disse Sam, cobrindo os olhos para olhar perto do sol. Olhou ao longo da fileira de rochedos, depois ergueu a mão para avaliar quantos dedos o sol estava acima do horizonte. — Não mais que quatro horas.

— Perdemos praticamente um dia inteiro! — exclamou Lirael. Todo atraso significava uma grande chance de fracasso e seu ânimo se arrefeceu com mais esse retrocesso. Como eles podiam ter passado quase vinte e quatro horas debaixo da terra?

— Não — disse o Cão Indecente, que estava olhando para o sol e cheirando o ar. — Nós não perdemos um dia.

— Não? Mais? — sussurrou Lirael. Certamente que não. Se tivessem de algum modo passado semanas ou mais sob a terra, seria tarde demais para fazer qualquer coisa...

— Não — continuou o Cão. — Ainda é o mesmo dia em que saímos da casa. Talvez tenha passado uma hora desde que descemos pelo poço. Talvez menos.

— Mas... — Sam começou a dizer alguma coisa, e depois parou. Balançou a cabeça e olhou de novo para a fenda no rochedo.

— O Tempo e a Morte dormem lado a lado — disse o Cão. — Os dois são domínio de Astarael. Ela nos ajudou, a seu modo.

Lirael fez que sim, embora não se sentisse como se houvesse sido ajudada. Sentia-se chocada e cansada, e suas pernas doíam. Ela queria se enroscar sob o sol e despertar na Grande Biblioteca do Clayr com o pescoço dolorido, dormindo à sua escrivaninha, e com uma vaga lembrança de pesadelos perturbadores.

— Não consigo sentir nenhum Morto aqui embaixo — disse ela, depois de dispensar seu devaneio. — Já que recebemos a dádiva de uma tarde, acho que é melhor usá-la. Como voltaremos por cima dos rochedos?

— Há uma trilha a cerca de uma légua e meia a oeste — disse Sam. — É estreita e íngreme na maior parte, por isso não é usada frequentemente. O topo daquilo deve ser bem livre do nevoeiro e dos lacaios de Chlorr. Além dele, o Atalho Ocidental fica no mínimo a cinquenta quilômetros ou algo assim adiante. É por lá que a estrada passa.

— Como a trilha íngreme é chamada? — perguntou o Cão.

— Eu não sei. Mamãe a chamava apenas de os Degraus, eu acho. É muito estranha, realmente. Nela só cabe uma pessoa, e os degraus são baixos e profundos.

— Eu a conheço — disse o Cão. — Três mil degraus, e todos conduzem à água doce na base.

Sam concordou.

— Há uma fonte lá e a água é boa. Você quer dizer que alguém construiu a trilha toda só para conseguir um gole de água boa?

— Água, sim, mas não para beber — disse o Cão. — Estou feliz pela trilha ainda estar lá. Vamos a ela.

Com isso, o sabujo saltou para a frente, pulando sobre a extensão de blocos de pedra que ajudava a ocultar a fenda e as cavernas mais além.

Lirael e Sam seguiram mais tranquilamente, escalando as pedras. Ambos ainda estavam doloridos e tinham muitas coisas sobre o que pensar. Lirael em particular estava pensando nas palavras do Cão: "Quando forças antigas se agitam, muitas coisas despertam." Ela sabia que o que quer que fosse que Nicholas estivesse desencavando era, a um só tempo, poderoso e maligno, e estava claro que sua emergência havia posto muitas coisas em movimento, incluindo uma insurreição dos Mortos por todo o Reino. Mas ela não havia pensado que outros poderes poderiam também ser despertados, e como isso poderia afetar seus planos.

Não que eles tivessem um plano de verdade, pensou Lirael. Eles estavam só correndo desesperadamente para tentar parar Hedge e salvar Nicholas, e manter aquilo, fosse lá o que fosse, enterrado com segurança no chão.

— Devíamos ter um plano específico — sussurrou ela para si mesma. Mas nenhum pensamento ou estratégia brilhante veio à sua mente, e ela teve de se concentrar em escalar por entre as pedras e passar por elas enquanto seguia o Cão Indecente sobre a base dos Rochedos Longos, com Sam seguindo-a bem de perto.

capítulo quatro
refeição de corvos

O sol quase se pusera quando Lirael, Sam e o Cão chegaram ao pé dos Degraus, e a sombra dos Rochedos Longos se estendeu ao longe sobre a planície do Ratterlin. Lirael encontrou a nascente com facilidade – um poço claro e borbulhante, de dez metros de largura –, mas demorou mais para que achassem o início dos degraus, já que a trilha era estreita, profundamente recortada na face do rochedo e disfarçada por muitas saliências e contrafortes projetados de pedra dentada.

– Podemos escalá-la à noite? – perguntou Lirael, olhando para o rochedo cheio de sombras acima deles e o último pálido toque do sol a mil pés de altura. O rochedo se estendia para o alto até mais do que aquilo e ela não conseguia ver o topo. Lirael havia escalado muitas escadarias e caminhos estreitos na geleira do Clayr, mas tinha pouca experiência de viajar ao ar livre sob o sol e a lua.

– Não devemos nos arriscar com uma luz – respondeu o Cão, que estava anormalmente silencioso. Sua cauda ainda se encontrava molemente dependurada, sem o abano e a agitação usuais. – Eu poderia conduzi-los, embora vá ser perigoso no escuro se alguns degraus diminuírem.

– A lua será clara – disse Sam. – Estava em seu terceiro quarto na noite passada e o céu está razoavelmente claro. Mas não vai se erguer até de manhãzinha. Uma hora depois da meia-noite, pelo menos. Devemos esperar até então, se não a noite toda.

– Eu não quero esperar – murmurou Lirael. – Eu tenho essa sensação... uma ansiedade que não consigo descrever. A visão que o Clayr me revelou, eu com Nicholas, no lago Vermelho... Eu a sinto indo embora, como se de algum modo eu estivesse perdendo a ocasião. Como se ela estivesse se tornando passado, ao invés de futuro possível.

— Cair dos Rochedos Longos no escuro não vai nos conduzir lá mais rapidamente de modo algum – disse Sam. – E eu poderia fazê-lo com alguma coisa para comer e umas poucas horas de descanso antes que nos ponhamos a escalar.

Lirael assentiu. Ela estava cansada também. Suas panturrilhas doíam e seus ombros estavam doloridos devido ao peso da mochila. Mas havia outro cansaço também, um que ela estava certa de que Sam compartilhava. Era um cansaço do espírito. Vinha do choque de perder Mogget, e ela realmente só queria se estender junto à nascente fresca e dormir, na vã esperança de que o dia seguinte fosse mais feliz. Era uma sensação que ela conhecia de seus dias mais juvenis. Na época, era a vã esperança de que ela dormiria e, na manhã seguinte, despertaria com a Visão. Agora, ela sabia que o novo dia poderia não trazer nada de bom. Eles precisavam descansar, mas não por muito tempo. Hedge e Nicholas não descansariam, nem Chlorr e os Ajudantes Mortos.

— Esperaremos a lua aparecer no céu – disse ela, soltando a mochila de seus ombros e se sentando perto dela sobre um bloco de pedra conveniente.

No instante seguinte, ela estava de pé outra vez, com a espada na mão mesmo antes de haver percebido que a sacara, quando o Cão passou num salto sobre ela com um latido repentino. Levou-lhe um momento para ouvir que o latido não tinha ressonância mágica, depois mais outro para localizar o alvo do ataque do Cão.

Um coelho ziguezagueava entre as pedras caídas, tentando fugir desesperadamente do Cão perseguidor. A caçada terminou a alguma distância, mas não ficou claro com que resultado. Depois, um grande penacho de terra, poeira e pedras voou para o alto, e Lirael notou que o coelho havia se enfiado pelo chão e o Cão havia começado a escavar.

Sam ainda estava sentado perto de sua mochila. Ele tinha se erguido um pouco vários segundos depois de Lirael, entendeu o que estava acontecendo e se sentou. Agora, ele estava olhando para o buraco na aba do topo de sua mochila.

— Pelo menos estamos vivos – disse Lirael, tomando erradamente seu exame silencioso do rasgão como remorso pela perda de Mogget.

Sam ergueu os olhos, surpreso. Ele tinha um estojo de costura em sua mão e estava prestes a abri-lo.

— Oh, eu não estava pensando em Mogget. Não agora, pelo menos. Estava pensando em como costurar melhor este buraco. Eu vou ter de remendá-lo, acho.

Lirael riu, um tipo peculiar de risada meio desanimada que lhe escapou.

— Fico contente por você conseguir pensar em remendos — disse ela. — Eu... Eu não consigo deixar de pensar no que aconteceu. Os sinos tentando soar, a dama branca... Astarael... a presença da Morte.

Sam escolheu uma agulha grande e puxou com os dentes um pedaço de linha preta de um carretel. Franziu o cenho ao enfiar a agulha, depois falou em direção ao sol poente, não diretamente para Lirael:

— É estranho, sabe? Desde que eu soube que você era o Abhorsen-em-Espera, eu não... não tenho sentido medo. Quero dizer, fico assustado, mas não é a mesma coisa. Eu não sou responsável agora. Quero dizer, sou responsável porque sou um príncipe do Reino, mas é por coisas normais que fiquei responsável agora. Não por necromantes e criaturas da Morte e da Magia Livre.

Ele fez uma pausa para dar um nó na ponta da linha e nesse momento ele olhou de fato para Lirael.

— E os enviados me deram este manto. Com a colher de pedreiro. A colher de pedreiro dos Construtores do Muro. Eles deram este manto para mim, e tenho pensado que é como se meus ancestrais estivessem dizendo que é correto fabricar coisas. Que é isso que eu devo fazer. Fabricar coisas, e ajudar o Abhorsen e o rei. De modo que farei isso, farei o melhor possível, e se meu melhor não for bom o bastante, pelo menos terei feito tudo que eu podia fazer, tudo que está dentro de mim. Eu não tenho de tentar ser outra pessoa, alguém que eu nunca poderia ser.

Lirael não respondeu. Em vez disso, olhou para longe, de volta para o lugar de onde o Cão estava retornando, um coelho amolecido em suas mandíbulas.

— *Zantar...* — pronunciou o Cão, repetindo-se mais claramente depois que deixou o coelho cair aos pés de Lirael. Sua cauda começara a balançar outra vez, bem na pontinha. — Jantar. Vou pegar mais um.

Lirael pegou o coelho e o ergueu. O Cão havia quebrado seu pescoço, matando-o instantaneamente. Ela pôde sentir o espírito do bicho se aproximar da Morte, mas o colocou a distância. Ele pendia pesado em sua mão, e ela desejou que eles pudessem simplesmente ter comido o pão e o queijo que os enviados haviam embrulhado para eles. Mas cães sempre serão cães, pensou, e se coelhos aparecem...

— Eu vou pelá-lo — ofereceu Sam.

— Como vamos cozinhá-lo? — perguntou Lirael, passando o coelho para ele com satisfação. Ela já comera coelhos, mas só crus, em sua pele-da-Ordem de uma coruja ladradora, ou cozidos e servidos nos refeitórios do Clayr.

— Uma pequena fogueira debaixo daqueles grandes blocos deve servir bem — respondeu Sam. — Por tempo curto, de qualquer modo. A fumaça não será visível, e poderemos proteger bem a chama.

— Deixarei isso com você — disse Lirael. — O Cão vai comer o dele cru, tenho certeza.

— Você deve dormir — disse Sam testando a lâmina de uma faca curta com seu polegar. — Você pode descansar por uma hora enquanto preparo o coelho.

— Tomando conta de sua velha tia — disse Lirael com um sorriso. Ela era apenas dois anos mais velha que Sameth, mas dissera uma vez que era muito mais velha, e ele acreditara nela.

— Ajudando o Abhorsen-em-Espera — disse Sameth, e fez uma mesura, não inteiramente de brincadeira. Depois se abaixou e, com um movimento experiente, fez um corte e puxou a pele do coelho numa só peça, como se tirasse a fronha de um travesseiro.

Lirael olhou-o por um momento, depois se afastou e se deitou no chão pedregoso com a cabeça em sua mochila. Não era completamente confortável, principalmente porque ela estava com a armadura e conservava suas botas. Mas não importava. Ela se estendeu de costas e ergueu os olhos para o céu, vendo o último tom de azul desaparecer, o negro e as estrelas começarem a piscar. Não sentia nenhuma criatura Morta por perto, nem percebia qualquer insinuação de Magia Livre, e o cansaço que havia nela voltou centuplicado. Ela piscou duas, três vezes; depois, seus olhos não suportaram mais ficar abertos e ela afundou num sono profundo e instantâneo.

Quando despertou, estava escuro, exceto pela luz das estrelas e o brilho vermelho de uma fogueira bem disfarçada. Ela viu a silhueta do Cão sentado por perto, mas não houve sinal de Sam a princípio, até que ela viu um bloco de escuridão do tamanho de um homem estendido no chão.

— Que horas são? — sussurrou ela, e o Cão se agitou e andou silenciosamente para ela.

— Quase meia-noite — respondeu o Cão, baixinho. — Nós achamos que o melhor era deixar você dormir, e depois eu convenci Sam de que seria seguro para ele dormir também, deixando-me de guarda.

— Aposto que não foi fácil — disse Lirael, alavancando-se e gemendo por seus músculos enrijecidos. — Alguma coisa aconteceu?

— Não. Está tranquilo, exceto pelas coisas habituais da noite. Eu espero que Chlorr e os Mortos ainda vigiem a casa, e que façam isso por muitos dias mais.

Lirael fez que sim, tateando entre as grandes pedras e abrindo caminho cautelosamente em direção à nascente. Era o único trecho de claridade na noite calma e escura, sua superfície prateada captando a luz das estrelas. Lirael lavou o rosto e as mãos, o choque frio da água deixando-a inteiramente desperta.

— Você comeu minha parte do coelho? — sussurrou Lirael ao fazer seu caminho de volta à mochila.

— Não, eu não! — exclamou o Cão. — Como se eu pudesse! Além do mais, Sameth guardou-o na panela. Com a tampa por cima.

Não que isso fosse deter o Cão, pensou Lirael ao encontrar a pequena panela de ferro fundido itinerante ao lado da fogueira que agonizava. Os pedaços de coelho dentro dela foram cozidos em fogo brando por um tempo longo demais, mas o ensopado ainda estava quente e tinha um sabor muito bom. Ou Sam tinha encontrado ervas ou os enviados as tinham mandado, embora Lirael estivesse feliz por não haver ali nenhum toque de rosmaninho. Ela não queria nem sentir o cheiro daquela erva.

Quando terminou o coelho e lavou as mãos, e esfregou a panela com um punhado de areia para limpar na nascente, a lua começava a se erguer. Como Sam havia dito, estava um pouco passada dos três quartos, bem a caminho para ficar cheia, e o céu estava claro. Sob a luz Lirael conseguia discernir detalhes no chão claramente. Seria suficiente para escalar os Degraus.

Sam despertou rapidamente quando ela o sacudiu, e sua mão foi se encaminhando para a espada. Eles não falaram — alguma coisa na quietude da noite impedia qualquer conversa. Lirael cobriu o fogo enquanto Sam borrifou água no rosto, e eles se ajudaram mutuamente a colocar suas mochilas nos ombros. O Cão ficou pulando para trás e para a frente enquanto eles se preparavam, com a cauda sacudindo, cheio de ansiedade para partir novamente.

Os Degraus começavam num recorte profundo que levava diretamente para dentro do rochedo por quinze metros, de tal modo que a princípio parecia que iria se tornar um túnel. Mas era a céu aberto e logo fez uma curva para subir pelo lado do rochedo, indo para a direção oeste. Cada degrau era exatamente do mesmo tamanho, em altura, largura e profundidade, de modo que a escalada foi regular e relativamente fácil, embora fosse ainda extenuante.

Conforme escalavam, Lirael veio a entender que o rochedo não era, como ela havia pensado, uma simples face quase vertical de pedra bruta. Era na verdade composto de centenas de faces de pedra deslizada, como se um maço de papel houvesse sido escorado e muitas folhas avulsas houvessem escorregado para baixo. A trilha de degraus fora construída entre as faces e sobre elas, percorrendo-as até que tivesse de se virar e ser recortada mais profundamente dentro do rochedo de modo a alcançar a face mais alta que vinha a seguir.

A lua foi se erguendo mais conforme eles subiam, e o céu se tornou mais iluminado. Havia sombra de lua agora, e toda vez que paravam para um descanso Lirael olhava ao longe para as terras além, para os montes distantes ao sul e a trilha polida de prata do Ratterlin que seguia para o leste. Ela sempre voara em forma de coruja sobre a geleira do Clayr e as montanhas gêmeas do monte Estelar e do Sol Poente, mas aquilo era diferente. Os sentidos de uma coruja não eram a mesma coisa, e lá ela sempre sabia que, chegando a aurora, estaria enfiada com segurança na cama, segura na solidez do Clayr. Aqueles voos eram pura aventura. Isso era algo muito mais sério e ela não poderia simplesmente desfrutar do frio da noite e da lua clara.

Sam olhava para longe também. Não conseguia ver o Muro ao sul – estava além do horizonte –, mas reconhecia os montes. O Barhedrin era um deles, e também o Crista Rachada de antigamente, onde havia uma Pedra da Ordem desde a Restauração, uma torre onde ficavam os quartéis-generais da guarda do extremo sul. Além do Muro, ficava a Terra dos Ancestrais. Um país estranho, mesmo para Sameth, que lá havia frequentado a escola. Um país sem a Magia da Ordem ou a Magia Livre, exceto em suas regiões setentrionais, próximas ao Reino Antigo. Sameth pensou em seus pais bem distantes lá no sul. Estavam tentando encontrar uma solução diplomática para impedir que os moradores da Terra dos Ancestrais mandassem refugiados Sulinos para o outro lado do Muro para a morte certa e, depois disso, para servir sob o comando do necromante Hedge. Não podia ser coincidência, pensou Sam soturnamente, que o problema dos refugiados Sulinos houvesse surgido ao mesmo tempo que Hedge estava planejando a escavação do mal antigo que estava aprisionado próximo ao lago. Tudo isso cheirava a um plano de muito tempo atrás, muito bem concebido, nos dois lados do Muro. O que era extremamente incomum e não pressagiava boa coisa. O que poderia um necromante do Reino Antigo realmente esperar ganhar do mundo além do Muro? Sabriel e Pedra de Toque achavam que o plano de seu Inimigo era trazer centenas de milhares dos Sulinos para o outro lado do Muro, matá-los com veneno ou feitiço e transformá-los num exército de Mortos. Mas quanto mais Sam pensava nisso, mais ficava em dúvida. Se essa era a única intenção do Inimigo, o que estava sendo desenterrado? E que papel seu amigo Nicholas tinha a desempenhar nisso?

Os descansos se tornaram mais frequentes conforme a lua lentamente foi baixando no céu. Embora os degraus fossem regulares e bem-feitos, era uma escalada íngreme e eles estavam cansados desde o início. O Cão continuava pulando à frente, ocasionalmente para se assegurar de que sua dona estava se mantendo na subida, mas Lirael e Sam estavam vacilando. Pisavam com regularidade mecânica e suas cabeças estavam curvadas. Até a visão de um ninho cheio de filhotes de coruja do rochedo perto da trilha não atraiu mais que um breve olhar de Lirael e sequer uma olhadinha de Sameth.

Estavam ainda subindo quando um brilho vermelho despontou a leste, colorindo a luz fria da lua. Em breve ficou claro o bastante para a lua desaparecer, e os pássaros começaram a cantar. Pequeninas andorinhas saíram das fendas por todo o rochedo, voando para caçar insetos que se erguiam ao vento da manhã.

– Devemos estar próximos ao topo – disse Sam quando eles pararam para descansar, os três se estendendo ao longo do caminho estreito: o Cão no topo, à altura da cabeça de Lirael, e Sameth abaixo dela, a cabeça quase ao nível de seu joelho.

Sam encostou-se à superfície do rochedo para falar, apenas para recuar com um grito quando uma árvore espinhenta despercebida espetou-o nas pernas.

Por um momento, Lirael achou que ele fosse cair, mas ele recobrou seu equilíbrio e girou para tirar os espinhos.

Os Degraus eram consideravelmente mais assustadores à luz do dia, pensou Lirael ao olhar para baixo. Bastaria um passo à esquerda e ela cairia, se não por toda a descida, ao menos para o plano inclinado da próxima rocha. Ele ficava a quinze jardas para baixo, o suficiente para quebrar alguns ossos, se não matasse de imediato.

– Eu nunca percebi! – disse Sam, que tinha parado de tirar os espinhos e estava se ajoelhando para varrer a poeira e os fragmentos de pedra dos degraus em frente a ele. – Os degraus são feitos de tijolos! Mas eles teriam de ter cortado a pedra de qualquer modo; então, por que revesti-la com tijolo?

– Eu não sei – respondeu Lirael, antes de perceber que Sam estava na verdade fazendo uma pergunta a si mesmo. – Isso importa?

Sam se levantou e limpou os joelhos.

– Não, suponho que não. É apenas esquisito. Deve ter sido um trabalho enorme, particularmente porque não consigo ver nenhum sinal de assistência mágica. Suponho que enviados devem ter sido usados, embora eles tenham propensão a espalhar o sinal estranho aqui e ali...

– Venha – disse Lirael. – Vamos chegar ao topo. Talvez lá haja alguma pista para esclarecer a construção desses Degraus.

Mas, bem antes que eles chegassem ao topo, Lirael perdera todo o interesse por placas ou monumentos de construtores. Um terrível pressentimento que se movia furtivamente no fundo de sua mente ficara mais forte à medida que eles escalavam as últimas centenas de pés, e lentamente ele se tornou mais e mais concreto. Ela sentiu um frio por dentro e soube que o que esperava por eles no topo seria um lugar de morte. Não morte recente, não morte de um dia, mas morte ainda assim.

Ela notou que Sam sentiu isso também. Eles trocaram olhares sombrios quando os Degraus se ampliaram por fim na proximidade do topo. Sem precisar falar sobre isso, moveram-se de uma fila simples para um alinhamento lado a lado. O Cão ficou ligeiramente maior e permaneceu ao lado de Lirael.

A sensação de morte de Lirael foi confirmada pela brisa que os atingiu nos últimos degraus. Uma brisa que carregava nela um cheiro terrível, dando uma breve advertência antes que eles chegassem ao topo dos Degraus, para que tomassem cuidado com um campo árido salpicado com os corpos de muitos homens e mulas. Um grande bando de corvos se ajuntava em torno dos corpos e sobre eles, dilacerando a carne humana com seus bicos pontiagudos e brigando entre si.

Felizmente logo ficou claro que os corvos eram aves normais. Voaram para longe tão logo o Cão Indecente correu para a frente, demonstrando seu desagrado pela interrupção de seu desjejum. Lirael não conseguiu sentir nenhum Morto entre eles ou na proximidade, mas ainda assim sacou Saraneth e sua espada, Nehima. Mesmo a distância, seus sentidos necromânticos lhe revelaram que os corpos haviam estado ali por vários dias, embora o cheiro pudesse ter lhe indicado isso do mesmo modo.

O Cão correu de volta para Lirael e inclinou a cabeça, formulando uma pergunta. Lirael fez que sim e o sabujo saltou para longe, cheirando o chão em torno dos corpos em círculos cada vez mais amplos até que desapareceu de vista atrás de uma moita de espinheiro. Havia um corpo pendendo da árvore mais alta, arremessado para ali por algum grande vendaval ou por uma criatura muitíssimo mais forte do que qualquer homem.

Sam se aproximou de Lirael, com a espada na mão, os sinais da Ordem na lâmina brilhando palidamente ao sol. Era manhã plena agora, a luz vívida e poderosa. "Parecia errado para esse campo de morte", pensou Lirael. "Como podia o sol dourado lançar seus raios sobre um lugar assim? Deveria haver nevoeiro e escuridão por ali."

— Um grupo de comerciantes, pela aparência — disse Sam quando chegaram mais perto. — Eu me pergunto o que estariam...

Pela maneira como os corpos se encontravam, estava claro que fugiam de alguma coisa. Os corpos dos comerciantes, discerníveis pelas suas roupas mais coloridas e a ausência de armas, jaziam mais perto dos Degraus. Os guardas sucumbiram, defendendo seus patrões, numa fila a coisa de vinte metros mais para trás. Uma última posição de resistência, virando-se para encarar o inimigo que não puderam vencer.

— Há uma semana ou mais — disse Lirael quando caminhou em direção aos corpos. — Seus espíritos partiram há muito tempo. Para dentro da Morte, espero, embora eu não tenha certeza se eles não foram... colhidos para uso na Vida.

— Mas por que abandonar os corpos? — perguntou Sam. — E o que pode ter feito esses ferimentos?

Ele apontou para um guarda morto, cuja cota de malha fora perfurada em dois pontos. Os buracos tinham quase o tamanho dos punhos de Sam e estavam queimados em torno das bordas, as argolas de aço e o couro debaixo como que escurecidos por fogo.

Lirael cuidadosamente devolveu Saraneth à sua bolsa e caminhou para o outro lado para dar uma olhada mais próxima ao corpo e aos estranhos ferimentos. Ela tentou não respirar ao chegar mais perto, mas a poucos passos de distância parou de repente e ofegou. Com isso, aquele fedor medonho penetrou em seu nariz e nos pulmões. Era demais, e ela começou a engasgar e teve de se virar e vomitar. Tão logo ela o fez, Sam imediatamente a seguiu, e ambos esvaziaram seus estômagos de coelho e pão.

— Sinto muito — disse Sam. — Não consigo suportar ver outras pessoas vomitando. Você está bem?

— Eu o conheci — disse Lirael, dando uma nova olhada no guarda. Sua voz tremeu até que ela tomou um fôlego profundo.

— Eu o conheci. Ele veio à geleira há anos e conversou comigo no Refeitório Inferior. Sua cota não servia nele, na época.

Ela pegou a garrafa que Sam lhe ofereceu, derramou um pouco de água nas mãos e enxaguou a boca.

— Seu nome era... Eu não consigo lembrar completamente. Larrow, ou Harrow. Alguma coisa assim. Ele perguntou meu nome e eu nunca respondi...

Ela hesitou, prestes a dizer mais alguma coisa, mas parou quando Sam de repente se virou.

— O que foi isso?

— O quê?

— Um ruído, em algum lugar por ali — respondeu Sam, apontando para uma mula morta que estava estendida na boca de uma ravina, causada pela erosão que descia para os rochedos. Sua cabeça pendia sobre ela e estava fora de vista.

Quando olharam, a mula se moveu ligeiramente; depois, com um safanão, deslizou para a borda e caiu na ravina. Eles ainda conseguiram ver seus quartos, mas a maior parte dela ficou escondida. Depois, as nádegas da mula e suas patas traseiras começaram a balançar e tremer.

— Alguma coisa a está comendo! — exclamou Lirael com repugnância. Ela via marcas de arrasto no chão agora, todas elas conduzindo à ravina. Por ali passaram mais corpos de mulas e homens. Alguém... ou alguma coisa os tinha arrastado para o fosso estreito.

— Não consigo sentir nada Morto — disse Sam ansiosamente. — Você consegue?

Lirael balançou a cabeça. Ela deixou cair a mochila e pegou seu arco, esticou-o e preparou uma flecha. Sam sacou sua espada novamente.

Eles avançaram lentamente sobre a ravina enquanto mais e mais da mula desaparecia de vista. Mais próximos, puderam ouvir um ruído seco, de engolidas, mais ou menos parecido ao som de alguém que estivesse revolvendo areia com pá. De vez em quando era acompanhado por um gorgolejo mais líquido.

Ainda assim, não conseguiram ver nada. A ravina era profunda e tinha apenas três ou quatro pés de largura, e o que quer que estivesse nela estaria deitado diretamente sob a mula. Lirael ainda não conseguia sentir nada Morto, mas havia um débil travo de alguma coisa no ar.

Ambos reconheceram o que era ao mesmo tempo. O odor picante e metálico característico da Magia Livre. Mas era muito débil e era impossível discernir de onde provinha. Talvez da ravina, ou possivelmente vinha ondulando pela brisa fraca.

Quando estavam a uns poucos passos da borda da ravina, as patas traseiras da mula desapareceram com um tremor final, seus cascos se debatendo numa sombria paródia da vida. O mesmo gorgolejo líquido acompanhou o desaparecimento.

Lirael parou na borda e olhou para baixo, seu arco em riste, uma flecha enfeitiçada pela Ordem preparada para voar. Mas não havia nada para atingir. Só uma longa risca de lama escura no fundo da ravina, com um único casco afundando sob a superfície. O cheiro de Magia Livre era mais forte, mas não era o fedor corrosivo da Stilken ou outros elementais menores da Magia Livre com os quais ela se deparara.

— O que é isso? — sussurrou Sam. Sua mão esquerda estava curvada num gesto de lançar feitiço e uma chama dourada delgada ardia na ponta de cada dedo, pronta para ser arremessada.

— Eu não sei — disse Lirael. — Algum tipo de criação da Magia Livre. Nada que eu tenha lido a respeito. Eu me pergunto como...

Quando ela falou, a lama borbulhou e se despiu para revelar um papo profundo que não era nem de terra nem de carne humana, mas de pura escuridão. Tinha uma língua de fogo prateado, longa e bifurcada. Com o papo aberto, veio um fedor avassalador de Magia Livre e carne podre, um ataque quase físico que fez Lirael e Sam recuarem bem quando a língua de fogo prateado se ergueu no ar e golpeou o lugar onde haviam estado segundos antes. Depois, uma grande cabeça ofídica de lama se seguiu à língua, empinando da ravina, assomando no alto sobre eles.

Lirael soltou sua flecha quando caiu para trás, e Sam estendeu a mão, gritando os sinais de ativação que lançaram um jorro de fogo ruidoso e crepitante na direção da coisa feita de lama, sangue e escuridão que estava se erguendo. O fogo se chocou com a língua prateada e faíscas explodiram em todas as direções, fazendo a relva se iluminar. Nem a flecha nem o fogo da Ordem pareceram afetar a criatura, mas ela realmente se encolheu, e Lirael e Sam não hesitaram em fugir para bem longe.

— Quem ousa perturbar meu banquete? — rugiu uma voz que era muitas vozes e uma só, misturada com os zurros de mulas e os gritos de homens agonizantes. — Meu banquete há tanto tempo esperado!

Em resposta, Lirael deixou cair seu arco e sacou Nehima. Sam murmurou sinais e os traçou no ar com sua espada e a mão, tricotando muitos símbolos complexos. Lirael deu um pequeno passo para a frente para proteger Sam enquanto ele completava o feitiço.

Sam o finalizou com um sinal-mestre que entrelaçou sua mão em chamas douradas ao traçá-lo no ar. Era um sinal que Lirael sabia que poderia facilmente vitimar um lançador despreparado e ela se encolheu um pouco quando ele apareceu. Mas ele saiu facilmente da mão de Sam e pairou no ar, um rendilhado de sinais interligados um pouco semelhante a um cinturão de estrelas brilhantes. Ele pegou uma ponta cautelosamente, girou a coisa toda em torno de sua cabeça e a deixou voar sobre a criatura, bradando ao mesmo tempo:

— Desvie os olhos!

Fez-se um clarão ofuscante, um som como o de um coro gritando, e silêncio. Quando voltaram a olhar, não havia sinal da criatura. Apenas pequenas fogueiras ardendo na relva, espirais de fumaça se enroscando para formar uma mortalha sobre o campo todo.

— O que era aquilo? — perguntou Lirael.

— Um feitiço para prender alguma coisa — respondeu Sam. — No entanto, nunca tive completa certeza. Você acha que funcionou?

— Não — disse o Cão, seu súbito aparecimento fazendo Lirael e Sam se sobressaltarem. — Embora fosse brilhante o suficiente para fazer toda coisa Morta entrar aqui e o lago Vermelho saber onde nós estamos.

— Se não funcionou, então onde está aquela coisa? — perguntou Sam. Ele olhou em torno ao falar, nervoso. Lirael olhou também. Ela ainda podia sentir o cheiro da Magia Livre, embora mais uma vez apenas debilmente, e era impossível discernir de onde provinha do meio da fumaça que redemoinhava.

— Está provavelmente debaixo de nossos pés — disse o Cão. Ele repentinamente lançou o nariz dentro de um pequeno buraco e rosnou. O rosnado lançou uma porção de terra para o ar. Lirael e Sam saltaram para longe, hesitaram à beira do voo, depois lentamente se posicionaram costa contra costa com suas armas em punho.

capítulo cinco
o vento sopra e a chuva vem!

— Exatamente onde sob nossos pés? — perguntou Sam. Ele olhou para baixo ansiosamente, sua mão de usar a espada e lançar feitiços preparada.

— O que podemos fazer? — perguntou Lirael rapidamente. — Você sabe o que era aquilo? Como devemos lutar contra ele?

O Cão cheirou desdenhosamente o chão.

— Não vamos precisar lutar. Era um Ferenk, um carniceiro. Ferenks são pura exibição e fanfarronice. Esse jaz sob várias polegadas de terra e pedra agora. Ele não sairá até que escureça, talvez nem até a noite de amanhã.

Sam examinou o chão minuciosamente, não confiando na opinião do Cão, enquanto Lirael se curvava para conversar com o sabujo.

— Eu nunca li nada sobre criaturas da Magia Livre chamadas Ferenks — disse Lirael. — Não em quaisquer dos livros que pesquisei para descobrir mais sobre a Stilken.

— Não devia haver um Ferenk aqui — disse o Cão. — Eles são criaturas elementais, espíritos da pedra e da lama. Não se tornaram nada além de pedra e lama quando a Ordem foi criada. Alguns devem ter escapado, mas não aqui... não num lugar por onde passa tanta gente...

— Se era só um carniceiro, então o que matou essas pobres pessoas? — perguntou Lirael. Ela estivera pensando sobre os ferimentos que vira e não estava gostando da direção para a qual seus pensamentos se encaminhavam. A maioria dos cadáveres, como o do guarda, tinha dois buracos abertos pelo meio, buracos onde o pano e a pele haviam se queimado nas bordas.

— Certamente foi uma criatura, ou criaturas, da Magia Livre — disse o Cão. — Mas não um Ferenk. Alguma coisa aparentada a uma Stilken, eu acho. Talvez um Jerreq ou um Hish. Houve muitos milhares de criaturas que fugiram à criação da Ordem, embora a maioria fosse mais tarde aprisionada ou tornada serviçal depois de uma adaptação. Houve raças inteiras, e outras de natureza singular, de modo que não posso falar com absoluta certeza. Isso é complicado pelo fato de que houve uma forja aqui há muito tempo, dentro do círculo de espinhos. Havia uma criatura aprisionada dentro da bigorna de pedra dessa forja, embora eu não possa encontrar nem a bigorna nem quaisquer outros restos. Pode ser que fosse lá o que fosse que estivesse aprisionado aqui matou essas pessoas, mas acho que não...

O Cão fez uma pausa para cheirar o chão novamente, vagou num círculo, deu uma dentada por distração em sua própria cauda e depois se sentou para oferecer sua conclusão:

— Pode ter sido um Jerreq trançado, mas estou inclinado a pensar que o assassinato aqui foi feito por dois Hish. Quem quer que tenha cometido o ato, agiu a serviço de um necromante.

— Como você sabe disso? — perguntou Sam. Ele parara de circular quando o Cão começou a falar, embora ainda se mantivesse de olho no chão. Agora estava procurando sinais de uma bigorna de pedra, bem como de um Ferenk que emergisse numa erupção. Não que ele já houvesse visto uma bigorna por ali.

— Rastros e sinais — respondeu o Cão. — Os ferimentos, os cheiros que permanecem, uma impressão de três dedões do pé no solo maleável, o corpo pendurado na árvore, os espinhos arrancados de sete galhos para comemorar... tudo isso me revela o que esteve caminhando por aqui, até certo ponto. Quanto ao necromante, nenhum Jerreq, ou Hish, ou qualquer das outras criaturas realmente perigosas da Magia Livre despertou em mil anos, exceto ao som do Mosrael ou do Saraneth, ou por uma convocação direta usando seus nomes secretos.

— Hedge esteve aqui — sussurrou Lirael. Sam se encolheu ao ouvir o nome e os músculos em seus pulsos se retesaram. Mas ele não olhou para as cicatrizes ou se afastou.

— Talvez — disse o Cão. — Não foi Chlorr, de qualquer modo. Um dos Mortos Maiores deixaria sinais diferentes.

— Eles morreram há oito dias — continuou Lirael. Ela não se questionou como ficara sabendo disso. Agora que havia visto os cadáveres mais de perto, apenas sabia. Isso era parte do fato de ela ser um Abhorsen. — Seus espíritos não foram levados. De acordo com o *Livro dos Mortos*, não devem estar além do Quarto Portal. Eu poderia penetrar na Morte e encontrar um...

Ela parou quando tanto o Cão quanto Sam balançaram a cabeça.

— Acho que não é uma boa ideia — disse Sam. — O que você poderia saber? Sabemos que há bandos de Mortos e necromantes, e quem sabe mais o que estará rondando ao redor...

— Sam está certo — disse o Cão. — Não há nada de útil a aprender com suas mortes. E como Sam já denunciou nossa presença com a Magia da Ordem, vamos dar a essas pobres pessoas o fogo purificador, para que seus corpos não possam ser usados. Mas devemos ser rápidos.

Lirael olhou para o outro lado do campo, fechando os olhos contra o sol que batia em seu rosto, para o lugar onde jazia o homem jovem que uma vez fora Barra. O nome lhe voltou à memória quando ela olhou. Ela pensou em encontrar Barra na Morte e contar ao seu espírito que a garota que ele provavelmente esquecera anos trás sempre desejara ter conversado com ele, até mesmo tê-lo beijado, ou feito qualquer coisa que não se esconder por trás do cabelo e chorar. Mas mesmo que ela pudesse encontrar Barra na Morte, ele há muito tempo estaria longe de quaisquer preocupações com o mundo dos vivos. Não seria por ele que ela teria procurado seu espírito, mas por ela mesma, e ela não podia se dar a esse luxo.

Todos os três se ergueram juntos ao corpo mais próximo. Sam traçou o sinal da Ordem para fazer fogo, o Cão Indecente latiu um sinal para purificação, e Lirael fez traços destinados a dar paz e repouso e puxou todos os sinais para uni-los. Os sinais se encontraram e faiscaram no peito do homem, tornaram-se chamas douradas que saltavam e um segundo depois explodiram para imolar o corpo todo. Depois, o fogo morreu do mesmo modo como viera, deixando apenas cinzas e pedaços de metal derretido que uma vez tinham sido fivelas de cinto e lâminas de faca.

— Adeus — disse Sam.

— Partam em segurança — disse Lirael.

— Não retornem — disse o Cão.

Depois disso, fizeram o ritual individualmente, movendo-se tão rapidamente quanto possível entre os corpos. Lirael notou que Sam ficou a princípio surpreso, e depois obviamente aliviado, vendo o Cão Indecente lançar os sinais da Ordem e desempenhar um rito que nenhum necromante ou criatura da pura Magia Livre poderia executar por causa da oposição intrínseca do rito às forças que elas manipulavam.

Mesmo com os três desempenhando o rito, o sol estava alto e a manhã quase terminada quando acabaram. Sem contar o número desconhecido de pessoas levadas pelo Ferenk para seu esconderijo lamacento, trinta e oito homens e mulheres morreram no campo de árvores espinhentas. Agora, eles eram apenas pilhas de cinzas num campo de mulas apodrecidas e de corvos, que retornaram, demonstrando sua decepção com a diminuição de seu banquete.

Foi Lirael quem primeiro notou que um dos corvos não estava realmente vivo. Ele pousou na cabeça de uma mula, fingindo bicá-la, mas seus olhos negros estavam firmemente fixados em Lirael. Ela havia sentido sua presença antes de vê-lo, mas não tinha certeza se isso eram as mortes de oito dias atrás ou a presença dos Mortos. Assim que ela se deparou com seu olhar, ela soube. O espírito do pássaro há muito se fora, e alguma coisa ulcerada e maligna vivia dentro do corpo emplumado. Uma coisa que fora uma vez humana transformada por eras passadas na Morte, anos desperdiçados numa luta interminável para retornar à Vida.

Não era um Corvo Sanguinário. Embora usasse o corpo de um corvo, era um espírito muito mais poderoso, sempre usado para animar o bando de corvos recém-mortos. Estava às soltas no clarão de sol pleno e assim devia ser, no mínimo, um Morador do Quarto ou Quinto Portal. O corpo do corvo que ele usava tinha de ser recente, pois um espírito desse tipo corroeria a carne de qualquer coisa que habitasse em um só dia.

A mão de Lirael voou para o Saraneth, mas bem quando ela retirou o sino, a criatura Morta disparou pelo ar e voou rapidamente para oeste, roçando o chão e serpeando por entre os espinheiros. Penas e pedaços de carne morta caíram quando ela voou. Ela se tornaria um esqueleto antes de chegar muito longe, percebeu Lirael, mas então não precisaria de penas para voar. A Magia Livre, e não a força vital, seria a sua propulsão.

— Você deveria tê-lo pegado — criticou o Cão. — Ele ainda poderia ouvir o sino, mesmo depois de ter passado daquelas árvores espinhentas. Vamos torcer para que tenha sido um espírito independente; do contrário, teremos Corvos Sanguinários, para dizer o mínimo, voando sobre nós.

Lirael devolveu Saraneth à sua bolsa, segurando cuidadosamente o badalo até que a lingueta de couro deslizou para o seu lugar para manter o sino imóvel.

— Fui pega de surpresa — disse ela baixinho. — Serei mais rápida da próxima vez.

— Melhor irmos em frente — disse Sam. Ele olhou para o céu e suspirou. — Embora eu tivesse a esperança de conseguir um pouco de descanso. Está quente demais para caminhar.

— Para onde estamos indo? — perguntou Lirael. — Há uma floresta ou qualquer coisa por perto que possa nos esconder dos Corvos Sanguinários?

— Não tenho certeza — disse Sam. Ele apontou para o norte, onde a terra se elevava até uma colina baixa, os espinheiros dando lugar a um campo que uma vez devia ter sido cultivado, embora fosse agora abrigo de ervas daninhas e brotos recentes. — Podemos dar uma olhada daquela elevação. Temos de rumar firmemente para noroeste, de qualquer modo.

Eles não olharam para trás ao deixarem o que se tornara um solo funerário. Lirael tentou olhar para qualquer outra parte, sua visão e senso da Morte alerta para qualquer ligeiro indício dos Mortos. O Cão foi saltando junto a ela, e Sam caminhava à sua esquerda, a alguns passos mais atrás.

Eles seguiram os restos de um muro de pedra baixo na subida para a colina. No passado, devia ter separado dois campos, e podia ter havido ovelhas na pastagem mais alta e colheitas logo abaixo. Mas isso acontecera havia muito tempo e o muro não fora consertado ao longo de décadas. Em alguma parte, a menos que uma légua ou algo assim ao longe, devia haver uma sede de fazenda arruinada, quintais arruinados, um poço obstruído. Os sinais reveladores de que pessoas moraram algum tempo ali e não foram bem-sucedidas.

De seu ponto elevado, puderam ver os Rochedos Longos se estendendo até o leste e o oeste, e os montes ondulantes do platô. Puderam ver o Ratterlin se estendendo de norte a sul, e o penacho da cachoeira. A Casa do Abhorsen estava escondida pelos montes, mas os topos das margens enevoadas, que ainda a cercavam, estavam estranhamente visíveis.

Várias centenas de anos atrás, antes da ascensão de Kerrigor, teriam visto também fazendas, aldeias e campos cultivados. Agora, mesmo depois de vinte anos da Restauração do rei Pedra de Toque, essa parte do Reino ainda era em grande parte deserta. Pequenas florestas tinham se juntado para formar florestas maiores, árvores isoladas tinham se tornado pequenas florestas, e pântanos drenados tinham alegremente retornado a seu estado original. Havia aldeias em alguma parte daquela região, Lirael sabia, mas nenhuma que ela conseguisse ver. Eram poucas e distantes entre si, porque apenas um punhado de Pedras da Ordem fora recolocado ou restaurado. Apenas Magos da Ordem da linhagem real poderiam construir ou consertar uma Pedra da Ordem — embora o sangue de qualquer Mago da Ordem pudesse quebrar uma pedra normal. Pedras da Ordem demais foram quebradas nos duzentos anos do Interregno e levariam ainda vinte anos de trabalho duro para consertar.

— Leva, no mínimo, dois ou talvez três dias de marcha ininterrupta para chegar a Borda — disse Sam, apontando para nor-noroeste. — O Lago Vermelho fica por trás daquelas montanhas. Que nós atravessaremos para ir ao sul, fico satisfeito de dizer.

Lirael cobriu os olhos contra o sol com a mão e olhou de soslaio. Conseguiu discernir apenas os picos de uma cadeia de montanhas distante.

— Podemos começar, então — disse ela. Ainda fazendo sombra sobre seus olhos, gradualmente se virou num círculo completo, erguendo a vista para o céu. Era de um azul belo e claro, mas Lirael sabia que bem logo avistaria os pontinhos negros reveladores, bandos distantes de Corvos Sanguinários.

— Poderíamos rumar para a Cidade de Roble primeiro — sugeriu Sam, que estava também de olhos erguidos para o céu. — Quero dizer, Hedge em breve saberá onde estamos, de qualquer modo, e poderemos conseguir alguma ajuda na Cidade de Roble. Haverá um grande posto de guarda lá.

— Não — disse Lirael pensativamente. Conseguiu ver uma linha de nuvens intumescidas e listradas de preto ao longe, em direção ao norte, e isso lhe deu uma ideia. — Estaríamos apenas levando problemas a outras pessoas. Além do mais, eu acho que sei como me livrar dos Corvos Sanguinários, ou pelo menos me esconder deles, embora não vá ser agradável. Tentaremos isso um pouquinho mais tarde. Perto do cair da noite.

— O que você está planejando, patroa? — perguntou o Cão. Ele tombou junto aos pés de Lirael, a língua de fora quando parou para se refrescar depois da escalada. Era uma tarefa difícil, já que o céu estava claro e o dia estava ficando mais e mais quente à medida que o sol se elevava no céu.

— Vamos assobiar para que aquelas nuvens de chuva baixem — respondeu Lirael, apontando para o acolchoado distante de nuvens escuras. — Uma boa chuva pesada com vento soprará para longe os Corvos Sanguinários, será mais difícil de nos encontrar e cobrirá nossos rastros também. O que vocês acham?

— Um plano excelente! — exclamou o Cão com aprovação.

— Você acha que podemos fazer aquela chuva cair aqui? — perguntou Sam dubitativamente. — Calculo que aquela nuvem esteja quase tão longe quanto a Ponte Alta.

— Podemos tentar — disse Lirael. — Embora haja mais nuvens a oeste...

Sua voz sumiu quando ela realmente focalizou a nuvem mais negra além dos montes, próxima às montanhas ocidentais. Mesmo a essa distância, ela pôde sentir ali alguma coisa de anormal, e, quando fixou os olhos, viu o reflexo de relâmpagos no interior da nuvem.

— Acho que não aquela nuvem.

— Não — grunhiu o Cão, sua voz muito profunda, roncando em seu peito. — Ali é onde Hedge e Nicholas estão escavando. Temo que eles já tenham desencavado o que procuram.

— Tenho certeza de que Nicholas não está fazendo nada de errado — disse Sam rapidamente. — Ele é um bom sujeito. Não faria nada que ferisse alguém intencionalmente.

— Espero que sim — disse Lirael. Ela estava pensando outra vez no que fariam quando estivessem lá. Por que Hedge precisava de Nicholas? O que estava sendo desencavado? Qual seria o plano final de seu Inimigo?

— É melhor seguirmos em frente, de qualquer modo — disse ela, afastando o olhar da nuvem escura distante e de seus relâmpagos bruxuleantes para olhar para a terra que se desdobrava pelo lado oeste. — E se nós seguirmos por aquele vale? Ele se estende na direção certa, e lá há muita cobertura vegetal e um rio.

— Deve ser praticamente um riozinho — disse Sam. — Eu não sei o que aconteceu com as chuvas da primavera por aqui.

— O tempo pode ser trabalhado de dois modos — disse o Cão distraidamente. Ele ainda estava olhando na direção das montanhas. — Pode não ser acidental que as nuvens de chuva ocupem o norte. Seria bom trazê-las para o sul por várias razões. Eu gostaria ainda mais se pudéssemos parar aquela tempestade de raios.

— Acho que podemos tentar — disse Sam, com incerteza, mas o Cão balançou sua cabeça.

— Aquela tempestade não vai responder a nenhuma magia do tempo — disse ele. — Há relâmpagos demais, e isso confirma um medo que eu esperava ter sepultado. Eu não pensava que eles o encontrariam tão rapidamente, ou que ele poderia ser desenterrado com tanta facilidade. Eu devia saber. Astarael não pisa na terra à toa, e um Ferenk já solto...

— O que é? — perguntou Lirael nervosamente.

— A coisa que Hedge está desencavando — disse o Cão. — Vou lhes contar mais quando as necessidades ordenarem. Eu não desejo encher seus ossos de medo, ou contar histórias antigas sem propósito. Há ainda várias explicações possíveis e salvaguardas que ainda podem funcionar, mesmo que o pior seja verdade. Mas devemos nos apressar!

Com isso, o Cão saltou para o alto e disparou pela colina abaixo, sorrindo ao ziguezaguear em torno de renovos de troncos brancos com folhas de um prata esverdeado e atravessou correndo mais um muro de pedra arruinado.

Lirael e Sam se entreolharam e depois observaram a tempestade de relâmpagos.

— Eu desejaria que ele não fizesse isso — queixou-se Lirael, que abriu a boca para fazer mais uma pergunta. Depois desceu atrás do Cão, num passo consideravelmente mais lento. Cães mágicos poderiam não se cansar, mas Lirael já estava muito cansada. Seria uma tarde longa e exaustiva, se não pior, pois sempre haveria uma chance de os Corvos Sanguinários os encontrarem.

— O que você fez, Nick? — sussurrou Sam. Depois ele seguiu Lirael, sempre cerrando seus lábios e pensando sobre os sinais da Ordem que seriam necessários para manipular uma nuvem de chuva a duzentas milhas no céu.

Eles caminharam sem parar por toda a tarde, com apenas algumas pausas curtas, seguindo um rio que corria por um vale plano entre duas fileiras paralelas de montes. O vale tinha alguma cobertura vegetal, a sombra poupando-os do sol, que Lirael estava achando particularmente problemático. Ela já estava um pouco queimada no nariz e nas bochechas, e não tinha nem tempo nem força para suavizar sua pele com um feitiço. Isso era também uma lembrança zombeteira das diferenças que a tinham importunado por toda a sua vida. As integrantes apropriadas do Clayr eram de pele morena e nunca se queimavam — exposição ao sol simplesmente as tornava mais morenas.

Quando o sol havia começado sua lenta descida por trás das montanhas ocidentais, somente o Cão estava se movendo com alguma elegância. Lirael e Sam ficaram acordados por quase dezoito horas, a maior parte delas escalando os Rochedos Longos ou caminhando. Eles estavam trôpegos e caindo de sono em pé, não importava o quanto tentassem ficar alertas. Finalmente, Lirael resolveu que eles tinham de descansar e que parariam tão logo avistassem algum lugar apropriado, preferivelmente com água corrente ao menos de um dos lados.

Meia hora depois, como continuavam tombando, o vale começava a se estreitar e o terreno a se elevar, Lirael estava preparada para se acomodar em qualquer lugar onde simplesmente pudessem desabar, com ou sem água corrente para ajudá-los a se defenderem dos Mortos. As árvores também estavam ficando escassas, dando lugar a arbustos baixos e ervas daninhas conforme eles subiam. Mais um campo que estava retornando a seu estado selvagem, e totalmente indefeso.

Bem quando Lirael e Sam já mal podiam dar mais um passo, eles acharam o lugar perfeito. O suave gorgolejo de uma queda-d'água o prenunciou, e havia ali uma cabana de pastor, construída sobre pernas de pau do outro lado da água corrente, ao pé de uma cachoeira comprida, mas não muito alta. A cabana era a um só tempo abrigo e ponte, tão solidamente construída com pau-ferro que ostentava poucos sinais de decadência, exceto por algumas das ripas que faltavam no telhado.

O Cão cheirou por toda a volta exterior da cabana do rio, declarou-a suja, mas habitável, e se pôs no caminho quando Lirael e Sam tentaram subir os degraus e entrar.

A parte de dentro estava imunda, submetida a uma enchente que depositara uma grande quantidade de terra no piso. Mas Lirael e Sam estavam longe de se importar com isso. Se dormissem na terra, ao relento, ou do lado de dentro, era tudo a mesma coisa.

— Cão, você pode fazer a vigia inicial? — perguntou Lirael, quando com alívio livrou-se da mochila no ombro e a colocou num canto.

— Eu posso vigiar — protestou Sam, desmentindo suas palavras com um poderoso bocejo.

— Eu vigiarei — disse o Cão Indecente. — Embora possam surgir coelhos...

— Não vá muito longe — avisou Lirael. Ela sacou Nehima e estendeu a espada do outro lado da mochila, preparada para uso rápido, fazendo depois o mesmo com a correia de sinos. Manteve-se de botas, escolhendo não especular sobre o estado de seus pés depois de dois dias de uma viagem tão dura.

— Desperte-nos daqui a quatro horas, por favor — acrescentou Lirael ao tombar subitamente e se encostar à parede. — Temos de fazer as nuvens de chuva baixarem.

— Sim, patroa — respondeu o Cão. Ele não entrou, e sim acomodou-se perto da água corrente, suas orelhas empinadas para captar algum som distante. De coelhos, talvez. — Quer que eu lhe traga um ovo cozido e uma torrada também?

Não houve resposta. Quando o Cão olhou para dentro um momento depois, tanto Lirael quanto Sam estavam profundamente adormecidos, tombados sobre suas mochilas. O Cão soltou um longo suspiro e tombou também, mas suas orelhas ficaram erguidas e seus olhos eram penetrantes, olhando para fora muito depois que o crepúsculo de verão desapareceu, transformando-se em noite.

Perto da meia-noite, o Cão se sacudiu e despertou Lirael com uma lambida no rosto e Sam com uma pata pressionada pesadamente no peito. Cada um deles despertou com um susto e ambos estenderam a mão para pegar suas espadas antes que seus olhos se ajustassem à luz difusa do brilho dos sinais da Ordem na coleira do Cão.

A água fria do rio despertou-os um pouco mais, seguida pelas necessárias limpezas ligeiramente mais ao longe, no campo. Quando voltaram, uma rápida refeição de carne-seca, biscoitos secos prensados e frutas secas foi devorada com animação por todos os três, embora o Cão lamentasse a falta de um coelho ou mesmo de um belo pedaço de lagarto.

Não conseguiram ver as nuvens de chuva à noite, mesmo com um céu cheio de estrelas e a lua iniciando sua ascensão. Mas sabiam que as nuvens estavam lá, longe e ao norte.

— Teremos de ir tão logo o feitiço seja feito — advertiu o Cão quando Lirael e Sam ficaram sob as estrelas, discutindo baixinho como invocariam as nuvens e a chuva. — Uma Magia da Ordem desse tipo irá atrair qualquer coisa Morta ou quaisquer criaturas da Magia Livre que estejam num raio de milhas.

— Devemos nos esforçar, seja lá como for — disse Lirael. O sono a tinha reavivado em certo grau, mas ela ainda desejava o conforto da espreguiçadeira em seu quartinho na Grande Biblioteca do Clayr. — Está pronto, Sam?

Sam parou de resmungar e disse:

— Sim. Hum... Eu estava aqui cismando se você não poderia levar em consideração uma ligeira variação no feitiço habitual. Acho que vamos precisar de uma invocação mais poderosa para trazer as nuvens até aqui.

— Claro — disse Lirael. — O que você quer fazer?

Sam explicou rapidamente, depois repassou a explicação mais devagar, enquanto Lirael assegurava que sabia o que ele planejava fazer. Habitualmente, ambos assobiavam os mesmos sinais ao mesmo tempo. O que Sam queria era assobiar sinais diferentes, mas complementares, na verdade entretecendo dois feitiços de ativação do tempo. Eles terminariam e ativariam o feitiço proferindo dois sinais da ordem ao mesmo tempo, quando um era normalmente tudo que se usava.

— Será que isso funcionará? — perguntou Lirael ansiosamente. Ela não tinha experiência de trabalhar junto com outro Mago da Ordem num feitiço tão complexo.

— Ficará muito mais poderoso — disse Sam com confiança.

Lirael olhou para o Cão em busca de confirmação, mas o sabujo não estava prestando atenção. Estava de olhar fixo em direção ao sul, atento a alguma coisa que Lirael e Sam não podiam ver ou sentir.

— O que é?

— Não sei — respondeu o Cão, virando a cabeça de lado, as orelhas empinadas e tremendo ao escutar os sons da noite. — Eu acho que alguma coisa está nos seguindo, mas ainda está distante...

Ele voltou o olhar para Lirael e Sam.

— Façam seu feitiço do tempo e vamos dar o fora!

A uma légua ou mais rio abaixo da cabana do pastor, um homem muito baixo — quase um anão — estava chapinhando no raso. Sua pele era branca como um osso e seu cabelo e barba eram ainda mais brancos, tão brancos que brilhavam no escuro, mesmo sob a sombra das árvores onde elas pendiam sobre a água.

— Vou mostrar a ela — resmungou o albino, embora não houvesse ninguém ali para ouvir sua fala raivosa. — Já são mil anos de servidão, e agora...

Ele parou em meio à sua fala e investiu sobre o riacho, os dedos cheios de calos mergulhando na água. Ela emergiu um momento depois segurando um peixe que se debatia em luta, que ele imediatamente mordeu entre os olhos, partindo o tendão espinhal. Seus dentes, brilhantes à luz das estrelas, eram de longe muito mais pontudos do que qualquer dente humano.

O anão rasgou o peixe novamente, o sangue pingando por sua barba. Em poucos minutos havia comido a coisa toda, cuspindo para longe os ossos com xingamentos e resmungando entre queixas pelo fato de que queria uma truta e conseguira uma perca vermelha.

Quando terminou, limpou cuidadosamente o rosto e a barba e secou seus pés, embora tenha deixado as manchas de sangue no manto rústico que usava. Mas, ao caminhar ao longo da margem do rio, as manchas se apagaram e a roupa ficou mais uma vez limpa, branca e nova.

O manto estava apertado em torno da cintura do homenzinho com um cinto de couro vermelho, e onde a fivela deveria estar havia um pequenino sino. Por todo o tempo o albino o tinha segurado, usando apenas uma das mãos para pegar o peixe e se limpar. Mas sua cautela falhou ao cair subitamente num trecho escorregadio de grama. O sino soou quando ele caiu sobre um joelho, um som vívido que paradoxalmente fez o homem bocejar. Por um momento parecia que ele poderia ficar deitado naquele lugar e hora, mas, com um esforço óbvio, ele balançou a cabeça e se pôs em pé.

— Não, não, irmã — murmurou ele, agarrando o sino com ferocidade ainda maior. — Eu tenho trabalho a fazer, você sabe. Não posso dormir, não agora. Há milhas a percorrer, e eu devo extrair o máximo das pernas e mãos enquanto ainda as possuo.

Um pássaro noturno piou nas proximidades e a cabeça do homem se moveu ao redor como um relâmpago, avistando-o instantaneamente. Ainda segurando o sino, ele lambeu os lábios e, dando um passo lento após o outro, começou a segui-lo furtivamente. Mas o pássaro estava atento e, antes que o albino pudesse saltar sobre sua presa, ele fugiu voando, piando queixosamente pela noite adentro.

— Eu nunca consigo a sobremesa — queixou-se o homem. Ele se virou para o rio e começou a segui-lo na direção oeste novamente, ainda segurando o sino e resmungando.

capítulo seis
os hemisférios de prata

A duzentos quilômetros a noroeste da Casa do Abhorsen, as margens orientais do lago Vermelho se estendiam na escuridão, ainda que um novo dia houvesse raiado. Pois não era a escuridão da noite, mas da tempestade, aquela que vinha do céu pesado com nuvens negras que se estendiam por várias léguas em todas as direções. A escuridão já durava mais de uma semana. Qualquer tantinho de sol que atravessava as nuvens era débil e pálido, e os dias eram iluminados por um estranho lusco-fusco que não favorecia nenhuma coisa viva. Somente no epicentro desse irremovível ajuntamento de nuvens de tempestade havia outra luz, e essa era dura, áspera e branca, provinda de um ataque constante de relâmpagos.

Nicholas Sayre acostumara-se com o lusco-fusco, assim como com muitas outras coisas, e não o achava mais estranho. Mas seu corpo ainda se rebelava, mesmo quando sua mente não o fazia. Ele tossia e segurava seu lenço contra o nariz e a boca. A Equipe Noturna de Hedge era composta por autênticos trabalhadores, mas eles realmente cheiravam terrivelmente mal, como se a carne estivesse apodrecendo em seus ossos. Geralmente ele não gostava de se aproximar muito – precavendo-se contra o que de contagioso eles pudessem ter –, mas tivera de fazê-lo dessa vez, para verificar o que estava acontecendo.

– Entenda, mestre – explicou Hedge –, não podemos mover os dois hemisférios para junto um do outro. Há uma força que os separa, não importa quais métodos empreguemos. Quase como se eles fossem polos idênticos de um ímã.

Nick fez um sinal de assentimento, absorvendo a informação. Como ele sonhara, havia dois hemisférios de prata escondidos nas profundezas subterrâneas, e sua escavação os encontrara. Mas sua sensação de triunfo com a descoberta foi logo desfeita pelos problemas logísticos de retirá-los. Cada hemisfério tinha dois metros de diâmetro e o estranho metal de que era feito era muito mais pesado do que deveria ser, um mais do que ouro.

Os hemisférios haviam sido enterrados a cerca de seis metros de distância, separados por uma estranha barreira feita de sete materiais diferentes, incluindo ossos. Agora que estavam sendo erguidos, ficara claro que a barreira ajudou a negar a força repulsiva, pois os hemisférios simplesmente não podiam ser postos a uma distância de quinze metros um do outro.

Usando roldanas, cordas e quase duzentos integrantes da Equipe Noturna, um dos hemisférios foi puxado para cima pela rampa em espiral e passou para além da borda do poço. O outro ficou abandonado a uma boa distância abaixo da rampa. A última vez que tentaram puxar e trazer para o alto o hemisfério inferior, a força repulsiva foi tão grande que ele foi arremessado de volta para baixo, esmagando muitos dos trabalhadores que estavam sob ele.

Em acréscimo a essa estranha força repulsiva, notou Nick, havia outros efeitos em torno dos hemisférios. Eles pareciam gerar um cheiro forte de metal quente que abafava até o fétido e apodrecido odor da Equipe Noturna. O cheiro o deixava nauseado, embora não parecesse afetar Hedge ou seus trabalhadores peculiares.

Depois, havia o relâmpago. Nick se encolheu quando outro raio caiu, cegando-o momentaneamente, o trovão ensurdecedor vindo um instante depois. O relâmpago estava caindo até com mais frequência do que antes, e agora que ambos os hemisférios estavam expostos, Nick podia enxergar um padrão. Cada hemisfério era golpeado oito vezes numa série, mas o nono raio invariavelmente errava, em geral atingindo um dos trabalhadores.

Não que isso parecesse afetá-los, como parte da mente de Nick observava. Se eles não se incendiavam ou ficavam completamente desmembrados, continuavam trabalhando. Mas essas informações não permaneciam em sua cabeça, já que os pensamentos de Nick sempre voltavam para sua finalidade prioritária com um foco intenso que bania todos os outros pensamentos.

— Teremos de continuar movendo o primeiro hemisfério — disse ele, lutando contra o encurtamento de respiração que vinha com a náusea de que padecia toda vez que se aproximava demais do metal prateado. — E vamos precisar de uma barcaça adicional. Os dois hemisférios não vão caber naquela que temos, não com uma separação de quinze metros. Espero que a licença de importação que tenho permita dois embarques... Em todo caso, não temos escolha. Não pode haver demora.

— Será feito tal como diz, mestre — respondeu Hedge, mas ficou olhando fixamente para Nick como se esperasse algo mais.

— Eu queria lhe perguntar se você encontrou uma tripulação — disse Nick por fim, quando o silêncio tornou-se incômodo. — Para as barcaças.

— Sim — respondeu Hedge. — Eles se reúnem à margem do lago. Homens como eu, mestre. Aqueles que serviram ao Exército da Terra dos Ancestrais, enfiados nas trincheiras do Perímetro. Ao menos até que a noite os retirou de seus piquetes e postos de escuta e os fez cruzar o Muro.

— Você quer dizer desertores? Eles são dignos de confiança? — perguntou Nick ferinamente. A última coisa que desejava era perder um hemisfério devido à estupidez humana, ou introduzir alguma complicação adicional para quando eles fizessem a travessia de volta para a Terra dos Ancestrais. Não se poderia simplesmente permitir que isso acontecesse.

— Não desertores, senhor, oh, não — respondeu Hedge, sorrindo. — Simplesmente desaparecidos em ação ou longe demais de casa. Eles são inteiramente dignos de confiança. Eu me assegurei disso.

— E a segunda barcaça? — perguntou Nick.

Hedge subitamente olhou para o alto, as narinas se inflando para cheirar o ar, e não respondeu. Nick olhou para o alto também e uma pesada gota de chuva espirrou sobre sua boca. Ele lambeu os lábios, depois rapidamente expeliu uma sensação estranha e entorpecente que se espalhara por sua garganta.

— Isso não devia acontecer — sussurrou Hedge para si mesmo, quando a chuva veio mais pesada e o vento se ergueu em torno deles. — Chuva invocada, vinda do noroeste. É melhor eu investigar, mestre.

Nick deu de ombros, incerto daquilo que Hedge estava falando. A chuva o fizera sentir-se peculiar, chamando-o de volta a algum outro senso de si mesmo. Tudo em torno dele assumiu uma qualidade onírica e pela primeira vez ele se perguntou que diabo estaria fazendo.

Depois, uma estranha dor atingiu-o no peito e ele se dobrou. Hedge o agarrou e o estendeu na terra, que rapidamente estava se transformando em lama.

— O que é isso, mestre? — perguntou Hedge, mas seu tom era mais questionador do que simpático.

Nick gemeu e agarrou com força o próprio peito, suas pernas se contorcendo. Tentou falar, mas de seus lábios só brotou saliva. Seus olhos estremeceram de um lado para outro, depois se reviraram.

Hedge ajoelhou-se junto a ele, esperando. A chuva continuou a cair no rosto de Nick, mas agora ele chiava quando a chuva batia nele, o vapor saindo de sua pele. Alguns momentos depois, a espessa fumaça branca começou a sair em espirais do nariz e da boca do jovem, assobiando quando se chocava com a chuva.

— O que é, mestre? — repetiu Hedge, sua voz subitamente nervosa.

A boca de Nick se abriu e mais fumaça foi expelida. Depois, sua mão se moveu, mais rápido do que Hedge poderia ver, os dedos agarrando a perna do necromante com força terrível. Hedge cerrou os dentes, repelindo a dor, e perguntou novamente:

— Mestre?

— Cretino! — disse a coisa que usava Nick como sua voz. — Agora não é hora de procurar nossos inimigos. Eles vão encontrar esse poço logo, mas, quando isso acontecer, teremos ido embora. Você deve procurar uma barcaça adicional imediatamente e transportar os hemisférios. E tire esse corpo da chuva, pois já está frágil demais, e ainda resta muita coisa a fazer. Coisas demais para que meus serviçais vadiem e fiquem de conversa fiada!

As últimas palavras foram ditas com veneno e Hedge gritou quando os dedos em sua perna se enterraram nela como uma armadilha com dentes de aço para capturar invasores. Depois ele foi solto, para cair de costas na lama.

— Apresse-se — sussurrou a voz. — Seja rápido, Hedge. Seja rápido.

Hedge curvou-se onde estava, não pondo confiança em si mesmo para falar. Ele queria ficar longe do alcance do poder dominador e inumano daquelas mãos, mas temia se mover.

A chuva ficou mais pesada, e a fumaça branca começou a recuar no nariz e na boca de Nick. Depois de alguns segundos, ela desapareceu completamente e o rapaz ficou totalmente sem forças.

Hedge pegou sua cabeça bem antes que ela despencasse numa poça de água suja. Depois, levantou-o e cuidadosamente ajeitou-o sobre seus ombros num procedimento de bombeiro. A perna de um homem normal teria sido quebrada pela força exercida pelo peso da mão de Nick, mas Hedge não era um homem normal. Ele içou Nick facilmente, fazendo só uma simples careta de dor em sua perna.

Carregou Nick no meio das costas até a sua tenda antes que o corpo inerte em seus ombros tivesse espasmos e o jovem começasse a tossir.

— Fique tranquilo, mestre — disse Hedge, aumentando o passo. — Logo vou tirá-lo da chuva.

— O que aconteceu? — perguntou Nick, com a voz áspera. Sua garganta lhe dava a impressão de que acabara de fumar quase uma dúzia de cigarros e bebido uma garrafa de conhaque.

— O senhor desmaiou — respondeu Hedge, afastando as abas da porta da tenda. — Consegue se enxugar e ir para a cama?

— Sim, sim, é claro — replicou Nick, mas suas pernas estremeceram quando Hedge o baixou e ele teve de se equilibrar junto a um baú de viagem. Acima dele, a chuva batia num ritmo firme sobre a lona, acentuado a cada minuto pelo surdo ribombar de baixo do trovão.

— Ótimo — respondeu Hedge, estendendo-lhe uma toalha. — Eu devo sair e dar as instruções à Equipe Noturna; depois terei de ir e... conseguir outra barcaça. Provavelmente seria melhor se descansasse aqui, senhor. Eu vou fazer com que alguém, não um dos doentes, lhe traga refeições, esvazie as mochilas e assim por diante.

— Estou bem capaz de cuidar de mim mesmo — respondeu Nick, embora não conseguisse parar de tremer ao tirar a camisa e começar a passar a toalha debilmente por seu peito e braços. — O que inclui supervisionar a Equipe Noturna.

— Isso não será necessário — disse Hedge. Ele encostou-se sobre Nick, e seus olhos pareceram aumentar e se inundar com uma bruxuleante luz vermelha, como se fossem janelas de uma grande fornalha que ardia em algum lugar dentro de seu crânio. — Seria melhor se o senhor ficasse descansando aqui – repetiu, seu hálito quente e metálico sobre o rosto de Nick. – Não precisa supervisionar o trabalho.

– Sim – concordou Nick estupidamente, a toalha imobilizada em meio ao movimento. – Seria melhor eu ficar descansando... aqui.

– O senhor ficará esperando o meu retorno – ordenou Hedge. Seu tom habitualmente subordinado desapareceu completamente e ele avançou sobre Nick como um diretor de escola prestes a dar uma bengalada num aluno.

– Ficarei esperando o seu retorno – repetiu Nick.

– Ótimo – disse Hedge. Ele sorriu e girou nos calcanhares, pisando com decisão para sair de volta no meio da chuva. Ela se evaporou instantaneamente ao tocar sua cabeça calva, envolvendo-o com um estranho halo branco. Alguns passos adiante, o vapor se desfez e a chuva apenas emplastrou seu cabelo.

De volta à sua tenda, Nick de repente começou a se enxugar novamente. Feito isso, vestiu um pijama mal remendado e foi para a cama de peles empilhadas. Sua cama de acampamento da Terra dos Ancestrais se quebrara havia alguns dias, as molas desmoronando devido à ferrugem e a lona se esboroando com o mofo.

O sono veio rapidamente, mas não o repouso. Ele sonhou com os dois hemisférios de prata e sua Estação dos Relâmpagos que estava sendo construída do outro lado do Muro. Viu os hemisférios absorvendo energia, superando a força que os mantinha separados. Viu-os, finalmente, colidirem, carregados com a força de dez mil tempestades... mas depois o sonho recomeçou do princípio e ele não conseguiu ver o que acontecia quando os hemisférios se encontravam.

Lá fora, a chuva caía aos cântaros e os relâmpagos atingiam a cova por dentro e por fora cada vez mais. O trovão ribombou e tremeu quando os Ajudantes Mortos da Equipe Noturna esticaram as cordas, puxando lentamente o primeiro hemisfério de prata em direção ao lago Vermelho e o segundo hemisfério para o alto, tirando-o da cova.

capítulo sete
um último pedido

Dois dias depois, ainda estava chovendo devido ao trabalho totalmente bem-sucedido de Lirael e Sam com a meteorologia. A despeito das capas de oleado conscienciosamente embrulhadas pelos enviados na casa, eles estavam completamente — e tudo indicava que permanentemente — encharcados. Pelo menos o feitiço estava por fim se enfraquecendo, em particular no aspecto de invocação do vento, de modo que a chuva diminuiu e não estava mais batendo horizontalmente em seus rostos, e eles tampouco estavam sendo atacados por galhos, folhas e outros detritos transportados pelo vento.

Pelo lado positivo, como Lirael tinha de lembrar a si mesma a cada hora, a chuva tornara absolutamente impossível que os Corvos Sanguinários os localizassem. Embora isso não fosse, por algum motivo, tão animador quanto deveria ser.

Tampouco fazia frio, o que era outro dado positivo. Do contrário, teriam congelado até a morte, ou teriam se exaurido até ficar paralisados usando a Magia da Ordem para permanecerem vivos. Tanto a chuva quanto o vento eram quentes, e se tivesse havido ao menos uma hora ou duas sem os dois, Lirael teria julgado o trabalho feito com o tempo um grande sucesso. Do modo como acontecera, o infortúnio de certo modo manchara qualquer orgulho pelo feitiço.

Eles estavam se aproximando do lago Vermelho agora, subindo pelos contrafortes florestais luxuriantes do monte Abed e seus irmãos. Ali, as árvores ficavam mais cerradas, formando um dossel no alto, entremeado por muitas samambaias e plantas que Lirael conhecia apenas pelos livros. A camada de folhas formada por todas elas era espessa sobre o chão, fazendo um tapete sobre a lama. Devido à chuva, havia milhares de pequeninos regatos por toda parte, cascateando em meio às raízes, descendo pelas pedras e rodeando os tornozelos de Lirael. Isso quando ela conseguia vê-los, já que a maior parte do tempo suas pernas estavam enterradas até as canelas numa mistura de folhas úmidas e lama.

Era muito difícil andar e Lirael estava mais cansada do que julgara possível. Os descansos, quando eles os conseguiam, consistiam em encontrarem a maior árvore com a mais espessa folhagem para se abrigarem da chuva, e as raízes mais altas para se sentarem e ficarem longe da lama. Lirael descobrira que conseguia dormir até nessas condições, embora mais que uma vez houvesse acordado, depois de duas escassas horas que tinham se concedido, para se descobrir deitada e não sentada na lama.

Naturalmente, assim que retornavam à chuva, a lama logo era varrida. Lirael não tinha certeza do que era pior. Lama ou chuva. Ou o meio-termo: os primeiros dez minutos depois que saíam do abrigo, quando a lama estava sendo varrida e pingava sobre seu rosto, suas mãos e suas pernas.

Foi exatamente naquele momento, depois de um descanso, quando tinham a atenção total voltada para afastar a lama de seus olhos enquanto subiam por mais uma ravina, que encontraram uma guarda real agonizante, escorada no tronco de uma árvore protetora. Ou melhor, o Cão Indecente a encontrou, localizando-a pelo cheiro ao ir vasculhando à frente de Lirael e Sam.

A guarda estava inconsciente, seu manto vermelho e dourado manchado devido ao sangue, sua cota de malha rasgada e dilacerada em vários pontos. Ela ainda segurava uma espada, empunhada firmemente na mão direita, enquanto a esquerda estava congelada num gesto de lançamento de feitiço que nunca conseguiria completar.

Lirael e Sam sabiam que ela estava quase no fim, seu espírito já atravessando as bordas da Morte. Rapidamente Sam se curvou, invocando o mais poderoso feitiço de cura que conhecia. Mas bem quando o primeiro sinal da Ordem floresceu luminosamente em sua mente, ela morreu. O débil reflexo de vida em seus olhos desaparecera, substituído por um olhar inexpressivo e cego. Sam deixou o sinal de cura ir embora e fechou suas pálpebras delicadamente.

— Uma das guardas de papai — disse ele sombriamente. — Eu não a conheço, todavia. Provavelmente vinha da guarda da Torre da Cidade de Roble ou de Uppside. Eu me pergunto o que estaria fazendo aqui...

Lirael fez um sinal de assentimento, mas não conseguiu afastar os olhos do cadáver. Sentia-se tão inútil! Continuava chegando tarde e devagar demais. O Sulino no rio, depois da batalha com Chlorr, Barra e os comerciantes. Agora, essa mulher. Era tão injusto que ela tivesse de morrer sozinha, com apenas alguns minutos entre a morte e o resgate. Se apenas eles tivessem conseguido subir a colina mais rápido, ou se não tivessem parado para aquele último descanso...

— Estava agonizando havia poucos dias — disse o Cão Indecente, cheirando ao redor do corpo. — Mas não pode ter vindo de longe, patroa. Não com esses ferimentos.

— Devemos estar perto de Hedge e Nick, então — disse Sam, aprumando-se para lançar um olhar atento ao redor. — É tão difícil saber isso debaixo de todas essas árvores! Podemos estar próximos ao topo da cumeeira ou ainda ter milhas para percorrer.

— Acho melhor eu descobrir — disse Lirael lentamente. Ela ainda tinha os olhos sobre o corpo morto da guarda. — O que foi que a matou, e onde o Inimigo está.

— Devemos nos apressar, então — disse o Cão, pulando em suas pernas traseiras com empolgação repentina. — O rio já a terá carregado por certa distância.

— Vocês vão entrar na Morte? — perguntou Sam. — Isso é aconselhável? Quero dizer, Hedge poderia estar por perto, ou mesmo esperando na Morte!

— Eu sei — disse Lirael. Ela estivera pensando a mesma coisa. — Mas acho que o risco valerá a pena. Precisamos descobrir exatamente onde as escavações de Nick estão, e o que aconteceu com a guarda. Não podemos apenas seguir avançando cegamente.

— Suponho que sim — disse Sam, mordendo o lábio com ansiedade inconsciente. — O que eu farei?

— Vigie meu corpo enquanto eu estiver ausente, por favor — disse Lirael.

— Mas não use nenhuma Magia da Ordem, a menos que seja necessário — acrescentou o Cão. — Alguém como Hedge pode farejá-la a quilômetros de distância. Mesmo com essa chuva.

— Eu sei disso — respondeu Sam. Ele traiu seu nervosismo ao sacar sua espada, enquanto seus olhos se moviam, examinando toda e qualquer árvore ou arbusto. Até ergueu os olhos, bem a tempo de receber um pingo de chuva que veio pelos galhos espessos do alto. Ele escorreu pelo seu pescoço abaixo e se enfiou sob o oleado, para deixá-lo ainda mais incomodado. Mas nada vagava furtivamente pelos galhos da árvore, e, do pouco que ele pôde avistar do céu, ele parecia vazio, sem contar com a chuva e as nuvens.

Lirael sacou sua espada também. Ela hesitou por um momento, sobre qual sino deveria escolher, sua mão estendida sobre a correia. Penetrara na Morte só uma vez, quando quase fora derrotada e escravizada por Hedge. Dessa vez, disse a si mesma, estaria mais forte e melhor preparada. Parte disso significava escolher o sino correto. Seus dedos tocaram levemente cada bolsinha, até a sexta, que cuidadosamente se abriu. Ela tirou o sino, segurando-o dentro de sua boca para que o badalo não pudesse soar. Escolhera Saraneth, o Prendedor. O mais forte de todos os sinos depois de Astarael.

— Eu vou junto, não vou? — perguntou o Cão ansiosamente, pulando em torno dos pés de Lirael, sua cauda abanando velozmente.

Lirael fez um sinal de assentimento e começou a estender os braços para entrar na Morte. Era fácil ali, pois a passagem da guarda criou uma porta que ligaria a Vida e a Morte naquele local por muitos dias. Uma porta que serviria de tráfego nos dois sentidos.

O frio surgiu rapidamente, banindo a umidade da chuva quente. Lirael estremeceu, mas continuou se forçando para a frente para penetrar na Morte, até que a chuva, o vento, o cheiro de folhas úmidas e o rosto vigilante de Sam desapareceram completamente, substituídos pela gélida e cinzenta luz da Morte.

O rio puxou os joelhos de Lirael, exigindo que ela fosse para a frente. Por um momento ela resistiu, relutante em desistir da sensação da Vida às suas costas. Tudo que ela teria a fazer seria dar um passo para trás, estender a mão para a Vida e estaria de volta à floresta. Mas não teria aprendido nada...

— Eu sou o Abhorsen-em-Espera — sussurrou ela, e sentiu o puxão do rio diminuir. Ou talvez ela só o tivesse imaginado. Fosse como fosse, sentiu-se melhor. Tinha o direito de estar ali.

Ela deu seu primeiro passo lento adiante, e depois deu outro e mais outro, até que estava caminhando firmemente para a frente, o Cão Indecente mergulhando ao seu lado.

Se estivesse com sorte, pensou Lirael, a guarda estaria ainda do outro lado do Primeiro Portal. Mas em parte alguma se movia nada que ela pudesse ver, nem qualquer coisa derivava na superfície, apanhada pela correnteza. Ao longe se ouvia o rugido do portal.

Ela o escutou cuidadosamente — pois o rugido pararia se a mulher passasse — e continuou caminhando, com cuidado para sentir as cavidades ou declives súbitos. Era muito mais fácil seguir a correnteza e ela relaxou um pouco, mas não tanto que baixasse a espada ou o sino.

— Ela está bem ali na frente, patroa — murmurou o Cão, seu nariz se retorcendo a apenas uma polegada acima do rio. — Do lado esquerdo.

Lirael seguiu a pata indicativa do Cão e viu que havia ali um vulto baço sob a água, derivando com a correnteza em direção ao Primeiro Portal. Instintivamente, ela deu um passo à frente, pensando em agarrar fisicamente a guarda. Então, percebeu seu erro e parou.

Mesmo os recém-falecidos poderiam ser perigosos, e um amigo na Vida não seria necessariamente amigo ali. Era mais seguro não tocar. Em vez disso, ela desembainhou a espada e, mantendo o Saraneth imobilizado em sua mão esquerda, transferiu a direita para pegar a alça de mogno. Lirael sabia que devia tê-lo sacudido com uma das mãos e feito soar ao mesmo tempo, e sabia que poderia fazê-lo caso necessário, mas parecia sensato ser mais cautelosa. Afinal, ela nunca havia usado os sinos. Apenas as flautas de Pã, e elas eram um instrumento de poder menor.

— Saraneth será ouvido por muitos, e a uma grande distância — sussurrou o Cão. — Por que eu não avanço sobre ela e a agarro pelo tornozelo?

— Não. — Lirael franziu o cenho. — Ela é uma guarda real, Morta ou não, e temos de tratá-la com respeito. Eu vou apenas atrair a sua atenção. Não vamos ficar esperando mais.

Ela fez soar o sino com um simples movimento curvo, um dos repiques mais fáceis descritos no *Livro dos Mortos* para uso do Saraneth. Ao mesmo tempo, ela concentrou sua vontade no som do sino, dirigindo-a para o corpo submerso que flutuava mais à frente.

O sino soou muito alto, eclipsando o débil rugido do Primeiro Portal. Ecoou por toda parte, parecendo ficar ainda mais alto do que fraco, criando ondulações sobre a água num grande círculo em torno de Lirael e do Cão, ondulações que se moviam até mesmo contra a correnteza.

Depois, o som se enrolou em torno do espírito da guarda, e Lirael sentiu-a retorcer-se e se remexer contra a vontade como um peixe recém-fisgado. Por meio do eco do sino ela ouviu um nome, e notou que Saraneth descobriu-o e estava passando-o para ela. Às vezes, era necessário usar um feitiço da Ordem para descobrir um nome, mas essa guarda não possuía defesas contra qualquer sino.

— Mareyn — disse o eco de Saraneth, um eco que soou apenas no interior da mente de Lirael. O nome da guarda era Mareyn.

— Fique, Mareyn — disse ela num tom imperativo. — Levante-se, pois quero falar com você.

Lirael sentiu a resistência da guarda então, mas ela era fraca. Um momento depois o rio frio espumou e borbulhou, e o espírito de Mareyn se ergueu e se virou para encarar o portador do sino que a aprisionara.

A guarda era uma Morta recente demais para que a Morte a tivesse transformado, de modo que seu espírito tinha a mesma aparência de seu corpo que jazia na Vida. Uma mulher alta e de constituição forte, os cortes em sua armadura e os ferimentos em seu corpo tão claros na luz estranha da Morte quanto haviam sido sob o sol.

— Fale, se puder — ordenou Lirael. Também, sendo recém-Morta, Mareyn poderia talvez falar se quisesse. Muitos que residiram longamente na Morte haviam perdido o poder da fala, que poderia ser restaurado então apenas por Dyrim, o sino falador.

— Eu... posso — gemeu Mareyn. — O que quer de mim, senhora?

— Eu sou a Abhorsen-em-Espera — declarou Lirael, e essas palavras pareceram ecoar pelo interior da Morte, abafando a humilde e desanimada voz dentro dela que desejava dizer "Eu sou uma Filha do Clayr". — Quero lhe perguntar como morreu e o que sabe de um homem chamado Nicholas e da cova que ele abriu — continuou.

— Você me prendeu com seu sino e devo responder — disse Mareyn, sua voz desprovida de qualquer emoção. — Mas eu pedirei um favor, se me for permitido.

— Peça — disse Lirael, lançando uma olhadela para o Cão Indecente, que estava cercando Mareyn como um lobo em torno de uma ovelha. O Cão viu seu aspecto, abanou a cauda e começou a girar para trás. Estava obviamente apenas brincando, embora Lirael não entendesse como ele poderia ser tão frívolo ali na Morte.

— O necromante da cova, cujo nome não ouso pronunciar — disse Mareyn. — Ele matou meus companheiros, mas riu e me deixou rastejar para longe, ferida como eu estava, com a promessa de que seus serviçais iriam me encontrar na Morte e me prender para servi-lo. Sinto que será assim, e meu corpo também jaz sem ser queimado atrás de mim. Eu não quero retornar, senhora, ou servir a alguém como ele. Eu lhe peço para me mandar sempre em frente, para um lugar onde força alguma possa me puxar de volta.

— Claro que farei isso — disse Lirael, mas as palavras de Mareyn lhe deram uma pontada de medo. Se Hedge deixou Mareyn ir embora, tinha provavelmente mandado que alguém a seguisse e soubesse onde seu corpo se encontrava. Ele poderia estar sob observação nesse momento, e seria muito fácil lançar um olhar para dentro da Morte quando o espírito de Mareyn aparecesse. Hedge — ou um de seus serviçais — poderia estar se aproximando tanto na Vida quanto na Morte nesse momento.

Bem quando pensou nisso, as orelhas do Cão se empinaram e ele rosnou. Um segundo depois, Lirael ouviu o rugido do Primeiro Portal falhar e emudecer.

— Alguma coisa se aproxima — alertou o Cão, o nariz fungando o rio. — Alguma coisa ruim.

— Vamos nos apressar, então — disse Lirael. Ela recolocou Saraneth e sacou Kibeth, transferindo o sino para a sua mão esquerda para que pudesse também desembainhar Nehima. — Mareyn, diga-me onde a cova está em relação ao seu corpo.

— A cova fica no vale seguinte, depois da cumeeira — respondeu Mareyn calmamente. — Há muitos Mortos lá, sob constantes nuvens e relâmpagos. Eles construíram uma estrada também ao longo do leito do vale, em direção ao lago. O jovem Nicholas vive numa tenda de colcha de retalhos a leste da cova... Alguma coisa me persegue, senhora. Por favor, peço que me mande em frente.

Lirael sentiu o medo no interior do espírito de Mareyn, muito embora a sua voz tivesse o tom fixo e sem inflexão dos Mortos. Ela a ouviu e respondeu instantaneamente, fazendo Kibeth soar sobre sua cabeça num desenho que simulava um número oito.

— Vá, Mareyn — proferiu ela severamente, suas palavras se entrelaçando ao dobre do sino. — Caminhe para as profundezas da Morte e não pare, nem deixe ninguém barrar seu caminho. Eu a ordeno a caminhar até o Nono Portal e ir além, pois você mereceu seu repouso final. Vá!

Mareyn fez um giro completo a essa última palavra e começou a marchar, a cabeça erguida e os braços balançando, tal como devia haver alguma vez marchado na Vida no terreno de parada militar nos quartéis em Belisaere. Como uma flecha ela marchou, avançando para o Primeiro Portal. Lirael viu-a vacilar por um momento ao longe, como se alguma coisa tivesse tentado pegá-la, mas depois ela continuou marchando, até que o rugido do Primeiro Portal se emudeceu para assinalar sua passagem.

— Ela se foi — observou o Cão. — Mas o que quer que tenha vindo está aqui, em algum lugar. Sinto o cheiro.

— Estou sentindo também — sussurrou Lirael. Ela trocou os sinos novamente, ficando com o Saraneth. Ela gostava da segurança do grande sino, e da profunda autoridade de sua voz.

— Devíamos voltar — disse o Cão, a cabeça se movendo lentamente de um lado para outro, como se tentasse localizar a criatura. — Não gosto quando eles dão uma de inteligentes.

— Você sabe o que é? — sussurrou Lirael quando começaram a caminhar com dificuldade de volta à Vida, ziguezagueando de modo que suas costas nunca ficassem viradas. Como em sua primeira viagem, era muito mais difícil ir contra a correnteza, e parecia mais frio do que nunca também, erodindo seu ânimo.

— Alguma coisa furtiva de algum lugar além do Quinto Portal, eu acho — disse o Cão. — Pequena, e há muito tempo destituída de sua forma original... Lá!

Ele latiu e se arremeteu sobre a água. Lirael viu uma coisa parecida com um rato comprido e delgado — com brasas ardentes no lugar dos olhos — pular de lado quando o Cão avançou. Depois, ele veio em sua direção e ela sentiu seu frio e poderoso espírito se erguer contra ela, fora de toda proporção para seu formato de rato.

Ela gritou e o golpeou com sua espada, faíscas de um branco azulado desprendendo-se por toda parte. Mas ele era rápido demais. O golpe não o acertou e ele abocanhou seu pulso esquerdo, na mão que segurava o sino. Suas mandíbulas foram de encontro à manga couraçada e chamas de um vermelho escuro irromperam entre seus dentes parecidos com agulhas.

Então, o Cão cravou suas próprias mandíbulas no tronco da criatura e a arrancou do braço de Lirael, acrescentando ao som do guinchar da coisa e ao grito de Lirael o seu rosnado de gelar o sangue. Um momento depois, tudo foi abafado pelo som profundo de Saraneth quando Lirael deu um passo para trás e uma sacudidela no sino, pegou a alça e o fez soar, tudo num único movimento desenvolto.

capítulo oito

o teste de sameth

Sam andou em volta de seu pequeno perímetro outra vez, verificando tudo para ter certeza de que nada se aproximava. Não que pudesse enxergar muito através da chuva e da folhagem. Ou escutar qualquer coisa, na verdade, até que tudo ficasse confuso demais para ele poder fazer qualquer coisa que não se debater.

Ele examinou Lirael novamente para ver se encontrava algum sinal de mudança, mas ela permanecia na Morte, seu corpo imóvel como uma estátua, orvalhado com gelo, o frio se encapelando para congelar as poças aos seus pés. Sam pensou em quebrar um pedaço de gelo para se refrescar, mas decidiu que não. Havia várias grandes pegadas de Cão no meio da poça, pois o Cão Indecente — diferentemente de sua dona — era capaz de penetrar na Morte atravessando-a com o corpo, confirmando a suposição de Sam de que sua forma física era inteiramente mágica.

O corpo da guarda estava ainda escorado na árvore também. Sam havia pensado em estendê-lo apropriadamente, mas isso parecera estúpido, já que significaria deitá-lo dentro da lama. Ele queria dar ao corpo dela um fim digno também, mas não ousava usar a Magia da Ordem requerida para esse fim. Não até que Lirael retornasse, ao menos.

Sam suspirou diante da ideia e desejou poder se abrigar da chuva encostado à árvore até que Lirael retornasse de fato. Mas ele estava muito consciente de que era responsável pela segurança de Lirael. Estava sozinho de novo, na realidade, e agora até sem a dúbia companhia de Mogget. Isso o deixava nervoso, mas o medo que o acompanhara durante toda a sua fuga de Belisaere desaparecera. Dessa vez ele simplesmente não queria decepcionar a tia Lirael. De modo que levantou sua espada e recomeçou a caminhar em torno do círculo fechado das árvores que escolhera como rota de patrulhamento.

Ele estava no meio do círculo quando ouviu alguma coisa acima do som constante da chuva. O estalo encharcado de raminhos molhados se partindo sob os pés, ou alguma coisa parecida com isso. Um som fora do habitual produzido pela floresta.

Imediatamente, ele se ajoelhou atrás do tronco de uma grande samambaia e ficou imóvel, para poder ouvir melhor.

A princípio, tudo que ouviu foi a chuva e o bater de seu próprio coração. Depois, ouviu o som novamente. Uma pisada macia, folhas esmagadas sob os pés. Alguém – ou alguma coisa – estava tentando fazer-lhe uma armadilha. Os sons estavam a cerca de cinco metros de distância, mais para baixo do declive, abafados por toda a vegetação rasteira. Aproximavam-se muito devagar, só um único passo a cada minuto.

Sam voltou a dar uma olhada para Lirael. Não havia sinal de seu retorno da Morte. Por um momento, pensou que devia correr e dar-lhe uma batidinha no ombro, para alertá-la a fim de que voltasse. Era muito tentador, porque ela assumiria a responsabilidade.

Afastou o pensamento. Lirael tinha uma missão a cumprir e assim o fazia. Haveria tempo suficiente para chamá-la de volta se ele precisasse. Talvez fosse apenas um grande lagarto rastejando entre as samambaias, ou um cão selvagem, ou um dos grandes pássaros desprovidos da capacidade de voar que ele sabia viverem nessas montanhas. Não conseguia se lembrar de como eram chamados.

Não era nada de Morto. Ele o teria sentido com certeza, pensou. Uma criatura da Magia Livre estaria chiando com a chuva e ele sentiria seu cheiro. Provavelmente...

A coisa se moveu novamente, mas não no sentido de subir. Estava circulando ao redor, percebeu Sam. Talvez tentando descobrir o caminho de passagem por eles para investir declive abaixo. Isso seria um truque humano.

Poderia ser um necromante, disse uma parte temerosa da mente de Sam.

Não Morto, de modo que não se poderia sentir sua presença. Portando Magia Livre, mas sem pertencer a ela, de modo que não se poderia farejar nada. Poderia ser até mesmo *ele*. Poderia ser Hedge.

A mão da espada de Sam começou a tremer. Ele agarrou o cabo com mais força, fazendo o tremor cessar. As cicatrizes de queimadura em seus pulsos ficaram mais brancas, vívidas devido ao esforço.

Era isso, ele disse a si mesmo. Esse era o teste. Se ele não encarasse o que quer que fosse aquilo que estava por ali agora, saberia que seria um covarde para todo o sempre. Lirael não achava que ele era, tampouco o Cão. Ele fugiu de Astarael, mas não por medo. Ele o fizera obrigado pela magia, e Lirael fugira também. Não havia nisso nada de que se envergonhar.

A coisa se moveu novamente, aproximando-se furtivamente. Sam ainda não conseguia vê-la, mas estava certo de que sabia onde ela estava.

Ele penetrou na Ordem e sentiu o coração reduzir o seu ritmo frenético quando foi abraçado pela calma familiar da magia que ligava todas as coisas vivas. Traçando no ar com sua mão livre, Sam invocou quatro sinais luminosos da Ordem. O quinto ele murmurou baixinho, dentro de sua mão em forma de concha. Quando os sinais se juntaram, Sam segurou um punhal que era como um raio de sol capturado por sua mão. Brilhante demais para se olhar diretamente para ele, mas dourado para um olhar de relance.

— Pela Ordem!

Com o punhal do sol numa das mãos, a espada em outra, Sam rugiu um grito de guerra e saltou para a frente, chocando-se contra as samambaias, escorregando, quase desabando no declive. Viu um lampejo de movimento atrás de uma árvore e mudou de direção, ainda rugindo, o sangue furioso de seu pai batendo em suas têmporas. Ali estava o inimigo, um estranho homenzinho pálido...

Que desapareceu.

Sam tentou parar. Firmou os calcanhares, mas seus pés derraparam na lama e ele disparou para um tronco de árvore, ricocheteou numa samambaia e despencou de costas. Deitado na lama, ele se lembrou de seu mestre de armas lhe dizendo: "Muitos dos que caem numa batalha nunca se levantam novamente. Por isso, não caia com essa maldita facilidade!"

Sam deixou cair o punhal de sol, que se extinguiu imediatamente, os sinais individuais se derretendo no chão, e se esforçou para se erguer. Ele estivera caído por apenas um segundo ou dois, pensou, quando olhou fixa e furiosamente ao redor. Mas não havia sinal do... do que quer que fosse aquilo...

Lirael.

O pensamento o atingiu como um golpe e instantaneamente subiu correndo pelo declive por onde acabara de rolar para baixo, agarrando-se em samambaias e galhos e qualquer coisa que pudesse fazê-lo andar mais depressa. Ele tinha de voltar! E se Lirael fosse atacada enquanto estivesse ainda na Morte? Golpeada por trás com um punhal, ou uma faca? Ela não teria uma chance.

Ele conseguiu voltar para a pequena clareira. Lirael ainda estava lá. Pingentes de gelo feitos de gotas de chuva pendiam de seus braços estendidos. A poça congelada, em torno de seus pés, espalhara-se, muito estranhamente para uma floresta quente. Ela não fora ferida.

— Sorte que eu estava aqui — disse uma voz por trás de Sam. Uma voz familiar.

A voz de Mogget.

Sam se voltou.

— Mogget? É você? Onde está você?

— Aqui, e arrependido disso, como de hábito — respondeu Mogget, e um pequeno gato branco saiu saracoteando por detrás de um pé de samambaia.

Sam não baixou a guarda. Ele viu que Mogget ainda usava sua coleira e havia um sino nela. Mas poderia ser um truque. E onde estava... ou quem era... aquele estranho homem pálido?

— Eu vi um homem — disse Sam. — Seu cabelo e pele eram brancos como a neve. Brancos como seus pelos...

— Sim — bocejou Mogget. — Era eu. Mas aquela forma me foi proibida por Jerizael, que foi... deixe-me ver... ela foi o quadragésimo oitavo Abhorsen. Não posso usá-la na presença de um Abhorsen, mesmo de um aprendiz, sem permissão prévia. Sua mãe, em geral, não me dá permissão, embora o pai dela tenha sido mais flexível. Lirael não pode atualmente dizer nem que sim nem que não, de modo que mais uma vez você me vê como sou.

— O Cão disse que ela... Astarael... não ia deixá-lo partir — disse Sam. Ele não baixou sua espada.

Mogget bocejou de novo e o sino soou em seu pescoço. Era Ranna — Sam reconheceu tanto a voz quanto a sua própria reação: ele não conseguiu impedir-se de bocejar também.

— É isso o que aquele sabujo disse? — observou o gato quando caminhou levemente para junto da mochila de Sam e delicadamente a abriu, rasgando as costuras no remendo com uma garra afiada para que pudesse entrar. — Astarael? Era isso que a coisa era? Foi há tanto tempo, não consigo realmente lembrar quem era quem. Em todo caso, ela disse o que queria dizer e depois eu fui embora. Desperte-me quando estivermos em algum lugar seco e confortável, príncipe Sameth. E com comida civilizada.

Sam baixou sua espada devagar e suspirou de exasperação. Era Mogget, obviamente. Sam apenas não tinha certeza se estava satisfeito ou não pelo retorno do gato. Continuava lembrando-se daquela risadinha maligna e zombeteira no túnel abaixo da casa, e do fedor e do ofuscamento da Magia Livre...

O gelo estalou. Sam se virou novamente, o coração disparado. Com o quebrar do gelo, ouviu o eco de um sino distante. Tão distante que poderia ter sido uma lembrança ou um som imaginado.

Mais gelo se quebrou e Lirael se abaixou num joelho só, o gelo saindo dela em flocos como uma tempestade de neve em miniatura. Depois, houve um clarão luminoso e o Cão apareceu, pulando em volta ansiosamente e rosnando profundamente em seu peito.

— O que aconteceu? — perguntou Sam. — Você está ferida?

— Não realmente — disse Lirael, com uma careta que mostrava que havia algo errado, e ela levantou seu pulso esquerdo. — Algum horrível pequeno morador do Quinto Portal tentou morder meu braço. Mas não conseguiu atravessar a capa, está apenas arranhado.

— O que você fez a ele? — perguntou Sam. O Cão estava ainda correndo em volta como se a criatura Morta pudesse aparecer de repente.

— O Cão a mordeu pelo meio — disse Lirael, forçando-se a inspirar várias vezes, bem devagar. — Embora isso não o tenha detido. Mas eu fiz com que me obedecesse no fim. Está se encaminhando para o Nono Portal... e não vai retornar.

— Você é realmente a Abhorsen-em-Espera agora — disse Sam, demonstrando admiração na sua voz.

— Acho que sou, sim — respondeu Lirael lentamente. Ela sentiu como se houvesse afirmado alguma coisa quando se anunciara como tal na Morte. E também como se tivesse perdido alguma coisa. Era outra ao usar efetivamente os sinos na Morte. Sua antiga vida parecia tão distante agora! Desaparecida para sempre, e ela não sabia ainda o que sua nova vida seria, ou nem mesmo o que ela era. Sentia-se desconfortável em sua própria pele e isso nada tinha a ver com o gelo derretido, ou com a chuva e a lama.

— Estou farejando alguma coisa — anunciou o Cão.

Lirael se voltou e pela primeira vez notou que Sam estava mais enlameado do que estivera, e sangrava de um arranhão que cruzava as costas de sua mão, embora parecesse não tê-lo notado.

— O que aconteceu com você? — perguntou ela incisivamente.

— Mogget voltou — respondeu Sam. — Ao menos creio que é Mogget. Ele está na minha mochila. Só que a princípio ele era uma espécie de homem albino realmente baixinho e achei que fosse um inimigo...

Ele parou de falar quando o Cão cercou sua mochila e farejou-a. Uma pata branca brotou dela como um relâmpago e o Cão saltou para trás bem a tempo de evitar um focinho arranhado. Ele se sentou de novo em seus quartos e sua testa se franziu em estranhamento.

— É o Mogget — confirmou ele. — Mas eu não entendo...

— Ela me deu o que prefere chamar de outra chance — disse uma voz vinda do interior da mochila. — Mais do que você jamais fez.

— Outra chance de quê? — grunhiu o Cão. — Isso não é hora para seus joguinhos! Você sabe o que está sendo desenterrado a quatro léguas daqui?

Mogget lançou a cabeça para fora da mochila. Ranna soou em discordância, lançando uma onda de cansaço sobre todos que ouviam o sino.

— Eu sei! — cuspiu o gatinho. — Eu não me importei na época e não me importo agora. É o Destruidor! O Desfazedor! O Deslindador...

Mogget parou para respirar. Bem quando estava prestes a falar de novo, o Cão subitamente latiu, um latido curto e penetrante impregnado de poder. Mogget miou como se sua cauda houvesse sido pisada e se afundou de novo na mochila, assobiando.

— Não fale seu nome — ordenou o Cão. — Não com raiva, não quando estamos tão perto...

Mogget fez silêncio. Lirael, Sam e o Cão olharam para a mochila.

— Temos de sair daqui — suspirou Lirael, enxugando as gotas de chuva mais recentes de sua testa antes que caíssem dentro de seus olhos. — Mas primeiro quero esclarecer uma coisa.

Aproximou-se da mochila de Sam e se curvou sobre ela, com o cuidado de ficar fora do alcance do golpe de uma pata.

— Mogget. Você ainda continua preso a serviço dos Abhorsens, não continua?

— Sim — veio a resposta resmungona. — Porcaria.

— Portanto, vai me ajudar, vai ajudar a gente, não vai?

Não houve resposta.

— Eu lhe arrumarei uns peixes — interferiu Sam. — Quero dizer, quando estivermos em algum lugar onde haja peixe.

— E alguns ratos — acrescentou Lirael. — Isto é, se você gostar de ratos.

Ratos comiam livros. Todos os bibliotecários tinham aversão a ratos e Lirael não era exceção. Ficara muito satisfeita ao descobrir que, ao se tornar uma Abhorsen, não perdera a parte essencial da bibliotecária que havia nela. Ela também odiava traças.

— Não adianta barganhar com a criatura — disse o Cão. — Ele fará como dissermos.

— Peixe quando houver, e ratos, e também um pássaro canoro — disse Mogget, saindo da mochila, sua pequena língua rosada lambendo o ar como se os peixes já estivessem na frente dele.

— Nada de pássaro canoro — disse Lirael firmemente.

— Muito bem — concordou Mogget. Ele lançou um olhar desdenhoso para o Cão. — Um acordo civilizado e à altura de minha forma atual. Comida e abrigo em troca da ajuda que eu puder prestar. Melhor isso do que ser um escravo.

— Você é um... — balbuciou o Cão, nervoso, mas Lirael pegou a sua coleira e ele capitulou, grunhindo.

— Não há tempo para briguinhas — disse Lirael. — Hedge deixou Mareyn, a guarda, partir, pretendendo escravizar seu espírito posteriormente. Uma morte lenta torna um espírito mais forte. Ele sabe onde ela morreu e pode ter outros serviçais na Morte que terão relatado a minha presença. Por isso, precisamos ir andando.

– Nós deveríamos... – balbuciou Sam quando Lirael começou a se afastar. – Temos de dar a ela um fim digno.

Lirael balançou a cabeça, um movimento diagonal que não era de aceitação nem de recusa, mas simplesmente de cansaço.

– Eu devo estar cansada – disse ela, enxugando a testa novamente. – Prometi a ela que o faria.

Como os corpos do grupo de comerciantes, o corpo de Mareyn, se abandonado ali, poderia ser ocupado por outro espírito Morto, ou Hedge poderia usá-lo para coisas ainda piores.

– Pode fazer isso, Sam? – perguntou Lirael, esfregando o pulso. – Eu estou um pouco exausta, para dizer a verdade.

– Hedge pode sentir o cheiro da magia – advertiu o Cão. – Assim como quaisquer criaturas Mortas que estiverem por perto. Embora a chuva vá ajudar.

– Eu já lancei um feitiço – disse Sam, desculpando-se. – Pensei que estivéssemos sendo atacados...

– Não se preocupe – interrompeu Lirael. – Mas aja depressa.

Sam se aproximou do corpo e traçou os sinais da Ordem no ar. Alguns segundos depois, um manto de fogo esbranquiçado envolveu o corpo e logo não restava nada para qualquer necromante pegar, exceto os círculos escurecidos de malha.

Sam virou-se para ir embora também, mas Lirael deu um passo à frente e sinais da Ordem simples caíram de sua mão aberta na casca da árvore que estava sobre as cinzas. Ela falou com os sinais, colocando suas palavras ali para qualquer Mago da Ordem ouvir anos à frente, por quanto tempo a árvore pudesse permanecer em pé.

– Mareyn morreu aqui, longe de seu lar e de seus amigos. Ela era uma guarda real. Uma mulher corajosa, que lutou contra um inimigo poderoso demais para ela. Mas até mesmo na Morte ela cumpriu seu dever, e um pouco mais. Ela será lembrada. Adeus, Mareyn.

– Um gesto apropriado – disse o Cão. – E...

– Bem estúpido – interrompeu Mogget, falando atrás da cabeça de Sam. – Teremos os Mortos em cima de nós dentro de minutos se continuar fazendo magia assim.

— Obrigada, Mogget — disse Lirael. — Fico feliz por já estar nos ajudando. Estamos partindo agora, de modo que você pode voltar a dormir. Cão, por favor, vá explorando na frente. Sam, siga-me.

Sem esperar por uma resposta, ela se moveu em direção à cordilheira, rumando para um ponto onde as árvores estavam mais próximas. O Cão subiu correndo atrás dela, depois escorregou ao redor para tomar a frente, com a cauda abanando.

— Mandona, não é? — comentou Mogget com Sam, que estava seguindo mais lentamente. — Me faz lembrar da sua mãe.

— Cale a boca! — disse Sam, pondo de lado um galho que ameaçava bater-lhe no rosto.

— Você sabe que nós deveríamos estar correndo o mais rápido possível na outra direção — disse Mogget. — Não sabe?

— Você me disse, lá na casa, que não adianta fugir ou tentar se esconder — retrucou Sam. — Não disse?

Mogget não respondeu, mas Sam sabia que ele caíra no sono. Podia sentir o gato se remexendo na mochila. Sam não repetiu sua pergunta, porque a subida estava ficando mais íngreme e ele precisava de todo o seu fôlego. Quaisquer ideias de conversa rapidamente desapareceram quando eles subiram mais, trançando por entre as árvores e sobre troncos caídos, arrancados da encosta do monte pelo vento e por sua inabilidade em lançar raízes profundas.

Por fim, chegaram à cumeeira, encharcados, a despeito de seus oleados, e miseravelmente cansados da escalada. O sol, perdido em alguma parte das nuvens, não estava longe de se pôr, e estava claro que eles não conseguiriam ir mais longe antes que a noite caísse.

Lirael pensou em ordenar um descanso, mas, quando gesticulou para o Cão, o sabujo a ignorou, fingindo que não via os frenéticos sinais de mão. Lirael suspirou e seguiu em frente, grata ao cão que desviou para o oeste e estava seguindo pela cordilheira agora, em vez de descer. Eles seguiram um atrás do outro por trinta minutos mais ou menos, embora houvesse parecido horas, até que por fim chegaram a um ponto onde uma avalanche entalhou uma faixa de chão aberta no extremo norte da cordilheira.

O Cão parou ali, escolhendo uma fileira de samambaias para lhes servir de abrigo. Lirael sentou-se junto a ele, e Sam chegou cambaleando um minuto depois e despencou como um acordeão quebrado. Quando se sentou, Mogget saiu de sua mochila e ergueu-se em suas patas traseiras, usando a cabeça de Sam como apoio para as dianteiras.

Os quatro baixaram os olhos para olhar pela clareira sobre todo o vale, por todo o trajeto até o lago Vermelho, uma escura extensão de água ao longe, iluminada por clarões de relâmpagos e pelo pouco de sol poente que conseguia passar pelas nuvens.

A cova de Nick estava claramente visível agora, uma feia ferida de terra vermelha e barro no verde do vale. A terra em torno dela era constantemente atingida pelos relâmpagos, o ribombo do trovão ecoando de volta para os quatro observadores, um ruído constante ao fundo. Centenas de figuras, apequenadas pela distância, labutavam em torno da cova. Mesmo a quilômetros de distância, Lirael e Sam puderam sentir que eram os Mortos.

— O que os Ajudantes estão fazendo? — sussurrou Lirael. Embora eles estivessem escondidos no alto da cumeeira entre árvores e samambaias, ela ainda sentia que estavam ao alcance de detecção por parte de Hedge e seus serviçais.

— Não consigo ver — respondeu Sam. — Movendo alguma coisa, aquela coisa cintilante, acho. Em direção ao lago.

— Sim — disse o Cão, que se erguia absolutamente rijo junto a Lirael. — Eles estão puxando dois hemisférios de prata, a trezentos passos de distância um do outro.

Atrás do ouvido de Sam, Mogget se manifestou, e Sam sentiu um tremor percorrer sua espinha.

— Cada hemisfério contém metade de um antigo espírito — disse o Cão. Sua voz era muito baixa. — Um espírito do Princípio, de antes que a Ordem fosse criada.

— Aquele que você disse para Mogget não nomear — sussurrou Lirael. — O Destruidor.

— Sim — disse o Cão. — Foi aprisionado há muito tempo e trancado entre os hemisférios de prata; e os hemisférios foram enterrados nas profundezas sob guardas de prata, ouro e chumbo; tramazeira, cinzas e carvalho; e a sétima guarda eram ossos.

— Então está preso ainda? — sussurrou Sam ansiosamente. — Quero dizer, eles devem ter desencavado os hemisférios, mas ele ainda está preso dentro deles, não está?

— Por enquanto — disse o Cão. — Mas quando a prisão falha, pouco se pode esperar dos grilhões. Alguém deve ter descoberto um jeito de juntar os hemisférios, embora eu não possa supor como e para onde eles os estejam levando...

— Sinto por ter falhado com você, patroa — acrescentou ele, afundando em sua barriga, e enterrando o queixo no chão com desespero.

— O quê? — perguntou Lirael, olhando para o Cão, desalentado. Por um momento, não conseguiu pensar em nada para dizer. Depois sentiu uma pequena voz dentro de si perguntar: "O que um Abhorsen faria?", e soube que Lirael tinha de ser o que se esperava que fosse. Destemida, muito embora sentisse exatamente o oposto. — Do que você está falando? Não é culpa sua.

Sua voz tremeu por um segundo, mas ela a disfarçou com uma tossida antes de prosseguir:

— Além do mais, o... Destruidor ainda está preso. Só teremos de impedir que aqueles hemisférios sejam unidos ou o que quer que Hedge planeje fazer com eles.

— Devíamos salvar Nick — disse Sam. Ele engoliu em seco ruidosamente, e depois acrescentou: — Embora haja uma quantidade medonha de Mortos por lá.

— É isso! — exclamou Lirael. — É isso que podemos fazer para começar, de qualquer modo. Nick saberá exatamente para onde eles planejam levar os hemisférios.

— Ela planeja igualzinho à sua mãe — disse Mogget. — O que devemos fazer? Ir para lá e pedir a Hedge que nos devolva o rapaz?

— Mogget... — começou a dizer, e o Cão grunhiu, mas a voz de Lirael se sobrepôs a eles. Um dado plano lhe viera à mente e ela queria executá-lo antes que começasse a parecer impossível até mesmo para ela.

— Não seja tolo, Mogget. Vamos descansar um pouco; depois eu vestirei uma pele-da-Ordem que fiz no barco e descerei voando em forma de coruja. O Cão pode descer voando também, e juntos nós localizaremos Nick e o raptaremos. Você e Sam podem nos seguir pelo vale abaixo, e nós teremos um ponto de encontro perto da água corrente, aquele rio que se vê lá longe. Nessa hora já haverá luz do dia e água corrente, e poderemos descobrir o que está acontecendo por meio do Nick. O que acham?

— Esse é apenas o quarto plano mais estúpido que já ouvi da boca de um Abhorsen — respondeu Mogget. — Eu gosto da parte sobre descansar um pouco, embora você tenha se esquecido de mencionar o jantar.

— Eu não tenho certeza de que deva ser você a descer voando — disse Sam, desconfortável. — Estou certo de que eu poderia assumir a forma da coruja, e poderia ser mais capaz de convencer Nick a vir com a gente. E como o Cão pode voar?

— Não será necessário nenhum convencimento — grunhiu o Cão. — Seu amigo Nick deve ser em grande parte uma criatura do Destruidor. Ele terá de ser forçado, e devemos ter cuidado com ele e com quaisquer poderes aos quais ele possa ter recebido. Quanto a voar, eu só me torno menor e coloco umas asas.

— Oh — disse Sam. — Naturalmente. Colocar umas asas.

— Teremos de tomar cuidado com Hedge também — acrescentou Lirael, que estava tardiamente pensando se talvez não houvesse um plano melhor, afinal. — Mas terei de ser eu a usar a pele-da-Ordem. Eu a teci do meu tamanho, não serviria em você. Espero que não esteja amassada demais em minha mochila.

— Vou levar pelo menos duas horas para descer àquele riacho, já que não consigo voar — disse Sam, olhando pela cumeeira abaixo. — Talvez devêssemos todos ir hoje à noite mais tarde; então, vocês poderiam sair voando de lá. Desse modo, eu estarei por perto e disponível de imediato para caso haja algum problema. E vocês poderiam me emprestar seu arco, para que eu possa enfeitiçar alguma flecha enquanto estiver esperando.

— Boa ideia — disse Lirael. — Devemos prosseguir. Mas o arco não será de muita serventia se continuar chovendo, e não acho que possamos arriscar nenhum feitiço do tempo mais para parar a chuva. Isso nos denunciaria com certeza.

— Ela vai parar antes do amanhecer — disse o Cão com grande autoridade.

— Humph... — respondeu Mogget. — Qualquer um poderia ter lhes contado isso. Está parando agora, aliás.

Sam e Lirael ergueram os olhos por meio do dossel das árvores, e, de fato, embora a tempestade a noroeste fosse constante, as nuvens no alto e mais a leste estavam se separando para mostrar o avermelhado apagado do sol e a primeira estrela da noite. Era Uallus, a estrela vermelha que apontava para o caminho ao norte. Lirael ficou animada por vê-la, pois, embora soubesse que era apenas uma fábula de pastores, dizia-se que Uallus garantia sorte se fosse a primeira estrela a ser vista no céu.

— Ótimo — disse Lirael. — Eu odeio voar na chuva. Penas molhadas doem.

Sam não respondeu. Estava ficando escuro, mas o clarão de relâmpagos em torno da cova tornava possível discernir algumas coisas descendo pelo vale numa espécie de marcha irregular. Via-se um amontoado de formato quadrado que poderia facilmente ser uma tenda. Talvez a tenda de Nick, pois não havia outras visíveis.

— Aguente firme aí, Nick — sussurrou Sam. — Nós iremos salvá-lo.

primeiro interlúdio

A mão de Pedra de Toque agarrou o ombro de Sabriel assim que eles se estenderam sob o carro. Nenhum dos dois conseguia escutar depois da explosão e estavam aturdidos pelo choque. Muitos de seus guardas estavam mortos ao redor, e seus olhos não conseguiam avaliar a terrível destruição humana que os cercava. Em todo caso, estavam atentos aos seus supostos assassinos. Podiam ver seus pés se aproximando, e suas risadas soavam abafadas e distantes, como vizinhos barulhentos do outro lado de um muro.

Pedra de Toque e Sabriel rastejaram para a frente, com suas pistolas nas mãos. Os dois guardas, que conseguiram se esconder sob o carro, rastejaram para a frente também. Um era Veran, Sabriel viu, ainda segurando a sua pistola, a despeito do sangue que escorria por suas mãos. O outro sobrevivente era o mais velho de todos os guardas, Barlest, seu cabelo grisalho manchado e não mais branco. Ele tinha um rifle de repetição e estava preparando-o para disparar.

Os assassinos viram o movimento, mas foi tarde demais. Os quatro sobreviventes dispararam quase ao mesmo tempo, e as risadas foram sufocadas por um ataque de súbito tiroteio. Cartuchos de metal vazios chocalharam debaixo do carro e fumaça corrosiva se ergueu entre as rodas.

— Para o barco! — gritou Barlest para Sabriel, gesticulando. Ela não conseguiu ouvi-lo direito a princípio, até que ele gritou três vezes: — Barco! Barco! Barco!

Pedra de Toque o ouviu também. Olhou para Sabriel e ela viu o medo em seus olhos. Mas era medo por ela, sabia, não por ele mesmo. Ela gesticulou em direção à viela que passava entre as casas atrás deles. Ela os levaria à praça Larnery e aos Degraus da Vigia. Havia barcos lá, e mais guardas disfarçados como mercadores fluviais. Damed havia cuidadosamente preparado várias rotas de fuga, mas essa era a mais próxima. Como em tudo, pensou somente na segurança de seu rei e rainha.

— Fujam! — gritou Barlest. Ele girou o tambor em seu rifle automático e começou a disparar estouros curtos à direita e à esquerda, forçando os atacantes que haviam recuado para dar cobertura a cobrir a cabeça.

Pedra de Toque agarrou o ombro de Barlest por um breve momento final, depois se retorceu e foi para o outro lado do carro. Sabriel rastejou junto a ele e suas mãos se tocaram brevemente. Veran, próxima a ela, tomou um fôlego profundo e se jogou, ficando em pé e correndo no segundo em que se livrou do carro.

— Venha! — rugiu Pedra de Toque, virando à entrada da viela. Mas Barlest não foi, e Veran agarrou Pedra de Toque e Sabriel e os empurrou viela abaixo, gritando:

— Fujam! Fujam!

Ouviram Barlest soltar um grito de batalha atrás deles, ouviram seus passos quando ele saiu de baixo do carro no lado oposto. Houve apenas um longo estouro trêmulo de fogo automático e vários disparos mais altos e isolados. Depois se fez silêncio, exceto pelo barulho de suas próprias botas nos paralelepípedos, o ofego de suas respirações difíceis e a batida de seus corações.

A praça Larnery estava vazia. O jardim central, usualmente um hábitat de babás e bebês, estava completamente vazio. A explosão tinha ocorrido provavelmente havia poucos minutos, mas fora suficiente. Muitos problemas vinham ocorrendo em Corvere desde a ascensão de Corolini e dos malfeitores de seu partido do Nosso Povo, e os cidadãos comuns aprenderam a se retirar das ruas com rapidez.

Pedra de Toque, Sabriel e Veran correram ferozmente pela praça e desceram pelos Degraus da Vigia na ponta. Um barqueiro bêbado os viu, três figuras armadas respingadas de sangue e coisa ainda pior, e não estava tão bêbado para ficar no caminho. Recuou de lado, agachando-se e encolhendo-se o máximo possível.

O rio Sethem fluía, sujo, passando pelo pequeno embarcadouro ao fim dos degraus. Um homem com galochas de oleado e retalhos sortidos de dragador de maré se postava ali, suas mãos dentro de um barril que ele presumivelmente havia acabado de resgatar das baixadas do rio lamacento. Ao ouvir o estardalhaço nos degraus, suas mãos se ergueram segurando uma arma de canos serrados, os cães engatilhados.

— Querel! Um resgate! — gritou Veran.

O homem desativou a arma cuidadosamente, puxou um apito debaixo de sua camisa remendada e o soprou várias vezes. Houve um apito em resposta e vários outros guardas reais saltaram de um barco que estava fora de vista sob o embarcadouro, com o rio em maré baixa. Todos os guardas estavam armados e à espera de encrenca, mas, pelas suas expressões, nenhum deles esperava o que se seguiu.

— Uma emboscada! — exclamou Pedra de Toque rapidamente ao se aproximar. — Devemos partir agora mesmo.

Antes que pudesse dizer mais, muitas mãos o agarraram e a Sabriel e praticamente os jogaram no convés do barco de espera, Veran pulando rapidamente atrás deles. A embarcação, um cargueiro vagabundo adaptado, estava a seis ou sete pés abaixo do embarcadouro, mas havia mais mãos para agarrá-los. Quando foram empurrados para a cabina cheia de sacos de areia, o motor saiu da marcha lenta para uma vibração pesada e o barco estremeceu para se pôr em movimento.

Sabriel e Pedra de Toque se entreolharam, se conscientizando de que ainda estavam vivos e relativamente incólumes, embora ambos estivessem sangrando de pequenos cortes feitos pelas granadas.

— É isso aí — disse Pedra de Toque, colocando sua pistola no convés. — Estou dando um basta para a Terra dos Ancestrais.

— Sim — disse Sabriel. — Ou ela é que está nos dando um basta. Não vamos encontrar ajuda alguma por aqui agora.

Pedra de Toque suspirou e, arranjando um pano, enxugou o sangue do rosto de Sabriel. Ela fez o mesmo por ele; depois eles se ergueram e se abraçaram brevemente. Ambos tremiam e não tentaram disfarçar o fato.

— É melhor verificarmos os ferimentos de Veran — disse Sabriel quando eles se soltaram. — E armar uma rota para nos levar para casa.

— Para casa! — confirmou Pedra de Toque, mas mesmo isso não foi dito sem que ambos sentissem um temor secreto. Da maneira como chegaram perto da morte hoje, temiam que seus filhos tivessem de enfrentar perigos ainda maiores, e, como ambos sabiam muito bem, havia destinos muito piores do que simplesmente morrer.

parte dois

capítulo nove
um sonho com corujas e cães voadores

Nick estava tendo o sonho novamente, com a Fazenda dos Relâmpagos e os hemisférios que se juntavam. Então, o sonho subitamente mudou e ele pareceu estar estendido numa cama de peles numa tenda. Ouvia a lenta batida da chuva na lona sobre sua cabeça, e o som do trovão, e a tenda toda era iluminada pelo constante clarão dos relâmpagos.

Nick sentou-se e viu uma coruja empoleirada em seu baú de viagem, observando-o com olhos enormes e dourados. E havia um cão sentado junto à sua cama. Um cão preto e castanho não muito maior do que um terrier, com enormes asas emplumadas crescendo a partir de seus ombros.

"Pelo menos é um sonho diferente", pensou uma parte dele. Ele devia estar quase acordado, e esse era um daqueles fragmentos de sonho que precedem o despertar total, onde a realidade e a fantasia se misturam. Era a sua tenda, ele sabia, mas com uma coruja e um cachorro com asas!

"O que será que isso significa?", pensou Nick, piscando seus olhos sonolentos.

Lirael e o Cão Indecente viram-no olhar para eles, com os olhos entreabertos, mas ainda cheios de uma claridade febril. Sua mão agarrava o peito, os dedos enroscados como se para coçarem seu coração. Ele piscou duas vezes, depois fechou os olhos e deitou-se novamente sobre as peles.

— Ele está mesmo doente — sussurrou Lirael. — Tem uma aparência terrível. E há alguma coisa a mais com ele... Eu não consigo notar direito, estando nessa forma. Uma coisa errada.

— Há alguma coisa do Destruidor nele — rosnou o Cão suavemente. — Um estilhaço de um dos hemisférios de prata, ao que tudo indica, impregnado com um fragmento de seu poder. Ele o está devorando, em corpo e espírito. Ele está sendo usado como o avatar do Destruidor. Um porta-voz. Não devemos despertar essa força de seu interior.

— Como vamos retirá-lo daqui sem fazer isso? — perguntou Lirael. — Ele parece não ter força nem para sair de sua cama, quanto mais para andar.

— Eu posso andar — protestou Nick, abrindo os olhos e sentando-se novamente. Já que isso era um sonho, naturalmente ele poderia participar da conversa entre o cão alado e a coruja falante. — Quem é o Destruidor e que é isso de estar me devorando? Eu só tive uma gripe forte ou algo assim. Isso me deixa alucinado — acrescentou ele. — E tenho sonhos tão vívidos! Um cão alado! Ah!

— Ele pensa que está sonhando — disse o Cão. — Isso é bom. O Destruidor não despertará nele, a menos que se sinta ameaçado ou haja Magia da Ordem por perto. Tenha cuidado para não tocá-lo com sua pele-da-Ordem, patroa!

— É impossível que eu tenha uma coruja sentada na minha cabeceira — riu Nick, sonhadoramente. — Nem mesmo um cão.

— Eu aposto que ele não pode se levantar e vestir — disse Lirael, com malícia.

— Posso sim — respondeu Nick, girando imediatamente suas pernas para o lado e deslizando para fora da cama. — Eu posso fazer tudo em um sonho. Qualquer coisa.

Cambaleando um pouco, ele despiu o pijama, inconsciente de qualquer necessidade de discrição diante das criaturas de seu sonho, e ficou ali, nu em pelo. Parecia muito magro, pensou Lirael, e ficou surpresa ao sentir uma pontada de preocupação. Podia-se ver suas costelas — como, aliás, todo o resto.

— Viram? — disse ele. — De pé e despido.

— Você precisa de um pouco mais de roupa — sugeriu Lirael. — Pode chover outra vez.

— Eu tenho um guarda-chuva — declarou Nick. Depois, seu rosto ficou sombrio. — Não, ele quebrou. Eu pegarei a minha capa.

Cantarolando para si mesmo, ele cruzou o quarto em direção ao baú e estendeu a mão para a tampa. Lirael, surpresa, saiu voando bem a tempo e foi se empoleirar na cama vazia.

— A Coruja e a Gatinha se foram... — cantou Nick ao retirar roupas de baixo, calças e uma longa capa do baú e vesti-las, assim como uma camisa. — A menos que eu tenha entendido mal o meu sonho... porque você não é uma gatinha. Você é um...

— Cão alado — concluiu ele, estendendo a mão para tocar o focinho do Cão Indecente. A solidez desse toque pareceu surpreendê-lo e o fluxo febril aumentou em seu rosto.

— Eu estou sonhando? — disse ele subitamente, dando um tapa no próprio rosto. — Não estou, estou? Eu estou... apenas... ficando louco.

— Você não está louco — tranquilizou Lirael. — Mas está doente. Está com febre.

— Sim, sim, estou — concordou Nick com irritação, tocando sua testa suada com a palma da mão. — Devo voltar para a cama. Hedge mandou, antes de sair para arrumar outra barcaça.

— Não — ordenou Lirael, sua voz saindo estranhamente alta do bico pequeno da coruja. Ouvir que Hedge estava ausente deu-lhe certeza de que eles deviam aproveitar a oportunidade. — Você precisa de ar fresco. Cão, você pode fazê-lo caminhar? Como fez com o arqueiro?

— Talvez — grunhiu o Cão. — Eu sinto várias forças ativas dentro dele, e até mesmo um fragmento do Destruidor aprisionado é uma força a ser levada em conta. Ela também alertará os Mortos.

— Eles ainda estão arrastando os hemisférios para o lago — disse Lirael. — Levarão algum tempo para chegar lá. Portanto, acho que você deve fazer isso.

— Eu vou voltar para a cama — declarou Nick, segurando a cabeça com ambas as mãos. — E quanto mais depressa eu voltar para casa na Terra dos Ancestrais, melhor será.

— Você não vai voltar para a cama — rosnou o Cão, avançando sobre ele. — Você vai dar uma voltinha!

Com essas palavras, ele latiu, um latido tão profundo e ruidoso que a tenda sacudiu, as estacas estremecendo em ressonância. Lirael sentiu a força do latido atingi-la, arrepiando suas penas. Fez com que faíscas voassem dela também, quando a Magia Livre lutou com os sinais da Ordem de sua forma alterada.

— Siga-me! — ordenou o Cão quando ela se virou e saiu da tenda. Nick deu três passos atrás dela, mas parou na entrada, agarrando uma aba da lona.

— Não, não, não posso — murmurou ele, seus músculos se movendo em estranhos espasmos sob a pele de seu pescoço e de suas mãos. — Hedge me falou para ficar. Melhor eu ficar.

O Cão latiu outra vez, ainda mais alto, o ruído se sobrepondo até ao trovão constante. Uma coroa de faíscas se acendeu sobre Lirael e os pijamas descartados sob suas garras subitamente pegaram fogo, forçando-a a voar para fora da tenda.

Nick estremeceu e se contorceu quando a força do latido o atingiu. Ele caiu de joelhos e começou a rastejar para fora da tenda, gemendo e chamando Hedge. Lirael ficou circulando por cima dele, olhando para o oeste.

— Em pé! — ordenou o Cão. — Ande. Siga-me.

Nick ficou em pé, deu vários passos, depois estacou. Seus olhos rolaram de volta e gavinhas de fumaça branca começaram a brotar de sua boca aberta.

— Patroa! — gritou o Cão. — O fragmento está despertando dentro dele! Você deve retomar sua forma e bani-lo com os sinos!

Lirael deixou-se cair como uma pedra, convocando imediatamente os sinais da Ordem para despir a pele de coruja que vestia. Mas não antes que seus enormes olhos dourados houvessem trespassado a noite bordada pelos relâmpagos em direção ao ponto onde os Mortos labutavam para mover os hemisférios de prata. Centenas de Ajudantes Mortos estavam já lançando suas cordas e se virando em direção à tenda. Um momento depois, começaram a correr, um som maciço de centenas de juntas ressequidas, estalando numa fantasmagórica música de fundo para o trovão. Os Ajudantes à frente lutavam uns com os outros para se ultrapassarem, como se fossem atraídos pelo chamariz da magia e pela promessa de uma vida abundante a ser possuída. Vida para aliviar sua fome perpétua.

O Cão latiu novamente quando a fumaça se ergueu do nariz de Nick, mas pareceu ter pouco efeito. Lirael conseguiu apenas ver a fumaça branca se espiralar, ao ser momentaneamente apanhada no interior de um brilhante furacão de luz quando a pele-da-Ordem girou de volta para seus sinais componentes.

Depois, lá estava ela em sua própria forma, as mãos estendidas para Saraneth e Nehima. Mas lá estava outra coisa também, alguma presença que ardia no interior de Nick, inundando-o com um brilho interno que fazia as gotas de chuva chiarem ao tocar em sua pele. O fedor de metal quente da Magia Livre emanou dele numa onda quando uma voz que não era a sua saiu de sua boca, acompanhada por baforadas de fumaça branca.

— Como ousa? Ah... eu devia ter esperado que você, intrometida, e uma de suas irmãs viessem...

— Depressa, Lirael! — gritou o Cão. — Ranna e Saraneth juntos, com meu latido!

— Venham a mim, meus serviçais! — gritou a voz que saía de Nick, uma voz muito mais alta e mais horrível do que qualquer uma que pudesse sair de uma garganta humana. Ela se sobrepunha até ao trovão, rolando em ecos pelo vale. Todos os Mortos ouviram, mesmo aqueles que ainda labutavam estupidamente com as cordas, e todos eles correram, uma onda de carne apodrecida que fluiu pelos dois lados da cova, correndo em direção à luz da tenda ardente, onde seu supremo mestre chamava.

Outros o ouviram também, embora estivessem muito mais longe que qualquer som pudesse alcançar. Hedge praguejou e se virou de lado para matar um cavalo azarado, de modo que pudesse fazer uma montaria que não ficasse hesitante para carregá-lo. A muitas léguas a leste, Chlorr se virou da margem do rio próximo à Casa do Abhorsen e começou a correr, um grande vulto de fogo e escuridão que se movia mais rápido do que quaisquer pernas humanas poderiam superar.

Lirael deixou cair sua espada e sacou Ranna, tão impacientemente que o sino tilintou brevemente e uma onda de cansaço a inundou. Seu pulso ainda doía de seu confronto com a Morte, mas nem a dor, nem o protesto de Ranna foram suficientes para detê-la. As páginas pertinentes do *Livro dos Mortos* brilharam em sua mente, mostrando a ela o que fazer. E assim ela fez, juntando o som suave do Ranna com a força profunda do Saraneth, e com ambos o latido imperativo e penetrante do Cão.

O som envolveu Nick e a voz que falava de seu interior foi amortecida. Mas uma vontade furiosa lutou contra o feitiço, uma vontade que Lirael podia sentir se arremetendo contra ela, lutando contra os poderes misturados do sino e do latido. Depois, subitamente aquela resistência cedeu e Nick caiu no chão, a fumaça branca retrocedendo rapidamente para dentro de seu nariz e de sua garganta.

— Depressa! Depressa! Ponha-o de pé! — urgiu o Cão. — Desvie para o sul e rume para o ponto de encontro. Eu vou mantê-los longe daqui!

— Mas, com Ranna e Saraneth... Ele deve estar dormindo — protestou Lirael quando afastou os sinos e levantou Nick para aprumá-lo. Ele estava muito mais leve do que ela pensava, até mesmo mais leve do que parecia. Obviamente, estava desgastado até os ossos.

— Não, só o estilhaço dentro dele está dormindo — disse o Cão rapidamente. Ele absorveu suas asas e estava crescendo até ficar do seu tamanho de combate. — Dê uma bofetada nele e corra!

Lirael obedeceu, embora se sentisse cruel. A bofetada fez sua mão doer, mas despertou Nick com toda a certeza. Ele ganiu, olhou ao redor furioso e lutou contra as mãos de Lirael presas em seu braço.

— Corra! — ordenou ela, puxando-o para si, fazendo uma pausa momentânea para apanhar Nehima. — Corra, ou eu furo você com isso!

Nick olhou para ela, para sua tenda ardente, para o Cão e a horda do que ele julgava ser de trabalhadores doentes, seu rosto estupidificado pelo choque e pelo espanto. Depois, começou a correr, obedecendo ao empurrão de Lirael em seu braço para que ele rumasse para o sul.

Atrás deles, o Cão se erguia à luz do incêndio, uma sombra implacável contando agora facilmente com um metro e meio de altura até os ombros. Os sinais da Ordem que percorriam sua coleira brilhavam bizarramente com suas próprias cores, mais fortes que o clarão vermelho e amarelo da tenda incendiada. A Magia Livre pulsava sob a coleira e as chamas vermelhas pingavam como saliva de sua boca.

A primeira massa de Ajudantes Mortos viu-o e diminuiu a marcha, incerta do que ele era e de quão perigoso poderia ser.

Então, o Cão Indecente latiu, e os Ajudantes Mortos guincharam e uivaram quando uma força que eles conheciam e temiam os agarrou, um ataque da Magia Livre que os fez saírem de seus corpos putrefatos... e os forçou a caminhar de volta para o interior da Morte.

Mas, para cada um que caía, havia mais uma dúzia que investia, suas mãos vorazes e esqueléticas prontas para agarrar e rasgar, seus dentes quebrados e descorados pelos túmulos ansiosos para morder qualquer carne, fosse ela mágica ou não.

capítulo dez
o príncipe sameth e hedge

Lirael estava já na metade do caminho de volta para o ponto de encontro com Sam quando Nick caiu e não conseguiu se levantar. Seu rosto estava manchado pela febre e pelo esforço, e ele não conseguia respirar. Ficou estendido no chão, olhando para ela estupidamente, como se esperasse por uma execução.

Ao que com certeza aquilo devia se assemelhar, percebeu ela, já que estava em pé acima dele com a espada erguida. Lirael embainhou Nehima e parou de franzir o cenho, mas viu que ele estava doente e cansado demais para entender que ela estava tentando reconfortá-lo.

— Parece que terei de carregar você — disse ela, sua voz misturada com doses iguais de exaustão e desespero. Ele não era pesado de modo algum, mas havia pelo menos quinhentos metros até o riacho. E ela não sabia por quanto tempo o estilhaço do Destruidor ou o que quer que estivesse dentro dele permaneceria submisso.

— Por que... por que você está fazendo isso? — gemeu Nick quando ela o estendeu sobre seus ombros. — A experiência vai continuar sem mim, você sabe.

Lirael fora ensinada a como fazer um carregamento de bombeiro na Grande Biblioteca do Clayr, embora não o praticasse havia vários anos. Nem desde que o alambique ilícito de Kemmeru pegou fogo quando Lirael estava fazendo seu turno na brigada de incêndio das bibliotecárias. Estava satisfeita por não ter esquecido a técnica, e que Nick fosse muito mais leve do que Kemmeru. Não que fosse uma comparação justa, já que Kemmeru insistiu em ser carregada com seus livros favoritos.

— Seu amigo pode explicar — bufou Lirael. Ela conseguia ainda ouvir o Cão latindo de alguma parte atrás dela, o que era bom, mas era difícil ver para onde ia, já que havia apenas a suave luz de pré-aurora, sem força para sequer lançar uma sombra. Havia sido muito mais fácil cruzar a extensão do vale como uma coruja.

— Sam? — perguntou Nick. — O que Sam tem a ver com isso?

— Ele explicará — disse Lirael laconicamente, poupando o fôlego. Olhou para o alto, tentando determinar sua posição pela Uallus novamente. Mas eles estavam ainda próximos demais à cova e tudo que ela conseguiu ver foram nuvens de tempestade e relâmpagos. Ao menos parou de chover e as nuvens mais naturais estavam de novo soprando.

Lirael seguiu em frente, mas com uma suspeita crescente de que, de algum modo, havia se desviado da trilha e não estava mais rumando para a direção certa. Ela deveria ter prestado mais atenção quando estava voando, pensou, quando tudo se estendeu debaixo dela numa bela colcha de retalhos.

— Hedge vai me salvar — sussurrou Nick debilmente, sua voz roufenha e estranha, principalmente porque vinha de algum ponto próximo à fivela de seu cinto, já que ele estava dobrado sobre suas costas.

Lirael ignorou-o. Ela não conseguia mais ouvir o Cão, e o terreno estava ficando pantanoso sob seus pés, o que não podia estar certo. Mas havia uma massa embaçada de alguma coisa à sua frente. Arbustos, talvez. Talvez aqueles que cercavam o riacho onde Sam estava à espera.

Lirael se forçou a seguir em frente, o peso extra de Nick fazendo seus pés se afundarem no chão pantanoso. Conseguiu ver o que se estendia lá na frente, agora que estava suficientemente próxima e mais luz se escoava do sol nascente. Eram caniços, não arbustos. Altos juncos com cabeças vermelhas floridas, os que davam ao lago Vermelho o seu nome, vindo do seu pólen, que coloria as margens do lago com uma brilhante camada escarlate.

Ela tomara o caminho completamente errado, percebeu. De algum modo devia ter desviado para o oeste. Agora estava na margem do lago e os Corvos Sanguinários logo iriam descobri-la. A menos que não pudessem vê-la, pensou. Ela ergueu Nick um pouco mais alto e se curvou um pouco mais para equilibrar a carga. Ele gemeu de dor, mas Lirael ignorou-o e se precipitou para dentro dos juncos.

Logo a lama deu lugar à água, que chegava às suas canelas. Os juncos cresciam bem juntinhos, suas cabeças floridas balançando acima dela. Mas havia uma trilha estreita onde se abaixavam, permitindo passagem por eles. Ela pegou a trilha, serpeando mais e mais fundo pelo pantanal repleto de juncos.

Sam extraiu mais um sinal do fluxo interminável da Ordem e o forçou para dentro da flecha que estava segurando sobre os joelhos, observando-o derramar-se como óleo sobre o aço penetrante da ponta. Era o último sinal para a flecha. Ele já havia colocado sinais de precisão e força na haste, sinais de ímpeto e sorte no flecheiro, e sinais de desvendamento e expulsão na ponta.

Era a última das vinte flechas, todas agora enfeitiçadas para serem armas de grande utilidade contra os Mortos Menores, no mínimo. Levara duas horas para que Sam fizesse todas, e ele estava um pouco cansado. Não sabia que isso teria levado a maioria dos Magos da Ordem a perder a melhor parte de um dia. Trabalhar com magia em objetos inanimados sempre fora coisa fácil para ele.

Estava fazendo seu trabalho sentado na ponta seca de uma tora submersa pela metade que se projetava do riacho. Era um bom riacho, do ponto de vista de Sam, porque tinha pelo menos quinze metros de largura, era muito profundo e veloz. Poderia ser cruzado por meio da tora e atravessado aos pulos sobre algumas pedras grandes, mas Sam não achava que os Mortos fossem fazer isso.

Pôs a flecha finalizada de volta na aljava construída na mochila de Lirael e a atirou nas costas. Sua própria mochila estava presa contra a margem do riacho, com Mogget dormindo em seu topo. Embora não mais, percebeu Sam, quando ele se abaixou para ver mais claramente na luz de pré-aurora. O remendo na aba havia desaparecido completamente e não havia sinal do gato no bolsinho do topo.

Sam olhou ao redor com atenção, mas não conseguiu perceber nada se movendo e a luz não era boa o bastante para ver nada que ficasse imóvel ou escondido. Não conseguiu ouvir nada de suspeito — só o borbulhar da correnteza e o trovão distante da tempestade de relâmpagos em torno da cova.

Mogget nunca escapuliu desse modo, e Sam confiava na pequena criatura branca menos do que confiava antes de eles terem tido aquela experiência nos estranhos túneis sob a casa. Lentamente, ele tirou o arco de Lirael de seu invólucro e preparou a ponta de uma flecha. Sua espada estava ao seu lado, mas, com a aurora, havia luz suficiente apenas para disparar por uma curta extensão com precisão. Pelo menos atravessaria o riacho, que Sam não tinha intenção de cruzar.

Alguma coisa se moveu do outro lado. Um vulto pequeno e branco, passando furtivo perto da água. Era Mogget, provavelmente, pensou Sam, perscrutando a penumbra. Provavelmente.

Ele se aproximou, e seus dedos se contorceram na corda.

— Mogget? — sussurrou ele, com os nervos tão esticados quanto o arco.

— Claro que sim, estúpido! — disse o vulto branco, saltando agilmente de pedra a pedra e depois para cima da tora. — Poupe suas flechas, vai precisar delas. Há cerca de duzentos Mortos vindo para cá!

— O quê! — exclamou Sam. — E quanto a Lirael e Nick? Eles estão bem?

— Não faço a menor ideia — disse Mogget calmamente. — Eu fui ver o que estava acontecendo quando nosso companheiro canino começou a latir. Ele está vindo para cá, perseguido com empolgação, mas não consegui ver Lirael ou seu amigo problemático. Ah, acho que o Cão Repulsivo está chegando.

As palavras de Mogget foram seguidas por um enorme borrifo quando o Cão subitamente apareceu na margem oposta e mergulhou no riacho, lançando uma cascata de água em todas as direções, mas principalmente sobre Mogget.

Então o Cão se aproximou deles, sacudindo-se tão vigorosamente que Sam segurou seu arco a distância.

— Rápido! — arfou ele. — Precisamos sair daqui! Fiquem desse lado e rumem pelo rio abaixo!

Assim que acabara de falar, o Cão partiu novamente, saltando com facilidade ao lado do rio. Sam saltou sobre a tora, investiu sobre a mochila, recolheu-a e saiu tropeçando atrás do Cão, perguntas despencando de sua boca à medida que ia correndo. Com a mochila de Lirael em suas costas, o arco e flecha numa das mãos e sua própria mochila na outra, ocupava a maior parte de sua concentração não cair dentro do rio.

— Lirael... e Nick? O que... não podemos parar... tentar reorganizar toda essa...

— Lirael penetrou nos juncos, mas o necromante apareceu de repente, de modo que não pude seguir sem levá-lo nos rastros dela – disse o Cão, virando a cabeça enquanto corria. – *É por isso* que não podemos esperar!

Sam olhou para trás também, e imediatamente tombou sobre sua mochila e deixou cair tanto o arco quanto a flecha. Ao tropeçar, viu um paredão de Ajudantes Mortos para uma parada no outro lado do riacho, bem atrás da tora afundada. Havia centenas deles, uma grande massa escura de figuras retorcidas que imediatamente começaram a seguir uma rota paralela à do cão na margem oposta.

No meio dos Ajudantes Mortos, uma figura se destacou. Um homem envolto em chamas vermelhas, montando um cavalo que era um esqueleto em maior parte, embora um pouco de carne ainda pendesse de seu pescoço e do lombo.

Hedge. Sam sentiu sua presença como um choque de água fria e uma dor aguda em seus pulsos. Hedge estava gritando alguma coisa – talvez um feitiço –, mas Sam não o ouvia porque estava lutando para erguer o arco e pegar outra flecha. Estava ainda muito escuro e bem longe, pensou ele, mas não longe demais para um disparo bem-sucedido no silêncio da pré-aurora.

Tão rápido quanto o pensamento, ele preparou uma flecha e puxou. Por um instante, sua concentração toda ficou na linha entre ele mesmo e aquele vulto de fogo e escuridão.

Depois, soltou, e a flecha enfeitiçada partiu voando dele como uma faísca azul. Sam olhou-a, cheio de esperança por vê-la ir com a velocidade real que ele desejava, e a flecha se chocou contra o necromante com um clarão de fogo branco contra o vermelho. Hedge caiu de seu cavalo esquelético, que recuou e depois se jogou para a frente, esmagando várias fileiras de Ajudantes Mortos para mergulhar na água numa explosão de faíscas brancas e gritos estridentes. Instintivamente, ele sabia como se livrar e morrer a morte derradeira.

— Isso vai irritá-lo — disse Mogget de algum lugar próximo aos pés de Sam.

A esperança de Sam morreu repentinamente quando ele viu Hedge se levantar, arrancar a flecha de sua garganta e jogá-la no chão.

— Não desperdice outra flecha com ele — disse o Cão. — Ele não pode ser destruído por flecha alguma, não importam quais feitiços estejam nela.

Sam concordou soturnamente, jogou o arco de lado e sacou sua espada. Embora o rio pudesse manter os Ajudantes Mortos afastados, ele sabia que não deteria Hedge.

Hedge sacou sua própria espada e caminhou em frente, seus Ajudantes Mortos se separando para deixá-lo passar. Na beira do rio, o necromante sorriu. Um sorriso aberto e um fogo vermelho lambeu em torno de seus dentes. Ele pôs uma bota na correnteza – e sorriu novamente, quando a água se transformou em vapor.

— Vá ajudar Lirael — ordenou Sam ao Cão. — Eu vou repelir Hedge pelo tempo que puder. Mogget, você me ajudará?

Mogget não respondeu, mas não estava em lugar algum por perto.

— Boa sorte — disse o Cão. Depois, desapareceu, correndo ao longo da margem em direção ao oeste.

Sam tomou um fôlego profundo e se curvou numa posição de defesa. Este era o seu pior medo, transformado em terrível realidade. Sozinho novamente, e encarando Hedge.

Sam estendeu as mãos para a Ordem, tanto por reconforto quanto para se preparar para lançar um feitiço. Sua respiração se firmou quando sentiu o fluxo familiar por toda a sua volta, e, sem pensar, ele começou a traçar sinais da Ordem, sussurrando seus nomes, baixinho, à medida que eles iam caindo em sua mão aberta.

Hedge deu mais um passo. Ele estava envolto em vapor agora e quase completamente obscurecido, o vapor borbulhando e se agitando tanto rio acima quanto rio abaixo. Com uma sensação desalentadora, Sam viu que o necromante estava fervendo o rio para drená-lo. Havia já uma considerável redução da água abaixo dele, o leito do rio estava ficando visível e os Ajudantes Mortos estavam começando a se mover.

Hedge nem teria de lutar com ele, pensou Sam. Tudo que tinha a fazer era ficar sobre a correnteza, e seus Ajudantes Mortos iriam cruzar o rio e dar cabo dele. Embora tivesse as flautas de Pã, Sam não sabia como usá-las direito e havia Ajudantes demais.

Só poderia fazer uma coisa. Teria de atacar Hedge sobre a correnteza e matá-lo antes que os Ajudantes pudessem atravessar. *Se conseguisse matar Hedge*, disse uma pequena voz importuna das profundezas de sua mente. *Não seria melhor fugir? Fuja antes que você seja queimado outra vez, e seu espírito, arrancado de sua carne e levado pelo necromante...*

Sam soterrou esse pensamento, lançando a voz importuna tão longe nos recessos de sua mente que ela se tornou apenas um rangido sem sentido. Depois, deixou os sinais da Ordem que já segurava em sua mão caírem no nada, recorreu à Ordem novamente e retirou uma fila inteiramente nova de sinais. Conforme foi convocando-os, traçou apressadamente os sinais em suas pernas com o dedo. Sinais de proteção, de reverberação, de desvio. Eles se juntaram e cintilaram ali, envolvendo suas pernas numa armadura de Magia da Ordem que resistiria ao vapor e à água fervente.

Ele baixou os olhos por apenas dez ou talvez quinze segundos. Mas, quando voltou a erguer os olhos, Hedge desaparecera. O vapor estava se dissipando e a água fluindo novamente. Os Ajudantes Mortos estavam virando as costas para ele e se arrastando para longe, deixando o chão coalhado com pedaços de carne apodrecida e ossos lascados.

— Ou você nasceu para uma morte diferente, príncipe — observou Mogget, que apareceu aos pés de Sam como uma planta recém-brotada —, ou Hedge apenas encontrou alguma coisa mais importante para fazer.

— Onde você estava? — perguntou Sam. Este se sentia estranhamente esvaziado. Estava todo preparado para mergulhar no rio, para combater, e agora, de repente, era apenas uma manhã silenciosa outra vez. O sol estava até alto e os pássaros recomeçaram a cantar. Embora apenas no seu lado do rio, reparou Sam.

— Escondido, como qualquer pessoa sensata faria ao se confrontar com um necromante tão poderoso quanto Hedge — respondeu Mogget.

— Ele é tão poderoso assim? — perguntou Sam. — Você deve ter enfrentado muitos necromantes, servindo à minha mãe e aos outros Abhorsens.

— Eles não tinham uma ajuda do Destruidor — disse Mogget. — Eu devo dizer que fico impressionado com o que ele pode fazer, mesmo preso como está. Uma lição para todos nós, que mesmo aprisionados dentro de um bloco de metal prateado...

— Aonde você acha que Hedge foi? — interrompeu Sam, que não estava realmente escutando.

— De volta àqueles blocos de metal, naturalmente. — Bocejou Mogget. — Ou atrás de Lirael. É hora de eu tirar uma soneca, acho.

Mogget bocejou novamente, depois gritou de surpresa quando Sam o agarrou e o sacudiu, fazendo Ranna protestar em sua coleira:

— Você tem de rastrear o Cão! Temos de ir ajudar Lirael.

— Isso não é jeito de me pedir. — Mogget bocejou outra vez, quando ondas de sono vindas de Ranna banharam ambos. Sam sentiu que ele estava se sentando, e o chão estava tão confortável! Tudo que precisava era se deitar de costas e pôr suas mãos atrás da cabeça...

— Não! Não! — protestou. Pondo-se em pé desordenadamente, mergulhou na correnteza e enfiou o rosto na água.

Quando saiu, Mogget estava de volta à sua mochila. Profundamente adormecido, um sorriso perverso em sua cara.

Sam baixou os olhos sobre ele e passou as mãos pelo cabelo gotejante. O Cão correu rio abaixo. O que disse? "Lirael entrou nos juncos."

De modo que, se ele seguisse a correnteza até o lago Vermelho, havia uma boa chance de encontrar Lirael. Ou algum sinal dela, ou do Cão. Ou Mogget poderia despertar.

Ou Hedge poderia voltar...

Sam não queria apenas ficar sentado onde estava. Lirael e Nicholas poderiam precisar de sua ajuda. Ele tinha de encontrá-los. Juntos, poderiam sobreviver por tempo suficiente para fazer alguma coisa quanto a esse Destruidor aprisionado nos hemisférios de prata. Sozinhos, apenas fracassariam e tombariam.

Sam juntou o arco de Lirael e a flecha caída. Depois, equilibrou as duas mochilas, usando uma correia em cada ombro. Assegurou-se de que Mogget não cairia, embora merecesse, e partiu para o oeste, o rio borbulhando ao seu lado.

capítulo onze
escondidos nos juncos

Lirael mais do que contava com encontrar um barco feito de juncos entrelaçados, já que o Clayr a vira junto com Nicholas num deles sobre o lago Vermelho. Mesmo assim, ela ficou muito aliviada quando tropeçou numa estranha embarcação, porque a água estava agora bem acima de suas coxas. Se ela houvesse afundado mais um pouquinho, ela teria de ter retornado ou corrido o risco de ver Nick se afogando, já que não poderia carregá-lo senão como fardo de bombeiro, o que punha a cabeça dele na altura da sua cintura.

Cuidadosamente, ela o descarregou no centro do barco parecido a uma canoa, rapidamente agarrando as laterais quando ela se inclinou. O barco tinha cerca do dobro do seu tamanho, mas era muito estreito, de modo que haveria espaço apenas suficiente para ambos.

Nick estava semiconsciente, mas se reanimou quando eles se sentaram silenciosamente no barco, e Lirael avaliou suas opções. Os juncos se inclinavam sobre eles, criando um caramanchão secreto, e pequenas aves aquáticas soltavam seus chamados tristonhos nas proximidades, com o ocasional borrifo quando alguma mergulhava para se regalar com os peixes.

Lirael se sentou com sua espada sobre o colo e uma das mãos na correia de sinos, de ouvidos atentos. As aves do pântano ficavam pipilando e pescando alegremente, e depois subitamente ficavam em silêncio e se escondiam nas profundezas dos juncais. Lirael sabia que era porque os Corvos Sanguinários estavam voando baixo lá em cima. Ela podia sentir o espírito frio que os habitava, seguindo estritamente as ordens de seu mestre necromante. Procurando por ela.

O barco era exatamente como o Clayr dissera que seria, mas Lirael sentiu um estranho medo novo ao sentar-se balançando nele. Este fora o limite da Visão do Clayr. Elas a tinham visto junto com Nicholas, mas nada mais, e não tinham visto o que Nicholas era. Será que sua Visão fora limitada porque esse era o fim? Estaria Hedge prestes a aparecer entre os juncos? Ou o Destruidor emergiria de dentro do jovem debilitado que estava diante dela?

— O que você está esperando? — perguntou Nick subitamente, demonstrando estar mais recuperado do que ela pensara. Lirael teve um sobressalto quando ele falou, fazendo o barco sacudir. A voz de Nick era alta, estranha no mundo silencioso dos juncais.

— Silêncio! — ordenou Lirael num sussurro severo.

— Ou o quê? — perguntou Nick com certa bravata. Mas ele falou mais suavemente e seus olhos estavam postos na espada de Lirael.

Alguns segundos se passaram, e depois Lirael disse:

— Estamos esperando pelo meio-dia, quando o sol está a pino e os Mortos ficam fracos. Então, navegaremos ao longo do lago e, com sorte, chegaremos a um ponto de encontro onde seu amigo Sameth estará.

— Os Mortos — disse Nick com um sorriso superior. — Alguns espíritos locais para apaziguar, se é que entendo bem? E você mencionou Sam anteriormente. O que ele tem a ver com isso? Você o sequestrou também?

— Os Mortos... são os Mortos — respondeu Lirael, franzindo o cenho. Sam mencionara que Nick não entendia, ou nem mesmo tentava compreender, o Reino Antigo, mas essa cegueira face à realidade não podia ser natural. — Você os tem como trabalhadores lá em sua cova. Os Ajudantes Mortos de Hedge. E não, Sam está trabalhando comigo para te resgatar. Você obviamente não entende o perigo.

— Não me diga que Sam acredita em toda essa superstição — disse Nick. — Os Mortos, como você os chama, são simplesmente pobres infelizes que sofrem de alguma coisa parecida com a lepra. E longe de me resgatar, você me trouxe para longe de uma importante experiência científica.

— Você me viu como uma coruja — disse Lirael, curiosa para descobrir exatamente quão cego ele estava. — Com o cão alado.

— Hipnose... ou alucinações — respondeu Nick. — Como pode ver, eu não estou bem. O que é outra razão pela qual eu não deveria estar nesta... nesta embarcação feita de restos.

— Curioso — disse Lirael pensativamente. — Deve ser a coisa dentro de você que fechou sua mente. Eu me pergunto a que propósitos ela servirá.

Nick não respondeu, mas revirou os olhos com eloquência suficiente, obviamente desconsiderando o que quer que Lirael tivesse a dizer.

— Hedge vai me resgatar, você sabe — disse ele. — Ele é um cara muito engenhoso, e está tão ávido por permanecer no esquema quanto eu. De modo que, qualquer que seja a ideia maluca que tenha se apoderado de você, deve desistir dela e ir para casa. Na verdade, tenho certeza de que haverá alguma espécie de recompensa se você me devolver.

— Uma recompensa? — Lirael riu, mas com amargura. — Uma morte horrível e uma servidão eterna? Essa é a "recompensa" para qualquer pessoa viva que se aproxime de Hedge. Mas, me diga, em que consiste a "experiência" de vocês?

— Você me soltará se eu lhe contar? — perguntou Nick. — Não que seja terrivelmente secreta. Afinal, você não a publicará nas revistas científicas da Terra dos Ancestrais, não é mesmo?

Lirael não respondeu a nenhuma das perguntas. Ela apenas o olhou, esperando que ele falasse. Ele encarou seu olhar a princípio, depois vacilou e desviou os olhos. Havia alguma coisa desanimadora nos olhos dela. Uma firmeza que ele nunca vira nas jovens mulheres que conhecera nas festas de debutantes de Corvere. Foi isso em parte o que fez com que ele falasse, e em parte foi também um desejo de impressioná-la com seu conhecimento e inteligência.

— Os hemisférios são um metal até aqui desconhecido que postulo possuírem uma infinita capacidade para absorver energia elétrica para descarga posterior — disse ele, arqueando os dedos. — Eles também criam alguma espécie de campo ionizado que atrai as tempestades elétricas, o que, por sua vez, cria raios que são atraídos pelo metal. Infelizmente, esse campo ionizado também impede a ação do metal, já que ferramentas de aço ou ferro não podem se aproximar.

"Minha intenção é conectar os hemisférios com a Fazenda dos Relâmpagos, que um sócio de confiança está construindo na Terra dos Ancestrais neste exato momento. A Fazenda dos Relâmpagos será composta de mil para-raios que atrairão para o chão a total força elétrica de uma tempestade inteira, em vez de apenas certo número de raios, e alimentará com isso os hemisférios. Essa força irá... ah... repolarizar... ou desmagnetizar... os dois hemisférios, para que eles possam ser unidos num só. Essa é a meta final. Eles devem ser unidos, como vê. É absolutamente essencial!"

Ele desfaleceu com a última palavra, seu fôlego saindo entrecortado.

— Como você sabe? — perguntou Lirael. Para ela, soava como a espécie de palavrório usado por falsos videntes ou magos charlatães, para convencerem a si mesmos de qualquer coisa.

— Eu apenas sei — sussurrou Nick. — Eu sou um cientista. Quando os hemisférios estiverem na Terra dos Ancestrais, poderei provar minhas teorias, com instrumentos e ajuda apropriada.

— Por que os hemisférios têm de ser colocados juntos? — perguntou Lirael. Esse parecia ser o ponto mais fraco da convicção de Nick, e o mais perigoso, pois juntar os hemisférios faria com que ficasse inteiro o que quer que estivesse no interior deles. Foi só quando ela perguntou isso que percebeu que era uma questão da maior importância.

— Eles têm de ficar juntos — respondeu Nick, o estranhamento aparecendo claramente em seu rosto. Obviamente ele não conseguia pensar claramente sobre tudo aquilo. — Isso deve ser óbvio.

— Sim, certamente — disse Lirael, de modo tranquilizador. — Mas estou curiosa: como você levará os hemisférios para a Terra dos Ancestrais? E onde é exatamente sua Fazenda dos Relâmpagos? Deve ser difícil construir uma coisa dessas. Quero dizer, deve tomar uma terrível quantidade de espaço.

— Oh, não é tão difícil quanto você pensa — disse Nick. Ele pareceu aliviado por estar se afastando do assunto da junção dos hemisférios. — Levaremos o metal para o mar em barcaças e depois seguiremos pela costa sul. Aparentemente as águas estão muito revoltas e o tempo enevoado demais como regra para que façamos toda a trajetória por mar. Nós os levaremos pela terra para o norte do Muro, e os puxaremos dali para a frente, e depois será apenas uma questão de uns dois quilômetros para o moinho Forwin, onde minha Fazenda dos Relâmpagos está sendo construída. Ela deverá estar quase concluída quando nós chegarmos, se tudo transcorrer bem.

— Mas... — disse Lirael — ...como passarão pelo Muro com eles? É uma barreira para os Mortos e todas essas coisas. Vocês não serão capazes de levar os hemisférios para além do Muro.

— Besteira! — exclamou Nick. — Você é tão negativa quanto Hedge. Exceto que ele ao menos está disposto a tentar, conquanto que eu deixe que faça muito estardalhaço sem sentido antes disso.

— Oh — disse Lirael. Obviamente, Hedge, ou mais provavelmente seu mestre, havia descoberto uma maneira de passarem os hemisférios pelo Muro. Havia sido uma esperança em vão, de qualquer modo, porque Lirael sabia que Hedge atravessou o Muro mais de uma vez, e Kerrigor e seu exército atravessaram anos atrás. Ela apenas tinha esperança de que os hemisférios fossem bloqueados.

— Vocês não vão... ah... vocês não vão ter dificuldades com as autoridades na Terra dos Ancestrais? — perguntou Lirael esperançosamente. Sam lhe falara sobre o Perímetro que os moradores da Terra dos Ancestrais construíram para impedir qualquer coisa vinda pelo norte de entrar no seu país. Ela não tinha ideia do que poderia fazer se os hemisférios fossem levados para longe do Reino Antigo.

— Não — disse Nick. — Hedge diz que não haverá nenhum problema que ele não possa manejar, mas eu acho que ele deve ter sido um pouquinho contrabandista no passado, e tem mesmo uns métodos meio anticonvencionais. Eu prefiro trabalhar dentro da lei, de modo que tenho todas as autorizações alfandegárias, aprovações e assim por diante. Embora eu reconheça que eles não são para coisas do Reino Antigo, porque oficialmente não existe nenhum Reino Antigo, por isso não há formalidades. Eu tenho também uma carta do meu tio garantindo aprovação para que eu cruze de um lado para o outro levando o que quer que precise para a minha experiência.

— Seu tio?

— Ele é o primeiro-ministro — respondeu Nick orgulhosamente.

— Setenta anos como PM neste ano, com uma pausa de três anos no meio, quando a turma da Reforma Moderada o ocupou. O mais bem-sucedido dos PMs que o país jamais teve, embora naturalmente venha tendo problemas agora, com as guerras continentais e todos os refugiados Sulinos se espalhando. Ainda assim, eu não acho que Corolini e seu bando conseguirão os números para desestabilizá-lo. Ele é o irmão mais velho de minha mãe, e um cara muito bom. Sempre disposto a ajudar um sobrinho merecedor.

— Esses papéis devem ter se queimado em sua tenda — sugeriu Lirael, agarrando-se a outra esperança.

— Não — disse Nick. — Mais uma vez, graças ao Hedge. Ele sugeriu que eu os deixasse com o sujeito que tem se encontrado conosco do outro lado do Muro. Disse que eles apodreceriam, o que, numa percepção tardia, é absolutamente verdade. Agora, você me soltará?

— Não — disse Lirael. — Você foi resgatado, goste disso ou não.

— Nesse caso, não vou lhe contar mais nada — proclamou Nick petulantemente. Ele se deitou novamente, ruflando contra os juncos.

Lirael ficou olhando-o, os pensamentos se agitando em sua mente. Ela esperava que Ellimere houvesse recebido a mensagem de Sam, e que, neste momento, pudesse haver uma poderosa tropa de guardas cavalgando para o resgate. Sabriel e Pedra de Toque poderiam também estar correndo para o norte, vindos de Corvere. Poderiam até estar prestes a cruzar o Muro.

Mas todos eles estariam rumando em direção a Hedge, enquanto os hemisférios que continham a coisa aprisionada escapuliam para longe — penetrando na Terra dos Ancestrais, onde o espírito de destruição poderia ganhar sua liberdade, livre de interferência pelas únicas pessoas que entendiam o perigo.

Nick a estava olhando também, percebeu ela, enquanto esses pensamentos clamavam em sua mente. Mas não com estranhamento ou hostilidade. Estava apenas olhando, inclinando a cabeça de lado, com um olho parcialmente fechado.

— Desculpe-me — disse ele. — Eu estava me perguntando como você conheceu Sam. Você é uma... hã... uma princesa? É só que, se você é noiva dele ou alguma coisa assim, eu acho que saberia. Para... ah... oferecer minhas congratulações, como é necessário. E eu nem sei o seu nome.

— Lirael — respondeu laconicamente. — Eu sou tia de Sam. Sou a Abho... Bem, digamos que de certo modo trabalho com a mãe de Sam, e eu também... era... uma segunda bibliotecária assistente e uma Filha do Clayr, embora eu não espere que você entenda o que esses títulos significam. Eu não estou totalmente segura de mim mesma no momento.

— Tia dele! — exclamou Nick, um fluxo de embaraço em vez de febre colorindo seu rosto. — Como pode ser? Eu não fazia ideia. Peço desculpas, senhora.

— E eu sou... mais velha do que pareço — acrescentou Lirael. — Caso você venha a perguntar.

Ela estava um pouco embaraçada também, embora não pudesse imaginar por quê. Lirael ainda não sabia como falar de sua mãe. De certo modo, era mais doloroso pensar nela agora que sabia sobre seu pai e como fora concebida. Um dia, pensou, descobriria exatamente o que acontecera a Arielle e por que ela decidira partir.

— Eu nem sonharia com isso — respondeu Nick. — Sabe? Parece estúpido, mas eu me sinto muito melhor aqui do que tenho me sentido semanas a fio. Nunca teria pensado que um pântano poderia ser um tônico. Eu nem mesmo desmaiei hoje.

— Você desmaiou uma vez, sim — disse Lirael. — Quando nós o tiramos da tenda, no início.

— Desmaiei mesmo? — perguntou Nick. — Que vergonha! Pareço estar desmaiando bastante. Felizmente isso tende a acontecer quando Hedge está por perto para me pegar.

— Você consegue notar quando está para desmaiar? — perguntou Lirael. Ela não se esqueceu da advertência do Cão sobre quanto tempo o fragmento permaneceria controlado, e estava bem certa de que não poderia reprimi-lo novamente sozinha.

— Geralmente — disse Nick. — Eu fico nauseado primeiro e minha visão se torna peculiar, tudo fica vermelho. E alguma coisa acontece com meu olfato, de modo que fico com a sensação de que alguma coisa está queimando, como um motor elétrico se fundindo. Mas realmente me sinto muito melhor agora. Talvez a febre tenha passado.

— Não é uma febre — disse Lirael fatigadamente. — Embora eu espere que assim seja melhor, levando em conta a nossa segurança.

Fique imóvel agora, vou remar para um pouquinho mais longe. Ficaremos em meio aos juncais, mas eu quero ver o que está acontecendo no lago. E, por favor, fique em silêncio.

– Claro – disse Nick. – Eu realmente não tenho escolha, tenho?

Lirael quase se desculpou, mas se controlou. Ela realmente lamentava por Nick. Não fora culpa dele ter sido escolhido por um antigo espírito do mal para ser seu avatar. Ela até se sentia um pouco maternal com relação a ele. Ele precisava ser posto na cama e alimentado com chá de casca de salgueiro. Esse pensamento levou-a a um devaneio sobre que aparência ele poderia ter se estivesse bem. Poderia ser muito bonito, pensou Lirael, e depois baniu a ideia imediatamente. Ele podia ser um inimigo inconsciente, mas ainda era um inimigo.

O barco de juncos era leve, mas mesmo assim era trabalho duro remar apenas com as mãos. Principalmente porque ela precisava ficar de olho em Nicholas, por precaução. Mas ele parecia contente por estar deitado na proa do barco de juncos. Lirael, na verdade, flagrou-o olhando para ela discretamente, mas ele não tentou fugir ou chamar por alguém.

Depois de cerca de vinte minutos de remar penoso, os juncos começaram a escassear, a água vermelha empalideceu, ficando cor-de-rosa, e Lirael conseguiu ver o fundo lamacento do lago. O sol estava bem a pino, de modo que Lirael arriscou empurrar o barco para a própria borda do pântano de juncos para que pudesse ter um panorama do lago, mas continuava escondida.

Eles ainda estavam cobertos pelo alto por causa do modo como os juncos se inclinavam uns sobre os outros. Mesmo assim, Lirael ficou aliviada ao descobrir que não conseguia sentir a presença de nenhum Corvo Sanguinário. Provavelmente porque havia uma forte correnteza além das margens juncadas, misturada com o sol luminoso da manhã.

Embora não houvesse Corvos Sanguinários à vista, havia alguma coisa se movendo em direção à superfície do lago. Por um segundo, o coração de Lirael parou quando pensou que poderia ser Sam, ou uma tropa de guardas. Depois, percebeu o que era, bem como Nick descrevera.

— Olhe, minhas barcaças! — gritou ele, sentando-se e acenando. — Hedge deve ter a outra, e já deve tê-la carregado!

— Calado! — sibilou Lirael, estendendo as mãos para puxá-lo para baixo.

Ele não ofereceu resistência, mas de repente franziu o cenho e apertou o peito.

— Eu acho... eu acho que estava contando meus frangos antes...

— Lute! — interrompeu Lirael com urgência. — Nick, você tem de lutar contra isso!

— Eu tentarei... — balbuciou Nick, mas não concluiu a sentença, sua cabeça caindo para trás com um ruído seco e alto. Seus olhos mostraram o branco, e Lirael viu uma fina gavinha de fumaça começar a escorrer de seu nariz e de sua boca.

Ela deu um tapa com força em seu rosto.

— Lute contra isso! Você é Nicholas Sayre! Diga-me quem você é!

Os olhos de Nick reviraram de volta, embora a fumaça ainda escorresse de seu nariz.

— Eu sou... Eu sou Nicholas John Andrew Sayre — sussurrou. — Eu sou Nicholas... Nicholas...

— Sim! — pressionou Lirael. Ela baixou a espada ao seu lado e tomou as mãos de Nick, estremecendo ao sentir a Magia Livre percorrendo o sangue sob sua pele fria. — Fale-me mais sobre você mesmo. Nicholas John Andrew Sayre! Onde você nasceu?

— Eu nasci em Amberne, terra de minha família — sussurrou Nick. Sua voz ficou mais forte, e a fumaça retrocedeu. — Na sala de bilhar. Não, isso é uma brincadeira. Mamãe me mataria por isso. Eu nasci com tudo apropriado para um Sayre, com médico e parteiras no atendimento. Duas parteiras, nada menos, e o médico da sociedade...

Nick fechou seus olhos, e Lirael agarrou suas mãos com mais força.

— Diga-me... qualquer coisa! — exigiu ela.

— A gravidade específica de orbilita suspensa em mercúrio é... Eu não sei... A neve em Korrovia está restrita aos alpes do extremo sul, e os desfiladeiros maiores são Kriskadt, Jorstchi e Korbuck... O maçarico-de-cauda-azul comum põe vinte e seis ovos ao longo de sua vida útil de cinquenta e quatro anos... Mais que cem mil Sulinos se estabeleceram ilegalmente na terra no ano passado... O pé de chocolate é uma invenção do...

Ele parou subitamente, tomou um fôlego profundo e abriu os olhos. Lirael continuou segurando suas mãos por um momento, mas, quando ela não viu nenhuma fumaça ou estranheza em seu olhar, soltou-as e ergueu sua espada novamente, pousando a lâmina sobre suas coxas.

— Estou com problemas, não estou? — disse Nick. Sua voz estava vacilante. Ele baixou os olhos para o fundo do barco, escondendo o rosto, tomando fôlegos controlados.

— Sim — disse Lirael. — Mas Sameth e eu, e os... nossos amigos... faremos o melhor que pudermos para salvá-lo.

— Mas você mesma não acha que pode — disse Nicholas suavemente. — Esta... coisa... dentro de mim. O que é?

— Eu não sei — respondeu Lirael. — Mas ela é parte de um grande e antigo mal, e você o está ajudando a se liberar. Para semear destruição.

Nick fez que sim lentamente. Depois, ergueu os olhos e encarou o olhar de Lirael.

— Tem sido como um sonho — disse ele com simplicidade. — A maior parte do tempo não sei realmente se estou acordado ou não. Eu não consigo me lembrar de coisas de um minuto para o outro. Não consigo pensar em nada, exceto nos hemis...

Ele parou de falar. O medo lampejou em seus olhos e ele estendeu as mãos para Lirael. Ela pegou sua mão esquerda, mas manteve a espada na outra. Se a coisa dentro dele assumisse e não a soltasse, ela sabia que teria de abrir seu caminho com luta.

— Está OK, está OK, está OK — repetiu Nick para si mesmo, sacudindo-se para trás e para a frente enquanto falava. — Eu a tenho sob controle. Diga-me o que tenho de fazer.

— Continue lutando — orientou Lirael, mas ela não sabia o que mais dizer a ele. — Se não pudermos mantê-lo, então, quando a hora chegar, você deve fazer qualquer coisa que puder para deter... para deter a coisa. Prometa-me que fará!

— Eu prometo — gemeu Nick entredentes. — Palavra de um Sayre. Eu vou detê-la! Eu vou! Converse comigo, por favor, Lirael.

Eu tenho de pensar em outra coisa. Fale-me... fale-me... onde você nasceu?
— Na geleira do Clayr — disse nervosamente. O aperto de Nick estava ficando mais forte, e ela não gostava disso. — Nas Salas de Parto da Enfermaria. Embora algumas integrantes do Clayr tenham seus bebês em seus próprios aposentos, a maioria de nós... a maioria delas... tem seus filhos nas Salas de Parto, porque todo mundo está lá e isso é mais comunitário e divertido.
— Seus pais — arfou Nick. Ele estremeceu e começou a falar muito rapidamente: — Conte-me sobre eles. Não tenho nada a contar sobre os meus. Papai é um mau político, embora tenha paixão pela atividade. Seu irmão mais velho é o sucesso. Mamãe vai a festas e coquetéis demais. Como você é tia de Sameth? Eu não entendo como você poderia ser irmã de Pedra de Toque ou Sabriel. Eu os conheci. Muito mais velhos que você. Velhíssimos. Devem estar nos quarenta, por aí... Fale comigo, por favor, fale comigo...
— Eu sou irmã de Sabriel — disse Lirael, embora as palavras parecessem estranhas em sua boca. — Irmã de Sabriel. Mas não pela mesma mãe. Seu... meu pai esteve... hum... com minha mãe apenas por certo tempo, antes de morrer. Eu nem sabia quem ele era até muito recentemente. Minha mãe... minha mãe foi embora quando eu tinha cinco anos. De modo que eu não sabia que meu pai era o Abhorsen... Oh, não!
— Abhorsen! — gritou Nick. Seu corpo se convulsionou, e Lirael sentiu sua pele subitamente ficar ainda mais fria. Ela rapidamente retorceu sua mão para soltá-la e recuou o mais que pôde, amaldiçoando a si mesma por ter dito "Abhorsen" em voz alta quando Nicholas estava já à beira de perder o controle. Naturalmente, isso iria liberar a Magia Livre de dentro dele.

Uma fumaça branca começou a sair do nariz e da boca de Nick. Faíscas brancas se agitaram por trás de sua língua quando ele desesperadamente tentou falar. Nick articulou as palavras, mas só fumaça saiu de sua boca, e levou um momento para que Lirael descobrisse o que ele estava tentando dizer:
— Não! — Ou talvez: — Fuja!

capítulo doze
o destruidor em nicholas

Por um momento Lirael ficou insegura, incapaz de decidir se devia simplesmente pular do barco e fugir, ou estender as mãos para apanhar os sinos. Por fim, ela agiu, sacando Ranna e Saraneth, uma operação difícil estando sentada com uma espada sobre suas coxas.

Nick não havia se movido ainda, mas a fumaça branca estava se erguendo em lentas e deliberadas gavinhas que se lançavam para cá e para lá, como se tivessem uma vida própria. O fedor nauseante da Magia Livre veio com elas, ferindo o nariz de Lirael, a bile se erguendo em sua garganta como reação.

Ela não esperou para ver mais, mas tocou os sinos juntos, focalizando sua vontade numa ordem penetrante dirigida para a figura em frente a ela e para a fumaça que vagueava.

"Durma", pensou Lirael, seu corpo inteiro tenso com o esforço de concentrar o poder dos dois sinos. Sentiu o acalanto de Ranna e a compulsão de Saraneth, pois eles ecoavam ruidosamente do outro lado da água. Juntos, eles entreteciam Nicholas com magia e som, lançando o espírito da Magia Livre de volta para dentro dele em seu sono parasitário.

Ou não, entendeu Lirael, quando a fumaça branca apenas se encolheu e os sinos começaram a brilhar com um estranho calor vermelho, seus sons perdendo volume e clareza. Depois, Nick sentou-se, seus olhos ainda revirados para trás e cegos, e o Destruidor falou por meio de sua boca:

— Tola! Seus poderes são míseros brinquedos contra mim! Eu quase lamento que Saraneth e Ranna dependam de suas bagatelas. Fique imóvel!

As duas últimas palavras foram pronunciadas com tal força que Lirael gritou com dor repentina. Mas o grito se tornou um gorgolejo sufocado quando o ar lhe faltou. A coisa dentro de Nick — o fragmento — a prendera com tanta firmeza que até seus pulmões estavam imóveis. Desesperadamente ela tentou respirar, mas não conseguiu. Seu corpo todo estava paralisado, por dentro e por fora, seguro por uma força que ela nem poderia começar a combater.

— Adeus — disse o Destruidor. Depois, ele aprumou o corpo de Nick, equilibrando-se cuidadosamente quando o barco de juncos oscilou, e acenou para as barcaças. Ao mesmo tempo, gritou um nome que ecoou por todo o vale do lago:

— Hedge!

Entrando em pânico, Lirael tentava tomar fôlego sem parar. Mas seu peito permanecia congelado e os sinos jaziam sem vida em suas mãos imóveis. Desesperadamente ela repassou os sinais da Ordem em sua cabeça, tentando pensar em alguma coisa que pudesse livrá-la antes que morresse asfixiada.

Nada lhe veio, nada em absoluto, até que subitamente notou que tinha realmente alguma sensação. Em suas coxas, onde Nehima jazia sobre suas pernas. Ela podia apenas vê-la ali — sendo incapaz de mover os olhos —, mas os sinais da Ordem estavam ardendo sobre a lâmina e fluindo de lá para dentro dela, lutando contra o feitiço da Magia Livre que a prendia em seu aperto mortal.

Mas os sinais estavam derrotando o feitiço apenas lentamente. Teria de fazer alguma coisa ela mesma, porque, naquele ritmo, ela seria asfixiada antes que seus pulmões fossem liberados.

Desesperada para fazer qualquer coisa, descobriu que conseguia contorcer suas panturrilhas de lado a lado, tentando sacudir o barco. Ele não era muito estável, de modo que, se tombasse, talvez distraísse o espírito da Magia Livre... isso poderia romper o feitiço.

Ela se sacudiu novamente e a água entrou na embarcação, encharcando os juncos apertadamente encordoados. Ainda assim o corpo de Nick não se virou, suas pernas adaptando-se inconscientemente ao movimento de oscilação. A coisa no interior dele seguia claramente atenta às barcaças que se aproximavam e aos hemisférios que continham sua identidade maior.

Então, Lirael caiu na inconsciência, seu corpo faminto por ar. Ela voltou a si num instante, com mais adrenalina de pânico inundando suas veias, e sacudiu novamente o mais forte que pôde.

O barco de juncos rolou – mas não afundou. Lirael gritou por dentro e sacudiu pelo que ela sabia que seria a última vez, usando todos os músculos que foram liberados pela sua espada.

A água entrou como uma corrente e, por um breve momento, o barco pareceu prestes a emborcar. Mas o povo do lago teceu-o bem demais e ele se endireitou. O corpo de Nick, surpreso pela violência da virada, não. Oscilou de um lado, deu uma agarrada na proa, girou de volta para o outro lado – e caiu no lago.

Instantaneamente Lirael tomou fôlego. Seus pulmões ficaram congelados por um momento, depois se inflaram com um estremecimento que ela sentiu por todo o seu corpo. O feitiço fora quebrado com a queda de Nick. Soluçando e arfando, ela lançou os sinos de volta em suas bolsas e agarrou sua espada, os sinais da Ordem no cabo pulsando com calor e encorajamento.

O tempo todo ficou procurando pela criatura incorporada em Nick. A princípio, não houve sinal de nada que se movesse na água. Depois, viu uma grande evaporação e um borbulhar a poucas jardas de distância, como se o lago estivesse fervendo. A mão de Nick se estendeu para o alto e agarrou a lateral do barco, arrancando com força absurda uma seção toda dos juncos trançados; sua boca se livrou da água e um grito de fúria em alto volume lançou todos os pássaros do pântano no raio de uma milha em fuga desesperada.

Lançou Lirael também. Instintivamente ela pulou direto para fora do outro lado do barco tão longe quanto pôde, chocando-se contra os juncos e a água e disparando num vadear de fuga. O grito terrível soou novamente, seguido por uma violenta queda na água. Por um momento, Lirael pensou que Nick estivesse bem atrás dela, mas, em vez disso, houve uma violenta explosão de água e juncos partidos: Nick apanhou o barco inteiro e arremessou sobre ela. Se Lirael tivesse sido um pouquinho mais lenta, teria sido o barco que atingiria suas costas, em vez de esguichos e alguns pedaços inofensivos de junco.

Antes que ele pudesse fazer outra coisa, Lirael redobrou seus esforços para fugir. A água não era tão profunda quanto ela esperava — batia só no seu peito —, mas fez com que fosse mais devagar, de modo que a cada segundo ela achava que a criatura iria pegá-la, ou golpeá-la com um feitiço. Desesperadamente ela rumou de volta para a água mais rasa, retalhando os juncos com Nehima para abrir espaço.

Ela não olhou para trás, porque não conseguiria encarar o que poderia ver, e não parou, nem mesmo quando estava perdida nos juncais sem nenhuma ideia de para onde rumava, e seus pulmões e músculos doíam e ardiam com o esforço de se mover.

Finalmente, foi forçada a dar uma parada por conta de uma cãibra, e suas pernas ficaram incapazes de mantê-la em pé fora da água. Por sorte, esta tinha a profundidade dos joelhos agora, de modo que Lirael se sentou, esmagando juncos para fazer um assento molhado e lamacento.

Todos os seus sentidos estavam em sintonia para investigar, mas não parecia haver nada atrás dela — ao menos nada que ela pudesse ouvir acima da pulsação de seu coração, que ecoava em cada vaso sanguíneo em seu corpo.

Ela descansou ali, na água lamacenta, pelo que pareceu um longo tempo. Finalmente, quando sentiu que poderia se mover sem romper em lágrimas ou vomitar, levantou-se e foi patinhando em frente outra vez.

Enquanto vadeava, pensou no que fizera — ou no que não fizera. Seguidamente a cena pairava em sua cabeça. Poderia ter sido mais rápida com os sinos, pensou, lembrando-se de sua hesitação e desajeito. Talvez devesse ter perfurado Nick — embora isso não parecesse certo, já que ele não tinha ideia do que se movia furtivamente dentro dele, esperando a chance de se manifestar. Isso provavelmente não teria ajudado, já que o fragmento poderia talvez habitar um Nick Morto tão facilmente quanto o fazia com ele vivo. Talvez ele até pudesse ter entrado nela...

A Visão do Clayr de um mundo destruído também era destaque em sua mente. Teria ela perdido a chance de deter o Destruidor? Teriam sido aqueles poucos minutos com Nick no barco de juncos algum grande vértice do destino? Uma chance vital que ela poderia ter aproveitado, mas deixara passar?

Ela ainda estava pensando nisso quando a água que estava percorrendo transformou-se em lama quase sólida, em vez de água lamacenta. As moitas de juncos começaram a escassear também, de modo que claramente ela estava se aproximando da borda do pântano. Mas como este, em particular, estendia-se em retalhos por uns bons três quilômetros ao longo da margem oriental do Lago Vermelho, Lirael ainda não sabia realmente onde se encontrava.

Ela arriscou um palpite em direção ao sul pela posição do sol e o comprimento da sombra de um junco elevado, e começou a rumar para aquele lado, mantendo-se à borda do pântano. Era mais difícil ir por ali do que pelo chão seco, mas era mais seguro se houvesse Mortos ao redor, forçados por Hedge a saírem ao sol.

Duas horas mais tarde, Lirael estava mais molhada e infeliz do que nunca, graças a um inesperado buraco profundo que havia no caminho. Estava quase completamente coberta por uma viscosa e repugnante mistura de pólen vermelho dos juncos e lama negra. A mistura fedia, e ela também, e parecia não haver fim para o pântano, e nenhum sinal de seus amigos.

As dúvidas começaram a assaltá-la ainda mais fortemente e Lirael começou a temer por seus companheiros, particularmente pelo Cão Indecente. Talvez ele fora sobrepujado simplesmente pela quantidade de Mortos, ou tivesse sido dominado por Hedge, do mesmo modo que o próprio fragmento em que Nick jogara sua magia de lado como se não existisse.

Ou talvez estivessem feridos ou ainda lutando, pensou ela, forçando-se a uma maior velocidade. Sem ela e os sinos, eles ficariam muito mais fracos contra os Mortos. Sam não havia nem finalizado a leitura do *Livro dos Mortos*. Ele não era um Abhorsen. E se houvesse por lá um Mordente os perseguindo, ou alguma outra criatura que fosse forte o bastante para suportar o sol do meio-dia?

Pensar nisso fez com que ela deixasse os juncos e começasse a, alternadamente, correr e andar no chão mais firme. Correr mil passos, caminhar cem passos – e entrementes ficar de olhos precavidos contra os Corvos Sanguinários, outros Mortos, ou os serviçais humanos de Hedge.

Uma vez ela viu – e sentiu – Mortos nas proximidades, mas eram Ajudantes Mortos fugindo ao longe, procurando algum abrigo contra o sol áspero que os estava devorando, em carne e espírito, o sol que os lançaria de volta na Morte se eles não pudessem encontrar uma caverna ou um túmulo desocupado.

Logo ela se sentiu como um animal que é, ao mesmo tempo, caçador e caça – como uma raposa ou um lobo. Tudo em que poderia se concentrar era em chegar ao rio o mais rapidamente possível, para vasculhar ao longo de sua extensão e encontrar seus amigos ou – como ela temia – alguma prova do que acontecera com eles. Ao mesmo tempo, tinha a desagradável sensação de que algum inimigo estava prestes a surgir de trás de cada ligeira elevação ou árvore encolhida, ou mergulhar pelo alto do céu.

Por fim, ficou muito mais fácil ver para onde estava indo, pensou Lirael, ao notar o alinhamento de árvores e moitas que assinalava o rio. Estava a menos de quinhentos metros de distância, de modo que redobrou sua corrida, fazendo duzentos passos, em vez de cem, numa largada.

Ela estava chegando aos cento e setenta e três passos quando alguma coisa irrompeu do alinhamento das árvores, vindo diretamente sobre ela.

Instintivamente Lirael estendeu a mão para o arco – que não estava com ela. Ela mudou o movimento para um giro em torno do corpo para sacar sua espada e continuou a correr.

Estava quase prestes a gritar e transformar a corrida numa investida quando reconheceu o Cão Indecente e soltou, em vez do berro, um grito alegre que foi de encontro ao latido feliz do Cão.

Poucos minutos depois, eles se encontraram numa mistura de saltos, lambidas e danças circulares (por parte do Cão), e abraços, beijos e retirada da espada para fora do caminho (por parte de Lirael).

– É você, é você, é você! – grunhiu o Cão, balançando suas patas dianteiras e dando gritos estridentes.

Lirael não disse nada. Ela se ajoelhou, pôs a cabeça contra o pescoço quente do Cão e suspirou, um suspiro que trazia em si todos os tormentos passados.

– Você está cheirando pior do que eu – observou o Cão, depois que a empolgação inicial havia se desfeito e ele pôde cheirar o corpo coberto de lama de Lirael. – É melhor se levantar. Nós temos de voltar para o rio. Há um monte de Mortos ainda por lá. Hedge parece tê-los abandonado para que façam o que tiverem vontade. Ao menos é assim que supomos, já que a tempestade de relâmpagos, talvez seguindo os hemisférios, mudou-se para acima do lago.

– Sim – disse Lirael, depois que começaram a caminhar de volta. – Hedge está lá. Nick... a coisa dentro dele... chamou-o de lá dos juncais. Eles têm duas barcaças, e estão levando os hemisférios para a Terra dos Ancestrais.

– A coisa despertou novamente em Nick – adivinhou o Cão. – Não demorou muito. Até mesmo o fragmento deve ser mais poderoso do que eu poderia ter pensado.

– Era muito mais poderoso do que jamais imaginei – respondeu Lirael, estremecendo. Eles estavam perto do rio, e lá estava Sam esperando na sombra das árvores, com uma flecha apontada pronta para disparar. Como ela iria explicar a ele que resgatara Nicholas e o perdera novamente?

De repente, Sam se moveu, e Lirael parou com a surpresa. Parece que ele iria disparar a flecha sobre ela – ou sobre o Cão. Ela teve tempo apenas para se abaixar quando o arco de Sam estalou e uma flecha saltou – direto para sua cabeça.

capítulo treze
detalhes do cão indecente

Quando se abaixou, Lirael subitamente sentiu uma fria presença de um Corvo Sanguinário diretamente sobre ela. Um instante depois, o mergulho do Corvo foi interrompido e ele caiu ruidosamente no chão, transfixado pela flecha de Sam, e a Magia da Ordem que ele colocara na ponta penetrante faiscava ao devorar o fragmento do espírito do Morto que estava tentando rastejar para longe.

Lirael flagrou-se instintivamente com um sino na mão, erguendo os olhos à procura de mais Corvos Sanguinários. Havia mais um, mergulhando, mas uma flecha se ergueu e atingiu-o também. Esse míssil perfurou diretamente a bola de penas e ossos secos e seguiu em frente – mas o Corvo Sanguinário não, e outro fragmento do espírito do Morto retorceu-se no chão perto do primeiro, padecendo sob a luz do sol.

Lirael olhou para o sino em sua mão, e os fragmentos do espírito, poços tingidos de escuridão que estavam já rastejando juntos, procurando se juntar para obter força maior. O sino era Kibeth, que era apropriado, de modo que ela o tocou num rápido formato de "S", produzindo um tom claro e cheio de alegria que fez seu pé direito irromper numa pequena dança.

Ele teve um efeito muito adverso sobre os fragmentos de espírito sobreviventes dos Corvos Sanguinários. Os dois borrões se empinaram como lesmas polvilhadas com sal e quase deram um salto mortal quando procuraram escapar ao som. Mas não havia lugar nenhum para onde pudessem ir, lugar nenhum para onde pudessem fugir ao chamado peremptório de Kibeth. Exceto o único lugar que o espírito nunca desejava ver novamente. Mas ele não tinha escolha.

Guinchando por dentro, o espírito obedeceu ao sino e os dois borrões desapareceram dentro da Morte.

Lirael lançou o olhar em torno do céu novamente e sorriu satisfeita quando mais três pontinhos negros ao longe tombaram em direção à terra: Corvos Sanguinários destruídos quando os primeiros dois fragmentos banidos sugaram o resto do espírito compartilhado de volta para a Morte. Depois, ela pôs o sino de lado e seguiu em frente para saudar Sam, o Cão Indecente tropeçando lateralmente ao cheirar as penas do corvo, para ter certeza absoluta de que o espírito se fora e não havia ali nada digno de ser comido.

Sam, tal como o Cão, pareceu também extremamente feliz por ver Lirael, e estava prestes a lhe dar um abraço de boas-vindas — até que sentiu o cheiro da lama. Isso fez com que ele mudasse seus braços abertos para um gesto expansivo de boas-vindas. Mesmo assim, Lirael notou que ele estava olhando para trás à procura de outra pessoa.

— Obrigada por matar os corvos — disse ela. Depois acrescentou: — Eu perdi Nick, Sam.

— Perdeu!

— Há um fragmento do Destruidor dentro dele e a coisa o dominou. Não consegui detê-la. Ela quase me matou quando tentei.

— O que você quer dizer com um fragmento do Destruidor? Dentro dele como?

— Eu não sei! — retrucou Lirael asperamente. Ela tomou um fôlego profundo antes de continuar: — Sinto muito. O Cão diz que há uma lasca do metal de um dos hemisférios dentro de Nicholas. Eu não sei nada além disso, embora isso explique realmente por que ele está cooperando com Hedge.

— Então, onde ele está? — perguntou Sam. — E o que... o que nós vamos fazer agora?

— É quase certo que ele esteja nas barcaças que Hedge está usando para transportar os hemisférios — respondeu Lirael. — Para a Terra dos Ancestrais.

— A Terra dos Ancestrais! — exclamou Sam, sua surpresa ecoada por Mogget, que emergiu de sua mochila. O gatinho deu vários passos em direção a Lirael; depois, seu nariz se franziu e ele recuou.

— Sim — disse Lirael lugubremente, ignorando a reação de Mogget. — Aparentemente Hedge, ou o próprio Destruidor, suponho, conhece algum meio de passar para o outro lado do Muro. Eles estão levando os hemisférios por barcaças para o mais perto que puderem. Depois, cruzarão o Muro e irão a um lugar chamado moinho Forwin, onde Nick usa mil para-raios para canalizar o poder todo de uma tempestade para dentro dos hemisférios. De algum modo, isso ajudará a juntá-los, e depois imagino que o que quer que ele seja, voltará a ser inteiro, e livre. Só a Ordem para saber o que acontecerá então!

— Destruição total — disse o Cão tristemente. — O fim de toda a Vida.

O silêncio acolheu suas palavras. O Cão ergueu os olhos para ver Sam e Lirael encarando-o fixamente. Apenas Mogget estava imóvel, escolhendo o momento para limpar suas patas.

— Suponho que esse seja o momento para lhes dizer exatamente o que estamos enfrentando — disse o Cão. — Mas devemos primeiro achar um lugar protegido. Todos os Mortos que Hedge usou para fazer a cova ainda estão por aí, e aqueles que são fortes o bastante para encarar a luz do dia devem estar famintos por vida.

— Há uma ilha na embocadura do rio — disse Sam lentamente. — Não é o ideal, mas será melhor do que nada.

— Vá na frente — disse Lirael, fatigada. Ela queria desmaiar ali mesmo e bloquear seus ouvidos para o que quer que fosse aquilo que o Cão estava para lhes revelar. Mas isso não ajudaria. Eles tinham de saber.

A ilha era um amontoado irregular de pedras e árvores mirradas. Havia sido um outeiro baixo na borda do lago, beirando o rio, mas séculos atrás o lago havia se elevado, ou o leito do rio se separado. Agora a ilha se erguia na ampla embocadura do rio, cercada por água corrente a norte, sul e leste, e pelas águas profundas do lago a oeste.

Eles se dirigiram para o outro lado, Mogget pendurado no ombro de Sam e o Cão nadando no meio. Diferente da maioria dos cães, notou Lirael, seu amigo realmente enfiava a cabeça toda sob a água, com ouvidos e tudo. E qualquer que fosse o poder que a água corrente tivesse sobre os Mortos e algumas criaturas da Magia Livre, claramente não se aplicava ao Cão Indecente.

— Como você pode gostar de nadar, mas detestar tomar banho? — perguntou Lirael curiosamente quando eles chegaram ao terreno seco e encontraram um trecho de areia entre as pedras para erguer um acampamento improvisado.

— Nadar é nadar, e o cheiro continua o mesmo — disse o Cão. — Banho requer sabão.

— Sabão! Eu adoraria um pouco de sabão! — exclamou Lirael. Um pouco da lama e do pólen vermelho saiu no rio, mas não o bastante. Ela se sentia tão imunda que não conseguia pensar direito. Mas sabia de longa experiência que qualquer demora iria apenas encorajar o Cão a evitar revelar-lhes qualquer coisa. Ela se sentou sobre sua mochila e olhou com expectativa para o Cão. Sam sentou-se também, e Mogget saltou para baixo e se espreguiçou por um momento antes de se acomodar confortavelmente na areia morna.

— Conte-nos — ordenou Lirael. — O que é a coisa aprisionada nos hemisférios?

— Suponho que o sol esteja alto o suficiente — disse o Cão. — Não seremos incomodados ainda por algumas horas. Embora talvez possa...

— Conte-nos!

— Eu estou contando — protestou o Cão com grande dignidade. — O que estou fazendo é apenas procurar as melhores palavras. O Destruidor é conhecido por muitos nomes, mas o mais comum é esse que vou escrever aqui. Não o pronuncie, a menos que seja necessário, pois até seu nome tem poder agora que os hemisférios de prata foram trazidos para a superfície.

O Cão dobrou sua pata e uma única garra aguda se projetou. Ele rabiscou sete letras na areia, usando a versão moderna do alfabeto autorizada pelos Magos da Ordem para comunicação não mágica sobre tópicos de magia.

As letras que escreveu soletraram uma única palavra:
ORANNIS.

— Quem... ou o que... é essa coisa? — perguntou Lirael quando leu silenciosamente o nome. Ela já sentia que aquilo seria pior do que esperava. Houve uma grande tensão, embora sutil, no modo com que Mogget se curvou, seus olhos verdes fixados nas letras, e o Cão não encarou o olhar dela.

O Cão não respondeu a princípio, mas arrastou sua pata e tossiu.

— Por favor — disse Lirael delicadamente. — Nós temos de saber.

— É o Nono Iluminador, o ser mais poderoso de todos da Magia Livre, aquele que lutou contra os Sete no Princípio, quando a Ordem foi criada — disse o Cão. — É o Destruidor dos mundos, cuja natureza é a de combater a criação com a aniquilação. Muito tempo atrás, além da contagem possível dos anos, ele foi derrotado. Partido em dois, cada metade foi aprisionada dentro de um hemisfério de prata, e esses hemisférios foram trancados com sete grilhões e enterrados bem nas profundezas da terra. Para nunca mais serem liberados, ou era o que se pensava.

Lirael repuxou nervosamente o cabelo, desejando poder desaparecer atrás dele para todo o sempre. Ela sentia um desejo nervoso de rir ou gritar ou cair chorando no chão. Olhou para Sam, que estava mordendo o lábio, inconsciente do fato de que o tinha realmente mordido, e o sangue estava escorrendo pelo seu queixo.

O Cão não disse mais nada, e Mogget ficou apenas olhando fixo para as letras.

ORANNIS.

— Como podemos derrotar uma coisa dessas? — explodiu Lirael. — Eu ainda não sou nem uma Abhorsen apropriada!

Sam balançou a cabeça quando ela falou, mas se era uma negação ou uma concordância Lirael não conseguiu perceber. Ele continuou a balançando, e ela percebeu que ele simplesmente não conseguira compreender totalmente o que o Cão revelara a eles.

— Ainda está preso — disse o Cão delicadamente, dando uma encorajadora lambida na mão de Lirael. — Enquanto os hemisférios estiverem separados, o Destruidor pode usar apenas uma pequena porção de seu poder, e nenhum de seus atributos mais destrutivos.

— Por que você não me revelou isso anteriormente?

— Porque você não era forte o bastante — explicou o Cão. — Você não sabia quem você é. Agora sabe e está preparada para conhecer totalmente o que estamos enfrentando. Além do mais, eu mesmo não tinha certeza, até que vi a tempestade de relâmpagos.

— Eu sabia — disse Mogget. Ele se levantou e se esticou numa extensão surpreendente antes de se sentar novamente e inspecionar sua pata direita. — Eras atrás.

O Cão franziu o nariz com óbvia descrença e continuou falando:

— O aspecto mais perturbador disso é esse Hedge estar levando os hemisférios para a Terra dos Ancestrais. Assim que eles atravessarem o Muro, não sei o que é possível. Talvez esses para-raios congregados de Nick capacitem o Destruidor a juntar os hemisférios e se tornar inteiro. Se ele o fizer, então todos... e tudo estarão condenados, dos dois lados do Muro.

— Sempre foi o mais poderoso e astucioso dos Nove — disse Mogget. — Deve ter deduzido que o único lugar onde ele poderia se juntar novamente era algum onde ele nunca existiu. E depois, de algum modo, deve ter percebido que violamos um mundo além do nosso, pois o Destruidor estava aprisionado muito antes que o Muro fosse construído. Esperto, esperto!

— Soa como se você o admirasse — disse Sam com uma ponta de amargor. — O que não é uma atitude correta para um servidor do Abhorsen, Mogget.

— Oh, eu admiro mesmo o Destruidor — respondeu Mogget sonhadoramente, sua língua rosada lambendo os cantos de sua boca cheia de dentes brancos. — Mas só a certa distância. Ele não teria nenhum escrúpulo em me aniquilar, você sabe, já que me recusei a me aliar a ele contra os Sete quando ele juntou suas hostes naqueles sonhos há muito tempo perdidos.

— A única coisa sensata que você já fez — rosnou o Cão. — Embora não tão sensata quanto você poderia ter sido.

— Nem a favor nem contra — disse Mogget. — Eu teria me perdido dos dois modos. Não que isso tenha me ajudado nem um pouco no fim, escolher o caminho do meio, pois perdi a maior parte de mim mesmo, de qualquer modo. Bem, ai de mim! A vida continua, há peixes nos rios, e o Destruidor ruma para a Terra dos Ancestrais e a liberdade. Estou curioso por conhecer seu próximo plano, senhora Abhorsen-em-Espera.

— Não estou certa se tenho um — respondeu Lirael. Seu cérebro estava saturado com o perigo. Ela não conseguia nem esboçar uma compreensão da ameaça que o Destruidor representava. Isso deixara espaço para o cansaço, a fome e uma mágoa feroz por seu corpo lamacento e malcheiroso para se tornar predominante em seus pensamentos. — Eu acho que tenho de me limpar e comer alguma coisa. Só tenho realmente uma pergunta a fazer primeiro. Ou duas, eu suponho.

"Primeiro de tudo, se o Destruidor realmente se reintegrar na Terra dos Ancestrais, posso fazer alguma coisa? Quero dizer, tanto a Magia da Ordem quanto a Livre não funcionam do outro lado do Muro, funcionam?"

— A Magia se apaga — respondeu Sam. — Eu conseguia fazer Magia da Ordem na escola, a trinta milhas do Muro, mas nenhuma em Corvere. Depende também se o vento sopra do Norte ou não.

— Em todo caso, o Destruidor é uma fonte de Magia Livre por si só — disse o Cão com o cenho franzido num pensamento. — Se ele se tornar inteiro e livre, poderá abranger o que quer que deseje, embora eu não saiba como ele se manifestará além do Reino. O Muro sozinho não poderá detê-lo, pois as pedras carregam o poder de apenas dois dos Sete, e foram necessários todos para aprisionar o Destruidor há muito tempo.

— Isso conduz à minha próxima pergunta — disse Lirael fatigadamente. — Vocês dois sabem, ou lembram, exatamente *como* ele foi partido em dois pelos Sete e aprisionado nos hemisférios?

— Eu já estava preso, como muitos outros — fungou Mogget. — Além do mais, eu não sou realmente quem eu era havia um milênio, quanto mais o que eu era no Princípio.

— De certo modo, eu estava presente — disse o Cão depois de uma longa pausa. — Mas eu também sou apenas uma sombra do que fui no passado e minhas lembranças claras se apoiam numa época posterior. Eu não sei a resposta para a sua pergunta.

Lirael pensou numa passagem particular no *Livro da lembrança e do esquecimento* e suspirou. Ela ouvira o termo "o Princípio" anteriormente, mas somente agora o situava como proveniente daquele livro.

— Eu acho que sei como descobrir, embora eu não saiba se serei capaz de fazê-lo. Mas, primeiro de tudo, tenho de me lavar antes que esta lama devore as minhas roupas!

— E pensar num plano? — perguntou Sam esperançosamente. — Eu acho que teremos de tentar deter a travessia dos hemisférios, não teremos?

— Sim — disse Lirael. — Mantenha vigilância, viu?

Ela caminhou cuidadosamente para a correnteza apropriada, grata por ser outro dia quente fora de estação. Ela pensou em se despir para um banho completo, mas decidiu que não. Fossem lá do que fossem feitas ou chamadas as escamas de sua capa de armadura, elas não eram de metal, de modo que não havia perigo de enferrujarem. E ela não gostava da ideia de ser surpreendida pelos Mortos quando estivesse seminua. Além do mais, estava quente, a chuva se fora havia muito tempo e ela secaria rapidamente.

Pôs sua espada na margem, ao alcance imediato da mão, e a correia de sinos junto a ela. Ambas precisariam de uma boa limpeza, também, e a correia, de novo encerrada. Seu manto de armadura quase teve de ser raspado de tanta lama que havia dentro e debaixo dele. Ela o enrolou e o carregou para dentro de uma poça adequada, fora da correnteza principal.

Um som fez com que olhasse ao redor, mas era apenas o Cão Indecente, deslizando cuidadosamente pela margem abaixo com alguma coisa luminosa e amarela em sua boca. Ele a cuspiu quando alcançou Lirael, seguido por uma mistura de cuspe de cachorro e bolhas.

— Argh... — disse o Cão. — Sabão. Viu só o quanto eu amo você?

Lirael sorriu e apanhou o sabão, deixou a correnteza levar a cobertura de cuspe de cachorro embora e começou a ensaboar a si mesma e suas roupas. Logo estava inteiramente coberta por espuma de sabão, mas não estava muito mais limpa, já que a lama e o pólen vermelho eram muito resistentes, mesmo ao sabão e à água. Seu manto de armadura parecia que ficaria permanentemente manchado até que ela tivesse o tempo e a energia para fazer alguma magia de lavagem.

Lavá-la sem auxílio de magia deu-lhe alguma coisa para fazer enquanto pensava sobre seu próximo passo. Quando mais pensava sobre aquilo, mais ficava claro que eles não poderiam impedir Hedge de transportar os hemisférios através do Reino Antigo. Sua única chance real era detê-lo. Isso significava irem para a Terra dos Ancestrais, para recrutar qualquer ajuda que pudessem obter ali.

Se, apesar de seus esforços, Hedge realmente conseguisse levar os hemisférios para o outro lado do Muro, então haveria ainda uma última chance: impedir a Fazenda dos Relâmpagos de Nick de ser usada para tornar o Destruidor inteiro.

E se isso falhasse... Lirael não queria pensar em quaisquer últimos recursos além desse.

Quando achou que estava quase tão limpa quanto possível sem roupas inteiramente novas, Lirael voltou para tomar conta de seu equipamento. Enxugou cuidadosamente a correia e a encerou com um torrão de uma cera de abelha de cheiro delicioso, e foi para cima de Nehima com gordura de ganso e um pano. Depois, pôs o manto, a correia de sinos e o talabarte da espada nas costas, sobre sua armadura.

Sam e o Cão Indecente estavam na parte mais ampla das pedras, ambos vigiando a margem do lago e o céu lá no alto. Não havia sinal de Mogget, embora ele pudesse facilmente ter voltado para a mochila de Sam. Lirael escalou a pedra para se juntar a Sam e ao Cão. Escolheu uma pequena nesga de sol brilhante entre os dois, sentou-se e comeu um biscoito de canela para satisfazer suas pontadas ansiosas de fome.

Sam ficou olhando-a comer, mas era óbvio que ele não poderia esperar que ela terminasse e começasse a falar.

Lirael ignorou-o a princípio, até que ele puxou uma moeda de ouro da manga de sua camisa e a arremessou pelo ar. Ela girou mais e mais alto, mas bem quando Lirael pensou que cairia, ela flutuou, ainda girando. Sam olhou-a por um tempo, suspirou e estalou os dedos. Instantaneamente a moeda caiu dentro de sua mão, que estava à espera.

Repetiu o processo várias vezes, até que Lirael o interpelou:

– O que é isso?

– Oh, você acabou – disse Sam inocentemente. – Isto? É uma moeda-pluma. Eu a fiz.

— Para que serve?
— Para nada. É um brinquedo.
— É para irritar as pessoas — disse Mogget de dentro da mochila de Sam. — Se você não der um fim nisso, eu vou comê-la.

A mão de Sam se fechou sobre a moeda e ela voltou para dentro da manga de sua camisa.

— Suponho que irrite as pessoas mesmo — disse ele. — Esta é a décima quarta que faço. Mamãe quebrou duas, e Ellimere pegou a última e a achatou com o martelo, de modo que ela conseguia balançar, apenas, quase junto ao chão. De qualquer modo, agora que você acabou de comer...

— O quê? — perguntou Lirael.

— Oh, nada — respondeu Sam animadamente. — Só que eu estava esperando que nós pudéssemos discutir o que... o que iremos fazer.

— O que você acha que devemos fazer? — perguntou Lirael, sufocando a irritação que a moeda-pluma havia criado. A despeito de tudo, Sam parecia estar menos tenso e nervoso do que ela esperara. Talvez ficara fatalista, pensou, e perguntou-se se ela mesma também não haveria se tornado. Face a um Inimigo que estava tão claramente além de suas forças, estavam apenas resignados a fazer o que quer que pudessem antes de serem mortos ou escravizados. Mas ela não se sentia fatalista. Agora que estava limpa, sentia-se curiosamente esperançosa, como se eles realmente pudessem fazer alguma coisa.

— Me parece que... — disse Sam, fazendo uma pausa para morder o seu lábio pensativamente outra vez. — Me parece que deveríamos tentar chegar ao moinho Torwin...

— Moinho Forwin — interrompeu Lirael.

— Forwin, então — continuou Sam. — Deveríamos tentar chegar lá primeiro, com qualquer ajuda que pudéssemos conseguir dos moradores da Terra dos Ancestrais. Quero dizer, eles não gostam que ninguém leve qualquer coisa do Reino Antigo para lá, quanto mais uma coisa mágica que eles não entendem. Assim, se pudermos chegar lá primeiro e conseguir ajuda, poderíamos ter a Fazenda dos Relâmpagos de Nick desmantelada ou destruída antes que Hedge e Nick chegassem com os hemisférios. Sem a Fazenda dos Relâmpagos, Nick não será capaz de fornecer poder para os hemisférios, e assim eles ficarão aprisionados.

— Esse é um bom plano — disse Lirael. — Embora eu ache que deveríamos trabalhar no bloqueio dos hemisférios antes que eles possam cruzar o Muro.

— Há outro problema que torna os dois planos um pouquinho incertos — disse Sam hesitantemente. — Eu acho que aquelas barcaças do Hedge fazem sua viagem de Borda a Redmouth em cerca de dois dias. E vão mais rápidas com um vento enfeitiçado. Não é longe do Muro, talvez meio dia, dependendo da velocidade com que poderão arrastar os hemisférios. Para nós, levará quatro ou cinco dias para chegar lá. Mesmo que consigamos encontrar alguns cavalos hoje, estaremos pelo menos um dia atrás deles.

— Ou mais — disse Lirael. — Eu não sei cavalgar.

— Oh — disse Sam. — Eu continuo esquecendo que você é uma Clayr. Nunca vi uma delas sobre um cavalo... Suponho que teremos de esperar que os moradores da Terra dos Ancestrais não os deixem atravessar. Embora eu não tenha certeza de que eles consigam deter nem o Hedge sozinho, a menos que haja um monte de Patrulheiros do Ponto do Cruzamento...

Lirael balançou a cabeça.

— Seu amigo Nick tem uma carta do tio dele. Eu não sei o que é um primeiro-ministro, mas Nick parecia achar que isso forçaria os moradores da Terra dos Ancestrais a permiti-lo passar com os hemisférios para o outro lado do Muro.

— Como é que pode ser "seu amigo Nick" se ele torna as coisas tão difíceis? — protestou Sam. — Ele é meu amigo, mas é o Destruidor, e Hedge é quem o obriga a fazer todas essas coisas. Não é culpa dele.

— Sinto muito — suspirou Lirael. — Sei que não é culpa dele, e eu não vou chamá-lo mais de "seu amigo Nick". Mas ele tem mesmo essa carta. Ou, na verdade, alguém do outro lado do Muro, que irá ao encontro deles, é quem a possui.

Sam coçou a cabeça e franziu o cenho, exasperado.

— Isso depende de onde eles cruzarão e de quem estará no comando — disse com desânimo. — Acho que serão interceptados no Perímetro por uma guarda, que será toda constituída por soldados comuns e não por Patrulheiros, e só os Patrulheiros são Magos da Ordem. Assim, eles podem deixar Nick, Hedge e todos mais atravessarem o Perímetro. Eu não acho que nenhum dos patrulheiros normais conseguiria deter Hedge de modo algum, mesmo que quisessem. Se apenas pudéssemos chegar lá primeiro! Eu conheço bem o general Tindall, ele comanda o Perímetro. E poderíamos telegrafar para meus pais na embaixada em Corvere. Se eles ainda estiverem lá.

— Nós podemos ir navegando? — perguntou Lirael. — Onde poderemos conseguir um barco que seja mais rápido que as barcaças?

— O lugar mais próximo para isso seria Borda — respondeu Sam. — No mínimo, um dia ao norte, de modo que perderíamos o mesmo tempo que ganharíamos. Se a cidade de Borda ainda estiver lá. Não quero nem pensar no meio como Hedge pode ter arranjado suas barcaças.

— Bem, e quanto ao rio abaixo? — perguntou Lirael. — Há alguma aldeia de pescadores ou algo assim?

Sam balançou a cabeça, alheado. Havia uma resposta, sabia. Sentia uma ideia só se insinuando ao longe. Como poderiam chegar ao Muro mais rápido do que Hedge e Nick?

Por terra, mar... e ar.

— Voar! — exclamou ele, dando um pulo e lançando seus braços no ar. — Podemos voar! Sua pele-da-Ordem de coruja!

Foi a vez de Lirael balançar a cabeça.

— Levaria no mínimo doze horas para fazer duas peles-da-Ordem. Talvez até mais, já que preciso de um pouco de descanso antes de fazer. E leva semanas para aprender a voar direitinho.

— Mas eu não precisarei — disse Sam empolgadamente. — Olhe, eu observei você fazendo a pele de coruja ladradora e notei que há apenas alguns sinais-chaves da Ordem que determinam o seu tamanho, não é certo?

— Talvez — disse Lirael dubitativamente.

— Bem, minha ideia é você fazer uma coruja realmente grande, grande o bastante para carregar a mim e Mogget em suas garras — continuou Sam, gesticulando freneticamente. — Não tomaria mais tempo do que geralmente toma. Depois, voaríamos para o Muro... bem, nós o cruzaríamos... e agiríamos a partir dali.

— Uma excelente ideia — disse o Cão, sua expressão uma mistura de surpresa e aprovação.

— Não sei — disse Lirael. — Não tenho certeza se uma pele-da-Ordem gigante funcionará.

— Funcionará, sim — disse Sam, confiante.

— Não suponho que haja outra coisa que possamos fazer — disse Lirael, baixinho. — De modo que acho que vou começar. Onde está Mogget? Estou curiosa para saber o que ele acha do seu plano.

— Acho que ele é horrível — disse a voz abafada de Mogget, saindo da sombra debaixo de um grande bloco de pedra. — Mas não há motivo pelo qual não possa funcionar.

— Há uma outra coisa que eu acho que posso fazer depois — disse Lirael hesitantemente. — É possível penetrar na Morte pelo outro lado do Muro?

— Claro, dependendo da distância que você percorrer da Terra dos Ancestrais, do mesmo modo que acontece com a magia — respondeu Sam, sua voz subitamente muito séria. — O que é... o que é isso que você pode fazer?

— Usar o Espelho Negro e lançar um olhar de volta ao passado — disse Lirael, sua voz assumindo inconscientemente o timbre de uma profecia do Clayr. — De volta ao Princípio, para ver como os Sete derrotaram o Destruidor.

capítulo catorze
voando para o muro

— Era enorme — disse o homem soluçando, o pânico em seus olhos e em sua voz. — Maior que um cavalo, com asas... asas que tapavam o céu. E trazia um homem em suas garras, balançando... horrível... horrível! O guincho... vocês não ouviram o guincho?

Os outros membros do pequeno bando de Viajantes fizeram que sim, muitos deles erguendo os olhos para a luz baça do céu do anoitecer.

— E havia outra coisa voando com ela — sussurrou o homem. — Um cão. Um cão com asas!

Seus ouvintes trocaram ligeiros olhares de descrença. Uma coruja gigante eles podiam aceitar, depois do guincho que tinham ouvido. Elas eram as Terras da Fronteira, afinal de contas, e em tempos perturbados. Muitas coisas que pensavam que nunca veriam caminharam sobre a terra nos últimos dias. Mas um cão alado?

— É melhor irmos andando — disse a líder, uma mulher de aspecto duro que portava o sinal da Ordem em sua testa. Ela cheirou o ar e acrescentou: — Há alguma coisa esquisita por perto, isso é certo. Iremos para o Hogrest, a menos que alguém tenha uma ideia melhor. Alguém ajude o Elluf também. Deem a ele um pouco de vinho.

Rapidamente, os Viajantes desmontaram seu acampamento e desatrelaram seus cavalos. Logo, estavam rumando para o norte, com o infeliz Elluff bebendo sofregamente de um odre de vinho como se fosse água.

Ao sul dos Viajantes, Lirael voava com batidas de asas gradualmente mais lentas. Era muito, muito mais difícil voar como uma coruja ladradora vinte vezes aumentada do que como uma normal, ainda mais carregando Sam, Mogget e as duas mochilas. Sam havia ajudado pelo caminho lançando sobre ela sinais da Ordem de força e resistência, mas uma grande parte da magia de apoio fora absorvida pela própria pele-da-Ordem.

— Eu tenho de pousar — gritou para o Cão Indecente, que estava voando atrás dela, quando a dor se difundiu por suas asas novamente. Ela escolheu uma clareira visível em meio à massa de árvores e começou a planar para uma aterrissagem.

Então, de repente, viu o seu destino. Lá, mais além da floresta — uma longa linha cinzenta ao longo da crista de um monte baixo, indo do leste para o oeste tão longe quanto a vista poderia alcançar. O Muro que separava o Reino Antigo da Terra dos Ancestrais.

E do outro lado do Muro, escuridão. A total escuridão de perto da meia-noite de início de primavera na Terra dos Ancestrais, espalhando-se até chegar ao Muro, onde de súbito se chocava com o anoitecer de verão do Reino Antigo. Isso deu a Lirael uma dor de cabeça imediata, seus olhos de coruja incapazes de se ajustar à contradição — pôr do sol aqui e noite acolá.

Mas ali estava o Muro, e, animada por essa visão, ela esqueceu a dor e o local onde tencionava aterrissar. Com um impulso de suas asas, ela se elevou novamente, rumando direto para o Muro, um guincho triunfante rasgando a noite.

— Não tente atravessar! — gritou Sam com urgência por baixo dela, enquanto balançava no arnês improvisado com talabartes de espada e correias de mochila que era fortemente segurado por suas garras. — Temos de aterrissar deste lado, lembre-se!

Lirael o ouviu, recordou seus avisos sobre o Perímetro no lado da Terra dos Ancestrais e baixou uma asa. Imediatamente isso se tornou um giro mergulhador, seguido por um frenético bater de asas quando ela percebeu que havia avaliado mal seu ritmo de voo e que estava prestes a lançar todos num pouso violento em velocidade dolorosa.

O bater de asas foi bem-sucedido, depois de um ajuste. Sam se ergueu do chão, verificou que seus joelhos arranhados ainda funcionavam e caminhou para a enorme coruja que se estendia junto a ele, aparentemente atônita.

— Você está bem? — perguntou ele, ansioso, sem saber como poderia verificar. Como é que se sente o pulso de uma coruja, em especial uma coruja com vinte pés de comprimento?

Lirael não respondeu, mas linhas débeis de luz dourada começaram a percorrer em fissuras paralelas o formato gigante da coruja. As linhas correram juntas até que Sam pôde ver os sinais individuais da Ordem; então, a coisa toda começou a brilhar tão intensamente que Sam teve de recuar, protegendo seus olhos contra a luminosidade.

Depois, restou apenas a suave luz do crepúsculo em seus olhos, quando o sol lentamente se pôs no lado do Reino Antigo. E ali estava Lirael, deitando-se feito uma águia sobre seu estômago, gemendo.

— Ui! Todos os músculos do meu corpo estão doendo — resmungou ela, impulsionando-se com suas mãos lentamente para cima. — E eu me sinto tão mal! Pior que a lama, essa pele-da-Ordem. Onde está o Cão?

— Aqui, patroa — respondeu o Cão Indecente, correndo para surpreender Lirael com uma lambida em sua boca aberta. — Isso foi divertido. Principalmente voar por cima daquele homem.

— Não foi intencional — disse Lirael, usando o Cão como para ajudá-la a se erguer. — Eu estava tão surpresa quanto ele. Vamos esperar que tenhamos economizado tempo o bastante para que tenha valido a pena.

— Se pudermos passar para o outro lado do Muro e do Perímetro hoje à noite, é certo que ficaremos à frente de Hedge — disse Sam. — Que velocidade uma barcaça pode atingir, afinal de contas?

Era uma pergunta retórica, mas foi respondida:

— Com um vento enfeitiçado eles poderão navegar mais de sessenta léguas em um dia e uma noite — disse Mogget, uma voz de autoridade oculta no interior da mochila de Sam. — Eu presumiria que tenham chegado a Redmouth lá pelo meio-dia de hoje. Dali para a frente, quem sabe? Depende do quão rapidamente eles possam mover os hemisférios. Eles podem até mesmo ter cruzado, e o tempo é sempre desarticulado entre o Reino Antigo e a Terra dos Ancestrais. Hedge, auxiliado pelo Destruidor, pode até ser capaz de manipular essa diferença para ganhar um dia... ou mais.

— Sempre animador, você, não é mesmo, Mogget? — disse Lirael. Ela, na verdade, se sentia surpreendentemente animada, e não tão cansada como julgara estar. Sentia-se silenciosamente orgulhosa pelo fato de a pele-da-Ordem de coruja gigante haver funcionado, e tinha certeza de que eles estavam à frente de Hedge e de suas barcaças. — Suponho que devemos continuar. — Melhor não contar com o ovo dentro da galinha. — Sam, eu não pensei nisso, na verdade, mas como vamos entrar na Terra dos Ancestrais? Como vamos atravessar o Muro?

— O Muro é a parte fácil — respondeu Sam. — Há uma porção de velhos portões. Eles estarão trancados e protegidos, exceto por um que há no atual Ponto do Cruzamento, mas eu acho que posso abri-los.

— Tenho certeza de que você pode — disse Lirael, encorajadoramente.

— O Perímetro é mais difícil sob certos aspectos. Eles atiram no primeiro que veem ali, embora a maioria das tropas fique no Ponto de Cruzamento, de modo que só haverá a chance de uma guarda nesse oeste distante. Por garantia de segurança, eu estava pensando que poderíamos nos disfarçar como um oficial e um sargento dos patrulheiros do Ponto do Cruzamento. Você poderá ser o sargento, com um ferimento na cabeça, por isso não poderá falar e nos colocar em problemas. Eles devem acreditar nisso o suficiente para não disparar sobre nós imediatamente.

— E quanto ao Cão e Mogget? — perguntou Lirael.

— Mogget pode ficar em minha mochila — disse Sam. Com uma olhadinha para trás sobre o gato, acrescentou: — Mas você tem de prometer fechar o bico, Mogget. Uma mochila falante vai nos matar na certa.

Mogget não respondeu. Sam e Lirael interpretaram isso como um assentimento grosseiro, já que ele não reclamou.

— Podemos disfarçar o Cão com um encantamento também — continuou Sam. — Para fazê-lo parecer que tem uma coleira e uma armadura no peito como os cães farejadores do Exército.

— O que eles farejam? — perguntou o Cão Indecente com interesse.

— Oh, bombas e outros... hum... artefatos de explodir, como os sinais explosivos que usamos, só que feitos com químicos, não com magia – explicou Sam. – Isso é, mais lá para o sul. Mas eles têm cães especiais no Perímetro que farejam os Mortos ou a Magia Livre. Os cães são muito melhores que os moradores da Terra dos Ancestrais para detectar essas coisas.

– Naturalmente – disse o Cão Indecente. – Deduzo que não me será permitido falar também?

– Não – confirmou Sam. – Nós teremos de lhe dar um nome e um número, como um verdadeiro cão farejador. Que tal Woppet? Eu conheci um cão com esse nome. E você poderá ficar com meu velho número de serviço da corporação de cadetes da escola. Dois-Oito-Dois-Nove-Sete-Três. Ou Woppet Nove-Sete-Três, para encurtar.

– Ou Woppet Nove-Sete-Três – ruminou o Cão, rolando as palavras em sua boca como se elas fossem alguma coisa potencialmente comestível. – Um nome curioso.

– É melhor irmos fazendo nossos disfarces aqui – disse Sam. – Antes que tentemos cruzar o Muro.

Ele olhou para o escuro absoluto da noite da Terra dos Ancestrais além do Muro e disse:

– Precisamos cruzar antes da aurora, o que não deve tardar muito. É bem menos provável que trombemos com uma patrulha à noite.

– Eu nunca fiz um disfarce – disse Lirael, dubitativa.

– Tenho de fazê-los de qualquer modo – respondeu Sam. – Já que você não sabe com o que quer se parecer. Não são tão difíceis, um bocado mais fácil do que suas peles-da-Ordem. Eu posso fazer três facilmente.

– Obrigada – disse Lirael. Ela se sentou junto ao Cão, relaxando seus músculos doloridos, e coçou o cão sob a coleira. Sam caminhou para longe alguns passos e começou a entrar na Ordem, juntando os sinais de que precisava para moldar os feitiços de disfarce.

– É engraçado pensar que ele é meu sobrinho – cochichou Lirael para o Cão. – Parece muito estranho. Uma família verdadeira, não apenas um grande clã de primas, como o Clayr. Ser uma tia, bem como ter uma... Ter uma irmã também...

– É bom e estranho ao mesmo tempo? – perguntou o Cão.

— Não tive oportunidade para pensar nisso — respondeu Lirael, depois de um momento de silêncio reflexivo. — É um pouquinho bom e um pouquinho triste. Bom, porque eu sou... eu sou um Abhorsen, de carne e osso, de modo que descobri a minha identidade. Triste, porque toda a minha vida anterior girou em torno da falta de identidade, não sendo apropriadamente uma integrante do Clayr. Eu passei tantos anos querendo ser uma coisa que eu não era! Agora eu acho que, se tivesse podido me tornar uma Clayr, teria sido suficiente para mim? Ou eu seria simplesmente incapaz de me imaginar sendo qualquer outra coisa?

Ela hesitou, e depois acrescentou:

— Eu fico pensando se minha mãe sabia o que minha infância iria ser. Mas na época Arielle era uma Clayr também, e provavelmente não podia compreender o que seria crescer na geleira sem a Visão.

— Isso me faz lembrar — disse Mogget, saindo inesperadamente da mochila, sua orelha esquerda amarfanhada por sua rápida saída. — Arielle. Sua mãe. Ela deixou uma mensagem comigo quando esteve na casa.

— O quê! — exclamou Lirael, pulando de imediato para agarrar Mogget pelo cangote, ignorando a invocação de sono de Ranna e o desagradável intercâmbio da Magia Livre entre a pele do gato e a coleira enfeitiçada pela Ordem. — Que mensagem? Por que não me deu antes?

— Hmmm... — respondeu Mogget. Ele se livrou, agarrando sua coleira junto à mão de Lirael. Ela soltou bem antes que ele pudesse deslizar para fora da correia de couro, e o repique de advertência de Ranna fez o gato parar de se contorcer. — Se você ouvir, eu contarei...

— Mogget! — grunhiu o Cão, avançando altivamente para bufar no rosto do gato.

— Arielle me viu com você, perto do Muro — disse Mogget rapidamente. — Ela estava sentada em sua Asa de Papel e eu estava lhe dando um pacote; eu tinha uma forma diferente naqueles dias, como você sabe. Na verdade, eu provavelmente não teria me lembrado disso se não houvesse assumido aquela forma novamente, depois de minha conversa forçada debaixo da casa. É engraçado como, em forma humana, lembro-me das coisas de um modo diferente. Suponho que eu tinha de esquecer a fim de não recordar até eu estar onde ela me Vira...

— Mogget! A mensagem! — suplicou Lirael.

Mogget fez que sim e lambeu a boca. Claramente, iria proceder dentro de seu ritmo.

— Eu dei o pacote a ela — continuou ele. — Ela estava olhando para dentro da névoa acima da cachoeira. Havia um arco-íris lá naquele dia, mas ela não o viu. Eu vi seus olhos se nublarem com a Visão e ela disse:

— Você ficará junto à minha filha perto do Muro. Você a verá crescida, o que eu não verei. Diga a Lirael que... que minha partida não será... não terá sido... uma escolha minha. Eu liguei a vida dela e a minha ao Abhorsen, e pus os pés tanto da mãe quanto da filha numa trilha que limitará nossa própria escolha. Diga-lhe também que eu a amo, e que sempre a amarei, e que sua partida será a morte do meu coração.

Lirael escutou atentamente, mas não foi a voz de Mogget que ouviu. Foi a voz de sua mãe. Quando o gato terminou, ela ergueu os olhos para o céu banhado de vermelho e para as estrelas cintilantes além do Muro e uma única lágrima escorreu pelo seu rosto, deixando uma trilha de prata, iluminada pelos últimos momentos da luz do anoitecer.

— Eu fiz seu disfarce — disse Sam, que estivera tão atento aos seus feitiços que perdeu totalmente o que Mogget dissera. — Você só precisa entrar nele. Cuide que os seus olhos fiquem fechados.

Lirael se virou para ver o contorno dourado pairando no ar e cambaleou em direção a ele. Ela mantinha os olhos fechados mesmo antes de entrar no feitiço. O fogo dourado se espalhou por seu rosto como mãos cálidas e acolhedoras e afastou suas lágrimas.

capítulo quinze
o perímetro

— Sargento, há decididamente alguma coisa se mexendo ali na frente — sussurrou o anspeçada Horrocks, quando lançou o olhar sobre a mira de sua metralhadora Lewin. — Devo descarregar sobre ela?

— Sem esse maldito medo! — sussurrou o sargento Evans em resposta. — Não sabe que, se for uma assombração, ou um Ghlim, ou alguma coisa assim ela simplesmente virá até aqui e arrancará suas vísceras? Scazlo, volte e diga ao tenente que alguma coisa está surgindo. O resto de vocês transmita a ordem de preparar baionetas, bem quietinhos. E que ninguém faça nada antes que eu diga alguma coisa.

Evans olhou novamente quando Scazlo desceu correndo para a trincheira de comunicações atrás deles. Ao longo de toda a principal trincheira de luta ouviu-se o estalo de baionetas sendo preparadas tão silenciosamente quanto possível. O próprio Evans preparou seu arco e carregou sua pistola sinalizadora com um cartucho vermelho. Vermelho era o sinal que indicava uma invasão provinda do outro lado do Muro. Pelo menos era o que seria, se funcionasse, pensou ele. Havia um vento quente e setentrional soprando do Reino Antigo. Era bom para afastar o frio da lama congelada das trincheiras, pois a primavera ainda não banira por completo o inverno passado, mas também significava que armas, aviões, sinais luminosos, minas e tudo o mais que fosse tecnológico poderia não funcionar.

— Há dois deles, e uma coisa parecida com um cão — sussurrou Horrocks novamente, e seu dedo indicador lentamente saiu de sua posição ortodoxa de guarda do gatilho.

Evans examinou a escuridão, tentando ele próprio discernir alguma coisa. Horrocks não era muito brilhante, mas tinha de fato uma extraordinária visão noturna. Muito melhor que a de Evans. Ele não conseguiu ver nada, mas havia latas de estanho tilintando no arame. Alguém... ou alguma coisa... estava se aproximando lentamente.

O dedo de Horrocks estava agora no gatilho, a trava de segurança solta, um tambor cheio de munição no topo, um cartucho na câmara. Tudo que precisava era uma ordem, ou talvez uma mudança no vento.

Então, subitamente suspirou, o dedo no gatilho relaxou novamente e ele recuou da coronha.

— Parece gente nossa — disse ele, não mais sussurrando. — Patrulheiros. Um oficial e algum pobre bastardo com uma bandagem de curativo na cabeça. E um dos... o senhor sabe... cães cheiradores que eles têm.

— Cães farejadores — corrigiu Evans automaticamente. — Cale-se!

Evans estava pensando no que fazer. Ele nunca vira criaturas do Reino Antigo assumindo a forma de oficiais da Terra dos Oficiais ou de um cão do Exército. Sombras praticamente invisíveis, sim. Gente do Reino Antigo de aparência comum, sim. Horrores alados, sim. Mas sempre havia uma primeira vez...

— O que há, Evans? — perguntou uma voz atrás dele, e ele sentiu um alívio interior que nunca demonstraria. O tenente Tindall podia ser filho de um general, mas não era um oficial inútil do estado-maior. Ele sabia o que era o que no Perímetro, e trazia o sinal da Ordem em sua testa para prová-lo.

— Movimento ali em frente, a cerca de cinquenta jardas — relatou. — Horrocks acha que pode ver um par de patrulheiros, um deles ferido.

— E um cachorro cheirador... ou melhor, farejador — acrescentou Horrocks.

Tindall o ignorou, subindo para olhar sobre o parapeito. Dois vultos apagados estavam decididamente se aproximando, fossem eles quem fossem. Mas ele não sentiu nenhuma força hostil ou magia perigosa. Havia alguma coisa... mas, se fossem patrulheiros do Ponto do Cruzamento, seriam ambos Magos da Ordem também.

— Tentou lançar um sinal luminoso? — perguntou ele. — Branco?

— Não, senhor — disse Evans. — O vento vem do norte. Não achei que fosse funcionar.

— Muito bem — disse o tenente. — Avise os homens que vou lançar uma luz lá na frente. Todos devem ficar em posição, preparados para minhas ordens.

— Sim, senhor! — confirmou Evans. Ele se virou para o homem ao seu lado e disse baixinho: — Ponha-se em pé! Luz na frente! Passe adiante.

Quando a ordem se espalhou pela fileira, os homens se ergueram em posição de disparo, a tensão evidente em suas posturas. Evans não conseguia ver todo o pelotão — estava escuro demais —, mas ele sabia que seus cabos em cada ponta se arranjariam.

— Lançando agora — disse o tenente Tindall. Um débil sinal da Ordem para fazer luz apareceu em sua mão que ele pusera em concha. Quando começou a brilhar, ele o lançou a todo braço como uma bola de críquete, diretamente para a frente.

A faísca branca ficou mais brilhante ao atravessar voando o ar, até que se tornou um sol em miniatura, flutuando de maneira sobrenatural sobre uma terra de ninguém. Com sua luz implacável, todas as sombras foram banidas e duas figuras puderam ser claramente vistas chegando pela estreita trilha em zigue-zague através dos emaranhados de arame. Como Horrocks dissera, tinham um cão farejador com eles, e usavam ambos os uniformes cáqui do Exército da Terra dos Ancestrais sob as cotas de malha que eram de uso particular das Forças do Perímetro. Alguma discrepância indefinível quanto aos seus atavios e armas também proclamava que eram membros da Unidade de Reconhecimento do Perímetro Setentrional, ou, como eram melhor conhecidos, Patrulheiros do Ponto do Cruzamento.

Quando a luz caiu sobre eles, um dos homens ergueu as mãos. O outro, que estava com a cabeça enfaixada, fez o mesmo mais lentamente.

— Tropas amigas! Não atirem! — gritou Sameth quando a luz da Ordem lentamente se apagou acima dele. — Tenente Stone e sargento Clare chegando. Com um cão farejador!

— Fiquem de mãos para o alto e venham em fila única! — gritou Tindall. Lateralmente, disse para seu sargento: — Tenente Stone? Sargento Clare?

Evans balançou a cabeça.

— Nunca ouvi falar deles, senhor. Mas o senhor conhece os patrulheiros. Sempre se mantêm à parte. O tenente parece meio familiar.

— Sim — murmurou Tindall, franzindo o cenho. O oficial que se aproximava de fato parecia vagamente familiar. O sargento ferido se movia com o andar arrastado de alguém que se obrigava a fazer movimentos, a despeito da dor constante. E o cão farejador tinha a correta armadura de peito cáqui com seu número gravado sobre ela, e uma larga coleira de couro com cravos. Em conjunto, pareciam autênticos.

— Alto lá! — bradou Tindall quando Sameth pisou num pedaço de arame concertina solto a apenas dez jardas da trincheira. — Vou me aproximar para examinar seus sinais da Ordem.

— Cubra-me — sussurrou ele de lado para Evans. — Você conhece o procedimento se eles não forem o que parecem ser.

Evans fez que sim, enfiou quatro flechas de pontas prateadas na lama entre as tábuas de passagem para uso imediato e preparou outra. O Exército não permitia, nem mesmo reconhecia, o uso de arcos e flechas prateadas, mas, como uma porção de outras coisas no Perímetro, toda unidade os possuía. Muitos dos homens eram arqueiros experientes, e Evans era um dos melhores.

O tenente Tindall olhou para as duas figuras, vultos apagados agora que seu feitiço estava se dissipando. Ele manteve um olho fechado contra a luz, tal como aprendera, para preservar sua visão noturna. Agora que o abrira, notou novamente que isso não parecia fazer muita diferença.

Ele sacou sua espada, as listras prateadas sobre ela brilhando mesmo à luz fraca das estrelas, e saltou para fora da trincheira, seu coração batendo tão forte que parecia ecoar dentro de seu estômago.

O tenente Stone ficou esperando, com as mãos erguidas. Tindall aproximou-se dele cuidadosamente, todos os seus sentidos alertas a qualquer sensação, qualquer indício ou cheiro de Magia Livre ou dos Mortos. Mas tudo que conseguiu sentir foi Magia da Ordem, uma vaga e confusa magia que envolvia os dois homens e o cão. Algum feitiço de proteção, presumiu.

Estendendo o braço, ele delicadamente colocou a ponta de sua espada sobre a garganta do tenente desconhecido, uma polegada acima do ponto em que a cota de malha estava presa. Depois, avançou e tocou o sinal da Ordem na testa do homem com o dedo indicador de sua mão esquerda.

Fogo dourado brotou do sinal quando ele o tocou, e Tindall sentiu-se recair no familiar e infinito redemoinho da Ordem. Era um sinal imaculado e Tindall ficou aliviado com intensidade equivalente àquela com que sentira a Ordem.

— Francis Tindall, não é? — perguntou Sam, satisfeito por ter feito uma impostura gloriosa do encantamento que o disfarçava com o uniforme e apetrechos de um oficial dos patrulheiros. Ele se encontrara com o jovem oficial várias vezes no ano anterior, nas cerimônias oficiais regulares às quais sempre comparecera no ano letivo. O tenente era apenas poucos anos mais novo que Sam. O pai de Francis, general Tindall, comandava toda a guarnição do Perímetro.

— Sim — respondeu Francis, surpreso. — Embora eu não me lembre...?

— Sam Stone — disse Sameth. Mas ele manteve as mãos para o alto e virou a cabeça para trás. — É melhor checar o sargento Clare. Mas tenha cuidado com sua cabeça. Uma flecha a feriu no lado esquerdo. Ele está bem fraco.

Tindall fez que sim, afastando-se de lado, e repetiu o procedimento com a espada e a mão no sargento ferido. A maior parte da cabeça do homem estava firmemente enfaixada, mas o sinal da Ordem era claro, de modo que ele o tocou. De novo, viu que não era corrompido. Dessa vez ele também percebeu que o poder no interior do sargento era muito, muito forte, como era o do tenente Stone. Esses dois soldados eram Magos da Ordem enormemente poderosos, os mais poderosos que conhecera.

— Estão livres! — gritou ele de volta para o sargento Evans. — Faça os homens se abaixarem e recolham os postos de escuta!

— Ah — disse Sam. — Eu fiquei pensando em como vocês nos localizaram. Eu não esperava que as trincheiras aqui fossem guarnecidas.

— Há algum tipo de emergência mais a oeste — explicou Tindall, indo à frente deles no caminho para a trincheira. — Fomos mandados para cá faz apenas uma hora. Sorte que estejamos ainda aqui, na verdade, já que o resto do batalhão está a meio caminho para Bain. Talvez haja problemas com os campos de Sulinos novamente, ou com demonstrações do partido Nosso Povo. Nossa companhia era o grupo de retaguarda.

— Uma emergência a oeste daqui? — perguntou Sam ansiosamente. — Que tipo de emergência?

— Não fui informado — respondeu Tindall. — Vocês sabem alguma coisa?

— Espero que não — respondeu Sam. — Mas preciso entrar em contato com o quartel-general tão rapidamente quanto possível. Você tem um telefone de campanha por aí?

— Sim — respondeu Tindall. — Mas não está funcionando. Acho que por causa do vento que vem do outro lado do Muro. O que há na Companhia do Ponto de Cruzamento poderia funcionar, suponho, caso contrário terei de caminhar por todo o trajeto de volta à estrada.

— Maldição! — exclamou Sam quando eles desceram para a trincheira. Uma emergência a oeste. Isso com certeza tinha algo a ver com Hedge e Nicholas. Distraidamente, ele retribuiu a saudação de Evans e notou todos os rostos pálidos que o encaravam da escuridão da trincheira, rostos que demonstravam alívio por ele não ser uma criatura do Reino Antigo.

O Cão desceu saltando ao seu lado, e os soldados mais próximos recuaram. Lirael desceu lentamente logo após o sabujo, seus músculos ainda doloridos em consequência do voo. Era estranho esse Perímetro, e assustador também. Ela conseguia sentir o vasto peso de muitas mortes ali, por toda parte ao seu redor. Havia muitos Mortos, fazendo pressão contra a fronteira com a Vida, impedidos de cruzá-la apenas por causa das flautas de vento que cantavam sua canção silenciosa sobre uma terra de ninguém. Sabriel as fizera, ela sabia, pois as flautas de vento durariam apenas enquanto o atual Abhorsen vivesse. Quando ele morresse, elas falhariam na lua cheia seguinte, e os Mortos se ergueriam, até que fossem novamente aprisionados pelo novo Abhorsen. Que, percebeu Lirael, seria ela.

O tenente Tindall percebeu seu tremor e olhou para ela com preocupação.

– Não deveríamos levar seu sargento para o posto de assistência regimental? – perguntou ele. Havia alguma coisa peculiar com o sargento, alguma coisa que tornava difícil olhar para ele diretamente. Se olhava pelo canto dos olhos, Tindall conseguia ver uma aura indistinta que não combinava com o contorno que ele esperava. Aquela correia era estranha também. Desde quando os patrulheiros carregavam correias de munição de rifle? Principalmente porque nenhum deles carregava um rifle...

– Não – disse Sam rapidamente. – Ele ficará bem. Temos de conseguir um telefone o mais rápido possível e contatar o coronel Dwyer.

Tindall fez que sim, mas não disse nada. O sinal de acordo ocultou um lampejo de preocupação que percorreu seu rosto e os pensamentos que corriam disparados dentro de sua cabeça. O tenente-coronel Dwyer, que comandava os patrulheiros do Ponto do Cruzamento, estava afastado nos últimos dois meses. Tindall inclusive o vira na partida, comparecendo a um jantar memorável no quartel-general de seu pai.

– Melhor vocês virem comigo até a Companhia do Ponto de Cruzamento – disse ele finalmente. – O major Greene vai querer ter uma conversa com vocês.

– Eu preciso telefonar – insistiu Sam. – Não há tempo para conversas!

– O telefone do major Greene pode estar funcionando – disse Tindall, tentando manter sua voz tão firme quanto possível. – Sargento Evans, assuma a chefia do pelotão. Byatt e Emerson... continuem a postos. Mantenham essas baionetas preparadas. Oh, Evans, mande um mensageiro dizer ao tenente Gotley para se reunir a mim no Ponto do Cruzamento. Acho que vamos precisar de sua experiência com sinais.

Ele foi à frente do caminho que descia para a trincheira de comunicações, com Sam, Lirael e o Cão logo atrás. Evans, que havia captado o olhar do tenente e era o único outro Mago da Ordem na companhia além do major Greene, reteve Byatt e Emerson por alguns momentos, cochichando:

– Está acontecendo uma coisa engraçada, rapazes. Se o chefe der a ordem, ou se houver qualquer sinal de problema, espetem as costas daqueles dois!

capítulo dezesseis
uma decisão do major

O coração de Sameth parou quando o tenente Lindall levou-os para dentro de um profundo abrigo a cerca de cem jardas atrás da trincheira de luta. Mesmo à luz baça de uma lâmpada a óleo, ele via que o abrigo se parecia demais com a morada de um oficial preguiçoso e amante do conforto – que provavelmente nem os ouviria, quanto mais entenderia o que eles precisavam fazer.

Havia um fogão a lenha ardendo intensamente num canto, uma garrafa aberta de uísque na mesa do mapa e uma confortável poltrona instalada noutro canto. O major Greene, por sua vez, estava instalado na cadeira, com o rosto avermelhado e ranzinza. Mas continuava portando suas botas, como Sam notou, uma espada junto à cadeira e um revólver no coldre que pendia da correia de uma estaca próxima.

– O que é isso? – bradou o major, erguendo-se com um rangido quando eles se agacharam sob o caixilho e se espalharam em torno da mesa do mapa. Era velho para um major, pensou Sam. Aproximando-se dos cinquenta, no mínimo, e de uma aposentadoria iminente.

Antes que ele pudesse falar, o tenente Lindall – que se pusera atrás dele – disse:

– Impostores, senhor. Só que não tenho certeza de que tipo eles são. Trazem realmente sinais da Ordem não corrompidos.

Sam se enrijeceu ao ouvir a palavra "impostores" e viu Lariel agarrar a coleira do Cão. Ela grunhiu, profunda e raivosamente.

– Impostores, é? – disse o major Greene. Ele olhou para Sam, e, pela primeira vez, este percebeu que o velho oficial trazia um sinal da Ordem em sua testa. – O que vocês têm a dizer em sua defesa?

— Eu sou o tenente Stone, da Unidade de Reconhecimento do Perímetro Setentrional — disse o rapaz rigidamente. — Esse é o sargento Clare e o cão farejador Woppet. Eu preciso telefonar para o quartel-general do Perímetro urgentemente...

— Besteira! — rugiu o major, sem raiva alguma. — Eu conheço todos os oficiais dos patrulheiros, e oficiais não comissionados, também. Eu fui um deles por tempo suficiente! E estou bem familiarizado com os cães farejadores, e esse aí não é da espécie. Eu ficaria surpreso se ele conseguisse farejar um estrume de vaca numa cozinha.

— Eu conseguiria, sim — disse o Cão com indignação. Suas palavras foram acolhidas por um silêncio abafado; depois, o major sacou sua espada e a apontou para eles, e o tenente Tindall e seus homens se lançaram para a frente, as pontas de espadas e baionetas apenas algumas polegadas atrás dos pescoços desguarnecidos de Sam e Lirael.

— Epa... — disse o Cão, sentando-se e pousando sua cabeça sobre as patas. — Sinto muito, patroa.

— Patroa? — exclamou Greene, seu rosto ficando ainda mais vermelho. — Quem são vocês dois? E o que é isso?

Sam suspirou e disse:

— Eu sou o príncipe Sameth do Reino Antigo, e minha companheira é Lirael, a Abhorsen-em-Espera. O Cão é um amigo. Estamos todos sob encantamento. O senhor me dá a permissão para retirá-lo? Nós brilharemos um pouco, mas não é perigoso.

O major ficou mais vermelho do que nunca, mas concordou.

Alguns minutos depois, Sam e Lirael estavam na frente do major Greene usando suas próprias roupas e rostos. Ambos estavam obviamente muito cansados e visivelmente haviam sofrido muito ultimamente. O major olhou para eles cuidadosamente, depois baixou os olhos na direção do Cão. Sua armadura de peito desaparecera e sua coleira mudara, e ele parecia maior do que antes. O Cão o encarou com um olhar tristonho, e depois o estragou piscando.

— É o príncipe Sameth — declarou o tenente Tindall, que ficara rodeando-os para ver seus rostos. Havia uma estranha expressão no seu. Uma expressão simpática, e ele fez dois sinais positivos com a cabeça para Sameth, que parecia surpreso. — E ela se parece... eu peço desculpas, senhora. Eu quero dizer que a senhora se parece muito com Sabriel, isto é, a Abhorsen.

— Sim, eu sou o príncipe Sameth — disse Sam lentamente, com pouca esperança de que esse major acima do peso e aposentado iminente fosse de muita ajuda. — Preciso entrar em contato com o coronel Dwyer urgentemente.

— O telefone não funciona — respondeu o major. — Ademais, o coronel Dwyer está afastado. O que é essa necessidade urgente de contato?

Lirael respondeu a ele, com voz rachada e congestionada devido ao ataque de um resfriado, causado pela transição súbita de um verão no Reino Antigo para a primavera na Terra dos Ancestrais. A lâmpada flamejava enquanto ela falava, lançando sua sombra bruxuleante e dançando sobre a mesa.

— Um antigo e terrível mal está sendo trazido para a Terra dos Ancestrais. Nós precisamos de ajuda para encontrá-lo e detê-lo antes que ele destrua o seu país e o nosso.

O major olhou para ela, seu rosto vermelho armado numa carranca. Mas não era uma carranca de descrença, como Sam temia.

— Se eu não soubesse o que seu título significa, e reconhecesse os sinos que você usa — disse o major lentamente —, suspeitaria que você está exagerando. Eu não acho que tenha ouvido falar de um mal tão poderoso que pudesse destruir meu país todo. Eu desejaria não saber disso agora.

— Ele é chamado de o Destruidor — disse Lirael, com voz suave, mas impregnada com o medo que cresceu desde que haviam deixado o lago Vermelho. — É um dos Nove Iluminadores, os Espíritos Livres do Princípio. Foi aprisionado e dividido pelos Sete e enterrado nas profundezas da terra. Somente agora os dois hemisférios de metal que o mantêm prisioneiro foram desenterrados por um necromante chamado Hedge, e, enquanto estamos conversando neste momento, ele pode estar trazendo-o para o outro lado do Muro.

— Então, é isso — disse o major, mas não havia satisfação em sua voz. — Eu recebi uma mensagem por pombo-correio da brigada sobre problemas a oeste e um alerta de defesa, mas desde então não houve mais nada. Hedge, você diz? Eu conheci um sargento com esse nome, nos patrulheiros, quando eu me recrutei no início. Não poderia ser ele, no entanto, isso foi há trinta e cinco anos, logo ele teria, no mínimo, cinquenta anos...

— Major, eu tenho de usar um telefone! — interrompeu Sameth.

— Imediatamente! — declarou o major. Ele parecia haver retrocedido para uma versão mais vigorosa e talvez mais jovem de si mesmo. — Senhor Tindall, convoque seu pelotão e diga ao Edward e a Porit, sargento-maior do Exército, para organizar uma movimentação. Eu vou levar esses dois...

— Três — disse o Cão.

— Quatro — interrompeu Mogget, com a cabeça apontada para fora da mochila de Sam. — Estou cansado de ficar calado.

— Ele é um amigo também — assegurou Lirael aos soldados impacientemente, quando as mãos mais uma vez correram para as espadas e as baionetas foram erguidas. — Mogget é o gato, e o Cão Indecente é o... hum... cão. Eles são serviçais... er... serviçais do Clayr e do Abhorsen.

— Igualzinho ao Perímetro! Nunca chove, mas transborda de cães e gatos — declarou o major. — Agora eu vou levar esses quatro de volta para a linha de reserva na estrada e tentaremos telefonar de lá. Francis, siga para o local combinado de transporte o mais breve possível. — Ele fez uma pausa e acrescentou: — Será que vocês sabem para onde Hedge está indo, se ele conseguir atravessar o Perímetro?

— Para o moinho Forwin, onde há uma coisa chamada Fazenda dos Relâmpagos, que eles usarão para libertar o Destruidor — disse Lirael. — Eles podem não ter dificuldades para cruzar o Perímetro. Hedge leva o sobrinho do primeiro-ministro com ele, Nicholas Sayre, e eles se encontrarão com alguém que tem uma carta do primeiro-ministro autorizando-os a trazer os hemisférios para este lado.

— Isso não seria suficiente — declarou o major. — Suponho que possa funcionar no Ponto do Cruzamento, mas haverá horas de trâmite burocrático entre a guarnição de Bain e até Corvere. Ninguém em seu juízo perfeito cairá nessa no Perímetro real. Eles terão de abrir caminho à força; por outro lado, um alerta soou há uma hora, e talvez até já tenham feito isso. Ordenança!

Um cabo, com um cigarro aceso disfarçado numa das mãos em concha, colocou a cabeça na entrada do abrigo.

— Arranje-me um mapa que cubra o moinho Forwin, em algum ponto a oeste daqui! Eu nunca ouvi falar desse lugar maldito.

— É a cerca de trinta milhas daqui, descendo pela costa, senhor — ofereceu-se Tindall para falar, parando em meio à precipitação para a saída. — Eu pesquei lá, há um lago com bom salmão. Fica a algumas milhas fora da Zona do Perímetro, senhor.

— É mesmo? Hum... — observou Greene, seu rosto assumindo outra vez um tom mais profundo de vermelho. — Que mais há por lá?

— Havia uma serraria abandonada, uma doca destruída e o que resta de uma ferrovia que fora usada antigamente para trazer as árvores das colinas — disse Tindall. — Eu não sei o que essa Fazenda dos Relâmpagos pode ser, mas há...

— Nicholas construiu a Fazenda dos Relâmpagos lá — interrompeu Lirael. — Bem recentemente, eu acho.

— Há gente morando no lugar? — perguntou o major.

— Agora há — respondeu o tenente Tindall. — Dois campos de refugiados Sulinos foram construídos lá no fim do ano passado. Norris e Erimton, como se chamam, e ficam nas colinas situadas logo acima do vale do lago. Pode haver lá uns cinquenta mil refugiados, suponho, sob guarda policial.

— Se o Destruidor for reintegrado, estarão entre os primeiros a morrer — disse o Cão. — E Hedge colherá seus espíritos quando eles penetrarem na Morte, e eles o servirão.

— Teremos de retirá-los de lá, então — disse o major. — Embora ficando fora do Perímetro seja difícil para nós fazermos alguma coisa. O general Tindall entenderá. Eu espero apenas que o general Kingswold tenha ido para casa. Ele é um apoiador do partido Nosso Povo há muito tempo...

— Devemos correr! — interrompeu Lirael subitamente. Não havia mais tempo para conversa. Um terrível senso de agouro dominou-a, como se cada segundo passado ali fosse um grão de areia perdido numa ampulheta quase vazia. — Temos de chegar ao moinho Forwin antes de Hedge e seus hemisférios!

— Certo! — gritou o major Greene, subitamente energizado de novo. Ele parecia precisar ser cutucado de quando em quando. Apoderou-se de seu elmo, lançou-o sobre a cabeça e se embaraçou com seu revólver na correia com o movimento de puxá-lo. — Mãos à obra, senhor Tindall. Vamos depressa agora!

Tudo aconteceu realmente muito depressa, então. O tenente Tindall desapareceu na noite, e o major conduziu-os num trote na descida para outra trincheira de comunicação. Finalmente, ela se elevou do chão e se tornou uma simples trilha, identificada de poucos em poucos metros com uma pedra pintada de branco que brilhava debilmente à luz das estrelas. Não havia lua, embora uma houvesse se erguido no lado do Reino Antigo, e estava muito mais frio ali.

Vinte minutos depois, o ofegante — mas surpreendentemente em forma — major reduziu o trote a um andar e a trilha se juntou a uma ampla estrada de asfalto que se estendia até onde a vista alcançava com a luz das estrelas, diretamente a leste e a oeste. Postes telefônicos alinhavam-se na estrada, como partes da rede que conectava a extensão total do Perímetro.

Um fortim baixo de concreto assomou no outro lado da estrada, abastecido pelos postes telegráficos com uma pilha de fios telefônicos semelhante a espaguetes.

O major Greene conduziu-os para dentro dele como uma espécie de míssil corpulento, gritando para despertar o infeliz soldado que estava tombado sobre uma mesa de operações, sua cabeça aninhada numa rede de linhas e tomadas.

— Ligue-me com o quartel-general do Perímetro! — ordenou o major. O soldado semiadormecido obedeceu, instalando os fios com a sonolenta perícia dos altamente treinados. — Com o general Tindall em pessoa! Acorde-o, se for necessário!

— Sim, senhor, sim, senhor — gemeu o ordenança do telefone, desejando ter escolhido uma noite diferente para beber seu estoque secreto de rum. Ele manteve uma das mãos sobre a boca para tentar impedir que o cheiro chegasse ao major implacável e seus estranhos companheiros.

Quando o chamado se completou, o general agarrou o fone e falou depressa. Obviamente, estava conversando com vários intermediários inúteis, porque seu rosto ficava mais e mais vermelho, até que Lirael pensou que sua pele atearia fogo ao seu bigode. Finalmente ele chegou a alguém e escutou por um minuto, sem interrupção. Depois, lentamente, pôs o fone de volta no gancho.

— Há uma invasão acontecendo no extremo oeste do Perímetro neste exato momento — disse ele. — Houve relatos de foguetes de alerta vermelho, mas perdemos as comunicações da Milha Um até a Milha Nove, de modo que é um ataque amplo. Ninguém sabe o que está acontecendo. O general Tindall já deu ordens para um destacamento aéreo, mas partiu para algum outro problema no Ponto de Cruzamento. O vagabundo do coronel do estado-maior do outro extremo me ordenou para ficar aqui.

— Ficar aqui! Não podemos ir para o oeste tentar deter Hedge no Muro? — perguntou Lirael.

— Perdemos contato há uma hora — disse o major Greene. — Ele não foi restabelecido. Não foram vistos mais foguetes de alarme. Isso significa que não sobreviveu ninguém para acender algum. Ou então eles fugiram. Em ambos os casos, Hedge e seus hemisférios passaram o Muro e estão além do Perímetro.

— Eu não entendo como eles podem ter nos alcançado — disse Lirael.

— O tempo prega peças entre aqui e a nossa terra — disse Mogget de modo sepulcral, deixando o operador telefônico pálido de pavor. O gatinho pulou para fora da mochila de Sam, ignorou o soldado e acrescentou: — Embora eu acredite que seja lento arrastar os hemisférios até o moinho Forwin. Podemos ter tempo de chegar lá primeiro.

— É melhor eu entrar em contato com meus pais — disse Sam. — Você pode dar um jeito de entrar no sistema telefônico dos civis?

— Ah — disse o major. Ele esfregou o nariz e pareceu incerto do que estava para dizer. — Eu pensei que você soubesse. Aconteceu a cerca de uma semana...

— O quê?

— Eu lamento, filho — disse o major. Ele se encheu de coragem e disse: — Seus pais estão mortos. Foram assassinados em Corvere por radicais de Corolini. Uma bomba. O carro deles foi totalmente destruído.

Sam ouviu as palavras do major com o rosto estupefato. Depois, escorregou na parede e pôs a cabeça entre as mãos.

Lirael tocou o ombro esquerdo de Sam, e o Cão pousou seu focinho no direito. Somente Mogget pareceu intocado pela notícia.

Ele sentou ao lado do operador da mesa telefônica, seus olhos verdes faiscando.

Lirael passou os segundos seguintes resistindo à notícia, levando-a ao lugar onde sempre escondia suas aflições, um lugar que lhe permitia seguir em frente. Se ela sobrevivesse, choraria pela irmã que nunca chegara a conhecer, do mesmo modo que choraria por Pedra de Toque, e por sua mãe, e por muitas outras coisas que deram errado no mundo. Mas agora não havia tempo para chorar, já que muitas outras irmãs, irmãos, mães, pais e outros dependiam que eles fizessem o que devia ser feito.

— Não pense nisso — disse Lirael, apertando o ombro de Sam. — Cabe a nós agir. Temos de chegar ao moinho Forwill antes que Hedge consiga!

— Não podemos — disse Sam. — Podíamos muito bem desistir...

Ele parou no meio da frase, deixou suas mãos caírem do rosto e se levantou, mas se arqueou como se houvesse uma dor em suas entranhas. Ficou ali, silenciosamente, por quase um minuto. Depois, tirou a moeda de plumas de sua manga e a atirou no ar. Ela subiu girando para o teto do abrigo e lá ficou pairando. Sam encostou-se à parede para observá-la, seu corpo ainda curvado, mas a cabeça erguida.

Por fim, parou de olhar para a moeda giratória e se endireitou, até que ficou atento em frente a Lirael. Não estalou os dedos para chamar a moeda de volta.

— Eu sinto muito — sussurrou. Havia lágrimas em seus olhos, mas ele as reprimiu. — Eu estou... eu estou bem agora. — Curvou a cabeça para Lirael e acrescentou: — Abhorsen.

Lirael fechou os olhos por um momento. Essa simples palavra fez com que voltasse a si. Ela era o Abhorsen. Não mais em espera.

— Sim — disse ela, aceitando o título e todas as consequências que ele trazia.

— Eu irei com vocês — disse o major Greene. — Mas não posso ordenar à companhia que nos acompanhe, legalmente. Embora a maioria deles provavelmente fosse como voluntária.

— Eu não entendo! — protestou Lirael. — Quem se importa com o que é legal? Seu país pode ser destruído! Pessoas mortas por toda parte! Você não entende?

— Eu entendo. É que não é assim tão simples... — balbuciou o major. Depois parou, e seu rosto vermelho ficou manchado e pálido nas têmporas. Lirael viu sua fronte se enrugar como se um pensamento estranho estivesse tentando abrir caminho. Então, ela se clareou. Cuidadosamente ele pôs a mão dentro do bolso, e a seguir retirou-a e enfiou seu punho recém-revestido de armadura de metal no painel telefônico de Bakelite, seus delicados mecanismos internos explodindo com uma rajada de faíscas e fumaça.

— Dane-se! É simples assim! Eu darei ordens para a companhia ir. Afinal, os políticos podem apenas me matar por isso, se vencermos. Quanto a você, soldado, se mencionar uma palavra disso a alguém, te dou como comida para essa coisa-gato que está ali. Entendido?

— Hum, que delícia... — disse Mogget.

— Sim, senhor! — resmungou o operador de telefone, suas mãos tremendo ao tentar abafar o estrago ardente de seu painel de controle com um cobertor de fogo.

Mas o major não havia parado para ouvir sua resposta. Estava já na porta, gritando para algum pobre subordinado que estava do lado de fora para "correr e buscar os caminhões!".

— Caminhões? — perguntou Lirael quando correram atrás dele.

— Hum... carroças sem cavalos — disse Sam mecanicamente. As palavras saíram lentamente de sua boca, como se ele tivesse de se lembrar do que significavam. — Elas nos levarão... nos levarão ao moinho Forwin muito mais depressa. Se funcionarem.

— Elas podem muito bem fazer isso — disse o Cão, erguendo o nariz e cheirando. — O vento está desviando para o sudoeste e ficando mais frio. Mas olhem para o oeste!

Eles olharam. O horizonte a oeste estava iluminado por vívidos clarões de relâmpagos e se ouvia o ronco surdo do trovão distante.

Mogget olhava também, de seu posto atrás das costas de Sam. Seus olhos verdes estavam fazendo cálculos, e Lirael reparou que ele estava contando em voz baixa. Depois fungou, com um tom aborrecido.

— A que distância o rapaz disse que o Moinho Forwill ficava? — perguntou, notando o olhar de Lirael.

— A cerca de trinta milhas — disse Sam.
— A cerca de cinco léguas — disse Lirael ao mesmo tempo.
— Aquele relâmpago está exatamente a oeste, e a seis ou sete léguas de distância. Hedge e seu carregamento devem estar ainda cruzando o Muro!

segundo interlúdio

A van azul do serviço postal reclamou com suas engrenagens ao diminuir a velocidade para fazer o desvio da estrada para o passeio pavimentado. Depois, teve de diminuir ainda mais e estremecer espasmodicamente para dar de parada, porque os portões, que normalmente ficavam abertos, estavam fechados. Havia também pessoas com armas e espadas no outro lado. Colegiais armadas, trajando saias brancas de tênis ou túnicas de hóquei, que pareciam estar segurando raquetes ou bastões de hóquei em vez de armas. Duas delas mantiveram seus rifles apontados para o motorista, enquanto a outra atravessou a portinhola do muro, as lâminas nuas que elas traziam ao alcance da mão, captando a luz do sol da tarde que morria.

O motorista da perua ergueu os olhos para as letras góticas brilhantes e exageradas acima do portão, que diziam *Colégio Wyverley* e a inscrição menor logo abaixo, que dizia *Fundado em 1652 para Jovens Senhoras de Classe.*

— Classe particularmente maldita! — resmungou ele. Não gostava de ficar com medo de garotas de colégio. Ele olhou de volta para o interior da perua e disse mais alto: — Chegamos. Colégio Wyverley.

Houve um débil sussurro na parte de trás, que cresceu para uma série de ruídos surdos e exclamações abafadas. O motorista observou por um segundo, enquanto as malas de correio se erguiam e as mãos se estendiam para fora para desamarrar os barbantes no topo. Depois, desviou sua atenção para a parte da frente. Duas das colegiais estavam se aproximando de sua janela, que ele imediatamente girou para baixo.

— Entrega especial — disse ele, com uma piscadela. — Foi pedido que eu dissesse *o pai e a mãe de Ellie*, pois isso significará alguma coisa para vocês, de modo que não se ponham a me perfurar com uma espada e disparar um tiro em mim depois da entrega.

A garota mais próxima, que não teria mais que dezessete anos, virou-se para a outra — que era ainda mais jovem — e disse:

— Vá procurar a magistrada Coelle.

— Você fique aqui e mantenha as mãos no volante — acrescentou ela para o motorista. — Diga a seus passageiros para ficarem imóveis também.

— Nós podemos ouvir você — disse uma voz lá dos fundos. Uma voz de mulher, forte e vibrante. — Você é Felicity?

A garota recuou. Depois, mantendo a espada em guarda à sua frente, examinou pela janela atrás do motorista.

— Sim, sou eu, senhora — disse a garota cautelosamente. Ela deu um passo para trás e fez um sinal para as garotas dos rifles, que relaxaram ligeiramente, mas não baixaram suas armas, para maior desconforto do motorista. — Vocês se importariam de esperar até que a magistrada Coelle venha para cá? Hoje em dia todo cuidado é pouco. Está chegando um vento do norte, e relatos de mais um conflito. Quantos de vocês estão aí dentro?

— Esperaremos — disse a voz. — Somos dois. Eu mesma, e... o pai de Ellimere.

— Ahn, olá... — disse Felicity. — Tivemos notícia... de que vocês... embora a magistrada Coelle não acreditasse...

— Não fale disso por enquanto — disse Sabriel. Ela saltou para fora da mala de correio e estava agora agachada atrás do motorista. Felicity examinou a van por dentro novamente, reassegurando-se de que a mulher que ela via era de fato a mãe de Ellimere. Mesmo usando um macacão azul do serviço postal e um boné de vigilante puxado sobre seu cabelo de um negro noturno, ela era reconhecível. Mas Felicity ainda estava cautelosa. O teste verdadeiro viria quando a magistrada Coelle testasse os sinais da Ordem dessas pessoas.

— Aqui está seu pagamento, conforme combinado — disse Sabriel, passando um envelope volumoso para o motorista. Ele o pegou e, imediatamente, olhou dentro com um ligeiro sorriso percorrendo a boca e os olhos.

— Muito obrigado — disse. — E eu manterei a boca fechada também, como prometi.

— Melhor manter mesmo — resmungou Pedra de Toque.

O motorista ficou visivelmente ofendido com essa observação. Ele fungou e disse:

— Eu moro perto de Bain e sempre morei, e sei bem o que está acontecendo. Não os ajudei pelo dinheiro. Isso é apenas um adoçante.

— Somos gratos por sua ajuda — disse Sabriel, com um olhar conciliador para Pedra de Toque. Ficar engaiolado numa mala postal por várias horas não adoçara muito seu temperamento, nem ficar esperando, agora que estavam tão perto do Muro e de casa. O colégio Wyverley ficava a apenas quarenta milhas da fronteira.

— Vejam, posso muito bem devolver esse maldito envelope — disse o motorista. Ele puxou o envelope e o lançou em direção a Pedra de Toque.

— Não, não, considere-o como uma recompensa — disse Sabriel calmamente, e empurrou o envelope de volta. O motorista resistiu por um momento, depois deu de ombro, recolocou o dinheiro em algum lugar dentro de sua jaqueta e se acomodou, aborrecido, em seu assento.

— Ali está a magistrada — disse Felicity com alívio, ao virar-se para olhar uma mulher idosa e vários estudantes que vinham descendo pelo passeio. Pareciam ter saído do nada, pois o principal edifício da escola estava fora de visão em torno da curva, envolto por uma fileira de choupos cerrados.

Assim que a magistrada chegou, foi apenas uma questão de minutos antes que Sabriel e Pedra de Toque tivessem seus sinais da Ordem na testa avaliados pela pureza e todos tomassem o rumo da escola, e a van postal pegasse seu caminho de volta para Bain.

— Eu sabia que a notícia era falsa — disse a magistrada Coelle à medida que iam subindo rapidamente, quase num trote, pelas portas enormes como portões do edifício principal. — O *Times de Corvere* publicou uma fotografia de dois carros incendiados e alguns corpos, mas disse pouca coisa mais do que isso. Pareceu muito ser um negócio forjado.

— Foi bastante real — disse Sabriel sombriamente. — Damed e onze outros foram mortos naquele ataque, e mais dois dos nossos também foram na periferia de Hennen. Talvez até mais tenham sido mortos. Nós nos dividimos depois de Hennen, para espalhar pistas falsas. Ninguém de nossa gente está aqui?

Coelle balançou a cabeça.

— Damed não será esquecido — disse Pedra de Toque. — Ou Barlest, ou qualquer um deles. Não vamos nos esquecer de nossos inimigos tampouco.

— Estamos em tempos terríveis — suspirou Coelle. Ela balançou a cabeça várias vezes novamente enquanto entravam, passando por mais colegiais armadas, que olhavam estupefatas para a lendária Sabriel e seu consorte, mesmo que ele fosse apenas o rei do Reino Antigo e nem chegasse aos pés dela em interesse. Sabriel fora uma delas. Elas continuaram olhando muito tempo depois que Coelle conduziu os visitantes ilustres por uma porta que dava para uma sala de estar de pais visitantes, possivelmente o aposento mobiliado com maior luxo da escola toda.

— As coisas que deixamos não foram afetadas? — perguntou Sabriel. — Qual é a situação? Quais as novas?

— Tudo está como vocês deixaram — respondeu Coelle. — Não temos ainda problemas reais. Felicity! Por favor, traga o baú do Abhorsen do porão. Pippa e Zettie... e quem quer que esteja monitorando a sala hoje... poderão ajudá-la. Quanto às notícias, eu tenho mensagens e...

Collie tirou dois pedaços de papel dobrados da manga de sua blusa e os estendeu. Pedra de Toque agarrou-os ansiosamente e ficou ao lado de Sabriel para lê-los, enquanto Felicity e seu bando passaram rapidamente e desapareceram por uma das portas pesadas e altamente polidas.

A primeira mensagem fora escrita em lápis azul num pedaço rasgado de papel timbrado que trazia o mesmo símbolo de corneta e voluta que adornava a lateral da van postal. Pedra de Toque e Sabriel leram-na de cabo a rabo cuidadosamente, profundas rugas surgindo na testa de ambos. Depois, releram-na e se entreolharam, a surpresa profunda estampada em seus rostos.

— Uma de nossas veteranas enviou isto — cooperou Coelle nervosamente, já que ninguém dizia nada. — Lornella Acren-Janes, que é assistente do agente do correio Geral. A cópia de um telegrama, obviamente. Eu não sei se ele sequer chegou à sua embaixada.

— Pode-se confiar nisso? — perguntou Pedra de Toque. — Tia Lirael? Abhorsen-em-Espera? Não será outro complô para confundir nossas mentes?

Sabriel balançou a cabeça.

— Parece coisa do Sam — disse ela. — Muito embora eu não entenda. É claro que muita coisa tem ocorrido no Reino Antigo. Eu acho que não chegaremos rapidamente à raiz de tudo isso.

Ela desdobrou o segundo pedaço de papel. Diferente do primeiro, este era espesso e manufaturado, e havia apenas três símbolos gravados nele. Sinais da Ordem inativos, escuros contra a página branca. Sabriel passou sobre eles sua palma e eles brotaram com vida brilhante e vívida, quase saltando em sua mão.

Com eles veio a voz de Ellimere, clara e forte como se ela estivesse junto a eles:

— *Mamãe! Papai! Espero que vocês leiam isto bem rapidamente. O Clayr Viu muito mais, coisas demais para serem relatadas nesta mensagem. Há um grande perigo, muito além de nossa imaginação. Eu estou em Barhedrin com a Guarda, os Regimentos Treinados e cerca de Setecentos e Oitenta e Quatro Guardas do Clayr. O Clayr está tentando Ver o que devemos fazer. Dizem que Sam está vivo e lutando, e que seja lá o que fizermos, vocês devem estar em Barhedrin no Dia de Anstyr ou será tarde demais. Temos de pegar as Asas de Papel em algum lugar. Oh — eu tenho uma tia, aparentemente sua meia-irmã... O quê? Não interrompa...*

A voz de Ellimere parou em meio à frase. Os sinais da Ordem se apagaram no papel.

— Uma interrupção em meio à fala — disse Pedra de Toque com uma careta. — Não é do feitio de Ellimere não refazê-la. Meia-irmã de quem? Ela não pode ser minha...

— O fato importante é que o Clayr finalmente Viu alguma coisa — disse Sabriel. — O Dia de Anstyr... precisamos consultar um almanaque. Isso deve ser em breve... muito em breve... teremos de seguir em frente imediatamente.

— Não tenho certeza se vocês poderão seguir — disse Coelle nervosamente. — Essa mensagem chegou aqui apenas nesta manhã.

Um patrulheiro do Ponto do Cruzamento a trouxe. Ele estava com muita pressa de voltar. Aparentemente houve alguma espécie de ataque vindo do outro lado do Muro e...

— Um ataque vindo do outro lado do Muro? — interromperam Sabriel e Pedra de Toque juntos. — Que tipo de ataque?

— Ele não sabia — gaguejou Coelle, jogada para trás pela ferocidade da pergunta, tanto Sabriel quanto Pedra de Toque encurralando-a. — Foi no oeste distante. Mas ainda há problemas no Ponto do Cruzamento. Aparentemente, o general Kingswold, o inspetor-geral em visita, declarou-se favorável ao governo do Nosso Povo, mas o general Tindall se recusa a reconhecer a ele ou a Kingswold. Várias unidades tomaram posições, algumas com Tindall, outras com Kingswold...

— Então, Corolini tentou abertamente tomar o poder? — perguntou Sabriel. — Quando foi que isso aconteceu?

— Estava no jornal desta manhã — respondeu Coelle. — Não tivemos a edição da tarde. Há luta em Corvere... Vocês não sabiam?

— Chegamos até aqui por meios ocultos, evitando contato com os moradores da Terra dos Ancestrais o máximo possível — disse Pedra de Toque. — Não houve muito tempo para ler os jornais.

— O *Times* disse que o primeiro-ministro ainda controla o arsenal, o Palácio da Decisão e a Assembleia de Corvere — disse Coelle.

— Se ele mantém o palácio, então ainda controla o Árbitro Hereditário — disse Pedra de Toque. Ele olhou para Sabriel para obter confirmação. — Corolini não pode formar um governo sem a bênção do Árbitro, pode?

— Não, a menos que tudo tenha sido destruído — disse Sabriel com decisão. — Mas isso não importa. Corolini, a tentativa de golpe... tudo isso é secundário. Tudo que aconteceu aqui é obra de algum poder do Reino Antigo, do nosso reino. As guerras continentais, o influxo de refugiados Sulinos, a ascensão de Corolini, tudo foi orquestrado, planejado para alguma finalidade que nós não conhecemos. Mas o que pode querer na Terra dos Ancestrais um poder do nosso reino? Entendo que semear confusão na Terra dos Ancestrais facilite um ataque do outro lado do Muro. Mas para quê? E para quem?

— O telegrama de Sam menciona Chlorr — disse Pedra de Toque.

— Chlorr é apenas uma necromante, embora poderosa — disse Sabriel. — Deve ser outra coisa. "Cavação maligna... quero dizer, escavação... perto de Borda..."

Sabriel parou no meio da frase, quando Felicity e suas três acompanhantes entraram vacilantes, carregando um longo baú com fechos de metal. Puseram-no no meio do aposento. Sinais da Ordem vagavam em traços preguiçosos ao longo da tampa e do outro lado do buraco da fechadura. Eles se acenderam em vida, brilhantes, quando Sabriel tocou a fechadura e murmurou baixinho algumas palavras. Houve um estalo, a tampa se ergueu na largura de um dedo, depois Sabriel abriu-a de todo, para revelar roupas, armaduras, espadas e sua correia de sinos. Sabriel ignorou-as, vasculhando mais fundo de um lado para retirar um grande livro com lombada de couro. Tipos dourados em relevo na capa declaravam-no ser *Um almanaque dos dois reinos e da região do Muro*. Ela folheou rapidamente as páginas grossas, até que chegou a uma série de tabelas.

— Que dia é hoje? — perguntou ela. — A data?

— Dia 20 — disse Coelle.

Sabriel correu o dedo sobre uma tabela e depois mais além. Ela ficou de olhos arregalados com o resultado, e percorreu com o dedo novamente os números quando rapidamente o reexaminou.

— Quando é isso? — perguntou Pedra de Toque. — Dia de Anstyr?

— Agora — disse Sabriel. — Hoje.

O silêncio acolheu suas palavras. Pedra de Toque se reanimou um momento depois.

— Deve ser de manhã ainda no Reino — disse ele. — Nós podemos chegar lá.

— Não por estrada, não com o Ponto do Cruzamento sem garantia — disse Sabriel. — Estamos muito distantes ao sul para chamar uma Asa de Papel...

Seus olhos relampejaram com uma ideia súbita.

— Magistrada, Hugh Jorbert ainda aluga a pastagem a oeste da escola para as aulas de voo?

— Sim — respondeu Coelle. — Mas os Jorbert estão de férias. Eles não voltarão antes de um mês.

— Não podemos pilotar uma máquina da Terra dos Ancestrais — protestou Pedra de Toque. — O vento vem do norte. O motor vai parar dentro de dez milhas daqui.

— Se subirmos o suficiente, poderemos planar — disse Sabriel. — Embora não sem um piloto. Quantas garotas estão tomando aulas de voo?

— Uma meia dúzia, talvez — disse Coelle com relutância. — Eu não sei se alguma delas consegue voar sozinha...

— Eu sou classificada para isso — interrompeu Felicity ansiosamente. — Meu pai costumava voar com o coronel Jorbert na corporação. Eu fiz duzentas horas em nosso simulador de voo Humbert em casa e cinquenta no Beskwith aqui. Fiz pousos de emergência, voo noturno e tudo. Posso pilotá-los até o outro lado do Muro.

— Não, não pode! — disse a magistrada Coelle. — Eu a proíbo!

— Não estamos em tempos rotineiros — disse Sabriel, tranquilizando Coelle com um olhar. — Devemos todos fazer o que quer que possamos. Obrigada, Felicity. Nós aceitamos. Por favor, vá e deixe tudo preparado, enquanto nós vestimos roupas mais apropriadas.

Felicity soltou um grito de empolgação e disparou para longe, com suas seguidoras logo atrás. Coelle fez um movimento como que para impedi-la, mas não o completou. Em vez disso, sentou-se na poltrona mais próxima, tirou um lenço de sua manga e enxugou a testa. O sinal da Ordem nela existente brilhou debilmente quando o pano passou.

— Ela é uma estudante — protestou Coelle. — O que vou contar aos seus pais se... se ela não...?

— Eu não sei — disse Sabriel. — Eu nunca soube o que contar a ninguém. Exceto que é melhor fazer alguma coisa do que não fazer nada, mesmo quando o preço é alto.

Ela não olhava para Coelle ao falar, mas para fora da janela. No meio do gramado havia um obelisco de mármore branco, de vinte pés de altura. Suas laterais tinham vários nomes gravados. Eram pequenos demais para serem lidos da janela, mas Sabriel sabia a maioria dos nomes de qualquer modo, mesmo sem conhecer as pessoas. O obelisco era um memorial para todos aqueles que pereceram numa terrível noite que acontecera havia cerca de vinte anos, quando Kerrigor atravessara o Muro com uma horda de Mortos. Havia o nome do coronel Horyse, os de muitos outros soldados, colegiais, professores, policiais, dois cozinheiros, um jardineiro...

Um lampejo de cor mais além do obelisco atraiu a sua atenção. Um coelho branco correu sobre o gramado, perseguido com velocidade por uma garotinha, suas tranças voando enquanto ela inutilmente tentava capturar seu bicho de estimação. Por um momento, Sabriel se perdeu no tempo, levada de volta ao passado para outro coelho fujão, para outra colegial de tranças.

Jacinth e o Coelho.

Jacinth era um dos nomes no obelisco, mas o coelho lá fora poderia muito bem ser algum descendente distante do Coelho. A vida de fato continuava, embora nunca sem luta.

Sabriel se afastou da janela e do passado. O futuro era o que a preocupava agora. Eles tinham de chegar a Barhedrin dentro de doze horas. Assustou Coelle, abrindo seu macacão azul, revelando-se nua por baixo. Quando Pedra de Toque começou a desabotoar seu macacão, Coelle soltou um grito estridente e fugiu do aposento.

Sabriel e Pedra de Toque entreolharam-se e riram. Só por um instante, antes que começassem a se vestir rapidamente com as roupas tiradas do baú. Logo se pareciam e se sentiam como eles mesmos novamente, em boa roupa de baixo, de linho, camisa e perneiras de lã, e capas e mantos de armadura. Pedra de Toque trazia as suas espadas gêmeas, Sabriel sua espada de Abhorsen, e, o mais importante de tudo, ela portava novamente a correia de sinos.

— Preparado? — perguntou Sabriel quando ela ajeitou a correia sobre o peito e ajustou a tira.

— Preparado — confirmou Pedra de Toque. — Ou preparado dentro do possível. Eu odeio voar, no mais das vezes, quanto mais numa dessas pouco confiáveis máquinas da Terra dos Ancestrais...

— Acho que será pior do que o habitual — disse Sabriel —, mas não acho que tenhamos outra escolha.

— É claro — suspirou Pedra de Toque. — Hesito em perguntar, mas de que modo em particular será pior que o habitual?

— Porque, a menos que eu esteja errada em meu palpite — disse Sabriel —, Jorbert terá partido com sua mulher no Bekswith de dois assentos. Isso nos deixará apenas seu Humbert Doze de um assento só. Vamos ter de nos estender nas asas.

— Fico sempre espantado com o que você conhece — disse Pedra de Toque. — Eu fico perdido com essas máquinas. Todos os veículos de Jorbert pareciam o mesmo para mim.

— Infelizmente não são — disse Sabriel. — Mas não há outro caminho para casa em que eu possa pensar. Não se temos de chegar a Barhedrin antes que termine o Dia de Anstyr. Vamos!

Ela saiu a passos largos do aposento e não parou para olhar para trás para ver se ele a seguia. Claro que a seguiria.

A escola de voo de Jorbert era um pequeno negócio, não mais que um passatempo para o coronel aposentado da Aeronáutica. Havia um único hangar a cem jardas de sua confortável casa de fazenda estendida. O hangar ficava no canto do campo ocidental do colégio Wyverley, o qual, apropriadamente sinalizado com tambores de gasolina pintados de amarelo, servia como pista para aviões.

Sabriel tinha razão quanto ao aeroplano. Havia apenas um, um biplano verde quadrado, de um lugar só que para Pedra de Toque parecia depender demais de suas muitas escoras e de seus fios todos emaranhados.

Felicity, quase irreconhecível com seu capacete, óculos de piloto e traje de peles para voo, já estava na cabine. Outra garota estava junto à hélice e havia mais duas agachadas junto às rodas sob a fuselagem.

— Vocês terão de se acomodar nas asas — gritou Felicity animadamente. — Eu esqueci que o coronel levou o Beskwith. Não se preocupe, não é tão difícil. Há apoios para as mãos. Eu fiz isso várias vezes... bem, duas vezes... e andei sobre as asas também.

— Apoios para as mãos — murmurou Pedra de Toque. — Andar sobre as asas...

— Silêncio — ordenou Sabriel. — Não perturbe o piloto.

Ela subiu agilmente para o lado esquerdo e se estendeu sobre a asa, pegando com segurança nos dois apoios para as mãos. Seus sinos eram um incômodo, mas ela estava acostumada.

Pedra de Toque subiu com menos agilidade pelo lado direito — e quase pôs seu pé fora da asa. Perturbado ao descobrir que era apenas pano esticado sobre uma estrutura de madeira, ele se deitou com extrema cautela e puxou com força os apoios de mãos. Eles não saíram do lugar, como ele meio que esperara que fizessem.

— Preparados? — perguntou Felicity.

— Preparada! — gritou Sabriel.

— Suponho que sim — murmurou Pedra de Toque. Depois, muito mais alto, ele gritou um animado "Sim!".

— Contato! — ordenou Felicity. A garota na frente girou a hélice experientemente e recuou. A hélice girou quando o motor tossiu, falhou por um momento e depois ganhou velocidade, tornando-se um borrão quando o motor pegou.

— Tirar os calços!

As outras garotas puxaram suas cordas, arrastando cada uma para seu lado os calços que prendiam as rodas. O avião balançou para a frente, depois lentamente se agitou num lento arco, até que ficou alinhado com a pista e de cara para o vento. O som do motor ficou mais alto e o avião avançou, agitando-se ainda mais, como se fosse um pássaro desajeitado que precisasse saltar e bater as asas por uma longa extensão para ficar no ar.

Pedra de Toque olhou para o chão à frente, seus olhos lacrimejando conforme a velocidade aumentava. Ele esperava que o avião decolasse como uma Asa de Papel — com rapidez, facilidade e força. Mas, quando eles voaram próximos ao chão, e o muro de pedra baixo ao norte se aproximou mais e mais, percebeu que não sabia nada sobre as aeronaves da Terra dos Ancestrais. Obviamente eles saltariam violentamente para dentro do céu bem na ponta do campo.

Ou não, pensou alguns segundos depois. Estavam ainda no chão e o muro estava a apenas vinte ou trinta passos à frente deles. Ele começou a pensar que seria melhor deixar acontecer e tentar saltar da ruína iminente. Mas não conseguia ver Sabriel na outra asa, e não saltaria sem ela.

O avião cambaleou de lado e quicou pelo ar. Pedra de Toque suspirou com alívio quando eles se livraram do muro por uma diferença de polegadas, depois gritou quando voltaram para baixo. O chão subiu com violência, e ele estava enroscado demais para fazer qualquer outra coisa quando eles quicaram novamente e finalmente elevaram-se para os céus.

— Sinto muito! — gritou Felicity, sua voz difícil de ouvir sobreposta ao motor e à pressão do ar. — Mais pesado que o habitual. Eu me esqueci.

Ele ouviu Sabriel, gritando alguma coisa do outro lado, mas não conseguiu ouvir as palavras. Fosse o que fosse, Felicity estava fazendo que sim com a cabeça. Quase imediatamente, o avião começou a espiralar de volta ao sul, ganhando altura. Pedra de Toque assentiu para si mesmo. Eles precisariam ficar o mais alto possível para que tivessem o máximo de abrangência para planar. Com um vento norte, era provável que o motor fosse falhar a cerca de dez milhas do Muro. De modo que eles teriam de planar no mínimo até lá, e preferivelmente um pouquinho mais além. Não seria possível aterrissar no Perímetro.

Não que aterrissar no Reino Antigo fosse fácil. Pedra de Toque olhou para a asa de pano tremulando acima dele e esperou que a maior parte do avião fosse feita por mãos humanas. Pois se partes dele não o fossem, elas se quebrariam rápido demais, o que era o destino comum dos aparelhos e maquinismos da Terra dos Ancestrais assim que ficavam além do Muro.

— Nunca mais voarei — resmungou Pedra de Toque. Depois, lembrou-se da mensagem de Ellimere. Se eles conseguissem aterrissar no outro lado do Muro e chegar a Barhedrin, depois teriam de voar para alguma parte em Asa de Papel, para se engajarem numa batalha com um Inimigo desconhecido, com poderes desconhecidos.

O rosto de Pedra de Toque se encheu de sombras a essa ideia. Ele enfrentaria aquela batalha. Ele e Sabriel lutaram por tempo demais contra adversários manipulados a distância. Agora, fosse o que fosse, saiu a céu aberto, e teria de enfrentar as forças conjugadas do rei, do Abhorsen e do Clayr.

Desde que, naturalmente, o rei e o Abhorsen conseguissem sobreviver a esse voo.

parte três

capítulo dezessete
chegando à terra dos ancestrais

— O vento está desviando para nor-nordeste, senhor — informou Yeoman Prindel ao observar a seta no medidor de vento, que era mecanicamente conectado ao cata-vento a vários andares acima deles. Quando a seta balançou, as luzes elétricas ao alto bruxulearam e se apagaram, deixando a sala iluminada por apenas duas lâmpadas de furacão mais para esfumaçadas. Prindel olhou para seu relógio de pulso, que parara, e depois para o cronômetro listrado entre as lâmpadas de furacão. — Falha elétrica a aproximadamente 16:49.

— Muito bem, Prindel — respondeu o tenente Drewe. — Dê ordens para lubrificar a chave elétrica e alerte os alojamentos gerais. Eu vou subir ao farol.

— Sim, sim, senhor — respondeu Prindel. Ele sacou um megafone e proclamou dentro dele: — Lubrificar chave elétrica! Alojamentos gerais! Eu repito, alojamentos gerais!

— Sim, sim — foi ecoando o megafone, seguido pelo guincho de uma sirene a manivela e o som metálico de um sino manual rachado, ambos ouvidos por todo o farol.

Drewe sacudiu os ombros de seu casaco azul de lã tosca e passou na cintura um amplo cinto de couro que portava tanto um revólver quanto um facão. Seu elmo de aço azul, adornado com o emblema de chaves douradas em cruz que proclamava seu posto atual de Guardião do Farol Ocidental, completava seu equipamento. O elmo pertenceu a seu predecessor e era ligeiramente grande, de modo que Drewe sempre se sentia um pouco ridículo quando o vestia, mas regras eram regras.

A sala de controle ficava a cinco andares abaixo do farol. Quando Drewe subiu firmemente os degraus, encontrou o marujo qualificado Kerrick descendo às pressas.

— Senhor! É melhor correr!

— Estou correndo, Kerrick — respondeu Drewe calmamente, esperando que sua voz soasse mais firme do que seu coração subitamente acelerado. — O que é?

— Nevoeiro...

— Nevoeiro há sempre. É por isso que estamos aqui. Para alertar todos os navios para não navegar neles.

— Não, não, senhor! Não no mar! Em terra. Um nevoeiro rastejante que está descendo do norte. Há relâmpagos por trás dele e ele está se dirigindo para o Muro. E há pessoas subindo pelo sul também!

Drewe abandonou sua calma, praticada por ele com tanto cuidado no Colégio Naval, que ele deixara havia apenas dezoito meses. Ele passou por Kerrick e fez o resto dos degraus a um ritmo de três de cada vez. Estava ofegante ao empurrar o pesado alçapão e subir para a sala do farol, mas tomou um fôlego profundo e conseguiu aparentar alguma semelhança com o frio e controlado oficial naval que devia ser.

A luz estava apagada e não seria acesa por mais uma hora, mais ou menos. Havia um sistema dual de abastecimento, um a petróleo e mecânico, o outro totalmente elétrico, para se ajustar ao estranho modo com que a eletricidade e a tecnologia falhavam quando o vento soprava do norte. Vindo do Reino Antigo.

Drewe ficou aliviado quando viu que seu suboficial mais experiente já estava ali. O timoneiro Berl estava do lado de fora do corredor, grandes binóculos de observador ajustados sobre os olhos. Drewe saiu para se juntar a ele, tomando coragem para enfrentar o vento frio. Mas, ao sair, o vento estava quente, outro sinal de que procedia do norte. Berl lhe havia dito que as estações eram diferentes do outro lado do Muro, e Drewe ficara no Farol Ocidental por tempo suficiente para acreditar nele agora, embora houvesse desprezado a ideia a princípio.

— O que está acontecendo? — perguntou Drewe. O nevoeiro marinho comum estava assentado ao longe na costa, como sempre fazia, noite e dia. Mas havia outro, mais escuro, descendo do norte, em direção ao Muro. Era estranhamente iluminado por clarões de relâmpagos e se estendia a leste até onde a vista de Drewe podia alcançar.

— De onde vêm essas pessoas?

Berl estendeu-lhe o binóculo e apontou.

— Centenas delas, senhor Drewe, talvez milhares. Sulinos, eu calculo, do novo campo de refugiados no Monte Lington. Dirigindo-se ao norte, tentando atravessar o Muro. Mas elas não são o problema.

Drewe mexeu com o movedor de foco, fez o binóculo bater com ruído na borda de seu elmo e desejou poder parecer mais imponente diante de Berl.

Não conseguiu ver nada a princípio, mas, quando endireitou o foco, todas as bolhas indistintas ficaram nítidas e se tornaram figuras móveis. Havia milhares delas, homens de bonés azuis e mulheres de lenços azuis, e muitas crianças vestidas totalmente de azul. Estavam jogando tábuas sobre o arame concertina, abrindo caminho à força e cortando quando necessário. Alguns já cruzaram a terra de ninguém do arame e estavam quase junto ao Muro. Drewe balançou a cabeça à visão. Por que diabos estavam tentando entrar no Reino Antigo? Para tornar as coisas ainda mais confusas, alguns dos Sulinos que chegaram ao Muro estavam começando a recuar...

— O quartel-general do Perímetro foi informado sobre essas pessoas? — perguntou. Havia um posto do Exército por ali, no mínimo uma companhia nas trincheiras de retaguarda com piquetes e postos de escuta espalhados na frente e atrás. O que os soldados rasos estavam fazendo?

— Os telefones não devem estar funcionando — disse Berl soturnamente. — Além do mais, essas pessoas não são o problema. Dê uma olhada na frente do nevoeiro, senhor.

Drewe girou o binóculo. O nevoeiro estava se movendo mais rápido do que ele pensava e era surpreendentemente regular. Quase como um muro, movendo-se para ir de encontro àquele feito de pedra. Estranho nevoeiro, com relâmpagos brilhando em seu interior...

Drewe engoliu em seco, piscou e mexeu com o movedor de foco no binóculo novamente, incapaz de acreditar no que estava vendo. Havia coisas na dianteira do nevoeiro. Coisas que podiam ter sido pessoas um dia, mas agora não eram mais. Ele ouvira histórias sobre tais criaturas quando fora destacado pela primeira vez para o serviço litorâneo ao norte, mas nunca realmente acreditara nelas. Cadáveres ambulantes, monstros inexplicáveis, magia tanto negra quanto branca...

— Aqueles Sulinos não terão uma chance — sussurrou Berl. — Eu cresci no norte. Eu vi o que aconteceu há vinte anos em Bain...

— Silêncio, Berl — ordenou Drewe. — Kerrick!

A cabeça de Kerrick apareceu na porta.

— Kerrick, arranje uma dúzia de foguetes vermelhos e comece a dispará-los. Um a cada três minutos.

— Fo-foguetes vermelhos, senhor? — balbuciou Kerrick. Foguetes vermelhos eram o sinal extremo de emergência para o farol.

— Foguetes vermelhos! Mexa-se! — rugiu Drewe. — Berl! Eu quero que todos os homens, exceto Kerrick, se reúnam em cinco minutos, com equipamento e rifles!

— Os rifles não funcionarão, senhor — disse Berl tristemente. — E aqueles Sulinos não teriam atravessado o Perímetro, a menos que a guarnição estivesse já morta. Havia uma companhia completa do Exército por ali...

— Eu lhe dei uma ordem! Agora, execute-a!

— Senhor, não podemos ajudá-los — queixou-se Berl. — O senhor não sabe o que essas coisas podem fazer! Nossas ordens principais são para defender o farol, não para...

— Timoneiro Berl — disse Drewe rigidamente —, quaisquer que sejam as falhas do Exército, a Marinha Real da Terra dos Ancestrais nunca ficou impassível enquanto inocentes morriam. Ela não vai começar a agir assim sob meu comando!

— Sim, sim, senhor — disse Berl lentamente. Ele ergueu a mão em saudação, depois subitamente baixou-a com força no pescoço de Drewe, sob a borda do elmo do oficial. O tenente desmoronou entre os braços de Berl, e o timoneiro deitou-o delicadamente no chão e pegou seu revólver e o facão.

— O que você está olhando aí, Kerrick? Dispare esses malditos foguetes!

— Mas... mas... e se...?

— Se ele voltar a si, dê-lhe um copo de água e diga que eu assumi o comando — ordenou Berl. — Vou descer para preparar as defesas.

— Defesas?

— Esses Sulinos percorreram diretamente as fileiras do Exército. De modo que já há alguma coisa neste lado, alguma coisa que subornou os soldados direitinho. Alguma coisa Morta, a menos que meu palpite esteja falhando. Nós seremos os próximos, se eles não estiverem já por aqui. Portanto, mãos à obra com os malditos foguetes!

O grande suboficial gritou as últimas palavras ao subir pela escotilha e fechá-la com força atrás de si.

O tinido da escotilha estava ainda ecoando quando Kerrick ouviu os primeiros gritos, em algum lugar no pátio lá embaixo. Depois, houve mais gritaria, e um terrível berro e um tumulto confuso de ruídos: bramidos, gritos e o entrechoque de aço.

Tremendo, Kerrick abriu o depósito de foguetes e pegou um. O lançador foi disposto na barra da sacada, mas embora ele houvesse feito isso centenas de vezes, em treinamento, não conseguiu ajustar o foguete nele. Quando foi finalmente ajustado, puxou rapidamente demais o cordão de acender e suas mãos foram queimadas quando o foguete disparou para o céu.

Soluçando de dor e medo, Kerrig recuou para pegar outro foguete. No alto de sua cabeça, os fogos caíam do céu, brilhando contra as nuvens.

Kerrick não esperou três minutos para disparar o seguinte, e assim sucessivamente.

Estava ainda disparando foguetes quando os Ajudantes Mortos subiram pela escotilha. O nevoeiro cercava todo o farol nesse momento, restando apenas Kerrick, seus foguetes e a sala do farol acima da úmida e crescente massa de névoa. Parecia quase terra sólida, tão convincente que Kerrick mal pensou duas vezes quando as criaturas Mortas chegaram arrebentando a porta de vidro e avançaram para despedaçá-lo com mãos que tinham dedos demais e terminavam em ossos curvos e sanguinários.

Kerrick pulou, e, por alguns degraus, o nevoeiro pareceu sustentá-lo, e ele riu histericamente ao correr. Mas ele estava caindo, caindo, entretanto. Os Ajudantes Mortos viram-no despencar, uma pequena faísca de Vida que muito cedo desapareceu.

Mas Kerrick não morreu em vão. Os foguetes vermelhos foram observados a sul e a leste. E na sala do farol o tenente Drewe voltou a si e conseguiu se colocar em pé quando Kerrick caiu. Ele viu os Mortos e, num lampejo de inspiração, puxou a alavanca que liberava o acendedor e o óleo pressurizado.

A luz se acendeu no topo do farol, ampliada pelas melhores lentes já polidas pelos mestres do vidro de Corvere. O raio de luz se projetou pelos dois lados, prensando os Mortos na sacada. Eles guincharam e cobriram seus olhos apodrecidos. Desesperadamente, o jovem oficial naval bateu com força no dispositivo mecânico para neutralizá-lo e avançou para o cabrestante, para fazer a luz girar. Ele fora projetado para isso, em caso de total colapso mecânico, mas não para ser manejado por um só homem.

Desespero e medo forneceram a força necessária. A luz se virou para atingir os Mortos em cheio com seu raio branco quente. Ela não os feriu, mas eles a odiaram, de modo que recuaram para o interior do nevoeiro, tomando o mesmo caminho tomado por Kerrick. Diferentemente de Kerrick, os Ajudantes Mortos sobreviveram à queda, embora seus corpos tenham ficado esmagados. Lentamente, eles se puseram de pé e, com membros gelatinosos e estraçalhados, começaram a longa escalada pelos degraus. Havia Vida por ali, e eles queriam provar o seu sabor, tendo a irritação da luz já sido esquecida.

Nick acordou ao som de trovões e relâmpagos. Como sempre nos últimos tempos, estava desorientado e zonzo. Sentiu o chão se movendo sob ele e levou-lhe um momento para perceber que estava sendo carregado numa padiola. Havia dois homens em cada ponta, marchando em frente com sua carga. Homens normais, ou normais o suficiente. Não os trabalhadores leprosos da cova que Hedge chamava de A Equipe Noturna.

– Onde estamos? – perguntou ele. Sua voz estava rouca e ele sentiu gosto de sangue. Hesitantemente, tocou em seus lábios e sentiu o sangue seco empastado ali. – Eu gostaria de um gole de água.

– Mestre! – gritou um dos homens. – Ele está acordado!

Nick tentou se sentar, mas não tinha força para isso. Tudo que conseguiu ver foram nuvens de tempestade e relâmpagos, que estavam caindo em algum ponto à frente. Os hemisférios! Tudo lhe voltou à lembrança, então. Ele tinha de fazer o possível para que os hemisférios ficassem seguros!

— Os hemisférios! — gritou ele, a dor espetando em sua garganta.

— Eles estão seguros — disse uma voz familiar. Hedge subitamente elevou-se à sua frente. Ele estava mais alto, pensou Nick irracionalmente. Mais magro também. Como se estivesse esticado, como um caramelo sendo puxado em disputa por duas crianças. E ele parecera ser calvo anteriormente, e agora tinha cabelo. Ou era uma sombra, enroscando-se em sua fronte?

Nick fechou os olhos. Ele não conseguia descobrir quem era nem como chegara ali. Obviamente estava doente ainda, mais gravemente doente do que antes, ou não teriam de carregá-lo.

— Onde estamos? — perguntou Nick debilmente. Abriu os olhos novamente, mas não conseguiu ver Hedge, embora o homem respondesse de algum lugar nas proximidades.

— Estamos prestes a cruzar o Muro — respondeu Hedge, e deu uma risada. Era uma risada desagradável. Mas Nick não pôde deixar de rir também. Ele não sabia por que, e não conseguiu parar até engasgar.

Além da risada de Hedge e do constante ribombo do trovão, havia outro ruído. Nick não conseguiu identificá-lo a princípio. Ele ficou ouvindo enquanto os carregadores da padiola continuaram a carregá-lo impassivelmente, até que por fim achou que sabia do que se tratava. O público numa partida de futebol ou numa disputa de críquete. Gritando e berrando em triunfo. Embora o Muro fosse um lugar estranho para se realizar um jogo. Talvez os soldados do Perímetro estivessem jogando, pensou ele.

Cinco minutos depois, Nick ouviu gritarias no ruído da multidão e notou que não era um jogo de futebol. Tentou sentar-se novamente, só para ser pressionado de volta à sua posição por alguém que ele sabia ser Hedge, embora fosse negra e de aparência queimada, e houvesse chamas vermelhas onde as pontas dos dedos deviam estar.

Alucinações, pensou Nick com desespero. Alucinações.

— Devemos atravessar rapidamente — disse Hedge, instruindo os carregadores da padiola. — Os Mortos podem manter a passagem por apenas mais alguns minutos. Assim que os hemisférios passarem, nós correremos.

— Sim, senhor — disseram em uníssono os carregadores da padiola.

Nick ficou pensando do que Hedge poderia estar falando.

Estavam passando entre duas fileiras de trabalhadores estranhos e flagelados agora. Nick tentou não olhar para eles, para a carne decomposta mantida no lugar por farrapos azuis despedaçados. Felizmente ele não conseguia ver seus rostos devastados. Estavam todos olhando para longe, como alguma espécie de guarda de honra voltada para a frente, e haviam juntado seus braços.

— Os hemisférios estão do outro lado do Muro.

Nick não sabia quem havia falado. A voz era estranha e retumbante, e fez com que ele se sentisse imundo. Mas as palavras tiveram um efeito imediato. Os carregadores da padiola começaram a correr, quicando Nick para cima e para baixo. Ele se agarrou nas laterais e, no pico de uma dessas quicadas, usou seu ímpeto extra para se sentar e olhar ao redor.

Eles estavam correndo num túnel através do muro que separava o Reino Antigo da Terra dos Ancestrais. Um túnel baixo e arqueado escavado na rocha. Estava ocupado pelos integrantes da Equipe Noturna do começo ao fim, grandes fileiras deles com os braços unidos e apenas uma passagem muito estreita entre elas. Todos os homens e mulheres brilhavam com uma luz dourada, mas, quando Nick se aproximou mais, viu que o brilho provinha de milhares de pequeninas chamas douradas, que se espalhavam e se juntavam, e que as pessoas mais à frente do muro estavam na verdade pegando fogo.

Nick gritou de horror quando entraram no túnel. Havia fogo por toda parte, um estranho fogo dourado que ardia sem fumaça. Embora a Equipe Noturna estivesse sendo consumida por ele, os integrantes não tentavam fugir, ou gritar, ou fazer qualquer coisa para detê-lo. Muito pior que isso, Nick percebeu que, conforme os indivíduos iam sendo consumidos pelo fogo, outros tomavam seus lugares. Centenas e centenas de homens e mulheres trajados de azul vinham transbordando do outro lado, para manter as fileiras.

Hedge estava lutando à frente, Nick viu. Mas não era exatamente Hedge. Era mais uma coisa sombria com a forma de Hedge, cimentada com fogo vermelho, que lutava contra o dourado. Cada passo que ele dava era visivelmente um esforço, e as chamas douradas pareciam quase uma força física que estava tentando impedir sua travessia através do túnel no Muro.

Subitamente, um grupo inteiro da Equipe Noturna à frente pegou fogo, como velas que se dissolvessem numa poça derradeira de cera, e desapareceu completamente. Antes que as pessoas dos dois lados pudessem juntar de novo os braços ou uma nova Equipe Noturna acorresse, o fogo dourado se aproveitou da lacuna e rugiu por todo o trajeto do túnel. Os carregadores da padiola viram-no, e praguejaram e gritaram, mas continuaram a correr. Bateram no fogo como nadadores correndo da praia para dentro da ressaca, mergulhando nela. Mas, embora a padiola e seus carregadores houvessem atravessado, Nick foi arrancado dela pelo fogo, envolto em chamas e jogado sobre o chão de pedra do túnel.

Com o fogo dourado, veio uma penetrante dor fria em seu coração, como se uma pedra de gelo houvesse atravessado seu peito. Mas ela também trouxe uma súbita clareza à sua mente, e sentidos mais agudos. Ele pôde ver símbolos individuais nas chamas e pedras, símbolos que se moviam e se modificavam e formavam novas combinações. Eram os sinais da Ordem dos quais ouvira falar, percebeu Nick. A magia de Sameth... e de Lirael.

Tudo que acontecera recentemente voltou rapidamente à sua cabeça. Lembrou-se de Lirael e do cão alado. Da fuga de sua tenda. Do esconderijo nos juncos. De sua conversa com Lirael. Ele prometera a ela que faria tudo que pudesse para deter Hedge.

As chamas batiam no peito de Nick, mas não queimaram sua pele. Elas tentavam atacar o que estava dentro dele, para forçar o estilhaço a abandonar seu corpo. Mas era um poder fora do alcance da magia da Ordem, e esse poder escolhera reafirmar-se até quando Nick tentou abraçar o fogo da Ordem, agarrando-se às chamas e até mesmo tentando engolir cintilações de luz dourada.

Faíscas brancas foram expelidas da boca, do nariz e dos ouvidos de Nick, e seu corpo de repente se desenrolou, ficou reto como uma vareta e se aprumou rigidamente, cotovelos e joelhos verticalmente amarrados. Como uma espécie de boneco inflexível, Nick avançou titubeante, as chamas douradas se espalhando a cada passo. Nas profundezas de sua mente ele sabia o que estava acontecendo, mas era apenas um observador. Não tinha poder sobre seus próprios músculos. O estilhaço assumira o controle, embora não soubesse como fazê-lo andar apropriadamente.

Com as juntas travadas, Nick foi se arrastando com dificuldade, passando por incontáveis fileiras de integrantes da Equipe Noturna em chamas, enquanto mais e mais deles manavam para o interior do túnel vindo da outra ponta. Muitos deles mal se pareciam com membros da Equipe em absoluto, mas poderiam ser homens e mulheres normais, com a pele e o cabelo conservados e vivos. Apenas seus olhos proclamavam sua diferença, e em alguma parte, no fundo, Nick sabia que eles estavam mortos, não apenas enfermos. Como seus irmãos mais apodrecidos, esses recém-chegados também usavam bonés ou lenços azuis.

À frente dele, Hedge irrompeu do túnel e se virou para fazer um gesto para Nick. Ele sentiu o gesto como um aprisionamento físico, puxando-o para a frente com mais velocidade ainda. O fogo dourado tentava tocá-lo por onde podia, mas havia integrantes da Equipe Noturna e corpos queimados em demasia. O fogo não conseguiu alcançar Nicholas e, finalmente, ele cambaleou para fora do túnel, para longe das chamas douradas.

Havia cruzado o Muro e estava na Terra dos Ancestrais. Ou mais ou menos na terra de ninguém entre o Muro e o Perímetro. Normalmente esse seria um lugar vazio e silencioso de terra batida e arame farpado, de algum modo mantido em paz pelo suave sussurro das flautas de vento que Nick sempre presumiu ser alguma espécie de ornamento ou memorial esquisito. Agora, estava envolto em nevoeiro, nevoeiro estranhamente iluminado de baixo para cima pelo brilho baixo e vermelho do sol poente e por clarões de relâmpagos. O nevoeiro ficou mais ralo em alguns pontos à medida que rolava inexoravelmente para o sul, revelando cenas de horrível mortandade. A massa branca era como a cortina de um espetáculo de horrores, abrindo-se fugazmente para revelar pilhas de cadáveres, corpos por toda parte, corpos pendendo do arame e empilhados no chão. Todos portavam bonés e lenços azuis, e Nick finalmente reconheceu que eram refugiados Sulinos chacinados, e que, de algum modo horrível, aquilo era o que a Equipe Noturna de Hedge também fora.

O relâmpago estalou sobre ele e o trovão ribombou. O nevoeiro se repartiu e Nick captou um vislumbre dos hemisférios poucos metros à frente, amarrados com cordas aos enormes trenós que Nick sabia que estavam esperando por eles quando descarregassem as barcaças em Redmouth. Mas não conseguia lembrar-se desse acontecimento, ou qualquer coisa no intervalo entre as conversas com Lirael no barco de junco e seu despertar pouco antes da travessia do Muro. Os hemisférios foram arrastados até ali, obviamente pelos homens que estavam arrastando-os agora. Homens normais, ou pelo menos não pertencentes à Equipe Noturna. Homens trajados com estranhas e esfarrapadas combinações de uniformes do Exército da Terra dos Ancestrais com roupas do Reino Antigo, túnicas de cor cáqui, contrastando com trajes de couro de caça, calças de cores vivas e cota de malha de ferro enferrujada.

A força que o impulsionara pelo túnel subitamente lhe faltou e Nick caiu aos pés de Hedge. O necromante tinha pelo menos dois metros de altura agora, e as chamas vermelhas que ardiam em torno de sua carne e nas órbitas de seus olhos eram mais vivas e mais intensas. Pela primeira vez, Nick sentiu medo dele e se perguntava agora por que não sentiu as emanações sinistras de Hedge durante todo aquele tempo. Mas ele estava fraco demais para fazer qualquer coisa além de se curvar aos pés do necromante e agarrar o próprio peito, onde a dor ainda vibrava.

— Em breve — disse Hedge, sua voz roncando como o trovão. — Em breve nosso mestre estará livre.

Nick descobriu-se concordando entusiasticamente e ficou tão assustado com isso quanto ficara com Hedge. Ele já estava vagando de volta para seu estado de sonho, no qual tudo em que conseguia pensar era nos hemisférios e na sua Fazenda dos Relâmpagos, e no que tinha de ser feito...

— Não — sussurrou Nick. O que não devia ser feito. Ele não sabia o que estava acontecendo, e, até que soubesse, de fato, não ia fazer nada. — Não!

Hedge reconheceu que Nick falara com uma voz independente. Ele sorriu, e o fogo bruxuleou em sua garganta. Ergueu Nick como um bebê e o embalou em seu peito, contra a correia de sinos.

— Sua parte está quase feita, Nicholas Sayre — disse ele, e seu hálito era como vapor quente e cheirava a decomposição. — Você nunca foi mais que um hospedeiro imperfeito, apesar de seu tio e seu pai terem sido mais úteis até mesmo do que eu poderia esperar, embora inconscientemente.

Nick só conseguia erguer os olhos fixos para os olhos flamejantes. Ele já esquecera tudo que voltara à sua memória no túnel. Nos olhos de Hedge, via os hemisférios de prata, o relâmpago, a junção que ele notava mais uma vez ser a única finalidade elevada de sua vida curta.

— Os hemisférios — sussurrou ele, quase ritualmente. — Os hemisférios devem ser unidos.

— Logo serão, mestre, logo serão — cantarolou Hedge. Ele caminhou altivamente rumo aos carregadores à espera e estendeu Nicholas sobre a padiola, afagando seu peito bem acima do coração com uma das mãos escurecida e ainda ardente. O pouco que restava da camisa da Terra dos Ancestrais de Nick dissolveu-se ao toque de Hedge, revelando a pele nua, que era azul, com arranhões profundos. — Logo!

Nick ficou olhando Hedge se afastar. Nenhuma ideia independente lhe restava. Apenas a visão ardente dos hemisférios e sua derradeira junção. Tentou sentar-se para olhá-los, mas não teve a força necessária, e, em todo caso, o nevoeiro estava se adensando novamente. Esgotadas pelo esforço, as mãos de Nick caíram no chão de cada lado da padiola e um dedo tocou um pedaço de escombro, que lançou uma estranha sensação no interior de seu braço. Uma dor aguda, um suave e curativo calor.

Ele tentou fechar a mão sobre o objeto, mas seus dedos se recusaram. Com considerável esforço, Nick rolou de lado para ver exatamente o que era. Ele examinou por baixo da padiola e viu que era um pedaço de madeira quebrada, um fragmento de uma das flautas de vento esmagadas, como aquele que ele vira a poucos pés de distância. O fragmento ainda estava impregnado de sinais da Ordem, que fluíam por dentro e por fora da madeira. Quando Nick os observou, alguma coisa se agitou nos recessos de sua mente. Por um momento, ele se lembrou de quem era uma vez mais, e recordou a promessa que fizera a Lirael.

Sua mão direita não o obedecia, de modo que Nicholas se inclinou ainda mais e tentou recolher o fragmento de madeira com a mão esquerda. Ele foi bem-sucedido por alguns segundos, mas até sua mão esquerda não estava mais sob seu comando. Seus dedos se abriram e o pedaço da flauta de vento caiu sobre a padiola, entre o braço esquerdo de Nick e seu corpo, sem tocar muito de lado algum.

Hedge não caminhou para longe de Nicholas. Deu passadas firmes em meio ao nevoeiro, que se abriu diante dele, indo diretamente para a maior das pilhas de cadáveres Sulinos. Eles foram assassinados pelos Mortos que ele ressuscitara bem no início daquele dia dos cemitérios em torno dos campos de refugiados. Ele se divertia com a ideia de usar Mortos Sulinos para matar Sulinos. Eles mataram também os soldados no chamado Ponte Forte Ocidental, e os marinheiros no farol.

Hedge cruzou o Muro três vezes naquele dia. Na primeira, para colocar em movimento os ataques iniciais à Terra dos Ancestrais, o que não fora uma grande tarefa; na segunda, para voltar e preparar o cruzamento dos hemisférios, o que fora muito mais difícil; e na terceira, para atravessar com os hemisférios e Nicholas. Ele não precisaria cruzá-lo novamente, sabia, pois o Muro seria uma das primeiras coisas que seu mestre iria destruir, junto com todas as outras obras da desprezível Ordem.

Tudo que restava para ser feito era entrar na Morte e forçar quantos espíritos ele pudesse encontrar a retornar e habitar os corpos. Embora o moinho Forwin estivesse a menos de vinte milhas de distância e eles estivessem preparados para chegar lá de manhã, Hedge sabia que o Exército da Terra dos Ancestrais tentaria impedir sua saída do Perímetro. Ele precisava de Ajudantes Mortos para lutar contra o Exército, e a maioria dos que ele trouxera do norte e aqueles criados no início daquele dia nos cemitérios dos campos de refugiados Sulinos fora consumida na travessia do Muro, gasta na finalidade de fazer os hemisférios passarem.

Hedge tirou dois sinos de sua correia. Saraneth, para exercer compulsão. Mosrael, para despertar os espíritos que dormiam ali na terra de ninguém, agora libertos das correntes dos odiados brinquedos de vento do Abhorsen. Ele usaria Mosrael para despertar o máximo de espíritos que pudesse, embora o uso daquele sino fosse lançá-lo para muito longe no interior da Morte. Depois, ele voltaria por meio dos portais e distritos, usando Saraneth para conduzir para a Vida outros espíritos que conseguisse encontrar.

Haveria abundância de corpos para todos.

Mas, antes que pudesse começar, sentiu alguma coisa chegando em meio às trevas. Sempre cauteloso, Hedge pôs Mosrael de lado, para evitar que ele soasse por vontade própria, e em vez disso sacou a espada, sussurrando as palavras que faziam as chamas negras percorrerem-na de cabo a rabo.

Ele sabia quem era, mas não confiava nem nas amarrações nem nos feitiços que colocara nela. Chlorr era um dos Mortos Maiores agora. Em Vida ela ficava sob a influência do Destruidor, mas na Morte estava um pouco além daquele controle. Hedge a tinha forçado a obedecer por outros métodos, e, como sempre ocorria com o controle de um necromante sobre esse tipo de espírito, essa obediência poderia ser tênue.

Chlorr apareceu na forma de um vulto escuro que era apenas vagamente humano, com apêndices deformados sobre um tronco volumoso que sugeria dois braços, duas pernas e a cabeça. Fogos profundos ardiam no lugar onde os olhos deveriam estar, embora os fogos fossem largos e separados demais. Chlorr cruzou o Muro com Hedge pela primeira vez e conduziu o ataque-surpresa à guarnição do Exército da Terra dos Ancestrais, em seu Ponto Forte Ocidental. Eles não esperaram um ataque provindo do sul. Chlorr ceifou muitas vidas e estava ainda mais poderosa por isso. Hedge observou-a cautelosamente e manteve Saraneth firmemente preso em sua mão. Os sinos não gostavam de servir a necromantes, e mesmo um sino que um Abhorsen consideraria leal precisava saber quem estava no comando o tempo todo.

Chlorr se curvou, um tanto ironicamente, na avaliação de Hedge. Depois falou, com uma boca deformada aparecendo na nuvem de escuridão. As palavras eram pronunciadas indistintamente e entrecortadas. Hedge franziu o cenho e ergueu sua espada. A boca se firmou e uma língua de fogo vermelho como sangue tremulou de ponta a ponta no papo hediondo.

— Peço desculpas, mestre — disse Chlorr. — Muitos soldados estão chegando do sul por uma estrada, montados a cavalo. Alguns são Magos da Ordem, embora não sejam adeptos. Eu matei os que chegaram primeiro, mas há muitos ainda por chegar, de modo que retornei para avisar meu mestre.

— Muito bom — disse Hedge. — Estou prestes a preparar uma nova hoste de Mortos, que enviarei a você quando estiver pronta. Por enquanto, junte aqui todos os Ajudantes que puder e ataque esses soldados. Os Magos da Ordem em particular devem ser assassinados. Nada deve retardar nosso senhor!

Chlorr curvou sua cabeça grande e informe. Depois, estendeu as mãos às suas costas e puxou para a frente um homem que ficou escondido pelo nevoeiro e pelo seu volume escuro. Era um homenzinho magro, com seu casaco jogado às costas para revelar a camisa branca de um escriturário clássico, completada por protetores de manga. Ela o segurou pela nuca com apenas dois dedos enormes, e ele ficou quase morto de terror e falta de ar. Caiu ajoelhado na frente de Hedge, tentando desesperadamente respirar e soluçando.

— Este é seu, ou assim é o que ele diz — disse Chlorr. Depois, ela se afastou a passos largos, suas mãos se estendendo para tocar quaisquer Ajudantes Mortos que estivessem ao redor. Quando os tocava, eles tremiam e tinham espasmos, depois lentamente se punham a segui-la. Mas havia surpreendentemente poucos Ajudantes de resto, e nenhum em absoluto no túnel através do Muro. Chlorr teve o cuidado de não se aproximar da reflexiva massa de rocha que ainda cintilava de quando em quando com uma luz dourada. Mesmo ela não julgara fácil a travessia do Muro, e possivelmente não poderia tê-lo feito sem a ajuda de Hedge e o sacrifício de muitos Mortos Menores.

— Quem é? — perguntou Hedge.

— Eu sou... eu sou o deputado-chefe Geanner — soluçou o homem. Ofereceu um envelope. — Assistente do senhor Corolini. Eu lhe trouxe a carta de negociação... a permissão para cruzar... para cruzar o Muro...

Hedge pegou o envelope, que irrompeu em chamas quando ele o tocou e foi se consumindo, flocos de cinzas caindo de sua mão escurecida.

— Eu não preciso de permissão — sussurrou Hedge. — Da permissão de ninguém.

— Eu também vim para fazer o... o quarto pagamento, conforme combinado — continuou Geanner, erguendo os olhos fixos para Hedge. — Nós fizemos tudo que você pediu.

— Tudo? — perguntou Hedge. — O rei e a Abhorsen?

— Mor-Mor-Mortos — gaguejou Geanner. — Bombardeados e queimados em Corvere. Nada restou deles.

— E os campos de refugiados próximos ao moinho Forwin?

— Nossa gente vai abrir os portões de manhãzinha, como ficou determinado. Os panfletos foram impressos, com traduções em Azhdik e Chellaniano. Eles acreditarão nas promessas, tenho certeza.

— E o golpe?

— Estamos lutando ainda em Corvere e outras partes, mas... mas tenho certeza de que o Nosso Povo vai vencer.

— Então, tudo que eu preciso foi feito — disse Hedge. — Tudo, exceto uma coisa.

— O que é? — perguntou Geanner. Ele ergueu os olhos para Hedge, mas mal começou a gritar quando a espádua ardente arrancou sua cabeça dos ombros.

— Um desperdício — grasnou Chlorr, que estava retornando com uma fieira de Mortos, caminhando vacilantes atrás dela. — O corpo é inútil agora.

— Vá embora! — rugiu Hedge, subitamente furioso. Ele embainhou sua espada toda ensanguentada e sacou o Mosrael novamente. — Antes que eu a mande para a Morte e convoque um serviçal mais útil!

Chlorr riu disfarçadamente, um som parecido ao de pedras secas chacoalhando dentro de um balde de ferro, e desapareceu dentro da noite, uma fieira de talvez uns cem Ajudantes Mortos, caminhando tropegamente atrás dela. Quando o último deles passou para além das trincheiras, Hedge fez Mosrael soar. Uma nota única emitida pelo sino, começando lentamente e gradualmente aumentando tanto em volume quanto em alcance. Quando o som se espalhou, os corpos dos Sulinos começaram a se contorcer e se agitar, e os montes de cadáveres tornaram-se vivos e se movimentaram. Ao mesmo tempo, o gelo se formou em torno de Hedge. Mosrael ainda soava, embora seu portador já tivesse atravessado altivamente o frio rio da Morte.

capítulo dezoito
chlorr da máscara

Lirael despertou com um sobressalto, seu coração palpitando e suas mãos se agitando à procura dos sinos e da espada. Estava escuro e ela estava presa em alguma câmara... não, ela percebeu, ficando totalmente desperta. Estava era dormindo na traseira de um dos veículos barulhentos – um caminhão, como Sam o chamava. Só que ele não estava fazendo barulho agora.

– Nós paramos – disse o Cão. Ele lançou a cabeça para fora da aba de lona para olhar em torno e sua voz ficou um pouco abafada:
– Acho que um tanto inesperadamente.

Lirael sentou-se e tentou banir a sensação de ter sido recentemente espancada na cabeça e obrigada a tomar vinagre. Ela ainda estava resfriada. Ao menos não piorou, embora a primavera na Terra dos Ancestrais ainda estivesse por florescer totalmente e o inverno não desistiu de soltar suas garras nas temperaturas noturnas.

A parada certamente parecia inesperada, a julgar pela quantidade de xingamentos que vinha do motorista em pé lá na frente. Depois, Sam afastou a aba completamente pelo lado de fora, escapando por um triz a uma lambida do Cão Indecente para dar boas-vindas ao seu rosto. Parecia cansado, e Lirael se perguntou se ele teria sido capaz de dormir depois de receber a terrível notícia sobre seus pais. Ela caíra no sono quase no mesmo instante em que entraram no... no caminhão... embora não tivesse ideia de quanto tempo dormiu. Não deu a impressão de ser longo e ainda estava muito escuro, a única luz vindo da coleira do Cão.

– Os caminhões enguiçaram – informou Sam –, embora o vento esteja soprando praticamente para oeste. Acho que estamos nos aproximando demais dos hemisférios. Teremos de caminhar a partir daqui.

— Onde nós estamos? — perguntou Lirael. Ela se levantou rapidamente demais e sua cabeça bateu no dossel da lona, soltando um dos suportes de aço. Havia um monte de ruídos lá fora agora, gritarias e o choque de botas de cravos sobre a estrada, mas, por trás daquilo tudo, havia um constante ronco monótono. Em seu estado de quase dormência, levou-lhe um momento para perceber que não era trovão, o que ela mais ou menos esperava, mas alguma outra coisa.

O Cão saltou para fora pelo portão de trás e Lirael o seguiu, um pouco mais entorpecida. Eles estavam ainda na estrada do Perímetro, viu ela, e parecia de manhãzinha. A lua estava no céu, um crescente delgado em vez da quase lua cheia do Reino Antigo. Era sutilmente diferente em forma e cor também, notou Lirael. Menos prateada, e mais de um amarelo pálido de ranúnculo.

O ruído surdo vinha mais do sul e um débil assovio o acompanhava. Lirael via lampejos vívidos no horizonte, mas não eram relâmpagos. Havia trovões também, a oeste, e os lampejos provindos daquela direção eram decididamente de relâmpagos. Ao olhar, Lirael julgou captar um cheiro muito débil de Magia Livre, embora o vento de fato proviesse do sul. E ela sentia os Mortos em algum lugar elevado lá pela frente. A não mais que uma milha de distância.

— O que é aquele barulho, e aquelas luzes? — perguntou a Sam, apontando para o sul. Ele se virou para olhar, mas teve de dar um passo para trás antes de poder responder, já que os soldados começaram a passar trotando pelos caminhões.

— Artilharia — disse ele depois de um momento. — Grandes canhões. Eles devem estar longe o suficiente, de modo que não são afetados pelo Reino Antigo ou pelos hemisférios e podem ainda disparar. Hum... eles são como catapultas que lançam a várias milhas de distância um dispositivo explosivo que atinge o chão ou explode no ar e mata pessoas.

— Uma total perda de tempo — interrompeu o major Greene, que havia chegado resfolegando. — Não se pode ouvir qualquer projétil explodindo, pode? De modo que o que eles estão fazendo pode ser somente jogar pedras ao longe, e mesmo um golpe direto com um projétil não explodido não terá efeito algum sobre os Mortos.

Será apenas uma grande bagunça para o pessoal da artilharia limpar. Milhares de bombas não explodidas, a maior parte delas sendo de fósforo branco. Negócio estúpido! Venham!

O major seguiu em frente, sem fôlego, com Lirael, o Cão e Sam indo atrás. Eles deixaram suas mochilas nos caminhões, e, por um momento, Lirael pensou que Mogget ainda estava dormindo na mochila de Sam. Então, viu o gatinho branco avançando por trás do primeiro pelotão duplo, lançando-se pelo lado da estrada como se estivesse perseguindo um rato. Quando ele pulou, ela reconheceu que era exatamente o que ele estava fazendo. Caçando algo para comer.

— Onde nós estamos? — perguntou Lirael quando facilmente se emparelhou com o major Greene. Ele olhou para ela, tomou fôlego com uma tosse ruidosa e fez um sinal positivo com a cabeça para o tenente Tindall, que estava mais à frente. Lirael entendeu a sugestão. Correu para a frente em direção ao oficial mais jovem e repetiu a pergunta.

— A cerca de três milhas do Ponto Forte Ocidental do Perímetro — respondeu Tindall. — O moinho Forwin fica a cerca de dezesseis milhas ao sul daqui, mas, felizmente, poderemos deter esse Hedge no Muro. Primeiro pelotão, alto!

A ordem repentina surpreendeu Lirael e ela seguiu correndo mais alguns passos antes de ver que os soldados da frente pararam. O tenente Tindall ladrou mais algumas ordens, repetidas por um sargento na dianteira, e os soldados dispararam para o outro lado da estrada, preparando seus rifles.

— Cavalaria, senhora! — bradou asperamente Tindall, pegando em seu braço e o empurrando com pressa para o lado da estrada. — Não sabemos de quem.

Lirael se juntou novamente a Sam e sacou sua espada. Eles olharam fixo para a estrada abaixo, ouvindo a batida de cascos sobre a estrada metálica. O Cão olhou fixo também, mas Mogget brincava com o rato que caçara. Este ainda estava vivo e ele ficava soltando-o, apenas para abocanhá-lo depois que o rato correu um pouco, mantendo-o frenético e aterrorizado em sua boca parcialmente aberta.

— Não há Mortos — pronunciou Lirael.

— Nem Magia Livre — disse o Cão Indecente com uma fungada ruidosa. — Mas há muito medo.

Eles viram o cavalo e o cavaleiro um momento depois. Era um soldado da Terra dos Ancestrais, um homem da infantaria montada, embora tivesse perdido sua carabina e seu sabre. Ele gritou ao ver os soldados:

— Saiam do caminho! Saiam daqui!

Ele tentou seguir cavalgando, mas o cavalo se assustou quando os soldados se espalharam na estrada. Alguém agarrou as rédeas e deteve o animal. Outros arrancaram o homem rudemente da sela quando ele tentou bater no cavalo para que seguisse em frente.

— O que está acontecendo, homem? — perguntou o major Greene rispidamente. — Qual é o seu nome e unidade?

— Cavalariano Maculler, 732769, senhor — respondeu o homem automaticamente, mas seus dentes batiam ao falar e o suor escorria de seu rosto. — Décima Quarta Cavalaria Ligeira, que está junto com o Destacamento de Voo do Perímetro.

— Muito bem. Agora me diga o que está acontecendo — disse o major.

— Mortos, todos mortos — sussurrou o homem. — Nós viemos cavalgando direto do sul, através do nevoeiro. Estranho nevoeiro retorcido... Nós os flagramos com essas grandes e prateadas... coisas semelhantes a metades de laranjas, mas enormes... Estavam pondo-as em carroças, mas os cavalos de tração estavam mortos. Só que, de fato, não estavam, pois se moveram. Os cavalos estavam puxando as carroças, mesmo estando mortos. Todo mundo estava morto...

O major Greene o sacudiu, com bastante força. Lirael estendeu a mão como se para impedi-lo, mas Sam a fez recuar:

— Relate, cavalariano Maculler! A situação!

— Todos, exceto eu, morreram, senhor — disse Maculler com simplicidade. — Eu e o Dusty tombamos no ataque. Quando nos levantamos, tudo estava terminado. Uma coisa nos deixou nauseados. Talvez houvesse gás no nevoeiro. Todos na tropa de reconhecimento estavam tombados, os cavalos estavam também, ou soltos. Depois, vimos essas coisas jazendo por toda a volta das carroças. Corpos, nós pensamos, Sulinos mortos, mas eles se levantaram quando caímos. Eu os vi, se lançando aos bandos sobre meus camaradas...

milhares de monstros, monstros horríveis. Eles estão vindo para cá, senhor.

— Os hemisférios de prata — interrompeu Lirael com impaciência. — Que caminho as carroças tomaram?

— Eu não sei — gemeu o homem. — Elas estavam vindo para o sul, diretamente para nós, quando avançamos sobre elas. Eu não sei nada do que aconteceu depois.

— Hedge está do outro lado e os hemisférios já estão a caminho para a Fazenda dos Relâmpagos — disse Lirael para os outros. — Temos de chegar lá antes deles! É nossa última chance!

— Como? — perguntou Sam, com o rosto empalidecido. — Se eles já estão do outro lado do Muro...

O tenente Lindall estava com o mapa na mão e tentava ligar uma pequena lanterna elétrica, que estava falhando. Reprimindo um palavrão com um olhar de escusas para Lirael, ele ergueu o mapa à luz do luar.

Quando o fez, Lirael sentiu seu senso da Morte se retorcer e olhou para o alto. Ela não conseguiu ver nada à frente da estrada, mas sabia o que estava vindo. Ajudantes Mortos. Um número muito grande de Ajudantes Mortos. E havia outra coisa também. Uma fria presença familiar. Um dos Mortos Maiores, não um necromante. Devia ser Chlorr.

— Eles estão chegando — disse ela ansiosamente. — Dois grupos de Ajudantes. Quase cem à frente e muitos mais atrás.

O major ladrou ordens, e os soldados correram em todas as direções, a maioria para a frente, carregando tripés, metralhadoras e outros equipamentos. Um ordenança conduziu o cavalariano Maculler para longe, seu cavalo seguindo obediente logo atrás. O tenente Tindall sacudiu o mapa e olhou de esguelha para ele.

— Sempre nas dobras malditas, ou bem nas juntas do mapa! — praguejou. — Parece que poderíamos nos dirigir para sudeste partindo das encruzilhadas que ficam lá, depois cortar para sudoeste e dar a volta para o moinho Forwin partindo do sul. Os caminhões podem funcionar se fizermos desse jeito. Temos de empurrá-los para trás para dar partida.

— Vamos a isso, então! — rugiu o major Greene. — Leve seu pelotão para empurrar. Esperaremos aqui por quanto tempo pudermos.

— Chlorr está à frente deles — disse Lirael para Sam e o Cão. — O que devemos fazer?

— Não conseguiremos chegar à Fazenda dos Relâmpagos antes de Hedge se formos a pé — disse Sam rapidamente. — Poderíamos pegar o cavalo daquele homem, mas apenas dois de nós poderiam cavalgá-lo, e são dezesseis milhas no escuro...

— O cavalo está no fim — interrompeu Mogget. Ele estava mastigando e as palavras não eram muito claras. — Não poderia carregar dois se quisesse... O que não quer.

— Então, teremos de ir com os soldados — disse Lirael. — O que significa repelir Chlorr e a primeira onda dos Mortos por tempo suficiente para que os caminhões sejam empurrados para trás, para o ponto onde eles funcionarão.

Ela olhou para a estrada além dos soldados, que estavam se ajoelhando por trás de um tripé de metralhadora montado. Havia luar e luz das estrelas suficientes apenas para discernir a estrada e os arbustos raquíticos de cada lado, embora eles fossem destacados e sem cor. Ao observar, vultos mais escuros bloquearam as partes mais claras da paisagem. Os Mortos, que vinham juntos num andar vacilante, numa turba não planejada e desorganizada. Um vulto maior e mais escuro estava à frente, e mesmo a várias centenas de jardas de distância Lirael conseguia ver o fogo que ardia no interior da sombra.

Era Chlorr.

O major Greene viu os Mortos também, e de repente gritou bem junto ao ouvido de Lirael:

— Companhia! À meia-noite em ponto, a duzentas jardas, coisas Mortas em massa, descendo pela estrada. Fogo! Fogo! Fogo!

Seus gritos foram seguidos pelo estalar maciço dos gatilhos, erguendo-se ruidosamente logo após. Mas nada mais aconteceu. Não houve nenhuma súbita explosão de som, nem nenhum estouro de canhão. Apenas estalos e exclamações resmungadas.

— Eu não entendo — disse Greene. — O vento vem do oeste e as armas funcionam muito tempo depois que os motores param!

— Os hemisférios — disse Sam, com uma olhada de relance para o Cão, que fez que sim. — Eles são uma fonte de Magia Livre por si só e nós estamos perto deles. Hedge provavelmente também desviou o vento. Podemos muito bem estar ainda no Reino Antigo, a julgar pelo modo como a sua tecnologia funciona.

— Maldição! Primeiro e Segundo Pelotões! Alinhem-se no alto da estrada, duas fileiras duplas! — ordenou Greene. — Arqueiros na retaguarda! Artilheiros! Destravem suas armas e saquem suas espadas!

Houve um alvoroço repentino quando os artilheiros tiraram a trava de suas armas e sacaram as espadas. Lirael sacou a sua também, e depois de uma hesitação momentânea sacou o Saraneth. Ela queria usar Kibeth por uma razão — ele parecia mais familiar ao seu toque —, mas, para lidar com Chlorr, ela precisaria da autoridade do sino maior.

— Pensei que era mais de meia-noite — disse ela a Sam quando eles se movimentaram para tomar uma posição na linha dianteira de soldados. Havia cerca de sessenta deles em duas fileiras do outro lado da estrada e avançando pelos dois lados do campo. A fila dianteira usava cota de malha e seus rifles eram fixados com longas baionetas que brilhavam prateadas. A segunda fila era de arqueiros, embora Lirael pudesse notar, ao olhar a maneira como seguravam seus arcos, que apenas metade deles sabia realmente o que estava fazendo. Suas flechas eram prateadas também, ela notou com aprovação. Isso ajudaria um pouco na luta contra os Mortos.

— Hum... O "meia-noite em ponto" do major Greene significava "bem na nossa frente"; já são cerca de duas da manhã — respondeu Sam, depois de dar uma olhada no céu noturno. Obviamente, ele conhecia as estrelas da Terra dos Ancestrais tão bem quanto as do Reino Antigo, pois os céus ali nada significavam para Lirael.

— Fila da frente, ajoelhar! — ordenou o major Greene. Ele ficou na frente com Lirael e Sam e lançou uma olhadela de esguelha para o Cão Indecente, que estava crescendo até atingir sua altura total para a luta. Os soldados próximos ao cão se mexeram nervosamente, até mesmo quando se ajoelharam e dispuseram seus rifles com baionetas num ângulo de quarenta e cinco graus, de modo que a fila se tornasse um matagal de lanças.

— Arqueiros, preparem-se!

Os arqueiros alisaram suas flechas, mas não as puxaram. Os Mortos estavam se aproximando num passo firme, mas não estavam próximos o bastante para Sam e Lirael distinguirem outro indivíduo que não Chlorr na escuridão. O estalo dos ossos e também o arrastar de muitos pés deformados sobre a estrada podiam ser ouvidos.

Lirael sentiu a tensão e o medo nos soldados em torno dela. Os fôlegos ofegantes que não se soltavam. O nervoso remexer com os pés e fuçar o equipamento. O silêncio depois que o major bradou as ordens. Não demoraria muito para que saíssem disparados em fuga, lutando por suas vidas.

— Eles pararam — disse o Cão, seus olhos argutos recortando a noite.

Lirael examinou mais à frente. Na verdade, a massa escura parecia mesmo haver parado, e a cintilação vermelha de Chlorr estava se movendo para o lado, ao invés de se mover para a frente.

— Tentando nos flanquear? — perguntou o major. — Eu me pergunto por quê.

— Não — disse Sam. Ele conseguia sentir o grupo maior de Mortos mais para trás. — Ela está esperando pelo segundo grupo de Mortos. Cerca de mil deles, eu diria.

Falou mansamente, mas houve uma agitação entre os soldados mais próximos às suas últimas palavras, uma agitação que se difundiu lentamente entre as duas fileiras quando elas foram repetidas.

— Silêncio! — ordenou Greene. — Sargento! Anote o nome desse homem!

— Senhor! — confirmaram vários sargentos. A maioria deles acabou de cochichar entre si e nenhum deles sequer fez um esboço de anotar qualquer coisa em suas cadernetas de campanha.

— Não podemos esperar — disse Lirael ansiosamente. — Temos de chegar à Fazenda dos Relâmpagos!

— Tampouco podemos dar as costas para esse monte de gente — disse Greene. Ele se curvou para mais perto, o sinal da Ordem em sua testa brilhando suavemente ao reagir à Magia da Ordem no Cão, e cochichou: — Os homens estão prestes a desmoronar. Não são patrulheiros, não estão acostumados com essa espécie de coisa.

Lirael concordou. Ela rangeu os dentes, assinalando um momento de indecisão, depois deu um passo para fora da fila dianteira.

— Lutarei contra Chlorr — declarou ela. — Se eu conseguir vencê-la, os Ajudantes podem se dispersar para retornar a Hedge. Eles lutarão mal, de qualquer modo.

— Você não vai sem mim — disse o Cão. Ele deu um passo à frente também, com um latido excitado, um latido que ecoou pela noite adentro. Havia algo estranho nele. Fez com que os cabelos de todos se arrepiassem e o sino na mão de Lirael repicou baixinho antes que ela pudesse silenciá-lo. Os dois sons deixaram os soldados ainda mais sobressaltados.

— Ou sem mim — disse Sam resolutamente. Ele deu um passo à frente também, sua espada brilhando com os sinais da Ordem, sua mão esquerda em concha brilhando com um feitiço já preparado.

— Eu irei e ficarei observando — disse Mogget. — Talvez vocês possam fazer alguns ratos saírem assustados de suas tocas.

— Se você permitir que um velho lute ao seu lado... — começou a falar Greene, mas Lirael balançou a cabeça negativamente.

— O senhor fica aqui, major — disse ela, e sua voz não era a de uma jovem, mas de um Abhorsen prestes a lidar com a Morte. — Proteja nossa retaguarda.

— Sim, senhora — disse o major Greene. Ele fez uma saudação e recuou para a fileira.

Lirael caminhou para a frente, o cascalho da rodovia sendo triturado sob seus pés. O Cão Indecente estava ao seu lado direito e Sam à sua esquerda. Mogget, um vulto branco veloz, corria ao longo da lateral da estrada, arremetendo-se para trás e para a frente, presumivelmente à procura de mais ratos para atormentar.

Os Mortos não se moveram em direção a Lirael quando ela avançou, mas, à medida que ela foi se aproximando, viu que eles estavam se dispersando, se movendo para o interior dos campos para formar uma frente mais ampla. Chlorr esperava na estrada, um vulto alto, mais escuro que a noite, exceto por seus olhos flamejantes. Lirael sentia a presença do Morto Maior como uma mão gelada sobre a sua nuca.

Quando estavam a quase cinquenta jardas de distância, Lirael parou, e o Cão e Sam ficaram a meio passo de distância dela. Ela segurou o Saraneth no alto, para que o sino brilhasse prateado à luz da lua, os sinais da Ordem reluzindo e se movendo sobre o metal.

— Chlorr da Máscara! — gritou Lirael. — Retorne à Morte!

Ela sacudiu o sino, segurando-o pela alça e fazendo-o soar ao mesmo tempo. O Saraneth ecoou pela noite afora, os Ajudantes Mortos se encolhendo quando o som os atingiu. Mas era para Chlorr que o sino soava, e todo o poder e a atenção de Lirael estavam focalizados naquele espírito.

Chlorr ergueu sua espada de lâmina sombria acima da cabeça e, como resposta, deu um grito de desafio. Contudo, o grito foi sufocado pelo repicar do sino e Chlorr deu um passo para trás enquanto brandia a sua espada.

— Retorne à Morte! — ordenou Lirael, caminhando para a frente, balançando o Saraneth com lentas laçadas que vinham diretamente de uma página do *Livro dos Mortos* que agora brilhava com enorme clareza em sua mente. — Seu tempo acabou!

Chlorr assobiou e deu outro passo para trás. Então, um novo som se juntou ao sino. Um latido peremptório, absurdamente sustentado, estendendo-se mais e mais, cada vez mais penetrante e mais volumoso do que a voz profunda do Saraneth. Chlorr ergueu sua espada como se para se desviar do som, mas deu mais alguns passos em recuo. Ajudantes Mortos, confusos, cambalearam para fora do caminho, grugrulejando sua aflição com suas gargantas decompostas.

O braço de Sam fez um círculo elevado num movimento de arremessar bola, e o fogo dourado subitamente explodiu por cima e por volta de Chlorr e espirrou sobre os Mortos, que gritaram e se contorceram quando o fogo devorou sua carne morta.

Depois, um pequeno vulto branco subitamente apareceu quase aos pés de Chlorr. Um gato, dando piruetas sobre suas patas traseiras, batendo no ar em frente ao espírito do Morto Maior.

— Fuja! Fuja para longe, Chlorr-Sem-Rosto! — riu Mogget. — O Abhorsen vem para lançá-la para além do Nono Portal!

Chlorr volteou a espada sobre o gato, que agilmente saltou de lado quando ela passou varrendo. Depois, a criatura Morta Maior transformou o volteio num salto, um grande salto de dez metros de altura sobre as cabeças dos Ajudantes Mortos que estavam atrás dela. Passando por uma metamorfose ao saltar, tornou-se uma grande nuvem de escuridão no formato de um corvo que voou sobre os campos em direção ao norte, ao Muro e à salvação, perseguida pelo som do Saraneth e pelo latido do Cão.

capítulo dezenove
uma lata de sardinhas

Quando Chlorr fugiu, a massa de Ajudantes Mortos se agitou como um formigueiro borrifado com água quente. Eles correram em todas as direções, os mais estúpidos dentre eles em direção a Lirael, Sam e o Cão. Mogget corria entre suas pernas, rindo, enquanto o fogo da Magia da Ordem queimava seus nervos e os fazia desabarem ruidosamente no chão, e o latido do Cão lançava seus espíritos de volta para a Morte, e Saraneth dava ordens para que renunciassem aos seus corpos.

Em poucos insanos minutos, tudo terminara. Os ecos do sino e do latido morreram ao longe, deixando Lirael e seus companheiros em pé sobre uma estrada vazia sob a lua e as estrelas, cercados por centenas de corpos que não eram mais que cascas ocas.

O silêncio foi quebrado pela saudação e a gritaria dos soldados por trás deles. Lirael ignorou-as e chamou Mogget.

— Por que você disse para Chlorr fugir? Nós estávamos vencendo! E o que era aquela coisa de Sem Rosto?

— Era para ser *mais rápido*, o que eu achei que fosse o nosso objetivo — disse Mogget. Ele subiu nos pés de Sam e ficou ali, bocejando. — Chlorr foi sempre exageradamente cautelosa, mesmo quando fazia parte dos Vivos. Estou cansado agora. Você pode me carregar?

Sam suspirou. Ele embainhou sua espada e ergueu o gato, deixando o animalzinho pousar na curva de seu braço.

— Foi mais rápido — disse ele para Lirael em tom de justificativa. — E eu odeio dizer isso, mas há muito mais Ajudantes Mortos se aproximando... e Operários Mortos, a menos que eu esteja enganado...

— Você não está enganado — rosnou o Cão. Ele estava olhando para Mogget com desconfiança. — Embora tal como minha patroa, eu não esteja satisfeito com a motivação ou explicação de Mogget, e sugiro que nós partamos imediatamente. Temos pouco tempo.

Como resposta às suas palavras, o som dos motores dos caminhões veio descendo pela estrada. Obviamente, o tenente Tindall e seus homens os tinha empurrado para trás o suficiente, e eles podiam acelerar novamente.

— Espero que possamos fazer a volta — disse Sam ansiosamente quando correram para os caminhões. — Se o vento mudar outra vez, ficaremos encalhados ainda mais longe.

— Poderíamos tentar manipular o vento... — balbuciou Lirael. Depois, balançou a cabeça. — Não, claro que não. Isso só tornaria as coisas piores para... como você a chama, tecnologia? Da Terra dos Ancestrais?

— É por aí... — bufou Sam. — Vamos!

Eles se emparelharam com o major Greene e o pelotão de retaguarda, que estavam voltando em fileiras duplas para os caminhões. O major sorriu radiante para eles quando alcançaram seu passo, e vários soldados bateram em seus rifles como saudação. A atmosfera era muito diferente do que fora havia poucos minutos.

O tenente Tindall estava esperando junto ao caminhão da frente, estudando o mapa mais uma vez, dessa vez com a ajuda de uma lanterna elétrica que funcionava. Ele ergueu os olhos e fez uma saudação quando Lirael, Sam e o major Greene se aproximaram.

— Eu encontrei uma estrada que vai funcionar — disse ele rapidamente. — Acho que poderemos até chegar na frente de Hedge!

— Como? — perguntou Lirael com ansiedade.

— Bem, a única estrada ao sul do Ponto Forte Ocidental sobe serpeando por estes montes aqui — disse ele, apontando. — É uma via simples e nem metalizada. Carroças pesadamente carregadas, como Maculler as descreveu para mim, levarão um dia, no mínimo, para conseguir escalá-la. Eles não poderão estar no moinho antes do fim da tarde! Nós poderemos estar lá logo depois do amanhecer.

— Bom trabalho, Tindall — exclamou o major, dando-lhe uma batidinha nas costas.

— Há algum outro modo pelo qual os hemisférios possam ser levados até o moinho? — perguntou Sam. — Isso tudo foi planejado tão cuidadosamente por Hedge! Tanto no Reino quanto aqui... tudo foi preparado. Usar os Sulinos para fabricar mais Mortos, as carroças prontas...

Tindall olhou no mapa novamente. O facho de luz da lanterna dardejou em várias direções sobre este enquanto ele pensava nas alternativas possíveis.

— Bem — disse ele finalmente —, suponho que eles poderiam levar os hemisférios em carroças até o mar, descarregá-los em barcos e conduzi-los para o sul, e depois subirem pelo lago até o velho desembarcadouro no moinho. Mas não existe lugar nenhum para embarcar perto do Ponto Forte Ocidental...

— Existe sim — disse o major, subitamente sombrio outra vez. Ele apontou um símbolo isolado no mapa, um traço cercado por quatro traços angulosos. — Há um desembarcadouro da Marinha no Farol Ocidental.

— É o que Hedge fará — disse Lirael, subitamente gelada pela certeza. — Com que velocidade eles poderão ir pelo mar?

— Descarregar os hemisférios vai tomar algum tempo — disse Sam, juntando-se ao grupo que curvava a cabeça sobre o mapa. — E eles terão de velejar, não navegar a vapor. Mas Hedge vai manipular o vento. Eu diria menos que oito horas.

Houve um momento de silêncio depois de suas palavras; depois, por consenso silencioso, o agrupamento explodiu em ação. Greene agarrou o mapa e subiu para dentro da cabine do primeiro caminhão, Lirael e seus companheiros correram para a traseira para pular dentro, e o tenente Lindall correu ao longo da rodovia acenando com a mão e gritando: "Vamos embora! Vamos embora!", enquanto os caminhões aumentaram a rotação do motor e lentamente começaram a se movimentar, seus faróis bruxuleando enquanto os motores se esforçavam.

Na traseira do caminhão, Sam colocou Mogget no topo de sua mochila muitas vezes remendada e se sentou perto dela. Ao fazê-lo, tirou um pequeno recipiente de metal da bolsa de seu cinto e o colocou junto ao nariz do gato. Por alguns segundos, o animal pareceu dormir pesadamente. Depois, um único olho verde abriu-se parcialmente.

— O que é isso? — perguntou Mogget.
— Sardinhas — disse Sam. — Eu sabia que elas eram a ração-padrão, de modo que peguei umas latas para você.
— O que são sardinhas? — perguntou Mogget desconfiado. — E por que há um pino? Isso é alguma espécie de brincadeira do Abhorsen?

Em resposta, Sam puxou o pino e lentamente desenrolou a tampa da lata. O cheiro picante das sardinhas se espalhou. Mogget observou o procedimento avidamente, seus olhos sem se desgrudarem da lata. Quando Sam a baixou, mal evitando se cortar quando o caminhão avançou com uma série de solavancos, Mogget cheirou as sardinhas cautelosamente.

— Por que está me dando isso?
— Você gosta de peixe — disse Sam. — Além do mais, eu disse que daria.

Mogget afastou o olhar das sardinhas e olhou para Sam. Seus olhos se estreitaram, mas ele não viu sinal de perfídia no rosto de Sam. O gatinho balançou a cabeça e, então, comeu as sardinhas num relâmpago, deixando a lata limpa e vazia.

Lirael e o Cão deram uma olhadela nessa exibição de gula, mas ambos estavam mais interessados no que estava acontecendo do lado de fora e atrás deles. Lirael empurrou de lado a aba da lona e eles olharam para os três caminhões que vinham logo atrás. Os Operários Sombrios, que eram, ao mesmo tempo, mais poderosos que os Ajudantes Mortos e não restringidos em seus movimentos pela carne, estavam se movendo muito velozmente, alguns deles saltando e planando como enormes morcegos à frente do cortejo principal de seus irmãos cambaleantes e ocupadores de cadáveres. Iriam, sem dúvida alguma, causar grandes problemas em alguma parte, mas ela não podia ficar pensando nisso. O perigo maior jazia a oeste, e já um pouco ao sul, onde o relâmpago se agitava no horizonte. Lirael notou que o restante, trovões artificiais da artilharia da Terra dos Ancestrais, cessou há algum tempo, mas ela estava ocupada demais para ouvi-lo parar.

— Cão — sussurrou Lirael. Ela o puxou para mais perto de si e o abraçou pelo pescoço. — Cão. E se for tarde demais para destruirmos a Fazenda dos Relâmpagos? O que acontecerá se os hemisférios se juntarem?

O Cão não disse nada. Em vez disso, cheirou a orelha de Lirael e bateu sua cauda no piso do caminhão.

— Eu tenho de entrar na Morte, não tenho? — sussurrou Lirael. — Para usar o Espelho Negro e descobrir como Ele foi aprisionado no Princípio.

Ainda assim o Cão não disse nada.

— Você virá comigo? — perguntou Lirael, seu sussurro tão baixo que nenhum ser humano conseguiria ouvi-lo.

— Sim — disse o Cão. — Para onde você for, eu irei.

— Quando devemos partir? — perguntou Lirael.

— Não agora — murmurou o Cão. — Não até que não haja nenhuma chance. Talvez ainda consigamos chegar à Fazenda dos Relâmpagos antes de Hedge.

— Espero que sim — disse Lirael. Ela abraçou o Cão mais uma vez, depois o soltou e se acomodou de novo em sua própria mochila. Sam já estava adormecido no outro lado do caminhão, com Mogget enroscado nele, a lata vazia de sardinhas escorregando pelo piso de madeira do caminhão. Lirael pegou-a, franziu o nariz e a introduziu num canto onde ela não deslizaria.

— Vou manter vigilância — disse o Cão Indecente. — A senhora devia dormir, patroa. Há várias horas, ainda, antes que chegue a aurora e nós vamos precisar de toda a sua força.

— Eu não acho que conseguirei dormir — disse Lirael baixinho. Mas ela se recostou em sua mochila e fechou os olhos. Seu corpo todo parecia impaciente, e, se ela pudesse, teria se levantado e praticado com sua espada, ou feito alguma coisa para afastar a sensação via exercício. Mas não havia nada que ela pudesse fazer na traseira de um veículo em movimento. Exceto se deitar e ficar apreensiva pelo que viria pela frente. De modo que assim fez, e surpreendentemente em breve cruzou a linha entre a vigília preocupada e o sono agitado.

O Cão se estendeu com a cabeça sobre as patas e ficou olhando Lirael se agitar, se revirar e resmungar em seu sono. Abaixo deles, o caminhão sacudia e vibrava, o rugido do motor subindo e descendo conforme o veículo ia transpondo curvas e saliências e depressões na estrada.

Depois de mais ou menos uma hora, Mogget abriu um olho só. Ele viu o Cão olhando e rapidamente fechou-o novamente. O Cão levantou-se em silêncio e caminhou altivamente em sua direção, cutucando o pequeno nariz rosado de Mogget diretamente com seu focinho.

— Me dê uma razão para eu não pegá-lo pelo cangote e jogá-lo lá fora neste exato momento — sussurrou o Cão.

Mogget abriu um olho despreocupado novamente.

— Eu só os seguiria — respondeu ele com um sussurro. — Além do mais, ela me deu o benefício da dúvida. Você pode fazer coisa parecida?

— Eu não sou tão caridoso — disse o Cão, arreganhando os dentes. — Deixe-me lembrá-lo que, caso você se transforme, eu me empenharei em tratar de acabar com sua vida.

— Vai mesmo? — ronronou Mogget, abrindo seu outro olho. — E se você não conseguir?

O Cão rosnou, um som baixo e ameaçador. Foi suficiente para despertar Sam, que abriu os olhos e procurou pela espada.

— O que é? — perguntou ele, sonolentamente.

— Nada — disse o Cão. Ele se virou na direção de Lirael e se abaixou ruidosamente com um suspiro frustrado. — Nada com que se preocupar. Volte a dormir.

Mogget sorriu e balançou a cabeça, o Ranna em miniatura tilintando. Sam bocejou com força ao ouvir o som e escorregou contra a mochila, dormindo imediatamente.

Nicholas Sayres flutuava na vigília como um peixe se erguendo para fugir. Uma lenta ascensão que o deixava ofegante e confuso, semelhante àqueles peixes que se debatiam, recém-apanhados, às margens do lago — que era o lugar onde estava agora. Ele se sentou e olhou ao redor. Uma parte de sua mente foi reconfortada pelo fato de ele estar num mundo crepuscular feito por nuvens de tempestade no alto e de o relâmpago estar a menos de quarenta metros de distância. Ele estava menos interessado no pálido meio-sol que aparecia ao leste, acabando de se erguer sobre os montes.

Nicholas estava estendido num monte de palha perto de uma choupana, ao lado do que uma vez fora um desembarcadouro ativo. A quinze metros de distância, os homens de Hedge praguejavam e xingavam ao lidar com guindastes, cordas e roldanas para levar um dos hemisférios de prata de um pequeno navio mercante costeiro para a terra. Outro desses navios se distanciava do desembarcadouro, ficando a várias centenas de jardas no interior do lago, cuidadosamente posicionado para não ficar perto o bastante para que os hemisférios não exercessem sua violenta repulsa um ao outro.

Nicholas sorriu. Eles estavam no moinho Forwin. Ele não conseguia lembrar-se de como fizeram, mas conseguiram transportar os hemisférios para o outro lado do Muro. A Fazenda dos Relâmpagos estava pronta, e tudo que eles tinham a fazer era juntá-los e tudo ficaria no lugar.

Um trovão estrondou e alguém gritou. Um homem caiu do barco, a pele escurecida e o cabelo pegando fogo. Ele se estendeu na doca, se retorcendo e gemendo, até que um dos outros homens desceu e rapidamente cortou sua garganta. Nick viu tudo isso acontecer com muita tranquilidade. Era apenas o preço de lidar com os hemisférios, e eles eram tudo o que importava.

Devagar, Nick se levantou, primeiro de quatro e depois totalmente aprumado. Foi trabalho duro, e ele teve de se agarrar no cano de drenagem quebrado da choupana por um momento, até que a tontura passasse. Mas lentamente ele ficou mais firme. Outro homem morreu enquanto ele se erguia ali, mas Nick nem notou. Tinha olhos apenas para o brilho dos hemisférios e a progressão do trabalho. Logo o primeiro hemisfério estaria pronto para ser conduzido para o interior arruinado da serraria. Seria transportado num cavalete especial montado num vagão ferroviário à espera, um dos dois que ficavam sobre o mesmo curto trecho de linha de trem.

Ao menos foi o que Nicholas mandou fazer. Ocorreu-lhe que ele não inspecionou, realmente, a Fazenda dos Relâmpagos. Desenhou os projetos e pagou por sua construção antes de partir para o Reino Antigo. Parecia que isso fora havia muito tempo. Ele nunca vira a fazenda, efetivamente. Só nos projetos no papel e em seus sonhos atormentados.

Ele ainda estava fraco devido à enfermidade que contraíra do outro lado do Muro, fraco demais para caminhar por ali facilmente. Precisava de um bastão ou de uma muleta. Havia uma padiola nas proximidades, um simples artefato de lona e madeira. Talvez pudesse arrancar uma das estacas e usá-la como um cajado, pensou Nick.

Muito lentamente e com cuidado infinito, ele caminhou em direção à padiola, amaldiçoando sua fraqueza quando quase caiu. Ajoelhou-se no chão e removeu a estaca, puxando-a dos emaranhados de lona. Tinha facilmente oito pés de comprimento e era um pouco pesada, mas seria melhor do que nada.

Estava prestes a usá-la quando viu alguma coisa brilhando na padiola. Um pedaço de madeira lascada, pintado com estranhos símbolos luminosos. Intrigado, ele estendeu a mão para pegá-lo.

Quando o tocou, seu corpo se convulsionou e ele sentiu um enjoo violento. Mas, mesmo ao vomitar, manteve um dedo sobre o que ele agora sabia que era um fragmento da flauta de vento. Ele não podia segurá-lo, pois sua mão se recusava a obedecer e se fechava, mas podia tocá-lo. Quando o tocou, sua memória voltou num fluxo imediato. Tornou-se realmente Nicholas Sayre e não alguma marionete dos hemisférios brilhantes que estavam ali tão perto.

— Palavra de um Sayre — sussurrou ele, lembrando-se de Lirael novamente. — Eu devo impedir que isso aconteça.

Ficou curvado sobre a estaca, sobre seu próprio vômito, apenas tocando o fragmento, enquanto sua mente refletia ferozmente sobre seu apuro. Assim que o feitiço se fosse, ele regrediria, voltaria a ser um serviçal sem consciência. Não podia pegá-lo ou carregá-lo em suas mãos. No entanto, devia haver algum meio de mantê-lo próximo o bastante para usar sua magia, para fazê-lo lembrar-se de quem ele era.

Nick examinou a si mesmo. Ficou ao mesmo tempo chocado e assustado por quão magro se tornara, e pelos hematomas azuis e roxos que desciam pelo lado esquerdo de seu peito. Sua camisa era somente fios e farrapos, e suas calças não estavam em um estado muito melhor, presas à sua cintura esquálida não por um cinto, mas por um pedaço alcatroado de corda. Os bolsos sumiram, bem como suas roupas de baixo.

Mas as bainhas de suas calças ainda estavam viradas para cima. Nick tocou nelas com a mão direita, assegurando-se de que elas aguentariam. O bom tecido de lã estava mais fino do que era havia semanas, mas não se rasgaria facilmente.

Com o esforço, ele virou o tornozelo para que este se aproximasse do fragmento da flauta o máximo possível, rasgou a bainha e usou sua outra mão para prender o pedaço grosso de madeira com ela. Por um momento, esqueceu-se do que estava fazendo, até que alguns segundos depois a bainha da calça bateu de novo contra sua pele. A dor penetrou em seu tornozelo, mas era suportável.

Ele não queria olhar para os hemisférios, mas flagrou-se fazendo isso, de qualquer modo. O primeiro estava no desembarcadouro. Muitas pessoas rodearam-no, apertando novas cordas para puxar e desfazendo aquelas que foram usadas para trazê-lo em terra. Nick viu que muitos dos trabalhadores que seguravam as cordas eram novamente integrantes da Equipe Noturna. Tinham a aparência ligeiramente melhor, embora ainda estivessem decompostos sob seus bonés e lenços azuis.

Não, pensou Nick, quando o pedaço enfeitiçado de madeira ativou-se no seu tornozelo. Não eram seres humanos doentes, mas criaturas Mortas, cadáveres trazidos a um simulacro de vida por Hedge. Diferente dos homens normais, não pareciam perturbados pela grande proximidade dos hemisférios ou pelos relâmpagos constantes.

Como se pensar em seu nome significasse simplesmente convocar a sua presença, depois do clarão de um último raio, Hedge subitamente apareceu ao lado do hemisfério. Mais uma vez Nick ficou surpreso por quão monstruoso o necromante ficara. Sombras rastejavam por seu crânio, entrelaçando-se no fogo no fundo de seus olhos, e de seus dedos escorriam chamas vermelhas e viscosas.

O necromante caminhou para a proa do pequeno navio mercante e gritou alguma coisa. Homens se moveram rapidamente para obedecer, embora fosse visível que estavam quase todos feridos de algum modo, ou doentes. Eles lançaram e ergueram a vela, e o pequeno navio saiu deslizando do desembarcadouro. O outro navio carregado imediatamente começou a fazer sua aproximação.

Hedge observou enquanto o navio se aproximava e ergueu as mãos sobre a cabeça. Depois, pronunciou palavras ásperas que fizeram o ar ondular ao seu redor e o chão estremecer. Estendeu bem uma das mãos em direção às águas do lago e bradou novamente, fazendo gestos que deixavam rastros de fogo vermelho no ar.

O nevoeiro começou a se erguer do lago. Finas gavinhas brancas se ergueram em espirais cada vez mais para o alto, arrastando caudas mais espessas de névoa atrás delas. Hedge gesticulou para a direita e para a esquerda, e as gavinhas se espalharam de lado, puxando mais nevoeiro para fora da água para formar um muro que lentamente se estendeu por toda a extensão do lago. Ao se espalharem lateralmente, elas também rolaram para a frente, em direção ao desembarcadouro, à serraria, ao vale do lago e aos montes situados mais além.

Hedge apertou as mãos e se virou. Seus olhos tombaram sobre Nick, que imediatamente olhou para baixo e apertou seu peito. Ouviu o necromante se aproximar, com os calcanhares soando ruidosamente sobre as pranchas de madeira.

– Os hemisférios – murmurou Nick rapidamente quando os passos se detiveram diante dele. – Os hemisférios devem... nós devemos...

– Tudo progride bem – disse Hedge. – Eu provoquei um nevoeiro marinho que resistirá a qualquer tentativa de movê-lo, caso entre nossos inimigos haja alguém hábil o bastante para tentar algo assim. Quer me explicar alguma coisa mais, mestre?

Nick sentiu alguma coisa se mover em seu peito. Era parecida a uma palpitação de pânico, só que mais forte e mais assustadora e repulsiva. Ele arfou com a dor que ela causou e caiu para trás, suas mãos se agarrando de qualquer modo às pranchas, as unhas se quebrando ao arranharem a madeira.

Hedge esperou até que o espasmo passasse. Nick ficou ali ofegando, incapaz de falar, esperando pela inconsciência e pela coisa que havia dentro dele assumir o comando. Mas ela não se manifestou, e depois de vários minutos Hedge se afastou.

Nick rolou de costas e viu o nevoeiro rolar pelo céu, tapando as nuvens de tempestade, embora não os relâmpagos. O nevoeiro iluminado pelos relâmpagos não era uma visão que ele esperava ter, pensou, alguma parte dele tomando notas sobre os estranhos efeitos.

Mas a maior parte de sua mente estava ocupada por algo muito mais importante. Ele tinha de impedir que Hedge usasse a Fazenda dos Relâmpagos.

capítulo vinte
o princípio do fim

A aurora estava surgindo quando os motores do caminhão começaram a tossir e engrolar mais uma vez, e depois rangeram para parar. O tenente Lindall praguejou quando seu lápis Chinagraph vermelho caiu, e o ponto que ele estava fazendo no mapa se tornou uma linha, que ele transformou numa cruz. A cruz foi traçada sobre as linhas de contorno densamente amontoadas que assinalavam a descida para Forvale, um vale amplo que era separado do lago Forwin com seu lago por uma longa e baixa serrania.

Lirael caiu no sono novamente, enquanto os caminhões atravessavam a noite. Assim, perdeu os pequenos dramas que preencheram as horas em que os caminhões seguiam com rapidez, sem parar para nada, os motoristas correndo com mais velocidade do que o bom-senso permitia. Mas eles tiveram sorte, ou a forjaram por eles mesmos, e não houve maiores acidentes. Houve abundância de colisões menores, esfoladuras e sobressaltos, mas nenhum acidente maior.

Lirael também ficou sem saber das deserções ocorridas durante a noite. Toda vez que os caminhões diminuíram a velocidade para transpor uma curva acentuada, ou foram forçados a parar antes de rastejarem por um trecho desbotado do que era uma estrada muito secundária, soldados que não conseguiam encarar a perspectiva de encontros posteriores com os Mortos saltaram deles e desapareceram na escuridão. A companhia possuía mais de cem homens ao deixar o Perímetro. Quando chegaram a Foravale, restavam apenas setenta e três.

— Debus! Em fila dupla!

Os gritos do sargento-major da companhia despertaram Lirael. Ela pulou da cama, com uma das mãos já tentando pegar um sino, e a outra sobre Nehima. Sam reagiu de modo muito parecido. Desorientado e assustado, ele caiu em direção ao portão da traseira, bem atrás do Cão Indecente, que daí a pouco deu um pulo.

— Descanso de cinco minutos! Cinco minutos! Façam seu trabalho e sejam rápidos! Sem armações!

Lirael saltou do caminhão, bocejou e esfregou os olhos. Ainda estava meio escuro, a luz do céu oriental aparecendo mais além da serrania, mas sem dar sinal algum de sol verdadeiro. A maior parte do céu estava começando a ficar azul, exceto por um trecho não muito distante que era escuro e ameaçador. Lirael o viu pelo canto dos olhos, virou-se rapidamente e teve seus piores medos concretizados. Os relâmpagos faiscavam nas nuvens. Muitos relâmpagos, mais deles do que nunca, e estavam atingindo uma área muito mais ampla. Tudo além da serrania.

— O moinho Forwin e o lago — disse o major Greene. — Eles ficam logo depois daquela serra. Que diabos...

Todos olharam para o outro lado da serrania. Agora Greene apontava para o vale que ficava lá embaixo entre as serras. Era uma área cultivada de um verde luxuriante, dividida em campos regulares de cinco acres por cercas de arame farpado. Mas no extremo sul do vale havia uma massa móvel de azul. Milhares de pessoas, uma grande multidão de Sulinos de lenços e bonés azuis, uma enorme migração por todo o vale.

Greene e Tindall levaram seus binóculos aos olhos de imediato. Mas Lirael não precisou de binóculo para ver para que lado a multidão estava se dirigindo. Os grupos da frente já estavam virando para o oeste, para as serras e o moinho Forwin mais além. Para a Fazenda dos Relâmpagos, onde, a julgar pela aparência da tempestade, os hemisférios já chegaram.

— Temos de detê-los! — disse Sam. Ele estava apontando para os Sulinos.

— É mais importante impedir que os hemisférios sejam acoplados — disse Lirael. Ela hesitou por um segundo, incerta do que fazer ou dizer. Apenas um curso de ação parecia óbvio. Eles tinham de subir para a serrania ocidental para ver o que estava acontecendo do outro lado, e isso significava cruzar o vale tão rapidamente quanto possível. — Temos de subir naquelas serras! Venham!

Ela correu pela estrada abaixo, entrando no vale, trotando lentamente a princípio, mas aos poucos aumentando sua velocidade. O Cão corria ao seu lado, a língua pendendo para fora. Sam seguiu um pouquinho mais atrás, Mogget montado em seus ombros. O major Greene e o tenente Tindall iam mais lentos, mas logo estavam ambos berrando ordens, e os soldados recuando do fosso ao lado da estrada e enfileirando-se para subir.

A estrada era mais uma trilha, mas, assim que descia o monte, cortava diretamente pelos campos, cruzava o rio no centro do vale num verdadeiro vau ou ponte afundada, e depois corria ao longo da lateral da serrania.

Lirael corria como nunca. Como uma figura solitária, ela entrou pelo vau e chegou diante dos Sulinos. Aproximando-se mais, viu que eles seguiam em grupos de família, com frequência de muitas gerações. Centenas de famílias. Avós, pais, filhos, bebês. Todos tinham a mesma expressão assustada nos rostos, e quase todos, não importando a idade ou a altura, estavam curvados ao peso de valises, malas e pequenos fardos. Alguns tinham estranhas posses, pequenas máquinas e objetos de metal que Lirael não conhecia, mas Sam reconheceu como máquinas de costura, fonógrafos e máquinas de escrever. Estranhamente, quase todos os adultos também carregavam pequenos pedaços de jornal.

– Não devemos permitir que eles cruzem as serras – disse o Cão quando Lirael diminuiu o passo para olhar para eles. – Mas não devemos parar. Sinto que os relâmpagos estão aumentando.

Lirael fez uma parada breve e se virou. Sam estava a cerca de cinquenta metros lá atrás, correndo com determinação.

– Sam! – gritou Lirael. Ela apontou para os Sulinos, que estavam começando a virar em direção à ponte. Alguns homens mais jovens estavam já escalando o barranco. – Detenha-os! Eu vou continuar em frente!

Lirael começou a correr novamente, ignorando a dor de uma pontada incipiente em suas costas. A cada passo à frente que ela dava parecia-lhe que os relâmpagos além da serrania estavam se espalhando, e os trovões iam ficando mais estrondosos e mais frequentes. Lirael deixou a estrada e começou a ziguezaguear para cima de um longo contraforte que subia pela serrania. Para se apoiar, agarrava-se às pedras e aos galhos das árvores de cascas brancas que pontilhavam ao longo do aclive.

Ela conseguia sentir os Mortos além da serra conforme ia escalando. Não mais que uma vintena a princípio, mas no mínimo uma dúzia a mais surgiu enquanto ela subia. Obviamente Hedge estava trazendo espíritos do interior da Morte. Ele devia ter descoberto um manancial de cadáveres em alguma parte. Lirael não achava que fossem Operários Sombrios, pois levava mais tempo preparar um espírito para a Vida se não havia carne para abrigá-lo. Ao menos supunha-se que levava mais tempo. Lirael temia não ter nenhuma ideia do que Hedge era capaz.

Então, inesperadamente, ela estava no topo da serra e não havia mais árvores de cascas brancas, nem grandes blocos de pedra. Ela podia baixar os olhos e ver claramente desde a encosta ocidental pura às águas azuis do lago. A vertente se descortinava em totalidade, como se fosse varrida e desbastada por uma queimada e uma vassoura gigantesca, que deixara apenas terra marrom cheia de sulcos. Mas da terra brotou uma estranha plantação. Delgados postes de metal, que davam o dobro da altura de Lirael. Centenas deles, separados a intervalos de seis pés, e unidos na base por grossos cabos negros que serpeavam pela encosta abaixo e penetravam numa construção de pedra em ruínas que perdera seu telhado. Linhas paralelas de metal estendidas no topo de muitas traves de madeira curtas formavam um trilho de alguma espécie. Elas corriam sobre o chão dentro da construção, terminando abruptamente a duzentas jardas pelos dois lados dela. Havia dois de fundos chatos e com rodas de metal nas linhas, um em cada ponta. Lirael instintivamente percebeu que eles eram para os hemisférios. Esses seriam montados nos vagões e de algum modo acoplados fazendo uso da energia da tempestade de relâmpagos.

Um relâmpago rasgou o céu como que para pontuar seus pensamentos. Ele desceu se bifurcando por toda a volta do desembarcadouro, tão luminoso que Lirael teve de proteger os olhos com a mão. Ela sabia o que veria ali porque sentira o cheiro de metal quente e corrosivo da Magia Livre. Isso revirou seu estômago e ela ficou feliz por estar sem comer há horas.

Um dos hemisférios de prata já estava no desembarcadouro. Ele emitiu um brilho azulado quando o relâmpago o atingiu. O outro hemisfério estava num barco no lago, ao longe. Embora a maior parte dos relâmpagos estivesse atingindo os hemisférios, Lirael viu que eles também estavam se espalhando pela volta e pela subida da encosta, e que a maior parte dos raios atingia os postes altos. Eram para-raios, os mil para-raios que, juntos, formavam a Fazenda dos Relâmpagos de Nicholas.

Como se as nuvens negras no alto não bastassem, um nevoeiro estava começando a vir em remoinhos do lago. Lirael sentiu que era um nevoeiro mágico, feito com água verdadeira, de modo que seria muito mais difícil de repelir ou dispersar. Sentiu a Magia Livre trabalhando nele, e a sua procedência. Hedge estava em algum ponto do desembarcadouro. Havia Mortos lá com ele, movimentando o primeiro hemisfério, e havia mais Mortos em volta das várias pequenas construções que se enfileiravam no desembarcadouro. Lirael podia senti-los se movendo ao redor, com Hedge no centro de tudo. Sentia-se como uma mosca na borda de uma teia, sentindo o movimento da grande mãe aranha no centro e seus muitos filhotes movendo-se em torno deste.

Lirael sacou Nehima, e então, depois de um momento de hesitação, sua mão pousou em Astarael. O Pranteador. Todos que o ouvissem seriam lançados na Morte, incluindo Lirael. Se ela pudesse se aproximar o suficiente, poderia lançar Hedge e todos os Mortos para muito, muito longe. Hedge, no mínimo, seria capaz de retornar à Vida, mas havia uma ligeira chance de que Lirael pudesse retornar também, e isso daria a ela tempo precioso.

Mas quando ela começou a retirar o sino da correia, o Cão saltou sobre ela e afastou a mão de Lirael com seu nariz.

— Não, patroa — disse ele. — Astarael sozinho não pode prevalecer aqui. Estamos atrasados demais para impedir os hemisférios de serem acoplados.

— Sam, os soldados... — disse Lirael. — Se atacarmos imediatamente...

— Não acho que passaríamos facilmente por essa Fazenda dos Relâmpagos — disse o Cão, balançando a cabeça. — O poder do Destruidor é menos cerceado aqui, e ele está dirigindo os relâmpagos. Além do mais, os Mortos aqui são liderados por Hedge, não por Chlorr.

— Mas se os hemisférios se juntarem... — sussurrou Lirael para si mesma. Depois ela engoliu em seco e disse: — Está na hora, não é?

— Sim — disse o Cão. — Mas não aqui. Hedge terá nos notado, tal como nós o notamos. Sua mente está voltada para os hemisférios neste momento, mas eu não acho que vá demorar muito para que ele dê ordens para um ataque.

Lirael virou-se para recuar para o lado ocidental da serra, depois parou e olhou para trás.

— E Nicholas? Que terá sido feito dele?

— Ele está além de nossa capacidade de ajuda agora — respondeu o Cão tristemente. — Quando os hemisférios se juntarem, o fragmento que está dentro dele explodirá para fora de seu coração para fazer parte do todo. Mas ele não perceberá nada. Será um fim rápido, embora eu tema que Hedge escravize seu espírito.

— Pobre Nick! — disse Lirael. — Eu não devia nunca tê-lo deixado ir embora.

— Você não tinha escolha — disse o Cão. Ele cutucou por trás do joelho de Lirael, ansioso por fazê-la se mover. — Devemos correr!

Lirael fez que sim e se virou para retraçar seus passos pela encosta abaixo. Conforme descia correndo, escorregando e quase caindo nas partes mais íngremes, pensava em Nicholas e depois em todos, incluindo nela mesma. Talvez Nick fosse ter a saída mais fácil. Afinal, era provável que ele fosse apenas ser o primeiro a morrer, inconsciente disso. Todos os outros ficariam apenas conscientes demais de seu fim, e provavelmente acabariam por se tornar serviçais de Hedge.

Lirael estava a meio caminho da descida quando uma voz enormemente alta e retumbante inundou o vale. Ela a chocou por um segundo, até que reconheceu que era de Sam, cuja fala fora grandemente ampliada pela Magia da Ordem. Ele estava em pé sobre um grande bloco de pedra a mais ou menos cem metros de distância mais abaixo no contraforte, com as mãos em concha em torno da boca, seus dedos brilhando devido ao feitiço.

— Sulinos! Amigos! Não ultrapassem as serras a oeste! Somente a morte os espera por lá! Não acreditem nos jornais que vocês estão segurando, eles oferecem apenas mentiras! Eu sou o príncipe

Sameth do Reino Antigo e prometo dar terras e fazendas a todos que ficarem no vale! Se ficarem no vale, terão fazendas e terras do outro lado do Muro!

Sam repetia sua mensagem enquanto Lirael parou arfando junto a seu bloco de pedra. Abaixo deste, os homens do major Greene se enfileiravam numa grande linha ao longo da base das serras. Os Sulinos se aglomeravam além daquela linha, sobrepondo-se pelas suas bordas a várias centenas de jardas no extremo sul. A maioria deles parou para escutar Sam, mas uns poucos ainda estavam escalando a serra.

Sam parou de falar e saltou para baixo.

— É o melhor que posso fazer — disse ele ansiosamente. — Isso pode deter alguns deles. Se tiverem chegado a entender o que eu estava dizendo...

— Não há nada mais que possamos fazer — disse o major Greene. — Não podemos atirar nos maltrapilhos, e eles nos esmagarão se tentarmos detê-los só com as baionetas. Eu gostaria de trocar umas palavrinhas com o policial que supostamente foi...

— Um dos hemisférios já está em terra e o outro está bem próximo — interrompeu Lirael, sua notícia provocando atenção imediata. — Hedge está lá, e ele está provocando um nevoeiro e criando muitos Mortos mais. A Fazenda dos Relâmpagos está também começando a funcionar, e o Destruidor está atraindo e orientando os relâmpagos.

— É melhor atacarmos imediatamente — disse o major Greene. Ele começou a tomar fôlego para gritar, mas Lirael interrompeu outra vez:

— Não — disse ela. — Não podemos atravessar a Fazenda dos Relâmpagos e há Mortos demais por lá. Não podemos impedir os hemisférios de se acoplarem agora.

— Mas isso... isso significa que estamos perdidos — disse Sam. — Totalmente. O Destruidor...

— Não — respondeu Lirael de imediato. — Eu vou penetrar na Morte, para usar o Espelho Negro. O Destruidor foi preso e destruído no Princípio. Assim que eu descobrir como isso foi feito, poderemos fazê-lo novamente. Mas vocês terão de proteger meu corpo até que eu retorne, e Hedge tenha atacado de fato.

Ao falar, Lirael olhou firmemente para os olhos de Sam, e depois para os do major Greene e para os dos dois tenentes, Lindall e Gotley. Tinha esperança de que alguma espécie de confiança fosse transferida. Ela precisava acreditar que havia uma resposta na Morte, no passado. Algum segredo que permitiria a eles derrotarem Orannis.

— O Cão virá comigo — disse ela. — Onde está Mogget?

— Aqui! — disse uma voz próxima aos seus pés. Lirael baixou os olhos e viu Mogget na sombra do bloco de pedra, lambendo a segunda das duas latas de sardinhas vazias.

— Eu achei que ele podia muito bem comê-las — disse Sam baixinho, com um dar de ombros.

— Mogget! Ajude como puder — ordenou Lirael.

— Como eu puder — confirmou Mogget, com um sorriso astuto. Sua confirmação soava quase como uma pergunta.

Lirael olhou ao redor, depois deu um passo largo para o meio de um círculo de pedras cobertas de líquen, onde o contraforte se erguia ligeiramente outra vez depois de descer da serra. Ela se certificou de que o Espelho Negro estava na bolsa de seu cinto. Depois sacou Nehima e Saraneth. Dessa vez ela segurou o sino pela alça, diretamente para baixo. Ele poderia, assim, soar mais facilmente por acidente, mas também estaria mais facilmente disponível para uso.

— Eu entrarei na Morte aqui — disse ela. — Vou depender de vocês para me proteger. Voltarei tão logo quanto possível.

— Quer que eu vá com você? — perguntou Sam. Ele sacou as flautas de Pã e agarrou o cabo de sua espada. Lirael notou que ele falava a sério.

— Não — disse ela. — Eu acho que você terá o bastante que fazer por aqui. Hedge não vai nos deixar em paz na soleira de sua porta. Não está sentindo os Mortos em movimento? Seremos atacados aqui em breve, e alguém tem de proteger minha identidade "de viva" enquanto eu estiver na Morte. Eu o encarrego disso, príncipe Sameth. Se tiver tempo, faça um diamante de proteção.

Sam balançou a cabeça solenemente e disse:

— Sim, tia Lirael.

— Tia? — perguntou o tenente Lindall, mas Lirael mal o ouvia. Cuidadosamente, ela se acocorou e abraçou o Cão Indecente, pondo de lado a terrível impressão de que poderia ser a última vez que sentiria o pelo macio contra seu rosto vivo.

— Mesmo que eu descubra como os Sete aprisionaram o Destruidor, como poderemos fazê-lo? — cochichou ela ao ouvido do Cão, tão baixinho que ninguém mais pôde ouvir. — Como poderemos?

O Cão Indecente olhou para ela com os olhos castanhos tristes, mas não respondeu. Lirael enfrentou seu olhar e depois sorriu, um sorriso pesaroso e agridoce.

— Percorremos um longo caminho desde a geleira, não percorremos? — disse ela. — Agora iremos ainda mais longe.

Ela se levantou e estendeu os braços para a Morte. Quando o calafrio penetrou em seus ossos, ouviu Sam dizer alguma coisa, e um grito distante. Mas os sons se apagaram, bem como a luz do dia. Levantando sua espada, Lirael entrou a passos largos na Morte, com o sabujo fiel em seus calcanhares.

O senso da morte de Sam se repuxou. A respiração de Lirael formou vapor e o gelo se formou em sua boca e seu nariz. O Cão Indecente deu um passo à frente ao seu lado e desapareceu, deixando um contorno momentâneo de luz dourada que lentamente se dissipou até transformar-se em nada.

— Nick! E como ficará Nick? — gritou Sam subitamente. Ele bateu na própria cabeça e praguejou: — Eu devia ter perguntado!

— Movimento na serra! — gritou alguém, e houve uma onda de movimento. Tindall e Gotley correram para seus pelotões, e o major Greene bradou ordens. Os Sulinos, que se sentaram para escutar Sam, levantaram-se. Alguns deles, isoladamente, começaram a escalar a serra; depois houve uma onda generalizada, formada por toda a enorme multidão.

Ao mesmo tempo, houve um súbito aumento dos relâmpagos do outro lado da serra e os trovões rolaram, mais ruidosos e mais constantes.

— Eu vou cerrar fileiras! — gritou Greene. — Formaremos uma defesa por toda a volta aqui!

Sam concordou. Ele podia sentir os Mortos se movendo além da serra. Cinquenta ou sessenta Ajudantes Mortos estavam a caminho.

— Há Mortos vindo para cá — disse ele. Ele ergueu os olhos para a serrania, depois os voltou para Lirael e para os Sulinos mais adiante. Eles estavam todos começando a caminhar a passos largos em direção à serra, e não recuando para o vale. Os soldados já estavam correndo de volta para o contraforte, a linha se contraindo. Não havia nada entre os Sulinos e seu destino.

— Maldição! — praguejou Greene. — Eu pensei que você os tinha detido!

— Eu vou falar com eles! — declarou Sam, tomando uma decisão imediata. Os Mortos estavam a menos de cinco minutos de distância, e Lirael o incumbira de deter os Sulinos. Ela não ficaria em perigo se ele fosse rápido. — Estarei de volta em poucos minutos. Major Greene, não abandone Lirael! Proteja-a, Mogget!

Dizendo isso, ele desceu correndo em direção a um grupo particular de Sulinos que vira anteriormente, mas ainda não registrara como importante até poucos momentos, quando fora atingido por uma ideia súbita. O grupo era conduzido por uma velha matriarca grisalha e vestida de modo muito melhor do que qualquer um ao seu redor. Ela era também carregada por vários homens e mulheres jovens. Era o único grupo que não constituía claramente uma família, sem crianças e sem bagagem. A matriarca era a líder, pensou Sam. Sabia um pouco sobre os Sulinos. Ela era alguém que poderia fazer a maré humana refluir.

Se apenas pudesse convencê-la nos próximos minutos! Quando os Mortos atacassem, qualquer coisa poderia acontecer. Os Sulinos poderiam entrar em pânico, e muitos fugiriam pelo caminho errado e seriam pisoteados. Ou poderiam recusar a evidência diante de seus próprios olhos e continuar avançando cegamente para além das serras, conduzidos pelo otimismo e a esperança de que finalmente encontrariam um lugar que poderiam chamar de lar.

capítulo vinte e um
penetrando mais fundo na morte

Lirael não parou para olhar ao redor quando penetrou na Morte e a correnteza a agarrou, tentando puxá-la para baixo naquele primeiro instante chocante de frio total. Ela se pôs a correr imediatamente enquanto o Cão Indecente saltitava à frente, cheirando o rio à procura de qualquer indício de Mortos furtivos.

Conforme vadeava o rio, Lirael percorria mentalmente as lições-chave que ela aprendera no *Livro dos Mortos* e no *Livro da lembrança e do esquecimento*. As páginas dos dois brilhavam em sua mente, revelando-lhe sobre cada um dos Nove Distritos e os segredos dos Nove Portais. Mas saber desses segredos – mesmo que fosse por um livro mágico – não era o mesmo que tê-los experimentado. E Lirael nunca havia ultrapassado o Primeiro Distrito, não havia cruzado nem o Primeiro Portal.

Mesmo assim, ela avançava a passos largos, confiante, repelindo suas dúvidas para o mais fundo de sua mente que elas pudessem atingir. A Morte não era lugar para dúvidas. O rio atacaria rapidamente qualquer fraqueza, pois era apenas a força de vontade que impedia a correnteza de sugar o espírito de Lirael para bem longe. Se ela vacilasse, as águas as levariam para as suas profundezas e tudo estaria perdido.

Ela chegou no Primeiro Portal com rapidez surpreendente. Há pouco ele era um rugido distante e um muro longínquo de névoa que se estendia tão longe quanto sua vista podia alcançar à esquerda e à direita. Agora, no que parecia apenas um momento depois,

Lirael estava diante dele, perto o suficiente para tocar na névoa, e o rugido das corredeiras no outro lado ficara muito alto.

As palavras lhe vieram então, palavras de poder gravadas em sua mente por ambos os livros. Ela as falou, sentindo a Magia Livre se contorcer e chiar em sua língua e lábios enquanto elas iam saindo de sua boca.

O véu de névoa se repartiu quando ela falou, rolando de lado para revelar uma série de cachoeiras que pareciam cair para todo sempre num abismo escuro e infinito. Lirael falou novamente e gesticulou para a direita e para a esquerda com sua espada. Apareceu uma trilha, recortada profundamente dentro da cachoeira, como uma passagem estreita entre duas montanhas líquidas. Lirael pisou na trilha, com o Cão tão próximo que estava quase se emaranhando nas suas pernas. Ao caminharem, a névoa se fechou e a trilha desapareceu atrás deles.

Depois que eles se foram, um pequeno e sorrateiro espírito se ergueu da água perto do Primeiro Portal para caminhar em direção à Vida, seguindo um fio negro quase invisível ligado ao seu umbigo. Ele se retorceu e tagarelou incoerentemente ao andar, antecipando a recompensa que o mestre daria por notícias sobre esses viajantes. Talvez ele fosse até autorizado a permanecer na Vida e ganhasse um corpo, o maior e mais precioso dos deleites.

A passagem pelo Primeiro Portal foi enganosa. Lirael não conseguiu perceber quanto tempo tomou, mas logo o rio havia novamente se tornado uma lisa e interminável extensão ao retomar seu fluxo por meio do Segundo Distrito. Lirael começou a sondar a água à frente com sua espada assim que deixou a rota, verificando o apoio para os pés. Esse distrito era semelhante ao primeiro, mas tinha buracos perigosos e profundos, bem como a correnteza sempre presente. Era ainda mais difícil de atravessar devido a um efeito turvador que fazia a luz cinzenta ficar esfiapada e indistinta, de modo que Lirael não conseguia ver muito além daquilo que ela podia tocar com sua espada estendida ao máximo.

Havia um caminho fácil pelo meio, uma rota mapeada por Abhorsens anteriores e registrada no *Livro dos Mortos*. Lirael pegou-o, embora ela não confiasse no conhecimento do livro o suficiente para desistir de ir sondando com sua espada. Mas ela realmente contou seus passos como o livro recomendava, e fez as curvas memorizadas detalhadamente.

Ela ficou tão atenta ao fazê-lo que, perdida na cadência de seus passos, quase caiu no Segundo Portal. O rápido agarro do Cão ao seu cinto puxou-a para a segurança quando ela deu um passo a mais, contando "Onze" mesmo quando seu cérebro lhe dizia "Pare no Dez".

Tão rapidamente quanto teve esse pensamento, ela cogitou recuar, mas o domínio do Segundo Portal era muito maior que o da correnteza normal do rio. Apenas a valorosa âncora que era seu Cão a salvou, embora houvesse sido necessária toda a força de ambos para puxar Lirael para trás do precipício do portal.

Pois o Segundo Portal era um buraco enorme, dentro do qual o rio afundava como água da pia num ralo, criando um redemoinho de força terrível.

— Obrigada — disse Lirael, estremecendo quando olhou para o redemoinho, e considerou o que poderia ter acontecido. O Cão não respondeu de imediato, já que estava desembaraçando suas mandíbulas de um pedaço de couro miseravelmente desgastado que antes fora um cinto útil.

— Fique firme, patroa — advertiu o Cão, baixinho. — Precisaremos de pressa em outro lugar, mas aqui não.

— Sim — concordou Lirael, ao se forçar profundas e lentas tomadas de fôlego nos pulmões. Quando se sentiu mais calma, aprumou-se e recitou outras palavras da Magia Livre, palavras que encheram a sua boca com um calor repentino, um estranho brilho contra suas bochechas profundamente frias.

As palavras ecoaram, e as águas espiralantes do Segundo Portal diminuíram o ritmo e pararam completamente, como se o redemoinho todo tivesse congelado instantaneamente. Agora, cada espiral da correnteza se tornou um degrau, criando uma longa trilha que descia ao vórtice do portal. Lirael pisou no início da trilha e começou a andar. Atrás dela, e pelo alto, o redemoinho começou a girar novamente.

Parecia que ela teria de circundar cem vezes ou mais para chegar ao fundo, porém, mais uma vez, Lirael notou que isso era enganoso. Levava apenas alguns minutos para atravessar o Segundo Portal, e ela passou o tempo pensando sobre o Terceiro Distrito e a armadilha que ele guardava para os incautos.

Pois o rio ali tinha apenas a profundidade de um tornozelo, e era um pouquinho mais quente. A luz era melhor também. Mais clara, embora ainda de um cinzento pálido. Até mesmo a correnteza não era mais uma cócega em torno dos tornozelos. Em tudo e por tudo, era um lugar muito mais atraente do que o Primeiro e o Segundo Distritos. Um lugar onde os necromantes mal treinados ou tolos poderiam ficar tentados a parar ou descansar.

Se o fizessem, não seria por muito tempo, porque o Terceiro Distrito tinha ondas.

Lirael sabia disso, e deixou o Segundo Portal com uma corrida. Esse era um dos lugares da Morte onde a pressa era necessária, pensou ela ao impulsionar as pernas num arranco desabalado. Ela podia ouvir o trovão da onda que vinha atrás dela, uma onda que fora controlada pelo mesmo feitiço que acalmara o redemoinho. Mas ela não olhou e se concentrou totalmente na velocidade. Se a onda a apanhasse, ela a esmagaria no Terceiro Portal, e ela ficaria à deriva, atônita e incapaz de se salvar.

— Mais rápido! — gritou o Cão, e Lirael correu com mais força ainda, o som da onda tão próximo agora que parecia certo que ela iria apanhar os dois.

Lirael chegou às névoas do Terceiro Portal com apenas um ou dois passos à frente das águas velozes, gritando freneticamente o feitiço de Magia Livre necessário ao correr. Desta vez, o Cão estava à frente, o feitiço repartindo a névoa bem diante de seu focinho.

Quando eles pararam, ofegantes, na porta de névoa criada pelo feitiço, a onda quebrou em torno deles, arremessando sua carga de Mortos na cachoeira mais além. Lirael esperou para retomar o fôlego e alguns segundos mais para que a trilha aparecesse. Depois, caminhou em frente, entrando no Quarto Distrito.

Eles cruzaram esse distrito rapidamente. Era relativamente reto, sem buracos ou outras armadilhas para o incauto, embora a correnteza fosse forte novamente, mais forte ainda do que no Primeiro Distrito. Mas Lirael se acostumou ao seu frio e astucioso agarro.

Ela permaneceu atenta. Além dos conhecidos e mapeados perigos de cada distrito, havia sempre a possibilidade de alguma coisa nova, ou alguma coisa tão velha e rara que nem estivesse registrada no *Livro dos Mortos*. Além de tais anomalias, o livro era cheio de sugestões de forças que poderiam viajar pela Morte, sem contar os próprios Mortos ou necromantes. Algumas dessas entidades criavam estranhas condições locais, ou deformavam as condições habituais dos distritos. Lirael supôs que ela mesma constituía uma das forças que alteravam a condição natural do rio e de seus portais.

O Quarto Portal era outra cachoeira, mas não estava envolta em névoa. À primeira vista, parecia uma queda simples de apenas dois ou três pés, e o rio parecia continuar fluindo depois dela.

Mas Lirael não se enganava, pelo que sabia do *Livro dos Mortos*. Ela parou a uns bons dez pés antes da cachoeira e proferiu o feitiço que a deixaria passar. Lentamente, uma fita negra começou a se desenrolar da borda da cachoeira, flutuando no ar acima da água. De apenas três pés de largura, parecia feita de noite – de uma noite sem estrelas. Ela se estendia horizontalmente do topo da cachoeira até uma distância que Lirael não conseguia discernir.

Ela pisou na trilha, moveu os pés um pouco para obter um melhor equilíbrio e começou a caminhar. O caminho estreito não era a única trilha através do Quarto Portal, era também o único meio de cruzar o Quinto Distrito. O rio era muito profundo ali, profundo demais para vadear, e a água tinha um estranho efeito metamorfoseador. Um necromante que passasse algum tempo em suas águas descobriria tanto o seu corpo quanto seu espírito modificado, e não para melhor. Qualquer espírito Morto que conseguisse retornar desse caminho não se apresentaria com a forma que tivera em Vida.

Até mesmo cruzar o distrito através da trilha negra era perigoso. Além de ser estreita, era também o meio escolhido pelos Mortos Maiores ou pelas criaturas da Magia Livre para cruzarem elas mesmas o Quinto Distrito – indo para o outro lado, em direção à Vida. Eles esperavam que um necromante criasse a trilha, depois corriam por ela, esperando derrotar o fazedor da trilha com um súbito e perverso ataque.

Lirael sabia disso, mas, mesmo assim, foi somente o latido rápido do Cão que a advertiu de que alguma coisa vinha descendo sofregamente pela trilha à frente, parecendo haver saído do nada. Uma vez humana, sua longa permanência na Morte a tinha transformado numa coisa horrenda e assustadora. Corria para a frente tanto com os braços quanto com as pernas, movendo-se de maneira parecida demais à de uma aranha. Seu corpo era dilatado e bulboso, e o pescoço se deslocava de tal modo que ela podia olhar diretamente à frente até mesmo quando estava de quatro.

Lirael teve apenas um instante para lançar sua espada para a frente quando ela atacou, a ponta perfurando um rosto cheio de bolhas, irrompendo atrás de seu pescoço. Mas ela ainda avançou, apesar da chama de faíscas brancas que jorraram por toda parte quando a Magia da Ordem abocanhou a carne de seu espírito. Ela se enfiou quase até a ponta do cabo da espada, os olhos de fogo vermelho fixados em Lirael, sua boca larga demais babando e assobiando.

Lirael chutou-a para retirá-la de sua espada e bateu o Saraneth ao mesmo tempo. Mas ela se desequilibrou e o sino não soou da forma correta. Uma nota dissonante ecoou dentro da Morte, e em vez de sentir sua vontade concentrada na coisa Morta e nos começos da dominação, Lirael sentiu-se distraída. Sua mente vagueou e, por um instante, ela se esqueceu do que estava fazendo.

Um segundo depois, ela percebeu o que estava acontecendo e um choque a percorreu, o medo eletrificando cada nervo de seu corpo. Ela olhou e a criatura Morta estava quase saindo de sua espada, pronta para atacar novamente.

– Cale o sino! – latiu o Cão, tornando-se menor e tentando ficar entre as pernas de Lirael para atacar a criatura. – Cale o sino!

– O quê? – exclamou Lirael; depois o choque e o medo percorreram-na outra vez e ela sentiu sua mão tocando o Saraneth, sem que ela tivesse consciência disso. Entrando em pânico, forçou-o a se calar. O sino soou mais uma vez e depois ficou silencioso, quando ela o enfiou nervosamente de volta em sua bolsa.

Mas novamente ela se distraiu – e nesse momento a criatura atacou. Dessa vez saltou sobre ela, planejando esmagá-la completamente debaixo de seu corpo cadavérico e lívido. Mas o Cão viu o monstro se tensionar e adivinhou sua intenção. Em vez de deslizar entre as pernas de Lirael, ele se lançou para a frente e cravou as pesadas patas dianteiras nas costas de Lirael.

A próxima coisa que Lirael notou foi que estava de joelhos e a criatura passara voando sobre ela. Um dedo farpado agarrou um cacho de seu cabelo quando ela passou, puxando-o até a razia. Lirael mal notou, já que se revirou freneticamente sobre a trilha estreita e se levantou. Toda a sua confiança se fora e ela não confiava em seu equilíbrio, de modo que não foi uma manobra rápida.

Mas, ao virar-se, a criatura se fora. Apenas o Cão permanecia. Um Cão enorme, o pelo em suas costas parecendo uma escova de pelos eriçados de javali, o fogo vermelho pingando de dedos que tinham o tamanho dos dedos de Lirael. Havia uma espécie de loucura em seus olhos quando olhou de volta para a sua dona.

— Cão? — sussurrou Lirael. Ela nunca temera o seu amigo, mas tampouco penetrara na Morte até tal distância. Qualquer coisa podia acontecer aqui, ela sentia. Qualquer pessoa e... qualquer coisa poderia mudar.

O Cão se sacudiu e ficou menor, e a loucura em seus olhos se dissipou. Sua cauda começou a balançar, e ele mordeu sua base por um segundo antes de saltar para lamber a mão aberta de Lirael.

— Sinto muito — disse ele. — Eu fiquei furioso.

— Aonde a coisa foi parar? — perguntou Lirael, olhando ao redor. Não havia nada na trilha até onde ela podia enxergar, e nada no rio abaixo deles. Ela não achou ter ouvido um ruído de algo caindo na água. Ou teria ouvido? Sua mente estava zonza, ainda ressoando sob a dissonância do Saraneth.

— Afundou — respondeu o Cão, apontando com a cabeça. — É melhor nos apressarmos. Você deve pegar um sino também. Talvez Ranna. Ele é mais favorável aqui.

Lirael se ajoelhou e esfregou seu nariz no do Cão.

— Eu não teria conseguido fazer isso sem sua ajuda — disse ela, beijando-o no focinho.

— Eu sei, eu sei — respondeu o Cão distraidamente, suas orelhas se contorcendo num movimento semicircular. — Consegue ouvir alguma coisa?

— Não — respondeu Lirael. Ela se levantou para escutar e sua mão automaticamente retirou Ranna da correia. — Você consegue?

— Eu achei que alguém... ou alguma coisa estava nos seguindo há pouco — disse o Cão. — Agora tenho certeza. Alguma coisa está subindo atrás de nós. Alguma coisa poderosa, movendo-se rapidamente.

— Hedge! — exclamou Lirael, esquecendo-se da crise de confiança em seu equilíbrio ao virar-se e correr pela trilha. — Ou poderia ser Mogget outra vez?

— Eu não acho que seja Mogget — disse o Cão com um franzir do cenho. Ele parou para olhar para trás por um momento, suas orelhas empinadas. Depois, balançou a cabeça. — Quem quer que seja... ou o que quer que seja... devemos tentar deixar para trás.

Lirael fez que sim ao caminhar e se agarrar com mais firmeza tanto ao sino quanto à espada. O que quer que encontrassem a seguir, viesse lá da frente ou lá de trás, ela estava determinada a não se deixar surpreender.

capítulo vinte e dois
caixas de junção e sulinos

O nevoeiro ocultou o desembarcadouro e derivava inexoravelmente para o alto da encosta. Nick ficou olhando-o rolar e observou os relâmpagos que o atravessavam. De uma maneira desagradável, eles o faziam pensar em veias luminosas numa carne parcialmente transparente. Não que houvesse alguma coisa viva que tivesse uma carne como aquela...

Havia uma coisa que ele tinha de fazer, mas não se lembrava do que era. Sabia que os hemisférios não estavam muito longe, olhando para o nevoeiro. Parte dele queria ir até eles e supervisionar o acoplamento final. Mas havia outro eu rebelde, que queria exatamente o contrário, impedir os hemisférios de se juntarem por quaisquer meios possíveis. Eram como duas vozes sussurrantes no interior de sua cabeça, ambas tão estridentes que se misturavam e se tornavam ininteligíveis.

— Nick! O que eles fizeram com você?

Por um momento, Nick pensou que essa era uma terceira voz, também dentro de sua cabeça. Mas quando ela repetiu as mesmas palavras, ele percebeu que não era.

Com muito esforço, Nick cambaleou para olhar ao redor. A princípio ele não pôde ver nada, exceto o nevoeiro. Depois, avistou um rosto perscrutando por detrás do barracão mais próximo. Levou-lhe alguns segundos para se lembrar a quem ele pertencia. Seu amigo da Universidade de Corvere. Timothy Wallach, o estudante ligeiramente mais velho que ele contratara para supervisionar a construção da Fazenda dos Relâmpagos. Geralmente Tim era um sujeito alegre e um tanto lânguido, que sempre estava impecavelmente vestido.

Tim não tinha aquela aparência agora. Seu rosto estava pálido e sujo, sua camisa perdera o colarinho e havia lama por toda parte, sobre seus sapatos e suas calças. Agachado atrás da choupana, ele tremia constantemente, como se tivesse febre ou estivesse assustado até o desvario.

Nick acenou e se forçou a dar uns passos vacilantes em direção a Tim, embora tivesse de se agarrar à parede no último segundo para impedir que caísse.

— Você tem de pará-lo, Nick! — exclamou Tim. Ele não olhava para Nick, mas para outra parte, seus olhos se lançando temerosamente de um lado para o outro. — O que quer que ele esteja fazendo... ou que vocês dois estejam fazendo... é errado!

— O quê? — perguntou Nick, cansado. A caminhada o cansara, e uma das vozes internas se tornou mais forte: — O que estamos fazendo? É uma experiência científica, isso é tudo. E quem é o *ele* que eu tenho de parar? Eu estou no comando aqui.

— Ele! Hedge! — falou Tim precipitadamente, apontando para trás em direção aos hemisférios, onde o nevoeiro era mais espesso. — Ele matou meus trabalhadores, Nick! Ele os matou! Ele apontou para eles e eles tombaram. Foi assim que fez!

Ele imitou um movimento de lançamento de feitiço com a mão e começou a soluçar, sem lágrimas, suas palavras tropeçando numa mistura de ofegos e lamentos:

— Eu o vi fazer isso. Era apenas... apenas...

Ele olhou para seu relógio de pulso. As mãos assinalaram o ponto, parado para sempre aos seis minutos para as sete.

— Era apenas seis para as sete — sussurrou Tim. — Robert viu os navios mercantes chegando e nos despertou, para que pudéssemos comemorar a conclusão do trabalho. Eu voltei para a choupana para pegar uma garrafa que eu estava guardando... Eu vi tudo isso pela janela...

— Viu o quê? — perguntou Nick. Ele estava tentando entender o que perturbou Tim tanto assim, mas sentiu uma dor medonha em seu peito e simplesmente não conseguiu pensar. Ele não conseguia associar a ideia de Hedge aos trabalhadores assassinados de Tim.

— Há algo errado com você, Nick — sussurrou Tim, afastando-se lentamente dele. — Você não entende? Esses hemisférios são veneno puro, e Hedge matou meus trabalhadores! Todos eles, até os dois aprendizes. Eu vi isso!

Sem aviso, Tim de repente fez que ia vomitar, tossindo e arfando, embora nada saísse. Ele já lançara tudo para fora.

Nick ficou olhando estupidamente, como se alguma coisa se alegrasse dentro dele com a notícia de morte e desgraça e uma força oposta se contorcesse contra ela com sensações de medo, revolta e dúvida terrível. A dor em seu peito redobrou e ele caiu, agarrando seu peito e seu tornozelo.

— Temos de ir embora — disse Tim, enxugando a boca com as costas de uma das mãos, trêmula. — Temos de avisar alguém.

— Sim — sussurrou Nick. Ele conseguiu se sentar, mas ainda estava curvado, com a mão pálida sobre seu coração, a outra se agarrando ao fragmento da flauta de vento na bainha da calça. Lutava contra a dor em ambos os lugares e contra a pressão sobre sua cabeça. — Sim, você vai, Tim. Diga a ela... Diga a eles que eu tentarei deter a coisa. Diga a ela...

— O quê? Quem? — perguntou Tim. — Você tem de vir comigo!

— Eu não posso — sussurrou Nick. Ele estava lembrando novamente. A conversa com Lirael no barco de junco, tentando manter reprimido o estilhaço do Destruidor dentro dele. Ele se lembrou da náusea, do travo metálico em sua língua. Ele podia senti-lo novamente agora, emergindo.

— Vá! — disse ele ansiosamente, empurrando Tim para fazê-lo ir embora. — Corra, antes que eu... Aah!

Ele sufocou um grito, caiu e se enroscou como uma bola. Tim se aproximou dele lentamente e viu os olhos de Nick rolarem para trás. Por um momento, pensou em pegá-lo e levá-lo embora. Depois, viu a fumaça branca escorrendo da boca pendida de Nick.

O medo sobrepujou tudo então, e ele começou a correr entre os para-raios, em direção ao monte. Se ele apenas conseguisse atravessar a serra, ficar fora de vista! Longe da Fazenda dos Relâmpagos e do nevoeiro que se erguia firmemente...

Atrás dele, Nick agarrou a bainha da calça com mais força. Ele estava sussurrando para si mesmo, palavras embaralhadas que transbordavam num frenesi:

— Corvere capital de dois milhões produtos principais a atividade manual bancária a atração entre dois objetos é diretamente proporcional ao resultado da aurora do dia não este é meu coração quatro mil e oitocentos e o vento muda geralmente em direção à floresta branca pai me ajude Sam me ajude Lirael...

Nick parou, tossiu e tomou fôlego. A fumaça branca se evolou em direção ao nevoeiro e nenhuma outra nova emergiu. Nick puxou mais duas aspirações trêmulas, depois experimentalmente desprendeu a mão da bainha da calça e do pedaço de flauta de vento dentro dela. Sentiu um calafrio percorrer seu corpo quando o fez, mas ele sabia ainda quem ele era e o que devia fazer. Usando o canto da construção, ele se levantou e entrou cambaleando no nevoeiro. Como sempre, os hemisférios de prata reluziam em sua mente, mas ele os forçara para o fundo. Agora ele estava pensando nos projetos da Fazenda dos Relâmpagos. Se Tim os traçou de acordo com as instruções de desenho dele, então uma das nove caixas de junção elétrica estaria bem próxima ao canto do edifício principal da serraria.

Nick quase trombou na parede oeste da serraria de tão espesso que o nevoeiro estava. Ele a contornou pelo norte tão rapidamente quanto pôde, ficando longe do extremo sul, onde os Mortos se esforçavam para colocar o primeiro hemisfério num vagão ferroviário de fundo chato.

Os hemisférios. Eles brilhavam na mente de Nick com mais claridade do que os clarões dos relâmpagos. De repente, ele foi tomado por uma compulsão de assegurar que eles ficassem apropriadamente dispostos nos cavaletes, de que os cabos fossem juntados de forma correta, de que os trilhos fossem areados para tração nesse nevoeiro úmido. Ele tinha de supervisionar isso. Os hemisférios tinham de ser acoplados!

Nick caiu de joelhos sobre os trilhos e depois para a frente, para jazer enroscado além do aço frio e dos gastos dormentes de madeira. Agarrou-se à bainha de sua calça, lutando contra aquela urgência dominadora de virar para a direita e caminhar até o hemisfério em seu vagão ferroviário. Cheio de desespero, pensou em Lirael erguendo-o no barco de junco, da promessa que fizera para ela. Pensou em seu amigo Sam, carregando-o depois que ele fora derrubado por uma bola veloz ao jogar críquete. Em Tim Wallach, de gravata-borboleta e charmoso, servindo-lhe gim com tônica.

— Palavra de um Sayre, palavra de um Sayre, palavra de um Sayre — repetiu inúmeras vezes.

Ainda resmungando, forçou-se a rastejar. Sobre os trilhos, ignorando as lascas dos velhos dormentes da ferrovia, ele rastejou até o extremo da serraria e usou a parede para se erguer, quase tombando sobre a caixa de junção, que era na verdade uma pequena cabana de concreto. Ali, centenas de cabos dos para-raios alimentavam um dos nove cabos principais, todos tão grossos quanto o corpo de Nick.

— Eu vou parar isso — sussurrou para si mesmo ao tocar na caixa de junção. Ensurdecido pelos trovões, quase cego pelos relâmpagos e invalidado pela dor e pela náusea, ele se ergueu e tentou abrir a porta de metal que trazia a marca de um vívido raio amarelo e a palavra PERIGO.

A porta estava trancada. Nick balançou a maçaneta, mas esse pequeno ato de desafio nada fez senão gastar seu último estoque de energia. Exausto, Nick deslizou para baixo e se escarrapachou junto à porta.

Ele fracassara. Os relâmpagos continuaram a se espalhar pela encosta, acompanhados pelo nevoeiro e pelos trovões retumbantes. Os Mortos continuaram a lidar com os hemisférios. Um deles estava no seu vagão ferroviário, que estava sendo movimentado ao longo dos trilhos até o final da linha, mesmo que os Mortos que o empurravam estivessem sendo atingidos sucessivamente pelos relâmpagos. O outro hemisfério estava balançando junto ao pequeno navio mercante — até que um relâmpago queimou a corda e ele desabou, esmagando vários Ajudantes Mortos. Mas quando o hemisfério foi erguido, os Ajudantes esmagados deslizaram para longe. Não mais reconhecíveis como nada remotamente humano, e sem utilidade para o trabalho, eles se torceram, rumando para o leste. Subiram pela serra, para se juntarem aos Mortos que Hedge já havia enviado para assegurar que o triunfo final do Destruidor não demorasse a acontecer.

— Vocês têm de acreditar em mim! — exclamou Sam, com exasperação. — Digam a ela outra vez que eu prometo, em nome do príncipe do Reino Antigo, que cada um de vocês receberá uma fazenda!

Um jovem Sulino estava traduzindo para ele, embora Sam estivesse certo de que, como a maioria dos Sulinos, a matriarca entendesse ao menos o idioma falado da Terra dos Ancestrais. Dessa vez ela interrompeu o intérprete em meio à sua fala e lançou o panfleto que segurava sobre Sam. Ele o pegou e rapidamente examinou, claramente consciente de que dispunha apenas de um minuto ou dois antes que tivesse de voltar para Lirael.

O panfleto estava impresso nos dois lados, em várias línguas. Trazia como cabeçalho "Terra para o povo Sulino" e depois seguia prometendo dez acres aráveis de primeira qualidade para cada pedaço de papel que fosse apresentado ao "escritório da terra" no moinho Forwin. Ele tinha um timbre de aparência oficial, e o jornal procedia supostamente do "Escritório de Reassentamento do Governo da Terra dos Ancestrais".

— Isso é uma farsa — protestou Sam. — Não existe um escritório de reassentamento da terra dos Ancestrais, e, mesmo que houvesse, por que iriam querer que vocês fossem a um lugar como o moinho Forwin?

— É onde a terra está — respondeu suavemente o jovem tradutor. — E deve haver um escritório de reassentamento. Por que outra razão teria a polícia permitido que deixássemos os acampamentos?

— Olhem para o que está acontecendo por aqui! — gritou Sam, apontando para as nuvens de tempestade e para as constantes forquilhas de relâmpagos, as quais estavam agora facilmente visíveis, mesmo do leito do vale. — Se vocês forem para lá, serão mortos! É por isso que eles permitiram que vocês saíssem! Resolve o problema se todos vocês forem mortos e eles puderem dizer que não foi nem mesmo culpa deles!

A matriarca endireitou a cabeça e olhou para os relâmpagos que tremulavam ao longo da serrania. Depois olhou para o céu azul ao norte, sul e leste. Ela tocou no braço de intérprete e disse três palavras.

— Você nos jura pelo seu sangue? — perguntou o intérprete. Ele puxou para fora uma faca feita da ponta de uma colher. — Você nos dará terras em seu país?

— Sim, juro pelo meu sangue — disse Sam rapidamente. — Eu lhes darei terras e toda a ajuda que pudermos para que vocês possam viver lá.

A matriarca estendeu a palma da mão, que era marcada por centenas de cicatrizes pontilhadas que formavam uma complexa circunvolução. O intérprete perfurou sua pele com a faca e retorceu-a algumas vezes, para formar um novo pontilhado.

Sam estendeu a mão. Não sentiu a faca. Toda a sua concentração estava posta no que estava por trás dele, seus ouvidos tensionados para escutar qualquer som de um ataque.

A matriarca falou rapidamente e ergueu a palma da mão. O intérprete gesticulou para Sam erguer a palma contra a dela. Ele assim fez e ela agarrou sua mão com força surpreendente para seus velhos dedos ossudos.

— Bom, excelente — balbuciou Sam. — Façam seu povo voltar para o outro lado do rio e esperar lá. Tão logo seja possível, nós iremos... eu irei providenciar para que tenham a sua terra.

— Por que não esperarmos aqui? — perguntou o intérprete.

— Porque vai haver uma batalha — disse Sam ansiosamente. — Oh, que a Ordem me ajude! Por favor, voltem para além do rio! A água corrente será a única proteção com que poderão contar!

Ele se virou e disparou a correr antes que mais perguntas pudessem ser feitas. O intérprete o chamou de volta, mas Sam não respondeu. Ele podia sentir os Mortos chegando por aquele lado da serra e estava com um medo terrível de haver ficado por tempo demais longe de Lirael. Ela estava lá no alto do contraforte e ele era seu principal protetor. Havia pouco que os habitantes da Terra dos Ancestrais podiam fazer, mesmo aqueles que tinham algum ligeiro domínio da Magia da Ordem.

Sam não viu, porque estava correndo em disparada com todas as suas forças, mas atrás dele o intérprete e a matriarca conversavam acaloradamente. Depois, o intérprete fez um gesto para trás, em direção ao centro do vale e do rio. A matriarca olhou mais uma vez para os relâmpagos, depois rasgou o papel que trazia, lançou-o ao chão e cuspiu nele. Sua ação foi imitada por aqueles que se encontravam ao seu redor, e depois pelos outros, e uma grande rasgação de papel e cuspição se espalhou por toda a vasta multidão. Depois, a matriarca se virou e começou a caminhar para o leste, para o meio do vale e o rio. Como um rebanho seguindo a sineta do guia, todos os outros Sulinos se viraram também.

Sam estava subindo ofegante pelo contraforte, a três quartos do caminho de volta, quando ouviu gritos à frente:

— Pare! Pare!

Sam não podia sentir os Mortos tão próximos, mas retirou velocidade extra de algum lugar dentro de si e sua espada saltou para a sua mão. Soldados assustados se puseram de lado quando ele passou correndo por eles e subiu em direção a Lirael. Ela estava ainda lá, congelada, no círculo de pedras. Greene e dois soldados estavam na frente dela. A cerca de dez pés em frente a eles, mais dois soldados estavam diante de um jovem, com as baionetas em sua garganta. O jovem jazia imóvel no chão e gritava. Suas roupas e a pele estavam enegrecidas, e ele perdera a maior parte do cabelo. Mas não era um Ajudante Morto. Na verdade, Sam via que o fugitivo chamuscado não era muito mais velho que ele.

— Eu não sou, eu não sou, eu não sou como eles, eles estão me perseguindo — guinchava o jovem. — Vocês têm de me salvar!

— Quem é você? — perguntou o major Greene. — O que está acontecendo por lá?

— Eu sou Timothy Wallach — disse o jovem, arfando. — Eu não sei o que está acontecendo! É um pesadelo! Aquele... eu não sei o que ele é... Hedge. Ele matou meus trabalhadores! Todos eles. Ele apontou para eles e eles morreram.

— Quem está perseguindo você? — disse Sam.

— Eu não sei — soluçou Tim. — Eles eram meus homens. Eu não sei o que eles são agora. Eu vi Krontas ser atingido diretamente por um raio. Sua cabeça pegou fogo, mas ele não parou. Eles são...

— Os Mortos — disse Sam. — O que você estava fazendo no moinho Forwin?

— Eu sou da Universidade de Corvere — sussurrou Tim. Ele fez um esforço visível para se controlar. — Eu construí a Fazenda dos Relâmpagos para Nicholas Sayre. Eu não sabia... Eu não sei para o que serve, mas não é para nada de bom. Temos de impedir que ela seja usada! Nick disse que tentaria, mas...

— Nicholas está lá? — perguntou Sam imediatamente.

Tim concordou com a cabeça.

— Mas está em mau estado. Ele mal sabia quem eu era. Eu não acho que haja muita chance de ele fazer qualquer coisa. E havia fumaça branca saindo de seu nariz...

Sam ouviu com o coração parando. Ele sabia por Lirael que a fumaça branca era o sinal do Destruidor assumindo o controle. Qualquer débil esperança que ele tivera de que Nick pudesse escapar estava destruída. Seu amigo estava perdido.

— O que se pode fazer? — perguntou Sam. — Há algum meio de desativar a Fazenda dos Relâmpagos?

— Há interruptores de circuitos em cada uma das nove caixas de junção — sussurrou Tim. — Se eles forem abertos... Mas eu não sei quantos circuitos são realmente necessários. Ou... ou pode-se cortar os cabos dos para-raios. Há mil e um para-raios, e já que eles estão sendo atingidos por relâmpagos... será preciso um equipamento muito especial.

Sam não ouviu as últimas palavras de Tim. Todas as ideias quanto aos apuros de Sam e a Fazenda dos Relâmpagos foram varridas para longe quando uma fria sensação enregelou o ar na sua nuca. Sua cabeça se aprumou abruptamente e ele passou correndo por Tim. A primeira onda de Mortos estava quase em cima deles e qualquer questão de fazer algo com qualquer junção se tornou fútil.

— Aí vêm eles! — gritou ele, e saltou numa pedra, já invocando a Ordem para preparar feitiços destrutivos. Ficou surpreso pela facilidade com que conseguiu isso. O vento ainda estava soprando do oeste e devia estar mais forte nesse lado do Muro. Mas ele conseguiu sentir a Ordem com força, quase tão clara e presente quanto era no Reino Antigo, embora ela estivesse tanto dentro quanto fora dele.

— Fiquem preparados! — gritou Greene, seu aviso repetido pelos sargentos e cabos no círculo de soldados em torno da forma congelada de Lirael. — Lembrem-se, nada deve tocar o Abhorsen! Nada!

— O Abhorsen. — Sam fechou os olhos por um segundo, fazendo um esforço para afastar a dor. Não havia tempo para se angustiar ou para pensar no mundo sem seus pais. Ele podia ver os Ajudantes Mortos descendo cambaleantes pela encosta, ganhando velocidade ao farejarem a Vida que havia à sua frente.

Sam preparou um feitiço e rapidamente olhou ao redor. Todos os arqueiros tinham flechas apontadas e estavam emparelhados com homens de baionetas. Greene e Tindall estavam próximos a Sam, ambos preparados com feitiços da Ordem. Lirael estava a vários passos por trás deles, protegida por soldados à sua volta.

Mas onde estava Mogget? Não se via o gatinho branco em parte alguma.

capítulo vinte e três
Lathal, a abominação

O Quinto Portal era uma cachoeira ao contrário: uma água que subia. O rio batia num paredão invisível e continuava a subir. A trilha de fita negra que cruzara o Primeiro Distrito terminava abruptamente nessa subida da água, deixando um vão. Lirael e o Cão olharam para o alto do fim da trilha, o estômago deles comprimindo a garganta. Era muito desorientador ver a água subindo, ao invés de cair, embora felizmente esta ficasse encoberta pela bruma cinzenta antes de ir alto demais. Mesmo assim Lirael tinha a desagradável impressão de que não estava mais sujeita à gravidade normal e poderia ficar de ponta-cabeça também.

Essa impressão foi reforçada pelo conhecimento de que isso de fato iria acontecer quando ela fizesse o feitiço da Magia Livre para cruzar o Quinto Portal. Não havia trilha ou escada ali – o feitiço simplesmente garantiria que a subida feita de água não os conduzisse para muito longe.

– Será melhor segurar minha coleira, patroa – disse o Cão, analisando a água ascendente. – O feitiço não me incluirá, se você não proceder assim.

Lirael desembainhou sua espada e agarrou a coleira do Cão, seus dedos sentindo o calor e a confortável familiaridade dos sinais da Ordem que a criavam. Ela teve uma estranha sensação de *déjà-vu* quando enroscou os dedos nela, como se conhecesse os sinais da Ordem de alguma outra parte – provinda de um lugar relativamente novo, não apenas dos milhares de vezes em que segurara a coleira. Mas ela não teve tempo de estudar essa sensação para chegar a alguma conclusão.

Apertando o Cão com força, Lirael proferiu as palavras que os levariam para o alto da subida de água, mais uma vez sentindo o calor da Magia Livre percorrer o nariz e a boca. Ela provavelmente perderia a voz ao fim devido a isso, pensou, mas também parecia que isso curara seu resfriado contraído na Terra dos Ancestrais. Embora ela pudesse ainda estar resfriada em seu corpo real, que estava lá fora na Vida. Ela não sabia o suficiente como coisas desse tipo na Morte iriam afetá-la na Vida. Certamente, se fosse assassinada na Morte, seu corpo morreria na Vida também.

O feitiço demorou a começar e por um momento Lirael considerou a necessidade de repeti-lo. Depois, ela viu um lençol de água se estender pela superfície da subida de água, movendo-se como um tentáculo muito estranho, delgado e amplo. Ele cruzou o vão para a trilha de fita numa série de prolongamentos trêmulos e envolveu Lirael e o Cão como um grande cobertor, sem realmente tocar neles. Depois começou a escalar a subida de água, movendo-se na mesma velocidade que a correnteza vertical – levando Lirael e o sabujo bem agarrado a ela.

Eles se ergueram firmemente por vários minutos, até que o distrito abaixo ficou perdido na indistinta luz cinzenta. A subida de água continuava para cima – talvez para todo o sempre –, mas a extensão que segurava Lirael parou. Depois, subitamente bateu estalando de volta na superfície da subida – lançando seus passageiros para o outro lado.

Lirael fechou os olhos quando foi arremessada para algo que sua razão lhe revelou ser um rochedo, mas o outro lado da subida da água desobedicia a razão da mesma forma que a gravidade da subida. De algum modo ele os lançou para o próximo distrito. O Sexto, um lugar onde o rio se tornava uma poça rasa e não havia correnteza de nenhuma espécie. Porém, havia montes e montes de Mortos.

Lirael os sentiu com tal força que parecia que eles estavam em pé junto a ela – e alguns provavelmente estavam, sob a água. Instantaneamente, ela soltou a coleira e sacou Nehima, a espada zumbindo ao saltar de sua bainha.

A espada e o sino que ela carregava foram advertências suficientes para a maioria dos Mortos. Em qualquer caso, a grande maioria estava ali simplesmente à espera de que alguma coisa acontecesse e foi forçada a continuar, já que lhe faltavam a vontade e o conhecimento para retornar pelo outro caminho. Poucos lutavam ativamente para voltar à Vida.

Aqueles que estavam fazendo isso viram a grande faísca da Vida em Lirael e ficaram famintos por ela. Outros necromantes haviam mitigado sua fome no passado e os ajudaram a voltar da margem do Nono Portal – por vontade própria ou não. Esta era jovem, e devia ser assim uma presa fácil para qualquer dos Mortos Maiores que calhavam de estar por perto.

Havia três deles.

Lirael olhou para longe e viu que enormes sombras caminhavam altivamente entre os apáticos espíritos menores, fogos ardendo onde uma vez suas formas vivas tinham tido olhos. Havia três delas próximas o bastante para interceptar o caminho que ela tencionava tomar – e isso já era demais.

Mas novamente o *Livro dos Mortos* avisara para a possibilidade de tal confrontação no Sexto Distrito. E, como sempre, havia o Cão Indecente.

Quando os três monstruosos Mortos Maiores lançaram-se a caminho em sua direção, Lirael substituiu o Ranna e sacou Saraneth. Concentrando-se cuidadosamente dessa vez, ela o fez soar, juntando sua vontade indomável com seu chamado profundo.

As criaturas Mortas hesitaram quando a voz poderosa de Saraneth ecoou por todo o Distrito, e se prepararam para lutar contra essa presunçosa necromante que pensava que iria curvá-los à sua vontade.

Depois eles riram, uma risada medonha que soava como uma grande multidão de pessoas presas entre o absurdo e a dor. Pois essa necromante era tão incompetente que focalizou sua vontade não sobre eles, mas sobre os Mortos Menores, que se estendiam por toda a volta.

Ainda rindo, os Mortos Maiores se lançaram para a frente agora, cada um deles vigiando cuidadosamente os outros para avaliar se eles seriam fracos o bastante para saírem do caminho. Pois quem quer que pegasse essa necromante em primeiro lugar ganharia a delícia de consumir a maior parte de sua vida. Vida e força, as únicas coisas que eram de alguma utilidade para a longa jornada para fora da Morte.

Eles nem mesmo notaram os primeiros poucos espíritos que se agarraram às suas pernas fantasmagóricas ou mordido seus tornozelos, pondo-os de lado como uma pessoa viva poderia ignorar algumas picadas de mosquitos.

Então, mais e mais espíritos começaram a emergir da água e se lançar sobre os três Mortos Maiores. Eles foram forçados a parar e estapear esses irritantes Mortos Menores para longe, parti-los em pedaços e os rasgarem com suas mandíbulas flamejantes. Raivosamente, eles pisaram com força e malharam, rugindo com raiva agora, e as risadas desapareceram.

Distraído, o Morto Maior mais próximo a Lirael mal notou o feitiço da Ordem que revelou seu nome para ela, e não a viu quando ela caminhou quase diretamente para o alto, onde ele lutava contra uma massa agitada de irmãos inferiores.

Mas Lirael ganhou a atenção total da criatura quando um novo sino soou, substituindo as ordens estridentes do Saraneth por uma marcha excitante. O sino era Kibeth, próximo à cabeça da coisa, executado com um tom terrível especialmente para os seus ouvidos. Uma entonação que ele não pôde ignorar, mesmo depois que o sino havia parado.

— Lathal, a Abominação! — ordenou Lirael. — Sua hora chegou. O Nono Portal o chama e você deve atravessá-lo!

Lathal gritou quando Lirael falou, um grito que carregava a angústia de mil anos. Ele conhecia aquela voz, pois fez a longa jornada para a Vida duas vezes no último milênio, apenas para ser forçado a retornar à Morte por outros com aquele mesmo tom frio. Esse tom conseguira sempre pará-lo, carregando-o para o último portal. Agora Lathal não caminharia sob o sol outra vez, nunca mais beberia da doce vida dos vivos insuspeitos. Estava perto demais do Nono Portal e a compulsão era poderosa.

Drubas e Sonnir ouviram o sino, o grito e a voz, e perceberam que esse não era um necromante tolo — era um Abhorsen. Um novo Abhorsen, pois eles conheciam o velho e teriam corrido dele. A espada era diferente também, mas eles se lembrariam dela no futuro.

Ainda gritando, Lathal se virou e despencou, os Mortos Menores rasgando suas pernas quando ele vacilou, tombou na água e insistentemente tentou voltar, sem sucesso.

Lirael não foi em frente, porque ela não queria estar perto demais quando ele passasse pelo Sexto Portal, caso a correnteza a carregasse também. Os outros Mortos Maiores estavam se movendo para longe apressadamente, notou ela com feroz satisfação, forçando a passagem por meio de espíritos grudentos que ainda os importunavam.

— Posso cercá-los, patroa? — perguntou o Cão ansiosamente, encarando os vultos escuros que batiam em retirada com tensa expectativa. — Posso?

— Não — disse Lirael firmemente. — Eu surpreendi Lathal. Aqueles dois ficarão de sobreaviso e serão muito mais perigosos unidos. Além do mais, não temos tempo.

Quando ela falou, o grito de Lathal foi subitamente cortado e Lirael sentiu a correnteza do rio saltar ao redor de seus pés. Ela separou os pés e se posicionou contra a correnteza, encostando-se no Cão firme como rocha. A correnteza foi muito forte por alguns minutos, ameaçando arrastá-la para o fundo; depois ela parou — e mais uma vez as águas do Sexto Distrito ficaram tranquilas.

Imediatamente, Lirael começou a vadear rumo ao ponto onde ela poderia convocar o Sexto Portal. Diferente dos outros, o portal que pertencia ao Sexto Distrito não ficava em nenhum local em particular. Ele se abria aleatoriamente de tempos em tempos — o que era um perigo —, ou poderia ser aberto em algum ponto que ficava a certa distância do Quinto Portal.

Para evitar que ele fosse igual ao portal anterior, Lirael agarrou-se à coleira do Cão Indecente outra vez, embora isso significasse embainhar Nehima. Depois recitou o feitiço, umedecendo seus lábios entre as frases para tentar abrandar o calor da Magia Livre.

Enquanto o feitiço se formava, a água era drenada para longe num círculo de cerca de três metros em volta e por baixo de Lirael e do Cão. Quando ficou seco, o círculo começou a afundar, a água se erguendo ao redor dele por todos os lados. Mais e mais depressa ele afundou, até que eles pareceram estar na base de um cilindro estreito de ar seco perfurado em trezentos pés de água.

Depois, com um grande rugido, as laterais líquidas do cilindro caíram, espalhando-se em várias direções. Levou alguns minutos para as águas passarem e para a espuma e o espirro se desfazerem; depois, o rio lentamente refluiu e envolveu as pernas de Lirael. O ar clareou e ela viu que eles estavam em pé no rio, a correnteza mais uma vez tentando puxá-los para baixo e para longe.

Eles chegaram ao Sétimo Distrito e Lirael já podia ver o primeiro dos três portais que assinalavam os recessos mais profundos da Morte. O Sétimo Portal — uma linha infindável de fogo vermelho que ardia estranhamente sobre a água, a luz clara e perturbadora depois do cinza uniforme dos primeiros distritos.

— Estamos nos aproximando — disse Lirael, numa voz que revelou uma mistura de alívio por terem chegado tão longe e apreensão pelos lugares aonde ainda teriam de ir.

Mas o Cão não estava ouvindo — estava olhando para trás, suas orelhas empinadas e retorcidas. Quando ele olhou de fato para Lirael, disse simplesmente:

— Nosso perseguidor está chegando, patroa. Eu acho que *é* Hedge! Devemos ir mais depressa!

capítulo vinte e quatro
a iniciativa inescrutável de mogget

Nick se puxou para cima e se encostou à porta. Ele encontrara um prego curvo no chão, e, armado com ele e uma memória vaga de como as fechaduras funcionavam, tentou mais uma vez entrar no fortim de concreto que abrigava uma das nove caixas de junção que eram vitais para a operação da Fazenda dos Relâmpagos.

Ele não conseguia ouvir nada senão trovões agora, e não podia olhar para o alto, porque os relâmpagos eram muito próximos, muito claros. A coisa que estava dentro dele queria que ele olhasse, que assegurasse que os hemisférios estivessem sendo apropriadamente carregados para os cavaletes de bronze. Mas mesmo que ele cedesse a essa compulsão, seu corpo estava fraco demais para obedecer.

Em vez disso, ele deslizou de volta para o chão e deixou cair o prego. Começou a procurar por ele, embora soubesse que era inútil. Ele tinha de fazer alguma coisa. Ainda que fútil.

Depois sentiu uma coisa tocar em seu rosto e se encolheu. Ela a tocou outra vez – uma coisa mais úmida que o nevoeiro, e áspera. Cautelosamente, abriu os olhos em fendas estreitas, encolhendo-se ao clarão branco dos relâmpagos.

Ele conseguiu isso, mas surgiu outra brancura, mais suave também. O pelo de um pequeno gato branco, que estava lambendo delicadamente seu rosto.

– Vá embora, gato! – resmungou Nick. Sua voz soou apagada e patética sob o som dos trovões. Ele fez um movimento parecido a uma palmada com a mão e acrescentou: — Você será atingido por um raio.

— Duvido disso — respondeu Mogget, junto ao seu ouvido. — Além do mais, eu decidi levá-lo comigo. Infelizmente. Você consegue andar?

Nick balançou a cabeça e descobriu, para sua surpresa, que ainda lhe restavam lágrimas, afinal. Não estava surpreso com um gato falante. O mundo estava se esfacelando ao seu redor e qualquer coisa podia acontecer.

— Não — sussurrou. — Há alguma coisa dentro de mim, gato. Ela não me deixa ir embora.

— O Destruidor está distraído — disse Mogget. Ele podia ver o segundo hemisfério sendo ajustado ao seu cavalete no vagão da ferrovia, os chamuscados e despedaçados Ajudantes Mortos prosseguindo em seu trabalho penoso com devoção inconsciente. Os olhos verdes de Mogget refletiam uma tapeçaria de relâmpagos, mas o gato não piscava.

— Bem como Hedge — acrescentou. Mogget já fizera um cuidadoso reconhecimento e visto o necromante em pé no cemitério que havia uma vez servido a uma próspera cidadezinha madeireira. Hedge estava coberto de gelo, obviamente engajado em juntar reforços na Morte e mandá-los de volta. Com grande sucesso, Mogget sabia, a julgar pelos muitos corpos decompostos e esqueletos que já estavam saindo de seus túmulos.

Nick de algum modo sabia que essa era a sua última chance, que esse animal falante era como o Cão de seu sonho, ligado a Lirael e seu amigo Sam. Juntando suas últimas reservas de força, puxou-se para o alto para uma posição sentada — mas isso foi tudo. Ele estava fraco demais e perto demais dos hemisférios.

Mogget olhou para ele, sua cauda balançando de lá para cá com irritação.

— Se isso é o melhor que você pode fazer, suponho que terei de carregá-lo — disse o gato.

— C-Como? — resmungou Nick. Ele não conseguia nem começar a pensar em como o gatinho pretendia carregar um homem adulto. Mesmo um tão degradado como ele estava.

Mogget não respondeu. Ele apenas se ergueu em suas patas traseiras – e começou a se transformar.

Nick olhou fixamente para o lugar onde o gatinho havia estado. Seus olhos lacrimejavam com o clarão dos relâmpagos persistentes. Ele viu o animal se transformar, mas mesmo assim tinha dificuldades para acreditar no que vira.

Pois, em vez do gatinho, lá estava agora um homem muito baixo, de cintura delgada e ombros largos. Não era mais alto do que uma criança de dez anos e tinha o cabelo louro-branco e a pele translucidamente pálida de um albino, embora seus olhos não fossem vermelhos. Eram de um verde brilhante e em formato de amêndoas – exatamente como os do gato. E ele tinha um cinto de couro brilhante em torno da cintura, do qual pendia um pequenino sino de prata. Então Nick notou que o manto branco que essa aparição usava tinha duas faixas amplas em torno das bainhas, polvilhadas com pequeninas chaves de prata – as mesmas chaves de prata que ele vira no casaco de Lirael.

– Agora – disse Mogget cuidadosamente. Ele podia sentir o fragmento do Destruidor dentro de Nick, e mesmo com a maior parte dele atenta à sua acoplagem, ele tinha de ter cuidado. Mas a esperteza serviria onde a força falhasse. – Eu vou levantar você, e nós vamos achar um lugar realmente bom onde possamos olhar os hemisférios se juntando.

À menção dos hemisférios, Nick sentiu uma dor ardente e fervente percorrer seu peito. Sim, eles estavam próximos, ele podia senti-los...

– Eu devo supervisionar o trabalho – crocitou. Fechou os olhos novamente e a visão dos hemisférios se acendeu em sua mente, mais luminosa do que qualquer relâmpago.

– O trabalho está feito – tranquilizou-o Mogget. Ele levantou Nick e o segurou em seus braços sobrenaturalmente fortes, embora tivesse cuidado em não tocar no peito dele. O albino se parecia um pouco com uma formiga, carregando um peso maior do que ela mesma ligeiramente distante de seu próprio corpo. – Nós apenas vamos para um lugar para ter uma visão melhor. Uma visão dos hemisférios quando eles se acoplarem.

— Uma visão melhor — resmungou Nick. De algum modo isso abrandou a dor em seu peito, mas fez com que pensasse novamente com sua própria mente.

Ele abriu os olhos e se deparou com os de seu carregador. Foi incapaz de decifrar as emoções que havia ali. Era medo — ou expectativa?

— Temos de pará-lo! — resfolegou, e a dor voltou com tanta força que ele gritou, um grito abafado pelos trovões. Mogget baixou a cabeça para mais perto, quando Nick continuou falando num sussurro: — Eu posso lhe mostrar... ah... desparafusar a junção... desconectar os cabos principais...

— É tarde demais para isso — disse Mogget. Ele começou a subir entre os para-raios, abaixando a cabeça e trançando com uma presciência que indicava que ele podia prever onde e quando o relâmpago cairia.

Por trás e abaixo de Mogget e seu fardo, um dos últimos trabalhadores vivos de Hedge conectou os cabos principais aos cavaletes que sustentavam os hemisférios no topo dos vagões da ferrovia. Os vagões estavam posicionados a cinquenta metros um do outro na curta extensão da linha ferroviária, e os hemisférios haviam sido dispostos de tal modo que seus fundos chatos ficassem face a face e se projetassem para fora dos cavaletes. Os cabos abasteciam a estrutura de bronze que continha cada hemisfério. Não havia sinal de que alguma coisa conduziria os vagões da ferrovia — e os hemisférios — juntos, mas era claramente essa a intenção.

Muitos dos para-raios estavam sendo atingidos e já havia força de abastecimento dentro dos hemisférios. Longas faíscas azuis estavam estalejando em torno dos vagões ferroviários, e Mogget podia sentir o ávido sugar do Destruidor, e a agitação da antiga entidade dentro do metal prateado.

O albino começou a se mover mais depressa, embora não tão depressa quanto poderia, para não alarmar o estilhaço dentro de Nick. Mas o jovem jazia em silêncio em seus braços, uma parte de sua mente contente por ser tarde demais para interromper a acoplagem, outra parte angustiada por haver fracassado.

Logo houve evidência de que Orannis se flexionava contra suas amarras. Os relâmpagos cessaram em torno dos próprios hemisférios e começaram a se mover para fora, como se afastados por uma mão invisível. Em vez de uma série concentrada de golpes no interior e no derredor dos vagões da ferrovia, os relâmpagos começaram a atingir mais e mais os para-raios que pontilhavam a encosta. Havia também mais relâmpagos baixando da tempestade. Onde antes houvera nove raios a cada minuto numa pequena área em torno dos hemisférios, agora havia noventa percorrendo a encosta, e depois várias centenas, quando a tempestade rolou e trovejou, espalhando-se por toda a Fazenda dos Relâmpagos.

Em alguns minutos, não havia mais relâmpago algum no centro da tempestade. Mas lá embaixo os hemisférios reluziam com o recém-descoberto poder, e, toda vez que Mogget se olhava de relance para trás, podia ver sombras escuras se retorcendo nas profundezas do metal prateado. Em cada hemisfério, as sombras se moviam para escurecer o lado mais próximo ao outro, enfurecendo-se contra a repulsa que ainda os mantinha separados.

Mais relâmpagos caíram, o estrondo do trovão fazendo o chão estremecer. Os hemisférios brilharam mais fortemente ainda e as sombras ficaram mais escuras. Com um guincho de metal lamuriento de rodas em longo desuso, os vagões da ferrovia começaram a rolar juntos.

— Os hemisférios se acoplam! — gritou Mogget, e correu mais depressa para o alto da encosta, ziguezagueando entre os para-raios, com o corpo encurvado para proteger seu fardo das violentas energias que despencavam sobre tudo ao redor deles.

Dentro do coração de Nick, uma pequena lasca de metal estremecia, sentindo a atração de seu conjunto maior. Por um instante, ela se moveu contra a parede do coração, como se quisesse explodir em glória sanguinolenta. Mas a força atrativa não era poderosa o suficiente e estava longe demais. Em vez de fazer uma erupção entre carne e ossos, o estilhaço do Destruidor pegou o fluxo contínuo que o levaria por dentro de uma artéria brilhante e começou a refazer o caminho pelo qual entrara havia quase um ano.

Sam baixou a mão quando um Ajudante Morto caiu guinchando, o fogo dourado da Ordem devorando todas as suas fibras. Tombando e se retorcendo, ele rastejou por trás de duas árvores que queimavam. A fumaça dos fogos se ergueu em espirais, semelhante a um batedor à frente do enorme banco de nevoeiro que estava rolando sobre o topo da serra acima.

— Quisera minhas flechas fizessem isso! — observou o sargento Evans. Ele disparara várias flechas dentro daquele mesmo Ajudante Morto, mas elas haviam apenas tornado seus movimentos mais lentos.

— O espírito ainda está lá — disse Sam soturnamente. — Apenas o corpo é inútil para ele agora.

Ele conseguia sentir muitos Mortos mais, escalando pelo outro lado da serra, avançando juntos com o nevoeiro. Até ali Sam e os soldados conseguiram repelir o primeiro ataque. Mas aquilo fora apenas meia dúzia de Ajudantes Mortos.

— Eles estão fazendo com que mantenhamos a distância enquanto se preparam para o ataque principal, calculo — disse o major Greene, dando um tapinha para puxar seu capacete e enxugar uma gota brilhante de suor de sua testa.

— Sim — concordou Sam. Ele hesitou, depois disse baixinho:
— Há cerca de cem Ajudantes Mortos por lá, e mais deles estão aparecendo a cada minuto.

Ele olhou para trás para o lugar onde o corpo incrustado de gelo de Lirael ficava entre as pedras, e depois em torno do círculo de soldados. Suas fileiras estavam mais ralas do que antes. Nenhum fora assassinado pelos Mortos, mas pelo menos uma dúzia ou mais deles havia simplesmente fugido para longe, assustados demais para tomar posição e lutar. O major os tinha deixado fugir relutantemente, murmurando alguma coisa sobre não ser capaz de atirar neles quando a companhia toda não devia estar ali, de qualquer modo.

— Eu desejaria saber o que está acontecendo! — explodiu Sam. — Com Lirael, e com aqueles hemisférios amaldiçoados pela Ordem!

— A espera é sempre a pior parte — disse o major Greene. — Mas eu não acho que vamos esperar muito, de um modo ou de outro. Aquele nevoeiro está descendo. Estaremos debaixo dele em poucos minutos.

Sam olhou para a frente de novo. Era verdade, o nevoeiro estava se movendo mais depressa, as longas gavinhas descendo pela encosta, com o volume do nevoeiro por trás. Ao mesmo tempo, ele sentiu uma grande onda de Mortos se erguerem ao longo de toda a serra.

– Lá vêm eles! – gritou o major. – Tomem posição depressa, rapazes!

Havia Mortos demais para explodir com feitiços da Ordem, percebeu Sam. Ele hesitou por um momento, depois pegou as flautas de Pã que Lirael havia lhe dado e as ergueu até a boca. Podia não ser mais o Abhorsen-em-Espera, mas ele teria de fazer seu papel agora, face à investida dos Mortos.

Então, perdeu o major de vista, sua atenção toda voltada para os Mortos e as flautas de Pã. Pôs os lábios na flauta Saraneth, tomou um fôlego profundo pelo nariz – e soprou, a pura e poderosa canção cortando o ar cheio de trovões e o nevoeiro encharcador.

Com esse som, Sam exercitou sua vontade, sentindo-a se estender por todo o campo de batalha, abarcando mais de cinquenta Ajudantes Mortos. Ele sentiu que a investida morro abaixo promovida por eles ficou mais lenta, sentiu-os lutando contra ele, seus espíritos se enfurecendo enquanto as carnes mortas penavam para continuar se movendo para a frente.

Por um instante, Sam teve-os todos sob seu domínio, e os Mortos foram reduzindo a sua marcha até parar, até ficarem como estátuas soturnas, envoltas em fiapos de nevoeiro. Flechas penetraram neles, e alguns dos soldados mais próximos se arremessaram para despedaçar pernas ou perfurar joelhos com baionetas.

Ainda assim, os espíritos dentro das carnes mortas lutavam e Sam sabia que ele não poderia ganhar domínio total.

Deixou Saraneth ecoando pela encosta e mudou sua boca para Ranna. Mas teve de tomar fôlego outra vez, e, nesse breve instante, o som de Saraneth se apagou e a vontade de Sam se quebrou. Ele perdeu o controle, e, ao longo de toda a linha, os Mortos reagiram se movimentando e mais uma vez investiram sobre o contraforte, famintos por Vida.

capítulo vinte e cinco
o nono portal

Lirael e o Cão atravessaram o Sétimo Distrito correndo, não parando sequer quando Lirael gritou o feitiço para abrir o Sétimo Portal. À frente deles, a linha de fogo estremeceu com suas palavras, e bem diante deles, ela saltou para formar um arco estreito, amplo o suficiente apenas para que eles passassem.

Ao abaixar a cabeça para passar, Lirael deu uma olhadela para trás — e viu uma figura em forma de homem correndo atrás deles, ele próprio uma coisa de fogo e escuridão, segurando uma espada que pingava chamas vermelhas que se pareciam com as do Sétimo Portal.

Depois, eles entraram no Oitavo Distrito, e Lirael teve de, rapidamente, ofegando, proferir outro feitiço para repelir um fragmento de chama que se ergueu da água por trás deles. Essas chamas eram a principal ameaça do distrito, pois o rio era iluminado com muitos fragmentos flutuantes de fogo que se moviam de acordo com estranhas correntezas próprias ou ardiam espontaneamente.

Lirael desviou de outro por um triz e passou correndo. Ela sentiu um pequenino músculo acima de seu olho começar a repuxar incontrolavelmente, um sintoma de medo, de nervoso, quando os fogos individuais rugiram por toda parte à vista, alguns se movendo rápido e outros lentamente. Ao mesmo tempo, ela esperava que Hedge surgisse subitamente atrás dela e a atacasse.

O Cão latiu próximo a ela e um enorme matagal de fogo vagueou de lado. Ela nem o tinha visto começar a queimar, sua mente muito ocupada com aqueles que conseguia ver e pela ameaça do que poderia estar vindo lá atrás.

— Firme, patroa — disse o Cão calmamente. — Vamos chegar ao fim disso bem depressa.

— Hedge! — Lirael engoliu em seco e de imediato gritou duas palavras para lançar uma longa cobra de fogo se enroscando em outra, as duas se juntando numa dança combustiva. Elas pareciam quase vivas, pensou, vendo-as se contorcer. Mais semelhantes a criaturas do que a fragmentos ardentes de borra oleosa, que era com o que pareciam quando não se moviam. Elas também diferiam dos fogos normais de outro modo, percebeu Lirael, porque não havia fumaça.

— Eu vi Hedge — repetiu assim que a ameaça imediata da imolação havia passado. — Atrás de nós.

— Eu sei — disse o Cão. — Quando chegarmos ao Oitavo Portal, eu ficarei aqui e o deterei enquanto você segue em frente.

— Não! — exclamou Lirael. — Você tem de vir comigo! Eu não tenho medo dele... é que... é que é apenas tão inconveniente!

— Cuidado! — latiu o Cão, e ambos pularam de lado quando um grande globo de fogo passou oscilando, próximo o bastante para engasgar Lirael com seu calor súbito. Tossindo, ela se curvou, e o rio escolheu esse momento para tentar puxar suas pernas.

Quase funcionou. A súbita onda da correnteza fez Lirael escorregar, mas ela caiu só até a cintura, e então usou sua espada como uma muleta para se alavancar para o alto com um único salto de mola.

O Cão já havia mergulhado para erguer sua dona e pareceu muito embaraçado quando emergiu, ensopado, para encontrar Lirael não apenas ainda vertical, mas seca na maior parte do corpo.

— Pensei que você tinha afundado — resmungou, depois latiu para um fogo, tanto para mudar de assunto quanto para distrair o intruso.

— Venha! — disse Lirael.

— Eu vou esperar e armar uma cilada... — o Cão começou a dizer, mas Lirael se virou e o agarrou pela coleira. O Cão, teimoso, se plantou no chão e Lirael tentou arrastá-lo.

— Você vem comigo! — ordenou Lirael, seu tom de comando diluído pelo tremor em sua voz. — Nós enfrentaremos Hedge juntos, quando isso tiver de acontecer. Por enquanto, vamos nos apressar!

— Oh, está certo então — grunhiu o Cão. Ele se levantou e se sacudiu, espirrando água do rio sobre Lirael.

— O que quer que aconteça — acrescentou Lirael, baixinho —, quero que estejamos juntos, Cão.

O Cão Indecente ergueu os olhos para ela com um olhar atormentado, mas não falou. Lirael quase disse algo mais, mas isso ficou entalado em sua garganta e depois ela teve de repelir mais uma incursão dos fogos flutuantes.

Quando isso terminou, eles partiram andando a passos firmes lado a lado e, alguns minutos depois, entraram confiantemente no muro de escuridão que era o Oitavo Portal. Toda a luz desaparecera, e Lirael nada via, nada ouvia e nada sentia, incluindo seu próprio corpo. Sentia-se como se houvesse se tornado uma inteligência descarnada que estava totalmente só, isolada de todos os estímulos externos.

Mas ela havia esperado isso, e embora não pudesse sentir sua própria boca e seus lábios, e seus ouvidos não pudessem ouvir som algum, proferiu o feitiço que os conduziria por meio dessa escuridão final. Até o Nono e derradeiro Distrito da Morte.

O Nono era totalmente diferente de todas as outras partes da Morte. Lirael fechou os olhos ao emergir da escuridão do Oitavo Portal, atingida pela luz repentina. O puxão familiar do rio desapareceu quando a correnteza se desfez ao longe. O rio agora apenas batia delicadamente em torno de seus tornozelos e a água era quente, o frio terrível que predominava nos outros distritos da Morte deixado para trás.

Todas as outras partes da Morte sempre tinham gerado uma sensação claustrofóbica, devido à estranha luz cinzenta que limitava a visão. Ali era o contrário. Havia uma sensação de imensidade, e Lirael podia ver por milhas e milhas, por uma grande extensão reta de água faiscante.

Pela primeira vez, ela podia também olhar para o alto e ver mais do que uma mancha cinzenta e depressiva. Muito mais. Havia um céu lá no alto, um céu noturno tão denso de estrelas que elas se sobrepunham e fundiam para formar uma nuvem inimaginavelmente vasta e luminosa. Não havia constelações discerníveis, nenhum padrão a registrar. Só uma multiplicidade de estrelas, lançando uma luz tão clara quanto, mas mais suave do que a do sol do mundo dos vivos.

Lirael sentiu as estrelas a chamarem e um anseio de responder se ergueu em seu coração. Ela desembainhou o sino e a espada e estendeu os braços para o alto, para o céu brilhante. Sentiu-se levada para o alto, e seus pés saíram do rio com uma suave ondulação e um lamento das águas.

Os Mortos se ergueram também, ela viu. Mortos de todas as formas e tamanhos, todos se elevando para o mar de estrelas. Alguns iam lentamente, e outros tão rapidamente que eram apenas um borrão.

Alguma pequena parte da mente de Lirael a advertiu de que ela estava respondendo ao chamado do Nono Portal. O véu de estrelas era o limite final, a morte derradeira da qual não poderia haver retorno. Essa mesma consciência reduzida clamava por responsabilidade, e por Orannis, pelo Cão Indecente, por Sam, por Nick e por todo o mundo da Vida. Ela raivosamente esperneava e gritava contra a sensação dominadora de paz e repouso oferecida pelas estrelas.

Ainda não, gritava. Ainda não.

O grito foi respondido, embora não por nenhuma voz. As estrelas subitamente recuaram, tornando-se imensuravelmente distantes. Lirael fechou os olhos, balançou a cabeça e caiu a vários pés para se espatifar junto ao Cão, que ainda olhava fixamente para o céu luminoso.

— Por que você não me deteve? — perguntou Lirael, contrariada pelo susto que tivera. Mais alguns segundos e ela teria sido incapaz de retornar, sabia. Teria ido para além do Nono Portal para todo o sempre.

— É uma coisa que todos aqueles que caminham por aqui devem encarar por si mesmos — sussurrou o Cão. Ele ainda olhava para o alto fixamente e não olhou para Lirael. — Para todos e tudo há uma hora para morrer. Alguns não sabem disso, ou a adiariam, mas sua verdade não pode ser negada. Não quando você olha para as estrelas do Nono Portal. Estou feliz por ter retornado, patroa.

— Feliz estou eu — disse Lirael nervosamente. Ela podia ver Mortos emergindo ao longo de toda a massa escura do Oitavo Portal. Toda vez que algum surgia, ela ficava tensa, pensando que poderia ser Hedge. Ela podia sentir mais Mortos do que os que via, mas eles simplesmente vinham e imediatamente tombavam em direção ao céu, para desaparecer entre as estrelas. Mas Hedge, que devia estar a apenas alguns minutos atrás de Lirael e do Cão, não veio pelo Oitavo Portal.

O Cão ainda olhava para o céu. Lirael finalmente reparou e seu coração quase parou. Será que o Cão não iria responder aos apelos do Nono Portal?

Finalmente, ele baixou os olhos e fez um som ligeiramente rosnado.

— Não é minha hora, tampouco — disse ele, e Lirael soltou o fôlego. — Não devia estar fazendo aquilo que viemos fazer aqui, patroa?

— Eu sei — disse Lirael lastimosamente, consciente demais do tempo desperdiçado. Ela tocou o Espelho Negro em sua bolsa. — Mas e se Hedge aparecer enquanto eu estiver olhando?

— Se ele não veio até agora, provavelmente não virá — respondeu o Cão, cheirando o rio. — Poucos necromantes se arriscam a ver o Nono Portal, pois é de sua própria natureza negar seu chamado.

— Oh — disse Lirael, muito aliviada por essa informação.

— Ele certamente estará esperando por nós na volta, entretanto — continuou o Cão, explodindo aquela pequena bolha de alívio. — Mas, por enquanto, eu vou proteger você.

Lirael sorriu, um sorriso perturbado que transmitia seu amor e gratidão. Ela estava duplamente vulnerável, pensou, com seu corpo lá na Vida protegido por Sam, e seu espírito ali na Morte, protegido pelo Cão.

Mas tinha de fazer o que devia ser feito, independente do risco.

Primeiramente, ela furou a ponta de seu dedo com a Nehima, antes de desembainhar a espada novamente. Depois, retirou o Espelho Negro e o abriu com um estalo decisivo.

O sangue escorreu por seu dedo e um pingo caiu. Mas voou para o alto, em direção ao céu, ao invés de se dirigir para baixo, para o rio. Lirael não notou. Ela estava se recordando de páginas do *Livro da lembrança e do esquecimento*, concentrando-se ao manter o dedo junto ao Espelho, e tocou com um único pingo luminoso sua superfície opaca. Quando o pingo tocou-a, se espalhou para formar um fino reflexo sobre a superfície escura do vidro.

Lirael ergueu o Espelho e o segurou junto ao olho direito, enquanto ainda olhava para a Morte com o olho esquerdo. O sangue deu ao Espelho uma débil cor vermelha, mas isso rapidamente se apagou quando ela ajustou o foco e a escuridão começou a clarear. Mais uma vez, Lirael via por meio do Espelho um outro lugar, mas ela ainda podia ver as águas cintilantes do Nono Portal. As duas visões se fundiram, e Lirael viu as luzes rodopiantes e o sol fugindo para longe de algum modo por meio das águas da Morte, e se sentiu caindo mais rapidamente em algum passado incrivelmente distante.

Então, começou a pensar no queria ver e sua mão esquerda tombou para inconscientemente tocar cada um dos sinos em sua correia.

— Pelo Direito do Sangue — disse ela, sua voz ficando mais forte e mais confiante a cada palavra —, pelo Direito de Hereditariedade, pelo Direito da Ordem e pelo Direito dos Sete que a teceram, eu exercerei minha visão através do véu do tempo, até o Princípio. Vou testemunhar o Aprisionamento e a Destruição de Orannis e aprender o que foi e o que deve se tornar. Que assim seja!

Após sua fala, os sóis ainda fugiram para longe e Lirael caiu mais e mais dentro deles, até que todos os sóis formaram um único, cegando-a com a luz. Então, esta se apagou e lançou um olhar para o vácuo escuro. Havia um único ponto de luz dentro do vácuo e ela caiu em sua direção, e logo ele ser revelou não uma luz, mas uma lua, e depois um enorme planeta que preenchia o horizonte, e ela foi caindo por seu céu e planando no ar acima de um deserto que se estendia de horizonte a horizonte, um deserto que Lirael de algum modo sabia que abarcava o mundo todo. Nada se movia sobre a terra calcinada, ressecada. Nada crescia ou vivia.

O mundo girou por baixo dela rapidamente, e Lirael viu-o em tempos mais remotos, viu como toda a vida fora extinguida. Depois, caiu pelos sóis novamente e viu mais um vácuo, outro mundo solitário e lutador que iria se tornar um deserto.

Seis vezes Lirael viu um mundo destruído. Na sétima vez, foi seu próprio mundo que ela viu. Ela percebeu isso, embora não houvesse referência ou sinal que o denunciasse. Viu que o Destruidor escolhera assim, mas dessa vez outros escolhiam também. Esse seria o campo de batalha onde eles se confrontariam contra Ele, esse era o local onde os lados deviam ser escolhidos, e as lealdades, decididas para todo o sempre.

A visão que Lirael teve, então, pareceu durar por muitos dias e muitos horrores. Mas, ao mesmo tempo, através de seu olho, viu o Cão andando para trás e para a frente, e soube que pouco tempo havia transcorrido na Morte.

Finalmente, viu o suficiente e não suportou ver mais. Fechou os olhos, fechou o espelho com um estalo e lentamente caiu de joelhos, segurando o pequeno estojo de prata entre suas mãos apertadas. A água quente a envolveu, mas não lhe proporcionou conforto.

Quando abriu os olhos um momento depois, o Cão a lambeu na boca e a olhou com grande preocupação.

— Temos de nos apressar — disse Lirael, pondo-se em pé. — Eu realmente não entendi antes... Temos de correr!

Ela começou a correr de volta ao Oitavo Portal e sacou tanto a espada quanto o sino com nova capacidade de decisão. Viu o que Orannis podia fazer agora, e isso era muito pior do que pudera imaginar. Na verdade, Ele era chamado de Destruidor muito apropriadamente. Orannis existia apenas para destruir e a Ordem era o inimigo que O impedira de agir assim. Ele odiava todas as coisas vivas e não apenas queria destruí-las — tinha também o poder para fazê-lo.

Somente Lirael sabia como Orannis poderia ser aprisionado novamente. Seria difícil — talvez até impossível. Mas era a única chance que eles tinham, e ela estava cheia de sincera determinação para retornar à Vida. Lirael tinha de fazer isso acontecer. Por ela mesma, pelo Cão, por Sam, por Nick, pelo major Greene e seus homens, pelo povo da Terra dos Ancestrais, que iria morrer sem nem sequer saber do perigo que corria, e por todos aqueles que viviam no Reino Antigo. Por suas primas do Clayr. Até por sua tia Kirrith...

Pensamentos sobre todos e sua responsabilidade inundavam sua cabeça quando ela se aproximou do Oitavo Portal, as palavras do feitiço de abertura em seus lábios. Mas bem quando abriu a boca para proferi-las, uma fagulha veio da escuridão do portal, caindo bem diante de Lirael e do Cão.

Envolto na chama, Hedge avançou. Sua espada baixou sobre o braço esquerdo de Lirael e ele golpeou com tanta força que ela deixou cair o Saraneth, seu breve som discordante rapidamente engolido pelo rio. O clangor de aço enfeitiçado sobre placas de cerâmica ecoou por todo o rio. A armadura a protegia, mas o braço de Lirael foi gravemente ferido — pela segunda vez em poucos dias.

Lirael mal conseguiu desviar do corte seguinte, que visou a sua cabeça. Saltou para trás e ficou no caminho do Cão, que estava prestes a saltar para a frente. A dor se espalhou pelo seu braço esquerdo, alcançando o ombro e a nuca. Mesmo assim, ela estendeu a mão à procura de um sino.

Hedge foi mais rápido. Ele já tinha um sino na mão e tocou-o. Saraneth, reconheceu Lirael, e ela se encouraçou para resistir ao seu poder. Mas nada veio com o som do sino. Nenhuma compulsão, nenhum teste de vontades.

— Sente-se! — ordenou Hedge, e Lirael de repente percebeu que ele focalizou o poder de Saraneth sobre o Cão Indecente.

Grunhindo, o Cão ficou congelado a meio caminho em seus quartos, quando estava pronto para saltar. Mas Saraneth o reteve em seu domínio e ele foi incapaz de se mover.

Lirael circundou o Cão, movendo-se para tentar golpear o braço de Hedge que portava o sino, como ele cortou o seu. Mas ele se moveu também, circundando por trás no outro lado. Havia algo esquisito em sua postura de luta, notou Lirael. Ela não conseguiu pensar no que seria por um momento. Depois, percebeu que ele mantinha a cabeça voltada para baixo e nunca olhava para o alto. Visivelmente, Hedge tinha medo de ver as estrelas do Nono Portal.

Ele começou a se mover em direção a ela, mas fez um círculo para trás novamente, mantendo o Cão imóvel entre eles. Ao passar pela frente, Lirael viu o sabujo piscar.

— Você me levou a uma longa perseguição — disse Hedge. Sua voz vinha temperada com Magia Livre e ele soava muito mais como alguma coisa Morta do que como um homem vivo. Ele se parecia com uma coisa morta também. Elevou-se em direção a Lirael e havia fogos por toda parte em seu interior, brilhando rubros em seus olhos e sua boca, pingando dos dedos e brilhando sobre a pele. Lirael não tinha nem certeza se ele era um homem vivo. Era mais propriamente um espírito da Magia Livre, só que revestido de carne humana. — Mas agora ela terminou, aqui e na Vida. Meu mestre está inteiro novamente e a destruição começou. Apenas os Mortos caminham no mundo dos vivos, para louvar Orannis por Sua obra. Apenas os Mortos... e eu, o fiel servo.

Sua voz tinha em torno de si uma qualidade hipnótica. Lirael percebeu que ele estava tentando distraí-la enquanto armava um golpe mortal. Ele não tentou usar o sino com ela, o que era curioso — mas, também, ela se livrara de Hedge e Saraneth anteriormente.

— Olhe para o alto, Hedge — respondeu ela, quando eles fizeram um novo círculo. — O Nono Portal o chama. Não consegue sentir o chamado das estrelas?

Ela arremeteu sobre ele ao dizer "estrelas", mas Hedge estava preparado e era mais experiente com a espada. Ele desviou, e a resposta veloz cortou o pano de seu manto diretamente acima de seu coração.

Rapidamente, ela recuou outra vez, dessa vez circulando distante do cão. Hedge a seguiu com a cabeça ainda curvada, olhando para ela de olhos abaixados.

Por trás dele, o Cão se agitou. Lentamente, ergueu uma pata do rio raso, com cuidado para não fazer um ruído. Depois, começou a se mover sorrateiramente atrás do necromante quando este caminhava decisivamente em direção a Lirael.

— Eu não acredito no que você está falando sobre o Destruidor — disse Lirael ao recuar, esperando que sua voz cobrisse o som do avanço do Cão. — Eu teria sabido se alguma coisa houvesse acontecido ao meu corpo na Vida. Além do mais, você não se incomodaria comigo se Ele já estivesse livre.

— Você é um aborrecimento, nada mais — disse Hedge. Ele estava sorrindo agora, e as chamas em sua espada ficavam mais claras, alimentando sua expectativa de matar. — Agrada-me muito liquidar com você. Não há nada além disso em questão. Tal como meu mestre destrói o que lhe desagrada, assim procedo eu!

Ele a machucou maldosamente. Lirael mal conseguiu desviar e empurrar a espada dele de lado. Então, ficaram engalfinhados, corpo a corpo, a cabeça dele pendente sobre a dela e seu hálito metálico e inflamado ardendo sobre o dela quando ela se virou.

— Mas talvez primeiro eu possa brincar um pouco com você. — Hedge sorriu, desprendeu-se e recuou.

Lirael golpeou-o com toda a sua força e raiva. Hedge riu, desviou, deu um passo para trás mais uma vez — e tombou sobre o Cão Indecente.

Ele deixou cair sua espada e o sino de imediato, e levou as mãos sobre os olhos ao bater na água com o silvo e o rugido do vapor. Mas era um pouco tarde demais. Ele viu as estrelas ao cair e elas o convocaram, vencendo o peso dos feitiços e do poder que o mantivera no mundo dos vivos por mais de cem anos. Sempre adiando a Morte, sempre procurando por algo que pudesse permitir que ficasse eternamente sob o sol. Ele julgara tê-lo achado ao servir Orannis, pois não se importava com nada ou ninguém mais ou qualquer outra coisa viva. O Destruidor lhe tinha prometido a recompensa da vida eterna e um domínio ainda maior sobre os Mortos. Hedge fez tudo que pôde para ganhá-los.

Agora, com um simples vislumbre daquelas estrelas radiantes, tudo se desfazia. A sua mão caiu para trás. A luz das estrelas inundou seus olhos com lágrimas brilhantes, lágrimas que lentamente extinguiram seus fogos interiores. Os rolos de fumaça foram levados para longe pelo vento e o rio ficou mais silencioso. Hedge ergueu os braços e principiou sua própria queda em direção ao céu, às estrelas e ao Nono Portal.

O Cão Indecente recolheu o sino de Lirael caído no rio e o levou para ela, com cuidado para não permitir que soasse. Lirael o aceitou em silêncio e o colocou de lado. Não havia tempo para saborear o triunfo deles sobre o necromante. Lirael sabia que ele era apenas um inimigo menor.

Juntos eles atravessaram o Oitavo Portal, ambos cheios de um medo terrível. Medo de que, embora as palavras de Hedge fossem mentiras, se tornassem verdadeiras antes que eles pudessem retornar à Vida.

Lirael estava ainda mais oprimida pelo peso do conhecimento. Agora ela sabia como aprisionar o Destruidor novamente, mas sabia que isso não podia ser feito apenas por ela. Sam precisaria ser o herdeiro dos Construtores do Muro de verdade e não apenas gozar do direito de usar sua colher de prata em seu manto.

Outros portadores do Sangue seriam necessários também, e eles simplesmente não estavam lá.

Pior ainda, o aprisionamento era apenas metade do que devia ser feito. Mesmo se Lirael e Sam pudessem de algum modo conseguir fazê-lo, havia o rompimento, e isso iria requerer mais coragem do que Lirael jamais pensou possuir.

capítulo vinte e seis
sam e os operários sombrios

Quando os Mortos se libertaram do domínio de Saraneth, Sam soprou a flauta Ranna, mas o suave acalanto demorou a sair e o fôlego de Sam era muito impaciente. Apenas meia dúzia dos Mortos se deitou para dormir sob o encantamento de Ranna, e o sino atingiu vários soldados também. Os outros noventa ou mais Ajudantes Mortos saíram do nevoeiro numa investida, para se chocarem contra espadas, baionetas, lâminas prateadas e o relâmpago branco dos Magos da Ordem.

Por um furioso, frenético minuto de golpes e desvios Sam não conseguiu ver o que estava acontecendo. Depois os Ajudantes diante dele tombaram, com as pernas cortadas. Sam ficou surpreso ao ver que ele próprio fizera aquilo, os sinais da Ordem em sua espada flamejando com uma fúria branco-azulada.

— Tente as flautas outra vez! — gritou o major. Ele foi para a frente de Sam para enfrentar mais uma aparição de mandíbulas quebradas. — Nós o cobriremos!

Sam fez que sim e pôs as flautas em seus lábios novamente, com nova determinação. Os Mortos fizeram os defensores recuarem com sua investida, e agora Lirael estava apenas a poucos centímetros atrás dele — uma estátua congelada que seria totalmente vulnerável ao ataque.

A maioria dos Ajudantes Mortos era constituída por cadáveres recentes, ainda envoltos em suas vestimentas de trabalhadores. Mas muitos eram habitados por espíritos que havia muito tempo jaziam na Morte, e eles rapidamente transformaram as carnes mortas que agora ocupavam, tornando-as parecidas às pavorosas formas que eles assumiram na Morte. Um deles vinha sobre Sam agora, contorcendo-se como uma cobra entre o major Greene e o tenente Lindall, sua mandíbula inferior desarticulada para uma mordida maior. Automaticamente, Sam o apunhalou na garganta. Faíscas voaram quando os sinais da Ordem destruíram a carne morta. A coisa se contorceu e esperneou, mas não pôde se livrar da espada, de modo que seu espírito começou a sair rastejando de seu envoltório carnal, como um verme escuro abandonando uma maçã totalmente apodrecida.

Sam baixou os olhos sobre ela e sentiu seu medo substituído por uma fúria quente. Como esses Mortos ousavam se intrometer no mundo da Vida? Suas narinas se dilataram e seu rosto se avermelhou ao tomar fôlego para soprar a flauta. Esse não era o caminho dos Mortos e ele os faria escolher outro.

Com os pulmões dilatados ao máximo, ele escolheu a flauta Kibeth e soprou. Uma única nota soou, alta e clara — mas depois se tornou uma dança vívida e contagiante. Ela animou os soldados e até os fez sorrir, suas armas se movendo ao ritmo da canção de Kibeth.

Mas os Mortos ouviram uma melodia diferente, e aqueles com boca, pulmões e garganta em funcionamento soltaram terríveis uivos de medo e angústia. Mas, por mais que uivassem, não podiam sufocar o chamado de Kibeth, e os Espíritos Mortos começaram a se mover contra a sua vontade, lançados para fora das carnes decompostas que ocupavam e retornando à Morte.

— Isso deve ter mostrado a eles! — gritou o tenente Lindall, quando os Ajudantes Mortos caíram ao longo da fileira, deixando cadáveres ocos, os espíritos condutores mandados de volta para a Morte por Kibeth.

— Não fique tão empolgado — grunhiu o major. Ele olhou rapidamente ao redor e viu vários homens sobre o chão, visivelmente mortos ou agonizantes. Havia muitos feridos caminhando de volta para o posto de atendimento erguido na base do contraforte, alguns deles carregados por um número grande demais de companheiros ainda capazes. Em número consideravelmente maior, mais homens estavam simplesmente fugindo pela encosta abaixo, de volta aos Sulinos e à relativa proteção do rio.

A maior parte da companhia fugiu, de fato, e Greene sentiu uma pontada de desapontamento no que ele sabia que seria seu último comando. Mas a grande maioria dos homens era de recrutas, e mesmo aqueles que seviram no Perímetro por pouco tempo e nunca tinham visto tantos Mortos.

— Amaldiçoados sejam! Bem quando estávamos vencendo, esses tolos!

O tenente Tindall notou os fugitivos por fim, com toda a indignação de sua juventude. Ele fez menção de persegui-los, mas o major Greene o deteve:

— Deixe-os fugir, Francis. Eles não são os patrulheiros e isso é demais para eles. E nós precisamos de você aqui, e essa foi provavelmente apenas a primeira onda. Haverá outras.

— Sim, e logo — confirmou Sam apressadamente. — Major, precisamos trazer todos para mais perto de Lirael. Temo que alguma criatura Morta consiga passar...

— Sim — concordou o major fervorosamente. — Francis, Edward, fechem o cerco, todos, o mais rápido que puderem. Vejam o que podem fazer pelos feridos também, mas eu não quero perder mais efetivos. Vão!

— Sim, senhor! — responderam em uníssono os dois tenentes. Depois, foram bradando ordens, e os sargentos foram os revezando com gosto especial. Havia apenas cerca de trinta soldados restantes, e dentro de um minuto eles estavam ombro a ombro num círculo apertado em torno da forma congelada de Lirael.

— Quantos Mortos mais estão vindo? — perguntou o major, quando Sam ergueu os olhos fixamente para o nevoeiro. Ele ainda estava se espalhando e ficando mais denso, serpeando em torno deles à medida que rolava monte abaixo. Havia mais relâmpagos por trás da serra também, e as nuvens de tempestade se espalharam pelo céu como uma grande mancha de tinta, em paralelo com o nevoeiro branco que ficava abaixo.

— Não tenho certeza — respondeu Sam, franzindo o cenho. — Mais e mais deles continuam emergindo para a Vida. Hedge deve estar na Morte pessoalmente, e os está mandando para fora. Deve ter encontrado um velho cemitério ou alguma outra fonte de corpos, porque são todos Ajudantes Mortos até aqui. Timothy disse que ele tinha apenas sessenta trabalhadores, e eles estavam todos no primeiro ataque.

Ambos olharam de relance para Tim Wallach quando Sam falou. Ele pegou o rifle de um soldado morto, a espada-baioneta e um capacete, e agora se erguia no círculo — para a surpresa de todos, talvez até dele mesmo.

— É sempre melhor ficar em atividade — disse Sam, citando o Cão Indecente. Ao dizê-lo, percebeu que agora acreditava nisso de verdade. Ele ainda estava assustado, ainda sentia o nó de apreensão em suas tripas. Mas sabia que isso não iria impedi-lo de fazer o que tinha de ser feito. Era o que seus pais esperariam, mas ele não se deteve pensando nisso. Não podia pensar em Sabriel ou Pedra de Toque ou iria se desesperar, e não podia, não devia fazer isso.

— É minha filosofia, exatamente... — começou a dizer o major; então, viu Sam tremer e procurar pelas flautas.

— Operários Sombrios! — exclamou Sam, apontando com sua espada ao colocar as flautas junto aos seus lábios.

— Fiquem preparados! — rugiu o major, penetrando na Ordem à procura de sinais de fogo e destruição, embora ele soubesse que seriam de pouca utilidade contra os Operários Sombrios. Eles não tinham corpos para queimar nem carne para destruir. A Magia da Ordem que os soldados conheciam poderia retardá-los, mas isso era tudo.

No alto da serra, quatro formas vagamente humanas de total escuridão desceram pelo nevoeiro, ondulando entre as pedras e espinhos. Silenciosas como túmulos, elas ignoraram as flechas que passavam diretamente por elas e deslizaram inexoravelmente para diante — diretamente para Lirael e para o vão entre os blocos de pedra onde Sam, o major Greene e o tenente Lindall se postavam para barrar seu caminho.

Quando estavam a apenas vinte metros de distância, um Operário Sombrio parou — e se precipitou sobre um soldado ferido que passara despercebido, estendido sob o ressalto de uma grande rocha. Freneticamente, ele tentou ficar em pé e fugir, mas o Operário Sombrio o envolveu totalmente como uma mortalha e sugou sua vida.

Quando o grito do soldado agonizante gorgolejou para o nada, Sam tomou um fôlego e soprou desesperadamente a flauta Saraneth. Ele tinha de dominar os Operários Sombrios, curvá-los à sua vontade, pois ele e seus aliados não contavam com outras armas que pudessem funcionar. Sua espada e os sinais que ela carregava iriam feri-los, mas nada mais.

De modo que ele soprou, e rogou à Ordem para ter a força para derrotar os Operários Sombrios.

A voz forte de Saraneth se sobrepôs até o ruído dos trovões. Imediatamente, Sam sentiu os Operários Sombrios resistirem ao seu domínio. Eles se enfureceram contra sua vontade, e o suor irrompeu de todo o seu corpo devido ao esforço. Era tudo que ele podia fazer apenas para mantê-los imóveis no lugar. Esses espíritos eram antigos e muito mais fortes que os Ajudantes Mortos que ele lançara de volta para a Morte com a flauta Kibeth. Tomou-lhe toda a sua força impedi-los de se moverem para a frente, já que insistentemente eles investiam contra os laços que a Saraneth tecera — oh, tão levemente! — ao seu redor.

Aos poucos, o mundo se estreitou para Sam, até que tudo que ele conseguia sentir eram os quatro espíritos e sua luta contra ele. Tudo o mais desaparecera — a umidade do nevoeiro, os soldados ao seu redor, os trovões e os relâmpagos. Havia apenas ele e seus oponentes.

— Curvem-se para mim! — gritou ele, mas foi com sua mente e sua vontade, não com um grito que qualquer ouvido humano pudesse escutar. Sam ouviu os espíritos sem vozes responderem do mesmo modo, um coro de uivos e silvos mentais que o desafiava claramente.

Eles eram inteligentes, os Operários Sombrios. Um fingia vacilar, mas, quando Sam concentrava sua vontade contra ele, os outros contra-atacavam, quase rompendo seu domínio.

Gradativamente, Sam ficou consciente de que eles não estavam apenas resistindo a ele, estavam na verdade era erodindo os laços. Toda vez que ele se deslocava em sua concentração, eles se arrastavam um pouco para a frente. Só alguns passos, mas gradualmente o vão estava se fechando. Logo eles poderiam saltar sobre ele, drenar a vida dos soldados ao seu lado e atacar o corpo indefeso de Lirael.

Ele ficou também consciente de que apenas alguns segundos passaram realmente desde que começou a soprar a flauta Saraneth — e tinha ainda de tomar mais um fôlego. Embora o som da flauta prosseguisse, ele estava se enfraquecendo. Se ele pudesse pausar, recuperar o fôlego e fazer Saraneth soar novamente, poderia reforçar grandemente o aprisionamento. Sam sabia que ele estava próximo ao comando total desses espíritos, e, contudo, não era ainda próximo o bastante. Ele também sabia que, se deslocasse sua concentração total sobre os quatro Operários Sombrios para tomar fôlego, eles saltariam sobre ele.

Devido a isso, tudo que ele podia fazer era continuar com a batalha de vontades e tentar imobilizá-los um pouco mais ainda. Lirael poderia retornar a qualquer momento e bani-los com os sinos. Sam tinha apenas de detê-los pelo tempo suficiente.

Ele parou até de tentar tomar o fôlego, desviando as exigências urgentes de ar do seu corpo para um canto de sua mente. Nada era tão importante quanto deter os Operários Sombrios. Ele concentraria cada derradeira partícula de sua mente e de suas forças sobre eles e também cada derradeiro fiapo de ar dentro da flauta. Eles não chegariam até Lirael. Não deviam. Ela era a derradeira esperança do mundo todo contra o Destruidor.

Ademais, ela era de seu sangue e ele havia prometido.

Os Operários Sombrios deram outro passo para a frente e o corpo inteiro de Sam estremeceu, refletindo a força de sua mente. Mas ele estava ficando mais fraco, sabia, e os Mortos, mais fortes. Ele também estava a ponto de desmaiar por falta de ar e uma urgência quase esmagadora de recuar estava se erguendo em seu interior. Saia do caminho! Tome fôlego! Deixe os monstros passarem!

Mas, ao lutar contra os Monstros, lutava contra seus próprios medos, repelindo-os para o mesmo canto distante de sua mente que tão furiosamente queria sorver ar para seus pulmões. Ao mesmo tempo, ele tentava desesperadamente pensar em algum estratagema ou truque astucioso.

Nada lhe veio à cabeça, e embora ele não os houvesse visto ou sentido se mexendo, os Operários Sombrios haviam roubado um pouco mais de terreno. Eles estavam agora apenas ao alcance de uma espada, altas colunas de negrume tinto, espalhando um calafrio mais frio que um dia de inverno intenso.

Os dois que estavam de lado caminhavam em sua direção, Sam percebeu, embora não muito. Visivelmente pretendiam cercá-lo e encobri-lo com seu volume de sombras, envolvendo-o num casulo de quatro espíritos famintos. Depois se moveriam em direção a Lirael.

O fogo subitamente irrompeu da cabeça do Operário Sombrio mais próximo, um globo do tamanho de um punho feito de pura chama azul. Mas a criatura Morta não fez mais do que se encolher, e o fogo crepitou sobre os sinais individuais que o tinham causado, e estes desapareceram no nevoeiro.

Outro feitiço da Ordem golpeou sem efeito, exceto por incendiar uma das árvores raquíticas quando o fogo ricocheteou da forma ensombrecida de um Morto. Sam percebeu que o major Greene e o tenente Lindall estavam tentando ajudá-lo com os feitiços, mas ele não podia desperdiçar nem pensamento nem fôlego para adverti-los quanto à inutilidade do fogo contra tal inimigo.

Toda a atenção de Sam estava voltada para os Mortos. Por sua vez, toda a atenção deles estava focalizada nele e na luta que se travava entre eles.

Isto é, até que eles ouviram o sino. Um poderoso e feroz repique que caiu do ar sobre eles. Ele agarrou os quatro Operários Sombrios como um manipulador de marionetes recolhendo bonecos para pô-los de volta na caixa. Incapazes de resistir, suas cabeças ensombrecidas começaram a pedir misericórdia silenciosamente.

Nenhuma misericórdia se fez. Outro sino tocou, construindo uma dança violenta e furiosa sobre o amplo grito do primeiro. Os Operários Sombrios foram puxados para o alto ao som penetrante, seus corpos de sombras se esgarçando em linhas delgadas, como se estivessem sendo sugados por um buraco estreito.

Depois eles se foram, sumariamente executados, dessa vez pra valer.

Sam caiu de joelhos quando os Mortos desapareceram e puxou um longo e estremecido fôlego para seus pulmões desesperados. Acima dele, uma Asa de Papel azul-clara e prateada pairou por um momento, como um falcão gigante sobre sua presa. Depois caiu rapidamente e circulou pelo leito do vale, onde o chão era plano e claro o suficiente para aterrissar. Sam olhou fixo para ela e para as duas outras Asas de Papel que desceram planando em frente aos Sulinos.

Três Asas de Papel. O aparelho que passara sobre a cabeça dele era azul e prata, e estas eram as cores do Abhorsen. O segundo era verde e prata, cores do Clayr. O terceiro era vermelho e ouro, cores da linhagem real. Duas das três Asas de Papel tinham um passageiro, bem como um piloto.

— Eu não entendo — sussurrou Sam. — Quem está segurando os sinos?

Mogget estava bem perto do topo da serra, ziguezagueando entre os Ajudantes Mortos e os para-raios, quando ouviu os sinos. Sorriu e parou para gritar para o único Ajudante Morto que se pusera em seu caminho:

— Ouça a voz plena do Saraneth! Fuja enquanto é tempo!

Como artimanha, não funcionou. O Ajudante Morto retornou recentemente demais à Vida, era estúpido demais para entender as palavras de Mogget, e não tinha a audição sobrenaturalmente aguda do gato. Não ouviu os sinos em meio aos trovões e não tinha ideia do poder liberado além da serrania. Até onde lhe dizia respeito, uma presa viva havia acabado de parar na frente dele. Perto o bastante para agarrar.

Os dedos apodrecidos saltaram para a frente, agarrando a perna do pequeno albino. Mogget deu um miado e um pontapé, os ossos secos de seu captor estalando sob a força do golpe. Mas ele ainda persistiu, e outros Mortos estavam cambaleando em direção a Mogget agora, atraídos pela perspectiva de Vida a ser devorada.

Mogget miou novamente e pôs o corpo de Nick no chão. Depois chicoteou ao redor, seus dedos de longas unhas arranhando e a boca de dentes afiados se cravando no pulso do Ajudante Morto.

Se ainda tivesse humana inteligência, o Ajudante teria ficado surpreso, porque nenhum homem lutava como esse, com as costas arqueadas e uma feroz combinação de silvos, mordidas e arranhões.

Mogget mordeu o pulso da criatura Morta, arrancando-o completamente. Instantaneamente, saltou para trás, apanhou Nick, desviou-se da criatura e disparou numa corrida com um miado triunfante.

A criatura ignorou sua mão perdida e tentou segui-lo. Só então ela descobriu que seu estranho oponente rasgara seus jarretes também. Deu dois passos incertos e caiu, com o espírito Morto que o habitava já olhando desesperadamente ao redor, à procura de outro corpo para ocupar.

A essa altura, Mogget estava do outro lado da serra. Segurava o braço de Nick de lado conforme ia correndo, mantendo-o bem distante de seu próprio corpo. O braço balançava e tremia, os músculos retorciam-se sob a pele, e arranhões escuros floresciam por toda a volta do cotovelo e do antebraço.

Por trás de Mogget, a tempestade de relâmpagos começou a se abrandar e os trovões a diminuir. O nevoeiro estava ainda iluminado com azul elétrico em torno das bordas – mas no centro tanto o nevoeiro quanto as nuvens de tempestade sobre ele haviam se tornado de um vermelho vivo, muito vivo.

capítulo vinte e sete
quando os relâmpagos param

Sam se reergueu. Sentia-se muito fraco, desgastado e confuso. Lentamente, virou-se para baixar os olhos sobre as três Asas de Papel que estavam no vale, a várias jardas de distância. Elas pareciam muito pequenas em frente à multidão de Sulinos. Máquinas voadoras mágicas feitas de papel laminado e Magia da Ordem, elas eram mais parecidas a grandes pássaros de plumagens brilhantes.

Os pilotos e passageiros das três Asas de Papel estavam já descendo de seus aparelhos. Sam ficou de olhos arregalados, incapaz de acreditar no que estava vendo.

— Aqueles são o rei e Abhorsen, não são, príncipe Sameth? — perguntou o tenente Tindall. — Eu pensei que eles estivessem mortos!

Sam fez que sim, sorriu e balançou a cabeça ao mesmo tempo. Ele sentiu um irresistível jorro de alívio subir por todas as partes de seu corpo. Não sabia se ria ou chorava ou cantava, e não ficou surpreso ao descobrir que lágrimas estavam escorrendo por seu rosto e a risada havia vindo desobediente e estava saltando de sua boca. Porque as pessoas que estavam descendo da Asa de Papel azul e prateada eram indiscutivelmente Pedra de Toque e Sabriel. Vivos e saudáveis, todas as histórias de sua morte provadas falsas com aquela simples visão feliz.

Mas as surpresas não acabavam aí. Sam enxugou as lágrimas, conteve sua risada antes que ela soasse histérica e prendeu o fôlego ao ver uma jovem mulher de cabelos negros saltar do aparelho vermelho e dourado e correr para alcançar seus pais, com a espada em punho e lampejante. Atrás deles, duas mulheres muito louras, bronzeadas e esbeltas estavam saindo da Asa de Papel verde e prateada, um pouco mais calmas, mas também com pressa.

— Quem é aquela garota? — perguntou o tenente Lindall, com mais que interesse profissional em seus salvadores. — Quero dizer, quem são aquelas senhoras?

— Aquela é minha irmã, Ellimere! — exclamou Sam. — E aquelas duas são do Clayr, pelo jeito!

Ele começou a descer correndo para eles, mas parou depois de apenas dois passos. Todos estavam subindo depressa e seu lugar era ali, junto a Lirael. Ela ainda estava congelada no lugar, ainda em algum lugar da Morte, encarando quem saberia quais perigos. A percepção trouxe Sam de volta à situação real. Os Mortos haviam fugido do Saraneth trazido pelo Abhorsen. Mas eles eram apenas lacaios menores do Inimigo real.

— Os relâmpagos pararam — disse Tim Wallach. — Ouçam, não se ouve trovões agora.

Todos se viraram para a serra. As sensações de alívio de Sam desapareceram num instante. Os trovões e relâmpagos haviam se desfeito em nada, era verdade, mas o nevoeiro estava ainda tão denso como sempre fora. Não estava mais iluminado com lampejos azuis, mas por um firme e pulsante vermelho que ficava mais vivo à medida que eles o observavam — como se um enorme coração de fogo crescesse no vale mais além.

Alguma coisa estava descendo da serra, uma forma que parecia ter braços demais, uma medonha silhueta iluminada por trás pelo brilho vermelho-sangue que vinha do outro lado da serra.

Sam ergueu sua espada e tateou procurando as flautas. O que quer que isso fosse, não parecia estar Morto — ou ao menos ele não conseguia sentir isso. Mas carregava o fedor quente da Magia Livre consigo — e estava vindo diretamente sobre ele.

Então a coisa gritou, com a voz de Mogget:

— Sou eu, Mogget! Eu trouxe Nicholas!

O nevoeiro refluiu e Sam viu que a voz vinha de um estranho homenzinho com o cabelo e a pele pálida que ele vira pela última vez no monte acima do lago Vermelho. Estava carregando um corpo macilento, que poderia ser o de Nick. Quem quer que fosse, Mogget segurava seu braço de lado, onde este se contorcia e retorcia com vida própria, parecido demais a um tentáculo.

— O que é isso? — perguntou o major Greene baixinho ao fazer um sinal para seus homens para que fechassem o cerco novamente em torno de Lirael.

— É Mogget — respondeu Sam com uma carranca. — Ele tinha essa forma no tempo do meu avô. E esse... esse é meu amigo Nick.

— Claro que é! — gritou Mogget, que não havia parado de descer. — Onde está o Abhorsen? E Lirael? Nós devemos correr, os hemisférios já foram acoplados. Se pudermos levar Nicholas mais longe, o fragmento não será capaz de se juntar a eles e os hemisférios ficarão incompletos...

Ele foi interrompido por um grito terrível. Os olhos de Nick se abriram num lampejo e seu corpo todo se enrijeceu num movimento brusco, com um braço apontando para trás, em direção ao vale do lago, como uma arma. Uma coisa mais clara que o sol brilhou na ponta de seus dedos por um momento, depois partiu lampejando para o outro lado da serra, veloz demais para ser seguida.

— Não! — gritou Nick. Sua boca se encheu de espuma sangrenta e seus dedos se agarraram inutilmente ao ar vazio. Mas seu grito se perdeu em outro som, um som que jorrou do coração vermelho do nevoeiro além da serra. Um grito indescritível de triunfo, ambição e fúria. Com esse grito, uma coluna de fogo ferveu subindo aos céus. O nevoeiro fez um redemoinho em torno dela como um manto e começou a se queimar.

— Livre! — bramiu o Destruidor. A palavra uivou sobre os observadores como um vento quente, retirando a umidade de seus olhos e bocas. Mais e mais o som se propagou, ecoando dos montes distantes, gritando por cidadezinhas longínquas, causando medo em todos que o ouviam muito depois que a palavra em si se perdera.

— Tarde demais — disse Mogget. Ele estendeu Nick cuidadosamente no chão pedregoso e se curvou. Seu cabelo pálido começou a se espalhar pelo pescoço e pelo rosto, e seus ossos se contraíram e apertaram sob a pele. Dentro de um minuto, era de novo um gatinho branco, com Ranna tilintando em sua coleira.

Sam mal notou a transformação. Ele subiu correndo até Nick e se curvou sobre ele, já procurando pelos sinais da Ordem para cura mais poderosos que conhecia, agregando-os em sua mente. Não havia dúvida de que seu amigo estava morrendo. Sam podia sentir seu espírito deslizando para a Morte, ver a terrível palidez do rosto, o sangue em sua boca e os profundos ferimentos no peito e no braço.

O fogo dourado brotou das mãos agitadas de Sam quando ele arrancou sinais da Ordem com feroz impaciência. Depois, ele delicadamente estendeu as palmas de suas mãos sobre o peito de Nick e lançou a magia de cura em seu corpo danificado.

Só que o feitiço não fez efeito. Os sinais deslizaram e se perderam, e faíscas azuis estalejaram sob as palmas de Sam. Ele praguejou e tentou novamente, mas foi inútil. Havia ainda um resíduo muito poderoso de Magia Livre em Nick e ele repelia todos os esforços de Sam.

Tudo que ele conseguiu fazer foi trazer Nick de volta à consciência de certo modo. Ele sorriu ao ver Sam, pensando que estava de volta à escola novamente, atingido por uma bola arremessada velozmente. Mas Sam usava uma espécie estranha de armadura, não as cores brancas do críquete. E havia um nevoeiro espesso atrás dele, não o sol brilhante, e pedras e árvores raquíticas, não relva recém-podada.

Nick se lembrou, e seu sorriso desapareceu. Com a lembrança veio a dor, difundida por todo o seu corpo, mas houve também uma leveza bem-vinda. Ele se sentiu claro e desenvolto, como se fosse um prisioneiro libertado de uma vida inteira trancafiado num único quarto.

— Sinto muito — balbuciou ele, com o sangue em sua boca sufocando-o ao falar. — Eu não sabia, Sam. Eu não sabia...

— Tudo está bem — disse Sam. Ele removeu a espuma de sangue da boca de Nick com a manga de seu manto. — Não é culpa sua. Eu devia ter percebido que alguma coisa havia acontecido com você...

— A estrada afundada — sussurrou Nick. Fechou os olhos novamente, sua respiração brotando em ofegos sufocados. — Depois que você penetrou na Morte no monte. Consigo me lembrar disso agora. Eu desci correndo para ver o que podia fazer e caí na estrada. Hedge estava esperando. Ele pensou que eu era você, Sam...

Sua voz falhou. Sam se curvou sobre ele novamente, tentando forçar os sinais de cura para dentro dele pela força de vontade. Pela terceira vez, eles falharam.

Os lábios de Nick se moveram e ele disse alguma coisa débil demais para ser ouvida. Sam se curvou ainda mais, colocando o ouvido junto à boca de Nick, e pegou sua mão e a segurou como se pudesse puxar o amigo para fora da Morte fisicamente.

— Lirael — sussurrou Nick. — Diga a Lirael que eu me lembrei dela. Eu tentei...

— Você mesmo poderá dizer a ela — disse Sam ansiosamente. — Ela estará aqui! A qualquer momento. Nick, você tem de lutar contra isso!

— Foi o que ela disse — disse Nick, tossindo. Pontinhos de sangue mancharam o rosto de Sam, mas ele não se mexeu. Ele não ouviu o latido suave do Cão quando ele retornou à Vida, ou o rachar do gelo, ou a exclamação de surpresa de Lirael. Para Sam, havia apenas o espaço que Nicholas ocupava. Tudo o mais deixou de existir.

Então, sentiu uma mão fria em seu ombro e olhou ao redor. Lirael estava ali. Ela ainda estava coberta de gelo. O gelo se despedaçou em flocos quando ela se moveu. Lirael olhou para Nick, e Sam viu uma expressão fugaz que não conseguiu definir. Depois, esta se foi, visivelmente reprimida por uma dureza que fazia Sam lembrar-se de sua mãe.

— Nick está morrendo — disse Sam, com os olhos brilhantes de lágrimas. — Os feitiços de cura não... O fragmento saiu dele... Eu não consigo fazer nada!

— Eu sei como prender e romper o Destruidor — disse Lirael com urgência. Ela desviou o olhar de Nick e olhou diretamente para Sam. — Você tem de fazer uma arma para mim, Sam. Agora!

— Mas, Nick...! — protestou Sam. Ele não soltava a mão de seu amigo.

Lirael deu uma olhada para a coluna de fogo. Ela conseguia sentir seu calor agora, podia avaliar as condições de poder do Destruidor pela sua cor e pela altura de suas chamas. Havia ainda alguns minutos restantes — mas eram pouquíssimos. Nem mesmo o dobro seria suficiente para Nick.

— Não há... não há nada que você possa fazer por Nick — disse ela, embora as palavras lhe saíssem com um soluço. — Não há tempo, e eu preciso... eu preciso lhe dizer o que deve ser feito. Nós temos uma chance, Sam! Eu não pensei que teríamos, mas o Clayr realmente Viu quem era necessário e eles estão aqui. Mas temos de agir agora!

Sam voltou os olhos para o seu melhor amigo. Os olhos de Nick estavam abertos outra vez, e ele estava olhando para o outro lado, para Lirael.

— Faça o que ela diz, Sam — sussurrou Nick, tentando sorrir. — Tente fazer a coisa certa.

Depois, seus olhos perderam o foco e sua respiração, entrecortada, borbulhou a distância até se desfazer. Tanto Sam quanto Lirael sentiram seu espírito deslizar para longe, e viram que Nicholas Sayre estava morto.

Sam abriu a mão e se levantou. Sentia-se velho e cansado, suas juntas enrijecidas. Estava perplexo também, incapaz de aceitar que aquele corpo aos seus pés era o de Nick. Ele havia saído de casa para salvá-lo e fracassara. Tudo o mais parecia condenado ao fracasso também.

Lirael agarrou-o quando ele oscilou à sua frente, seus olhos desfocados. O choque rompeu a distância que ele sentia em torno de si e, relutantemente, encarou o olhar dela. Ela o virou e apontou para Sabriel, Pedra de Toque, Ellimere e as duas integrantes do Clayr, que estavam subindo rapidamente pelo contraforte.

— Você precisa tirar uma gota de sangue de mim, de seus pais, de Ellimere, de Sanar e Ryelle, e fundi-la com o seu sangue sobre Nehima com o metal das flautas de Pã. Pode fazer isso? Agora!

— Eu não tenho uma forja — respondeu Sam, mas aceitou a Nehima estendida pelas mãos de Lirael. Ele ainda estava de olhos baixados sobre Nick.

— Use a magia! — gritou Lirael e o chocou, com força: — Você é um Construtor do Muro, Sam! Depressa!

O abalo trouxe Sam por completo de volta ao presente. Ele subitamente sentiu o calor da coluna ardente e o terror completo do Destruidor inundou seus ossos. Afastando-se de Nick, usou a espada para cortar a palma de sua mão, espalhando o sangue ao longo da lâmina.

Lirael cortou-se a seguir, deixando o sangue também escorrer pela lâmina.

— Eu me lembrarei — sussurrou ela, tocando a espada. Depois, ao tomar o fôlego seguinte, consciente de quão pouco tempo dispunham, ela gritou para os soldados:

— Major Greene! Leve toda a sua gente para junto dos Sulinos! Avise-os! Vocês devem todos ficar do outro lado do rio e permanecer deitados o máximo que puderem. Não olhem para o fogo, e, quando ele clarear subitamente, fechem os olhos! Vão! Vão!

Antes que alguém pudesse responder, Lirael gritou novamente, desta vez para o grupo conduzido por Sabriel, que estava quase junto a eles:

— Depressa! Por favor, depressa! Temos de fazer pelo menos três diamantes de proteção aqui dentro dos próximos dez minutos! Depressa!

Sam desceu correndo para ir de encontro aos seus pais, sua irmã e as duas integrantes do Clayr, segurando a espada ensanguentada na horizontal, preparado para pegar mais contribuições. Conforme descia, construiu um feitiço de forja e fusão em sua mente, juntando os sinais numa única e complexa rede. Quando a lâmina estivesse totalmente ensanguentada, estenderia as flautas e recitaria o feitiço inteiro sobre ela. Se funcionasse, sangue e metal se fundiriam na feitura de uma nova e única espada. Se funcionasse...

Por trás dele, o Cão moveu-se furtivamente em direção ao corpo estatelado e silencioso de Nicholas. Ele olhou ao redor para se assegurar de que ninguém estava prestando atenção alguma, e depois latiu suavemente em seus ouvidos.

Nada aconteceu. O Cão ficou olhando intrigado, como se esperasse um efeito imediato, e lambeu a testa. Sua língua deixou um sinal brilhante. Ainda assim, nada aconteceu. Depois de um momento, o Cão deixou o cadáver e saltitou para o outro lado para se juntar a Lirael, que estava forjando o Sinal Leste de um diamante de proteção muito grande. Era para ser o mais externo dos três, se houvesse tempo para forjá-los. Se não houvesse, eles não sobreviveriam.

Além da serra, a enorme coluna de fogo ardeu com calor crescente, embora permanecesse de um vermelho terrível e perturbador. O vermelho de sangue vivo, que saía de uma ferida recente.

capítulo vinte e oito
os sete

— Sameth, o que você aprontou agora! — Foram as primeiras palavras a saírem da boca de Ellimere. Mas ela traiu seu sermão com uma tentativa de abraçá-lo, que Sam teve de repelir:

— Não há tempo para explicações! — exclamou ele ao erguer a Nehima ensanguentada. — Preciso de um pouco de seu sangue na lâmina, depois você tem de ir ajudar a tia Lirael.

Ellimere consentiu imediatamente. Em tempos anteriores, Sam teria ficado surpreso pela cooperação imediata de sua irmã. Mas Ellimere não era tola, e a coluna de fogo que se erguia gigantesca do outro lado da serra era visivelmente apenas o início de alguma coisa terrível e estranha.

— Mamãe! Papai! Eu... eu estou tão feliz por vocês não terem morrido! — gritou Sam quando Ellimere passou por ele, sua palma cortada gotejando sangue, e Sabriel e Pedra de Toque subiram.

— Igualmente — disse Pedra de Toque, mas ele não desperdiçou tempo, estendendo sua mão para que Sam pudesse fazer o corte. Sabriel estendeu a sua ao mesmo tempo, mas amarfanhou a cabeça de Sam com sua outra mão.

— Eu tenho uma irmã, ou assim o Clayr me diz, e um novo Abhorsen-em-Espera — disse Sabriel quando eles enxugaram as palmas no aço, os sinais brilhando ao sentirem a relação de Sangue para a Ordem. — E você descobriu um caminho diferente, mas não menos importante. Tem sido prestativo para a sua tia?

— Sim, acho que sim — respondeu Sam. Ele estava tentando manter toda a fala para a forja em sua cabeça e não tinha tempo para conversar. — Ela precisa de ajuda agora. Três diamantes de proteção!

Sabriel e Pedra de Toque saíram antes que Sam terminasse de falar. As duas integrantes do Clayr se postaram diante dele, estendendo as mãos. Sem dizer nada, Sam as cortou delicadamente nas palmas e elas também marcaram a lâmina com sangue. Sam mal as viu fazer isso, tantos eram os sinais da Ordem que estavam redemoinhando em sua cabeça. Ele não as sentiu quando elas o pegaram pelos cotovelos tampouco, e o conduziram de volta para o alto do monte. Ele não conseguia pensar em tais trivialidades conforme ia andando. Estava perdido em meio à Ordem, dragando sinais que mal conhecia. Milhares e milhares de sinais da Ordem que inundavam sua cabeça de luz, espalhando-se para dentro e para fora, ordenando-se num feitiço que juntaria a Nehima e as sete flautas para fazer uma réplica de uma arma que era tão mortal para seu portador quanto para o seu alvo.

Não havia tempo para cumprimentos lá no alto da serra. Lirael simplesmente transmitiu as ordens instantaneamente quando Ellimere, Sabriel e Pedra de Toque chegaram. Mandou-os ajudar a fazer os primeiros três sinais de cada diamante de proteção, guardando o sinal derradeiro até que todos estivessem dentro e os diamantes pudessem ser completados. Por um momento, Lirael havia se atrapalhado em suas instruções, temendo que eles pudessem protestar, pois quem era ela para dar ordens ao rei e ao Abhorsen? Mas eles não protestaram, rapidamente assumindo suas tarefas, construindo os diamantes conjuntamente para ganhar tempo, cada um deles assumindo um ponto cardeal.

O major Greene não questionou as ordens, notou Lirael com alívio. O que restara de sua companhia estava fugindo desordenadamente através do vale, os capazes carregando os feridos, com os gritos do major apressando-os no caminho. Eles estavam gritando para os Sulinos também, dizendo-lhes para se estenderem no chão e desviarem os olhos. Lirael esperava que os Sulinos escutassem, embora a visão da coluna de fogo contorcida tivesse o poder de fascinar, assim como o de aterrorizar.

Sam subiu cambaleando entre Sanar e Ryelle, que sorriram para Lirael quando o trouxeram para o centro do diamante incipiente. Lirael sorriu em retribuição, um sorriso breve que por um momento a levou de volta para as palavras das gêmeas no dia que ela deixou a geleira.

— Você deve se lembrar de que, dotada de Visão ou não, você é uma Filha do Clayr.

Lirael fechou o diamante externo com um sinal cardeal e entrou no diamante incompleto a seguir. Ao ultrapassá-lo, Pedra de Toque deixou o Sinal Norte fluir por sua espada abaixo para fechar o segundo diamante atrás dela. Ele sorriu para Lirael quando eles deram passos para trás para entrar no terceiro e último diamante e ela viu a forte semelhança entre ele e seu filho.

A própria Sabriel fechou o diamante interno. Em poucos minutos, eles ergueram defesas mágicas de força tripla. Lirael esperava que fosse suficiente e que eles sobrevivessem para fazer o que devia ser feito. Ela sentiu um momento de pânico então, e teve de contar em seus dedos para ter certeza de que possuíam os sete necessários. Ela mesma, Sameth, Ellimere, Sabriel, Pedra de Toque, Sanar, Ryelle. Eram sete, embora ela não tivesse certeza de que eram os sete certos.

As linhas do diamante brilharam douradas, mas eram pálidas em comparação com a luz ardente da coluna de fogo. Vasta como era a coluna rugidora, Lirael sabia que era apenas a primeira e menor das nove manifestações do poder do Destruidor. Coisas piores viriam, e logo.

Sam se ajoelhou diante da espada e das flautas de Pã, tecendo seu feitiço. Lirael verificou se o Cão e Mogget estavam em segurança dentro do diamante, e notou que o corpo de Nick estava dentro também, o que de certo modo pareceu certo. Havia também uma grande moita de cardo, o que era irritante e demonstrava a pressa com que tinha feito aquilo. Ela não tivera tempo para pensar onde os diamantes deveriam estar.

Todos dentro dos diamantes, à exceção de Sam, ficaram rígidos e embaraçados por um momento, naquela estranha calma que antecede desastres iminentes. Depois, Sabriel tomou Lirael num abraço frouxo e a beijou de leve no rosto.

— Então, você é a irmã que eu nunca soube que tinha – disse. – Eu desejaria que tivéssemos nos conhecido anteriormente, e numa ocasião mais auspiciosa. Temos sido bombardeados com muitas revelações, mais do que minha mente cansada pode absorver, temo. Viajamos de barco, de avião, van e de Asa de Papel para chegar aqui, quase sem descanso, e o Clayr Viu também uma enorme quantidade de coisas repentinamente. Elas me disseram que enfrentamos um grande espírito do Princípio, e que você não é apenas herdeira do meu ofício, mas uma Lembradora também, e que você tem Visto o passado do mesmo modo que outras do Clayr Veem o futuro. Portanto, diga-nos, por favor, o que devemos fazer?

— Estou tão feliz por vocês estarem todos aqui agora — respondeu Lirael. Era terrivelmente tentador apenas desmoronar durante aquela breve calmaria, mas ela não podia. Tudo dependia dela. Tudo.

Ela tomou um fôlego profundo e prosseguiu:

— O Destruidor está se reconstruindo para a Sua segunda manifestação, de que eu espero... espero que os diamantes nos salvem. Depois disso, Ele ficará diminuído por curto tempo, e é quando devemos cair sobre Ele, protegendo-nos contra os fogos que a segunda manifestação deixará em seu rastro. O feitiço de aprisionamento que nós usaremos é simples, e eu vou ensiná-lo a você agora. Mas, primeiramente, todos devem pegar um sino meu... ou do Abhorsen.

— Chame-me Sabriel — disse Sabriel firmemente. — Tem importância qual sino será?

— Haverá um que servirá corretamente, que falará ao sangue de cada um. Cada um de nós estará substituindo os Sete originais, como vivem em nossa corrente hereditária e nos sinos — gaguejou Lirael, nervosa por instruir seus superiores em idade. Sabriel estava assustadoramente perto demais e era difícil lembrar que era a sua própria irmã, não apenas a quase lendária aprisionadora dos Mortos. Mas Lirael sabia o que estava fazendo. Ela vira no Espelho Negro como o aprisionamento fora executado e como devia ser feito novamente, e podia sentir as afinidades entre os sinos e as pessoas.

Embora houvesse algo estranho quanto a Sanar e Ryelle. Lirael olhou para elas, e seu coração quase parou ao perceber que, como gêmeas, seus espíritos estavam entrelaçados. Elas podiam ficar com apenas um sino para si. Haveria apenas seis dos sete necessários.

Ela ficou imóvel e horrorizada quando os outros deram um passo à frente e pegaram os sinos de Sabriel.

— Saraneth para mim, eu acho — disse Sabriel, mas deixou o sino na correia. — Pedra de Toque?

— Para mim, Ranna — respondeu ele. — O Indutor do Sono parece muito apropriado, dado o meu passado.

— Eu pegarei um sino de minha tia, se for possível — disse Ellimere. — Dyrim, eu acho.

Lirael estendeu o sino mecanicamente para a sua sobrinha. Ellimere se parecia muito com Sabriel, com a mesma espécie de força contida dentro de si. Mas tinha o sorriso de seu pai, viu Lirael, mesmo em meio ao seu pânico.

— Nós vamos segurar o Mosrael juntas — disseram Sanar e Ryelle em uníssono.

Lirael fechou os olhos. Talvez ela não houvesse feito a conta certa, pensou. Mas conseguia sentir quem deveria ficar com cada sino. Abriu os olhos de novo e, com as mãos trêmulas, começou a desfazer uma tira em sua correia.

— Sam ficará com Belgaer, e... e eu ficarei com Astarael e... e Kibeth, para completar os sete.

Ela falou tão confiantemente quanto pôde, mas havia um tremor em sua voz. Ela não podia ficar com dois sinos. Não para esse aprisionamento. Tinha de haver sete portadores, não apenas sete sinos.

— Humpf... — rosnou o Cão, erguendo-se e remexendo suas patas traseiras de um modo meio embaraçado. — Não Kibeth. Eu vou me erguer em meu próprio nome.

A mão de Lirael remexeu na tira que mantinha Astarael em silêncio, e apenas conseguiu impedir o chamado fúnebre do sino, que lançaria todos que o ouvissem dentro da Morte.

— Mas você disse que não era um dos Sete! — protestou Lirael, embora há muito tempo suspeitasse da verdade sobre o Cão. Ela apenas não tinha querido admiti-lo, nem para si mesma, pois ele era seu melhor e mais velho amigo, por muito tempo seu único amigo. Lirael não conseguia imaginar Kibeth como seu amigo.

— Eu menti — disse o Cão alegremente. — Essa é uma das razões pelas quais me chamo Cão Indecente. Além do mais, eu sou apenas o que restou de Kibeth, de modo indireto e de segunda mão. Não exatamente o mesmo. Mas eu me erguerei contra o Destruidor. Contra Orannis, como um de seus Sete.

Quando o Cão falou o nome do Destruidor, a coluna de fogo rugiu ainda mais alto e golpeou através dos restos das nuvens de tempestade. Estava a mais de uma milha de altura agora, e dominava todo o céu ocidental, sua luz vermelha derrotando o amarelo do sol.

Lirael quis dizer alguma coisa, mas as palavras foram sufocadas pelas lágrimas incipientes. Ela não sabia se eram de alívio ou tristeza. Acontecesse o que tivesse de acontecer, ela sabia que nada mais seria o mesmo entre ela e o Cão Indecente.

Em vez de falar, coçou a cabeça do Cão. Só duas vezes, fazendo os dedos correrem pelo pelo macio do cachorro. Depois rapidamente recitou o feitiço de aprisionamento, mostrando a todos os sinais e palavras que teriam de usar.

— Sam está fazendo a espada que eu usarei para romper o Destruidor assim que ele estiver preso — terminou Lirael. Ao menos era o que ela esperava. Como se para reforçar sua esperança, ela acrescentou: — Ele é um verdadeiro herdeiro dos poderes dos Construtores do Muro.

Ela apontou para onde Sam se curvava sobre Nehima, suas mãos se movendo em gestos complexos, os nomes dos sinais da Ordem tombando de sua boca enquanto suas mãos teciam os símbolos reluzentes num fio complexo que rolava pelo ar e se derramavam sobre a lâmina nua.

— Quanto tempo levará? — perguntou Ellimere.

— Eu não sei — sussurrou Lirael. Depois, repetiu em tom mais alto: — Eu não sei.

Eles se aprumaram e esperaram, os segundos ansiosos se prolongando medonhamente em minutos enquanto Sam invocava seus sinais da Ordem e Orannis ribombava além da serra, ambos construindo feitiços muito diferentes entre si. Lirael flagrou-se baixando os olhos para o vale a cada segundo, onde parecia que o major Greene podia estar tendo algum sucesso em fazer os Sulinos se deitarem no chão; depois, olhou para Sam; depois, para o fogo do Destruidor; e depois, recomeçou tudo, cheia de ansiedades e medos diferentes a cada lado que olhava.

Os Sulinos estavam ainda muito perto, Lirael sabia, embora estivessem consideravelmente mais para baixo do que já haviam estado no vale. Sam não parecia estar se aproximando nem um pouco da conclusão. O Destruidor estava ficando mais alto e mais forte, e a qualquer minuto Lirael sabia que ele assumiria sua segunda manifestação, aquela pela qual era denominado.

O Destruidor.

Todos se sobressaltaram quando Sam de repente se ergueu. Sobressaltaram-se novamente quando ele pronunciou sete sinais-mestres, um depois do outro. Um rio de ouro derretido e chama prateada caiu de suas mãos estendidas sobre a espada ensanguentada e as flautas de Pã, que ele havia separado em tubos individuais e estendido ao longo da extensão da lâmina prateada.

Momentos depois, o Destruidor relampejou com um clarão mais intenso e o chão roncou sob seus pés.

— Desviem e fechem seus olhos! — gritou Lirael. Ela lançou um braço sobre seu rosto e se curvou, baixando o rosto em direção ao vale. Por trás dela um globo de prata brilhante — os hemisférios — subiu ao céu sobre a coluna de fogo. Quando se ergueu, a esfera ficou mais e mais clara, até que brilhou mais do que o sol jamais havia brilhado. Pairou bem alto no céu por alguns segundos, como se estivesse examinando o chão, e depois desapareceu de vista.

Por nove longos segundos, Lirael esperou, seus olhos fortemente fechados, o rosto encostado contra a manga muito suja de seu manto. Ela sabia o que estava por vir, mas isso não a ajudava.

A explosão veio quando ela contou nove, uma rajada de fúria fervente que aniquilou tudo que havia no vale do lago. A serraria e a ferrovia foram evaporadas no primeiro clarão. O lago ferveu até secar um instante depois, lançando uma vasta nuvem de vapor superaquecido para o céu. Rochas derreteram, árvores viraram cinzas, as aves e os peixes simplesmente desapareceram. Os para-raios arderam em metal derretido que foi arremessado alto no ar, para cair de novo como chuva mortal.

A rajada eliminou completamente o topo da serra, destruindo terra, pedras, para-raios, árvores e tudo o mais. Qualquer resto que pudesse queimar, queimava, até ser extinto segundos depois pelo vento e pelo vapor.

O diamante mais externo de proteção recebeu o que restava da rajada depois que ela destruiu o âmago protetor do monte. O defensor mágico se iluminou por um instante, e depois desapareceu.

O segundo diamante recebeu o vento quente e o vapor que eram capazes de arrancar a carne dos ossos. Levou só uns segundos para que também capitulasse.

O último e derradeiro diamante suportou por mais de um minuto, repelindo uma saraivada de pedras, metal derretido e escombros. Depois, foi derrotado também, mas não até que o pior houvesse passado. Um vento quente — mas suportável — entrou depressa quando o diamante caiu e varreu os Sete, quando eles se agacharam no chão, seus olhos ainda fechados, abalados em corpo e mente. Uma enorme nuvem de poeira, cinzas, vapor e destruição se ergueu sobre eles, elevando-se milhares de pés, até que se expandiu como o topo de um cogumelo venenoso, para encobrir tudo com sombras.

Lirael foi a primeira a se recuperar. Ela abriu os olhos para ver as cinzas caindo por toda a volta como neve enegrecida, e seu pequeno pedaço de terra intocada em forma de diamante surgindo numa desolação onde toda cor fora drenada sob um céu que era como uma noite de tempestade, sem nenhum indício de sol. Mas não foi o choque que poderia ter sido. Ela já vira isso no passado e sua mente estava totalmente ocupada, correndo à frente para aquilo que eles deviam fazer. Para o que ela teria de fazer.

— Protejam-se contra o calor! — gritou ela, quando os outros lentamente se levantaram e olharam ao redor, com choque e horror em seus olhos. Rapidamente, ela convocou os sinais de proteção à vida, deixando-os fluir de sua mente e percorrer sua pele e suas roupas. Depois, ela procurou pela arma que esperava que Sam houvesse feito.

Sam segurou-a pela lâmina e pareceu intrigado, como se incerto do que havia forjado. Ele a ofereceu a Lirael e ela pegou o cabo, não sem uma pontada de medo. Não era mais Nehima, e não era a mesma espada. Era mais comprida do que fora, com uma lâmina muito mais larga, e a pedra verde desaparecera do punho. Sinais da Ordem percorriam o metal todo, que tinha um lustre de vermelho-prateado, como se houvesse sido banhado num estranho óleo. A espada de um executor, pensou Lirael. A inscrição na lâmina parecia a mesma. Ou era, realmente? Ela não conseguiu lembrar-se com exatidão. Agora, dizia simplesmente *Lembrem-se de Nehima*.

– Está correto? – perguntou Sam. Ele tinha o rosto lívido de horror. Olhou sobre o ombro dela, para o vale, mas não conseguiu ver nada dos Sulinos ou do major Greene e seus homens. Havia poeira demais e pouca luz. Não conseguiu ouvir nada também. Nenhum grito ou pedido de socorro, e temeu pelo pior. – Eu fiz o que você disse.

– Sim – gemeu Lirael com a garganta seca. A espada pesava em sua mão, e pesava ainda mais em seu coração. Quando... se... eles aprisionassem Orannis, era o que ela usaria para parti-lo em dois, pois nenhuma prisão poderia conter o Destruidor se Ele fosse deixado inteiro. A arma poderia partir Orannis, mas apenas ao custo da vida de seu portador.

Da vida dela.

– Todos estão com seus sinos? – perguntou ela rapidamente, para se distrair. – Sabriel, por favor, dê o Belgaer para o Sam e revele a ele o feitiço de aprisionamento.

Ela não esperou por uma resposta, mas foi à frente do caminho através da serrania arrasada, descendo pelos fogos e pela encosta destruída, pelos poços de cinzas e metal esfriado. Descendo para as margens do lago seco, onde o Destruidor repousava por um momento antes de Sua terceira manifestação, que iria liberar poderes ainda maiores de destruição.

Um grupo soturno a seguia, cada um segurando um sino, o feitiço de aprisionamento que Lirael lhes ensinara sendo repetido continuamente em cada cabeça.

Quando se aproximaram, o cheiro da Magia Livre superou a fumaça, até que seu fedor penetrou em seus pulmões e provocou ondas de náusea. Pareceu devorar seus próprios ossos, mas Lirael não podia diminuir o passo por dor ou náusea, e os outros seguiam sua liderança, lutando contra a bile em suas gargantas e as cãibras que lhes mordiam por dentro.

O vapor recuou quando o nevoeiro e as nuvens no alto trouxeram uma escuridão semelhante à da noite, de modo que Lirael tinha pouca coisa além do próprio instinto para guiá-la. Ela escolheu o caminho pelo que parecia pior ao tato, certa de que ele a conduziria à esfera que era o núcleo do Destruidor. Sabia que, se eles parassem para tentar escolher uma trilha por meios mais convencionais, logo veriam uma nova coluna de chamas, um farol que os levaria apenas para a derrota.

Então, muito repentinamente, Lirael viu que a esfera de fogo líquido era a atual manifestação do Destruidor. Ela pairava no ar à frente dela, correntes escuras se alternando com línguas de fogo sobre sua superfície lisa e lustrosa.

— Formem um círculo em torno Dele — ordenou Lirael, sua voz débil e apagada no abismo da destruição, em meio às trevas e ao nevoeiro. Ela sacou Astarael com a mão esquerda, estremecendo com a dor. No meio de toda a correria, esquecera do golpe de Hedge. Não havia tempo para fazer nada quanto a isso, mas lampejou em sua mente o pensamento de que isso logo não importaria mais. A espada repousava em seu ombro direito, para golpear.

Silenciosamente, seus companheiros — sua família, velha e nova, Lirael percebeu angustiada — se espalharam para formar um círculo em torno da esfera de fogo e escuridão. Só então Lirael realmente percebeu que ela não vira Mogget desde a destruição, embora ele houvesse estado dentro dos diamantes de proteção. Ela não conseguia vê-lo agora e outro pequeno temor aflorou em seu coração.

O círculo estava completo. Todos olharam para Lirael. Ela tomou um fôlego profundo e tossiu, a Magia Livre corrosiva afetando a sua garganta. Antes que pudesse se recuperar e dar início ao feitiço, a esfera começou a se expandir, e chamas vermelhas saltaram dela, em direção ao círculo dos Sete, como mil línguas compridas que buscavam saborear a sua carne.

Quando as chamas se contorceram, Orannis falou.

capítulo vinte e nove
a escolha de yrael

— Então, Hedge falhou, como serviçais desse tipo costumam fazer — disse Orannis, sua voz baixa como um sussurro, mas áspera e penetrante. — Como todas as coisas devem falhar, até que o silêncio me circunde em eterna calma, além de um mar de poeira.

— E agora surge outro Sete, clamando em uníssono para trancafiar Orannis em metal, nas profundezas da terra. Mas pode um Sete de sangue tão aguado e poder mais ralo prevalecer contra o Destruidor, o derradeiro e mais poderoso dos Nove?

Orannis parou por um momento de terrível, absoluto silêncio. Depois, falou três palavras que abalaram todos ao seu redor, atingindo-os como uma áspera bofetada no rosto:

— Acho que não.

As palavras foram ditas com tal poder que ninguém pôde se mover ou falar. Lirael tinha de iniciar o feitiço de aprisionamento, mas sua garganta ficou subitamente seca demais para proferir a fala, seus membros pesados demais para que ela os movesse. Desesperadamente, lutou contra a força que a prendia, reprimindo a dor em seu braço, o choque de ver o rosto agonizante de Nick e a medonha e total destruição ao redor.

Sua língua então se moveu e ela descobriu uma insinuação de umidade em sua boca, bem quando Orannis dilatou-se em direção ao círculo dos Sete, suas línguas de fogo se estendendo para envolver os tolos que tentavam lutar contra ele.

— Eu me ergo com Astarael contra você — gemeu Lirael, traçando um sinal da Ordem com a ponta de sua espada. O sinal pairou ali, reluzindo, e as línguas flamejantes recuaram diante dele... um pouco.

Foi suficiente para liberar os outros e dar início ao feitiço de aprisionamento. Sabriel traçou um sinal com sua espada e disse:

— Eu me ergo com Saraneth contra você. — Sua voz era poderosa e confiante, emprestando esperança a todos os outros.

— Eu me ergo com Belgaer contra você — disse Sam, sua voz crescendo em força e raiva conforme ia se lembrando de Nick, de seu rosto sem vida, erguendo os olhos para dizer a ele que "desse um jeito" naquilo. Rapidamente, ele traçou seu sinal da Ordem, o dedo quase o jogando à sua frente.

— Eu me ergo com Dyrim contra você — pronunciou Ellimere orgulhosamente, como se isso fosse um desafio para um duelo. Seu sinal foi traçado deliberadamente, como um delineamento na areia.

— Como uma vez já fiz, novamente faço — disse o Cão Indecente. — Sou Kibeth e me ergo contra você.

Diferente dos outros, ele não traçou um sinal da Ordem, mas seu corpo se ondulou, a pele castanha de cão dando lugar a um arco-íris de sinais que se moveram através dele em estranhos desenhos e conjunções de forma e cor. Um desses sinais ficou vagando em frente a seu nariz e ele o soprou, lançando-o para a frente para que flutuasse no ar.

— Nós nos erguemos todos como um só contra você — entoaram Sanar e Ryelle em uníssono. Elas traçaram seu sinal juntas, em golpes resolutos de suas mãos.

— Eu sou Torrigan, chamado Pedra de Toque, e me ergo com Ranna contra você — declarou Pedra de Toque, e sua voz era a de um rei. Ele traçou seu sinal e, quando este flamejou, foi o primeiro a fazer seu sino soar. Então, o Clayr acrescentou a voz de Mosrael, o Cão deu início a um latido rítmico, Ellimere sacudiu Dyrim, Sam fez o Belgaer soar e Sabriel deixou Saraneth bradar profunda e surdamente sobre todos.

Finalmente, Lirael balançou Astarael, e seu tom fúnebre juntou-se ao círculo de som e magia que rodeava Orannis. Normalmente o Pranteador lançaria todos os que o ouvissem para o interior da Morte. Ali, misturado com as outras seis vozes, seu som evocava um sofrimento que não podia ter eco. Juntos, os sinos e o Cão cantaram uma canção da terra, da lua, das estrelas, do mar e do céu, da Vida e da Morte e de tudo que já existira e ainda viria a existir. Era a canção da Ordem, a canção que havia aprisionado Orannis no passado, a canção que procurava aprisionar o Destruidor novamente.

Os sinos soaram e continuaram a soar, até que pareceram ecoar por todo o interior de Lirael. Ela ficou saturada com seu poder, como uma esponja que não pudesse absorver mais nada. Ela podia senti-lo dentro de si e dos outros, uma inundação que preenchia a todos e depois precisava transbordar.

E foi o que ele fez, fluindo para dentro do sinal que ela traçara, que cresceu em luz e se espalhou pelos lados para se tornar um cordão de luz que se juntou ao sinal seguinte, e depois ao outro, para formar um círculo brilhante que se fechou em torno do globo de Orannis, uma faixa reluzente em órbita ao redor da esfera escura e ameaçadora.

Lirael proferiu o resto do feitiço de aprisionamento, as palavras saindo de si num dilúvio de poder. Com o feitiço, o círculo ficou ainda mais luminoso e começou a se reforçar, forçando as línguas de fogo a recuar. Ele as lançou retorcendo em retirada, de volta para a esfera de escuridão que era Orannis.

Lirael deu um passo à frente, e todos os Sete fizeram o mesmo, fechando o círculo humano atrás do círculo mágico de luz. Depois, deram mais um passo, e mais outro, e o círculo enfeitiçado avançou com mais força, encurralando a própria esfera. Por toda a volta, os sinos continuavam soando gloriosamente, o latido do Cão um ritmo que os badalos seguiam sem pensamento consciente. Uma grande sensação de triunfo e alívio começou a se avolumar em Lirael, misturada com o pavor da espada em seu ombro. Logo ela a empunharia e, dentro em pouco, caminharia mais uma vez para o Nono Portal, para nunca mais retornar.

Então, o círculo enfeitiçado parou. Os sinos falharam quando os seus portadores pararam a meio passo. Lirael se encolheu, sentindo uma reação contrária de poder, como se subitamente houvesse se chocado contra um muro inesperado.

— Não — disse Orannis, com a voz calma, desprovida de toda emoção.

O círculo enfeitiçado estremeceu quando Orannis falou, e começou a se expandir novamente, forçado para trás pela esfera crescente. As línguas de fogo reapareceram, mais numerosas que anteriormente.

Os sinos ainda soaram, mas os seus portadores foram forçados a dar passos de recuo, seus rostos demonstrando emoções que iam do desespero sombrio à determinação fatalista. O círculo enfeitiçado se apagou ao se estender, esgarçado demais pelo poder crescente de Orannis.

— Por tempo demais fiquei em minha tumba de metal — falou Orannis. — Por tempo demais suportei a afronta da vida vívida e rastejante. Sou o Destruidor, e tudo será destruído!

Com a última palavra, as chamas se lançaram e agarraram o círculo enfeitiçado com milhares de pequeninos dedos de fogo escuro. Elas o retorceram e repuxaram de todos os modos, precipitando sua destruição.

Lirael viu isso acontecer como se estivesse muito longe dali. Tudo estava perdido agora. Não havia mais nada a fazer ou tentar. Ela vira o Princípio, e vira Orannis aprisionado. Naquela época, os Sete venceram. Agora, fracassaram. Lirael aceitou a certeza de sua própria morte nesta aventura, e a considerara um preço justo pela derrota de Orannis e a salvação de tudo que ela amava e conhecia.

Agora eles seriam apenas os primeiros de uma multidão que morreria, até que Orannis reinasse num mundo de cinzas, acompanhado apenas pelos Mortos.

Então, em meio a seu desespero, Lirael ouviu Sam falar e viu um lampejo de luz brilhante fluir para o alto junto a ela, para formar um vulto alto de fogo branco que era apenas vagamente humano.

— Fique livre, Mogget! — gritou Sam, segurando uma coleira no alto. — Escolha bem!

O vulto de fogo ficou ainda mais alto. Ele se virou de Sam para Lirael, e sua cabeça baixou como se pudesse subitamente morder. Sabriel olhou para ele estoicamente, o que fez com que hesitasse. Depois, ele fluiu sobre Lirael e ela sentiu seu calor, e o choque da própria Magia Livre de Mogget que se misturou com o impacto destruidor de Orannis.

— Por favor, Mogget — sussurrou Lirael, baixo demais para ser ouvida por quem quer que fosse.

Mas o vulto branco realmente a ouviu. Ele parou e se virou para dentro, para encarar Orannis, mudando de uma coluna de fogo para uma forma mais humana, mas uma forma dotada de uma pele branca tão brilhante quanto uma estrela ardente.

— Eu sou Yrael — disse ele, lançando uma das mãos para fazer um traço de fogo prateado dentro do círculo enfeitiçado rompido, sua voz estalando com força: — Eu também me ergo contra você.

O círculo de fogo se fortaleceu novamente e todos automaticamente deram um passo à frente. Dessa vez ele não parou, mas se condensou outra vez. Quando o círculo se fortaleceu, as línguas de fogo se apagaram e a esfera ficou mais escura. Depois, começou a brilhar em um tom prateado, o prateado dos hemisférios que aprisonaram Orannis por tanto tempo.

A esfera se contraiu ainda mais, o prateado se espalhava por ela como mercúrio derramado na água, escorrendo em lentas espirais. Quando ela ficou inteiramente prateada, Lirael sentiu que devia golpear, nos poucos momentos em que Orannis estava completamente aprisionado. Aprisionado não pelos Sete, mas pelos Oito, percebeu, pois Mogget — Yrael — não podia ser outro senão o Oitavo Iluminador, que fora, ele próprio, preso pelos Sete no passado remoto.

Os sinos soaram, Yrael cantou, Kibeth latiu, Astarael gemeu. O prateado se espalhou, e Lirael se moveu para mais perto e ergueu a arma que Sam lhe fizera com o sangue e a espada e o espírito dos Sete nas flautas de Pã.

Orannis então falou, em tons ácidos e cortantes:

— Por quê, Yrael? — disse ele, quando o último resquício de escuridão deu lugar ao prateado e a brilhante esfera de metal afundou lentamente no chão. — Por quê?

A resposta de Yrael pareceu viajar por um grande espaço, as palavras escorrendo para dentro da consciência de Lirael enquanto ela mantinha sua espada ainda mais elevada, preparando-se para o golpe poderoso que deveria partir a esfera inteira.

— Pela Vida — disse Yrael, que era mais Mogget do que nunca. — Peixes e aves, sol quente e sombra fresca, os ratos dos campos nos trigais, sob a fria luz da lua. Todo o...

Lirael não ouviu mais. Ela concentrou toda a sua coragem e golpeou.

A espada se chocou contra o metal prateado com um guincho que silenciou tudo, a lâmina cortando numa labareda de faíscas de um branco azulado que jorraram para o céu cinzento.

Ao cortar, a espada derreteu e o fogo vermelho fez um risco que subiu pela mão de Lirael. Ela gritou ao ser atingida por ele, mas persistiu, pondo todo o seu peso e força e fúria no golpe. Ela sentiu Orannis no fogo, sentiu-o no calor. Ele estava procurando sua derradeira revanche contra ela, inundando-a com seu poder destruidor, um poder que iria reduzi-la a cinzas.

Lirael gritou novamente quando as chamas engolfaram o cabo da espada, sua mão agora não mais que um torrão de dor. Mas ela ainda resistiu, para completar o despedaçamento.

A espada cortou, a esfera se dividiu em pedaços. Mesmo sabendo que falharia, Lirael tentou soltá-la. Mas Orannis a segurava, seu espírito mantido momentaneamente inteiro pela ponte fina de sua espada, as últimas sobras da lâmina entre os hemisférios. Uma ponte para a sua destruição.

— Cão! — gritou Lirael instintivamente, não sabendo o que dizia, a dor e o medo superando sua intenção de simplesmente morrer. De novo, ela tentou abrir a mão, mas seus dedos estavam soldados ao metal, e Orannis estava em seu sangue, espalhando-se por ele para consumi-la no fogo final.

Então, os dentes do Cão subitamente se cravaram no pulso de Lirael. Uma nova dor sobreveio, mas era uma dor limpa, aguda e súbita. Orannis estava banido de dentro dela, e banido também estava o fogo que ameaçava destruí-la. Um momento depois, Lirael percebeu que o Cão havia arrancado a sua mão com a mordida.

Tudo que restou do poder vingativo de Orannis foi direcionado para o Cão Indecente. O fogo vermelho floresceu sobre ele quando cuspiu a mão para longe, jogando-a entre os hemisférios, onde ela se contorceu e remexeu como uma aranha apavorante feita de carne queimada e escurecida.

Uma grande gota de chama irrompeu e engolfou o Cão, fazendo Lirael cair de costas, suas sobrancelhas se queimando até se reduzirem a nada. Depois, com um longo e derradeiro grito de esperança frustrada, os hemisférios se despedaçaram. Um quase atingiu Lirael, caindo perto dela, dentro do lago e do mar que refluía.

O outro passou voando por Sabriel, para aterrissar atrás dela num remoinho de poeira e cinzas.

— Preso e dividido — sussurrou Lirael, olhando para seu pulso com incredulidade. Ela ainda conseguia sentir sua mão, mas não havia ali nada senão um coto cauterizado e as pontas queimadas de sua manga.

Ela começou a tremer, então, e as lágrimas vieram, até que nada mais podia ver de tanto chorar. Havia apenas uma coisa que ela sabia que tinha de fazer, e ela a fez, pulando para a frente cegamente, chamando o Cão.

— Aqui — bradou o Cão suavemente, em resposta ao chamado. Ele estava estendido ao lado dela no lugar onde a esfera estava, sobre um leito de cinzas. Sua cauda balançou ao ouvir Lirael, mas apenas a sua extremidade, e ele não se levantou.

Lirael se ajoelhou ao seu lado. O sabujo não parecia ferido, mas Lirael viu que seu focinho estava agora branco como gelo e a pele estava flácida em torno de seu pescoço, como se ele houvesse envelhecido subitamente. O Cão ergueu a cabeça muito lentamente quando Lirael se curvou sobre ele, e deu uma pequena lambida em seu rosto.

— Bem, tudo terminado, patroa — sussurrou ele, com a cabeça tombando. — Eu tenho de deixá-la agora.

— Não — soluçou Lirael. Ela o abraçou com seu braço desprovido de mão e enterrou o rosto contra o focinho do Cão. — Era eu que devia ter ido! Não vou deixar você ir! Eu amo você, Cão!

— Haverá outros cães, e amigos, e amores — sussurrou o Cão. — Você encontrou sua família, sua herança; e você ganhou uma alta posição no mundo. Eu amo você também, mas meu tempo com você terminou. Adeus, Lirael.

Então, ele se foi, e Lirael ficou curvada diante de uma pequena estátua de cão feita de pedra-sabão.

Atrás dela, ela ouviu Yrael falar, e ouviu Sabriel, e o breve repicar do Belgaer, tão estranho depois do canto massivo de todos os sinos, com voz solitária, liberando Mogget de seus milênios de servidão. Mas o som parecia muito distante, num outro lugar, num outro tempo.

Sam encontrou Lirael um momento depois, agachada entre as cinzas, com a estátua do Cão aninhada na curva de seu braço sem mão. Ela segurava Astarael – o Pranteador – com a mão que lhe restava, seus dedos apertados em torno do badalo para que ele não se pusesse a tocar.

epílogo

Nick estava em pé sobre o rio e olhava com interesse a correnteza puxando os seus joelhos. Ele queria ir embora com aquela correnteza, deitar-se e ser levado para longe, levando sua culpa e sua dor consigo para onde quer que o rio fosse. Mas não conseguia se mover, porque estava de algum modo fixado no lugar por uma força que emanava de uma área de calor em sua testa, o que era muito estranho, já que todo o resto estava frio.

Depois de um tempo que poderia ter sido de horas ou mesmo dias — pois não havia meio algum de saber se o tempo significava alguma coisa nesse lugar de constante luz cinzenta —, Nick percebeu que havia um cão sentado ao seu lado. Um grande cão castanho e negro, com uma expressão séria. Ele lhe pareceu um pouco familiar.

— Você é o cão do meu sonho — disse Nick. Ele se curvou para coçá-lo na cabeça. — Só que não era um sonho, era? Você tinha asas.

— Sim — concordou o cão. — Eu sou o Cão Indecente, Nicholas.

— Prazer em conhecê-lo — disse Nick formalmente. O Cão ofereceu uma pata, e Nicholas sacudiu-a. — Você, por acaso, sabe onde nós estamos? Acho que eu...

— Você morreu — respondeu o Cão animadamente. — Você morreu, sim. Este lugar é a Morte.

— Ah — respondeu Nick. Antes, ele poderia ter querido discutir a respeito daquilo. Agora, tinha uma perspectiva diferente, e outras coisas em que pensar. — Você... eles... os hemisférios?

— Orannis foi aprisionado outra vez — anunciou o Cão. — Está mais uma vez preso nos hemisférios. No tempo devido, eles serão transportados de volta para o Reino Antigo e profundamente enterrados sob pedras e feitiço.

O alívio atravessou o rosto de Nick e suavizou os traços de preocupação em torno de seus olhos e sua boca. Ele se ajoelhou ao lado do Cão para abraçá-lo, sentindo o calor de sua pele em contraste agudo com o gelo do rio. A coleira brilhante em torno de seu pescoço era bela também. Dava uma sensação cálida em seu peito.

— Sam... e Lirael? — perguntou Nick, com esperança, sua cabeça ainda curvada, junto ao ouvido do Cão.

— Estão vivos — respondeu o Cão. — Embora não sem danos. Minha patroa perdeu a mão. O príncipe Sameth vai lhe fabricar uma, é claro, de ouro brilhante e magia ativa. Lirael Mão Dourada, ela será para todo o sempre. Lembradora e Abhorsen, e muito mais que isso. Mas há outras feridas, que requerem remédios diferentes. Ela é muito jovem. Levante-se, Nicholas.

Nicholas se levantou. Ele oscilou um pouco quando a correnteza tentou derrubá-lo e levá-lo para baixo.

— Eu lhe dou um último batismo para preservar seu espírito — disse o Cão. — Você carrega o sinal da Ordem em sua testa agora, para compensar a Magia Livre que resta em seu sangue e seus ossos. Você achará o sinal da Ordem e a Magia Livre tanto dádivas quanto fardos, pois eles o levarão para longe da Terra dos Ancestrais, e o caminho que você trilhará não será aquele que você há muito tempo julgou vislumbrar lá na frente.

— O que você quer dizer? — perguntou Nick, perplexo. Ele tocou o sinal em sua testa e fechou os olhos quando flamejou com luz súbita. A coleira do Cão brilhou também, com muitos outros sinais luminosos que cercaram sua cabeça com uma coroa de luz dourada.

— O que você quer dizer com longe da Terra dos Ancestrais? Como eu posso ir para qualquer parte? Estou morto, não...?

— Estou lhe mandando de volta — disse o Cão amavelmente, cutucando a perna de Nick com o focinho para que ele virasse seu rosto em direção à Vida. Depois ele latiu, um agudo som isolado que era tanto um sinal de boas-vindas quanto um adeus.

— Isso é permitido? — perguntou Nick quando ele sentiu a correnteza relutantemente liberá-lo, e ele deu o primeiro passo de volta.

— Não — disse o Cão. — Mas, de qualquer modo, eu sou o Cão Indecente.

Nick deu outro passo, e sorriu ao sentir o calor da Vida, e o sorriso se tornou uma risada, uma risada que dava boas-vindas para tudo, até para a dor que o esperava em seu corpo.

Na Vida, seus olhos despertos se ergueram e ele viu o sol rompendo entre uma nuvem baixa e escura, e seu calor e sua luz caíram sobre um pedaço de terra em forma de diamante onde ele jazia, a salvo entre a ruína e a destruição. Nick sentou-se e viu soldados se aproximando, abrindo seu caminho em meio a um deserto de cinzas. Sulinos seguiam os soldados, seus bonés e lenços recém-esfregados de um azul brilhante, a única cor existente naquela desolação.

Um gato branco subitamente apareceu junto aos pés de Nicholas. Ele o cheirou com repugnância e disse: "Eu bem que devia ter sabido"; depois, ele olhou para além de Nick, para alguma coisa que não estava lá, e fechou os olhos, antes de partir trotando em direção ao norte.

O gato foi seguido um pouco depois pelos passos cansados de seis pessoas, que estavam carregando a sétima. Nick conseguiu ficar em pé e fazer um aceno, e no espaço desse pequeno movimento e em reação sobressaltada, ele teve tempo para se perguntar tudo que o futuro lhe reservava, e pensar que ele seria muito mais claro que o passado.

O Cão Indecente permaneceu com a cabeça empinada de lado por vários minutos, seus velhos olhos sábios vendo muito mais que o rio, seus ouvidos penetrantes ouvindo mais que apenas o murmúrio da correnteza. Depois de algum tempo, um pequeno ronco enormemente satisfeito soou, vindo das profundezas de seu peito. Ele se levantou, deixou suas pernas crescerem mais para tirar seu corpo da água e se sacudiu até ficar enxuto. Depois, partiu para longe, seguindo uma trilha em zigue-zague ao longo da fronteira entre a Vida e a Morte, com a cauda balançando tão fortemente que a sua ponta provocou espuma no rio que foi ficando para trás.

Impresso na Gráfica JPA,
Rio de Janeiro – RJ.